KB044129

3

하루하루가 세상의 종말:
부서진 모래시계

DAY BY DAY ARMAGEDDON Book 3:
SHATTERED HOURGLASS

by J. L. Bourne

Korean Translation Copyright © Minumin 2022

Korean translation edition is published by arrangement with
J. L. Bourne c/o Europa Content.

이 책의 한국어판 저작권은 Europa Content와
독점 계약한 (주)민음인에 있습니다.

DAY BY DAY ARMAGEDDON: 3

하루하루가 세상의 종말: 부서진 모래시계

J. L. 본 장편소설
송민경 옮김

SHATTERED HOURGLASS

황금가지

차례

작가노트

당신이 이 페이지를 읽고 있다는 것은 소설 『하루하루가 세상의 종말』의 첫 두 권을 통해 내가 그린 포스트 묵시록의 세상에서 얼마간 시간을 보냈다는 의미일 것이다. 무엇보다도 언데드 세상의 아마겟돈, 그 황량한 풍경 속으로 달려가는 직행 열차의 티켓을 잇달아 끊어 준 헌신적인 팬인 당신에게 감사의 말을 전하고 싶다.

편히 앉아서 자리를 잡고 『하루하루가 세상의 종말』의 마지막 장이 될지도 모를 이 책을 읽을 준비를 하시라. 곧 알게 되겠지만, 이번 편은 앞의 두 권과는 다를 것이다.

이 이야기는 연대순으로 즐기는 것이 제일 좋지만, 혹시라도 이 장편 소설을 지금 처음 집어 든 독자가 있다면, 상황을 이해하기 쉽도록 간단하게 요약해 보려 한다.

『하루하루가 세상의 종말』 1권에서는 생존 장교인 주인공이 일기를 쓰겠다는 새해 다짐을 하면서, 우리도 그의 마음속 깊이 빠져들게 된다. 남자는 하루하루 인류의 멸망을 기록하여 자신의 다짐을 지킨다. 우리는 당신과 내가 사는 세상에 살던 주인공이 엄청나게 많은 좀비들의 무리에 맞서 생존 투쟁을 벌여야 하는 세상에 적응해 나가는 과정을 보게 된다. 피 흘리고 실수를 저지르면서 발전하는 그의 모습을 지켜보는 목격자가 되는 것이다.

『하루하루가 세상의 종말』 1권에서 주인공과 이웃 존은 수많은 시련과 고난을 헤쳐 나간 끝에 정부의 승인 아래 시행된 텍사스 샌안토니오의 핵폭발에서 벗어나게 된다. 둘은 임시방편으로 텍사스만 연안 항구의 정박소에 머물게 되고, 곧 희미한 무선 신호를 받는다.

신호를 보낸 이는 윌리엄이라는 남자와 아내 자넷, 어린 딸 로라라는 세 명의 생존자 가족이다. 전에 함께 지내던 이들은 죽었고 자신들은 다락방에 숨어 있는데, 엄청난 수의 좀비가 그 아래에서 그들을 찾고 있다고 말한다. 주인공은 기적적으로 그들을 구조하여, 윌리엄 가족도 우리 주인공과 합류하게 된다. 그리고 식량을 구하러 나섰다가, 좀비에 둘러싸인 차 안에 갇혀 죽어 가던 여자, 타라를 만난다.

결국 그들은 이제는 고인이 된 과거의 거주자들이 호텔23이라고 부르던 전략핵미사일 폐기지에 머무르게 된다. 그들이 힘을 합친들 험난한 포스트 묵시록의 무대인 죽은 자들의 세상에서는 역부족일지도 모른다. 수백만의 좀비는 차치하고라도, 그들에게 상처만 입어도 감염으로 목숨을 잃어, 안 그래도 엄청나게 많은 좀비 무리에 머리 하나를 더하게 될 것이다.

상황은 최악으로 치닫고⋯⋯.

예고 없이 들이닥친 약탈자 무리가 은신처와 많은 보급품을 보고 눈이 돌아가 호텔23을 무자비하게 공격한다. 1권 끝에 이르러서야 생존자들은 잠시나마 호텔23을 지켜 낼 수 있었다.

『하루하루가 세상의 종말』 2권에서 주인공은 텍사스에 잔류한 지상군과 연락이 닿는다. 그는 본토의 마지막 생존 장교로서 군을 통솔하게 된다. 그리고 멕시코만에서 작전 중인 핵 항공모함의 임시 해군 참모총장과 교신한다.

또한 그는 한 가족이 남긴 쪽지를 발견한다. 그들은 데이비스 가족으로 호텔23에서 헬기로 다녀올 만한 위치에 있는 외딴 공항에 숨어 있다는 내용이었다. 주인공은 데이비스 가족 구출 작전에서 어린 소년 대니와 아주 유능한 민간인 조종사 할머니 딘을 구하게 된다.

항공모함 전투군으로부터 정찰 헬기를 배정받은 후, 그는 팀을 꾸려 호텔23 북쪽으로 자원 수색을 나선다. 2권 중반쯤에는 우리 주인공이 기지에서 북쪽으로 수백 킬로미터 떨어진 곳에서 비극적인 헬기 추락 사고를 당한다. 중상을 입은 채 홀로 살아남은 주인공.

식량 부족에 시달리며 어찌어찌 남쪽으로 발걸음을 향하던 도중, 의도를 종잡을 수 없는 비밀스러운 조직 '원격 식스'와 접촉하게 된다. 그들은 주인공을 호텔23으로 돌려보내는 데 혈안이 된 듯하다.

이후 주인공은 사이엔이라는 아프가니스탄 저격수를 우연히 만난다. 사이엔의 배경에 대해서는 알려진 바가 거의 없으며, 이 남자의 아리송한 행동은 수수께끼를 더할 뿐이었다. 사이엔과 우리 주인공은 처음에는 서로 신뢰하지 못하다가 점차 함께 행동하게 되고, 원격 식스가 주의 깊게 지켜보는 가운데 결국 호텔23으로 돌아온다.

원격 식스는 우리 주인공에게 호텔23에 남아 있는 핵탄두를 항공모함에 발사하라고 명령한다. 그 명령을 무시하자 호텔23에 최첨단 공격이 뒤따른다. 이후 원격 식스가 허리케인 프로젝트라고 알려진 음파 미사일을 투하하고, 좀비 부대가 음파에 이끌려 몰려든다.

마침내 음파 무기는 파괴되지만, 때는 이미 늦었다.

다가오는 좀비 부대로 인해 산처럼 일어나는 먼지 폭풍은 속히 대피해야 한다고 경고해 주는 신호탄과도 같았다. 이어 멕시코만으로 탈출하기까지의 여정에서 참혹한 전투가 벌어진다. 멕시코만에는 항공모함 USS 조지 워싱턴호가 모두를 태우기 위해 기다리고 있었다.

우리 주인공이 항모에 탑승하자마자, 파나마 운하 서쪽에서 대기하고 있는 급습 잠수함 USS 버지니아호와 만나라는 제독의 명령이 하달된다.

목적지는? 중국이다. 그렇다면 임무는? 이제 페이지를 넘기고 직접 알아보자. 하지만 먼저…….

문단속을 하라. 문이 잘 잠겨 있는지 확인하도록.

J. L. 본

1

11월

파나마 운하 - 기동팀 모래시계

더할 나위 없이 완전한 혼돈이었다. 아래의 현장은 흡사 5등급 허리케인이나 폭격을 맞은 듯했다. 운하 구조물 상당량은 여전히 종잡을 수 없는 악천후에 노출된 채, 부식되고 방치될 기미가 서서히 보이고 있었다. 정글이 확장되면서 이미 파나마 운하 지역이 자연으로 되돌아가고 있었으며, 한 세기 전에 인류가 대륙을 갈라 놓았던 흔적을 지우기 위한 노력이 시작되고 있었다.

영혼이 없는 형체들은 죽어 버린 시냅스의 크고 작은 발화에 화학 반응을 일으키며 이리저리 무언가를 찾아다녔다.

정비공의 작업용 셔츠만 걸친 시체가 일대를 떠돌아다녔다. 그는 국가에서 통행금지령이 집행되던 시기에 파나마 군인의 라이플에 맞아 죽음과 맞닥뜨렸다. 구멍 난 심장이 멈추고 체온이 떨어지기 시작한 직후, '그'는 '그것'이 되어 죽은 자가 소생하는 불가사의를 연출했다. 이러한 이상 징후(더 적절한 용어가 생각나지 않는다)는 정비공의 신경계로 급속히 퍼져 감각 구조의 핵심 영역을 바꾸었다. 그것은 원시적인 본성이 깨어나서 누대에 걸친 진화의 전기화학적 전환과 DNA를 통해 저장되는 뇌의 특정 부분에 달라붙어 자기 복제를 했다. 이상 징후는 자기복제와 감염이라는 방법으로 외이도 안쪽으로 고속 침투했다. 그리고 거기서 내이 소골의 구조를 미시적으로 변형시켜 청력을 향상시켰다. 마지막은 눈이었다. 몇 시간에 걸친 소생 과정이 끝나고 이상 징후는 자기복제 후, 눈 안의 어떤 특정 세포 구조와 치환했고, 그 결과 기초적인 단거리 열 감지 능력이 생기면서 죽음으로 퇴화된 시력을 상쇄했다.

전직 정비공은 멈춰 서서 고개를 비스듬히 들었다. 멀리서 소리가 들려왔다. 무언가 익숙한 이 소리는 찰나에 귓가를 스쳤다가, 어디론가 사라지며 지워졌다. 점점 커지는 소리에 흥분한 나머지 그것은 침을 흘렸다. 탁하고 허여멀건 타액이 턱을 타고 뼈만 앙상하게 남은 다리로 뚝뚝 떨어졌다. 정비공은 소리가 나는 방향으로 잔걸음을 옮겼다. 그것이 움직이는 대로 발등에 훤히 드러난 힘줄이 늘어났다가 작은 발뼈를 당겼다. 놈은 점점 커지는 소리가 평소 무심히 지나치던 바람이나 빗소리 같은 자연의 소리가 아니라는 것을 감지했다. 나무가 빽빽한 작은 정글 숲에 이르러, 놈의 걸음이 빨라졌다. 정비공이 나뭇잎 사이로 발을 들이밀자 뱀 한 마리가 갑자기 덤벼들어 부딪히며 이제는 거의 남아 있지 않은 종아리 근육에 작은 구멍 두 개를 남겼다. 놈은 전혀 개의치 않고 나뭇잎을 쓸다시피 하며 계속 앞으로 나아갔다. 그것이 빈터에 닿기까지 영혼이 죽어 버린 놈들의 웅성거림이 사방에서 울려 퍼졌다.

정비공과 같은 쪽에 있던 파나마 운하의 좀비 20만 마리가 하늘을 향해 큰 소리로 으르렁거렸다. 회색 군용 헬기 한 대가 시속 185킬로미터로 동남쪽의 운하를 향해 상공을 날아갔다. 정비공은 엔진의 소음에 본능적으로 반응하며, 마치 하늘의 거대한 새를 낚아채어 먹기라도 하려는 듯 무턱대고 손을 뻗었다. 그것은 굶주림에 사로잡혀 빙빙 도는 새를 따라가며 날아다니는 기구에서 눈을 떼지 못했다. 그리고 열 걸음. 놈은 육지 끄트머리를 넘어 운하의 물로 빠졌다.

운하의 굽이굽이에서 갈색 흙탕물과 수송선들을 더는 볼 수 없었다. 팅팅 불어 떠다니는 시체만이 한때는 분주했던 운하의 운송로를 막고 있었다. 몇몇 역겨운 형체는 파나마의 열기와 습기에도, 모기 유충이 우글거리는 물에도 채 분해되지 않고 여전히 꿈틀거렸다. 운하 한쪽의 무수한 좀비 무리가 그들과 도플갱어처럼 닮은 다른 쪽의 좀비들에게, 마치 영원히 반목하는 햇필드와 매코이 가문[1]이 만난 듯이 으르렁거리며 신음 같은 소리를 냈다.

* * *

이러한 이상 징후가 생기기 전, 전 세계는 다우존스 산업평균지

---

[1] 남북전쟁 이후 대를 이어 가며 복수에 복수를 거듭했던 켄터키와 웨스트버지니아 경계의 두 가문.

수와 정부의 날조된 실업률, 금 현물 가격과 통화지표, 전 세계에 걸친 부채 위기에 집착하고 있었다. 그러나 현재 살아남은 극소수는 다우지수 1000포인트와 실업률 80퍼센트의 시대로라도 돌아가기를 간절히 바랐다. 그땐 하다못해 뭐라도 있었으니까.

중국에서 이상 징후가 처음으로 공식 기록에 오른 이후, 육지의 상황은 기하급수적으로 악화되었다. 사태 초기 생존에 성공한 미 행정부는 '미국 내에서 좀비의 생존자 제거 능력을 저지하고 억제하며 저하시키려는' 의도로 북미 주요 도시들에 핵 공격을 가하기로 결정했다. 그리고 그들이 예상했던 대로, 최고등급의 핵폭발로 도시들은 완전히 무너졌다. 그 과정에서 많은 좀비가 순식간에 분해되었으나 반대급부로 얻은 대가는 대단히 파괴적이었다. 쏟아지는 방사선 입자인 알파, 베타, 감마선이 비교적 작았던 폭발 구역의 바깥에 있던 좀비들을 강타했다. 방사능은 분해에 도움을 줄 박테리아들도 박멸해 버렸다. 과학자들은 좀비들이 분해되는 데 수십년은 걸릴 거라 예측했다.

그러나 드문드문 생존자들이 남았고, 군 지휘권과 통제권도 다소 유지되고 있었다. 그리고 인류를 벼랑 끝, 어쩌면 그 너머까지 내몬 일련의 사건을 규명하려는 작전이 바로 이 순간 진행되고 있었다.

굳게 닫힌 문 뒤에서는 좀비를 대량 살상하는 데에 효과적인 무기의 제작 가능성에 관한 논의가 있었다. 이제 세상에는 소구경 탄약도, 방아쇠를 당길 사람도 충분하지 않았으므로. 그리고 그보다 더 단단히 밀폐된 문 뒤에서는 또 다른, 더 비도덕적인 일들에 대한 대화가 오갔다.

* * *

씹는담배로 볼 안이 가득 찬 헬기 조종사가 뒤의 승객들에게
소리쳤다.

"USS 버지니아호 승선 30분 전입니다!"

기체 내부의 통신 시스템은 작동하지 않았다. 그것은 이제 기체
전방 조종사와 부조종사 간의 통신에만 기능할 뿐이었다.

조종사는 잿빛 머리칼과 깊게 파인 눈가 주름, 그리고 낡고 닳
은 에어아메리카 야구모자로 미루어, 60대로 쉬이 추정할 수 있었
다. 부조종석에 앉은 사람은 항공기 승무원이 아니라, 그저 비행
보고서에 '모래시계 팀'이라 적힌 특수부대의 일원이었다.

지난 수개월 동안 대부분의 조종사가 정찰 임무에 실패하면서,
조종사의 수가 절대적으로 부족해졌다. 이제 남아 있는 비행 가능
한 군용기는 수천 개의 복잡한 작동 부품으로 건조된 것이었는데,
이 부품들은 엄격하게 점검하고 유지 보수할 필요가 있었으며, 그
렇지 않으면 이내 잔디밭에 처박히는 신세가 될지도 모를 일이었
다. 늙은 조종사는 누군가 오른쪽 좌석에 앉아 있다는 것을, 근래
빈번이 일어나던 최악의 상황이 자신에게 닥칠 때 함께 죽을 이가
있다는 것을 즐기는 듯했다.

부조종석에 앉은 남자는 안절부절못하고 주변을 지나치게 경계
하는 것 같았다. 안전벨트를 과하게 꽉 조인 채, 문고리에 손을 올
리고 주(主) 경고 패널에서 눈을 못 떼며 초조하게 헬기 계기판을
훑었다. 그는 위험을 무릅쓰고 육지를 흘깃 보았다. 그들은 빠르
게 저공비행 중이었다. 조종석에서는 착시 현상으로 헬기가 운하

양편의 제방과 거의 같은 고도에 있는 것처럼 보였다. 귀청이 터질 듯한 엔진 소음에 비할 바는 아니었지만, 좀비들이 물에 빠지면서 괴성을 지르고 소란스레 허우적거렸다. 남자는 아래로부터 들려오는 죽은 자들의 노랫소리에 자기도 모르게 옛 기억에 젖어 들었고, 지난해의 추락 사고로 생긴 만성 PTSD가 그의 의식을 짓눌렀다. 남자는 무의식적으로 옆구리 쪽을 탁 치며 자신의 카빈총을 확인하고 또다시 추락 사고가 일어날 것처럼 굴었다.

상황을 알아챈 조종사가 남자의 헤드셋에 대고 크게 소리쳤다.

"자네가 무슨 일을 겪었는지 들었네. 헬기가 황무지에 추락했다지."

남자가 헤드셋 마이크를 조정하고 말했다.

"뭐, 비슷합니다."

조종사가 툴툴거렸다.

"방금 무전 말이야. 나한테 말할 때는 키를 내리고, 외부로 송출하려면 키를 올리는 거라네."

"아, 죄송합니다."

"그리 걱정할 일은 아니네. 누가 듣기나 하려는지 모르겠군. 사방에 저것들뿐이니. 지금 저 아래를 돌아다니는 놈들 가운데 우리 동료 조종사들도 많지. 출동 비행이 점점 위험해지고 있거든. 헬기는 망가져 가고, 교체할 부품도 없고…… 전에는 무슨 일을 했나?"

늙은 조종사는 관리 소홀로 끽끽거리는 터빈 엔진 소음 때문에 남자의 헤드셋에 대고 고함치듯 말했다.

"저는 군 장교입니다."

"어느 군?"

남자는 잠시 머뭇거리다가 대답했다.

"해군 대위…… 아, 중령입니다."

조종사는 그의 말에 웃음을 터뜨렸다.

"둘 중 어느 쪽인가? 대위랑 중령은 거리가 좀 있지 않나."

"길고 재미없는 얘깁니다."

"아닐 거 같은데, 친구. 해군에 있을 때 병과는?"

"항공요."

"이런. 그럼 이제부터 자네가 비행하겠나?"

"아뇨, 괜찮습니다. 엄밀히 말해 조종 실력이 대단하지도 않고요."

그 말에 조종사는 싱긋 웃었다.

"자네가 태어나기도 전의 얘기지만, 나도 라오스 상공에서 작은 고정익 비행기를 저공으로 몰 때 어떻게 다뤄야 할지 몰랐다네."

남자가 아래의 좀비 무리를 내려다보며 중얼거렸다.

"미군이 라오스 상공도 비행했을 거라고는 생각 못 했어요."

노인은 미소 지으며 말했다.

"그렇겠지. 하나 자네 생각해 봤나? 어떻게 피닉스 프로그램 저격수들이 북베트남군의 고급 장교들에게 접근해 그들과 친분을 쌓았을까? 정글을 사이에 두고 160킬로미터나 떨어진 곳에서 등에 볼트건을 메고 있는데 말일세. 젠장…… 피닉스가 베트남에서만 활동했다고 믿을 정도로 자네가 순진하다니, 내, 저 아래 파나마 해변에 있는 집이나 자네한테 몇 채 팔아야겠구먼!"

두 사람은 위쪽 로터 날개의 요란하게 쿵쿵거리는 리듬을 들으며 소리 내어 웃었다. 남자는 배낭에 손을 넣더니, 군용 전투식량을 뒤적여 찾아낸 껌을 나눠 조종사에게 반을 건넸다.

"고맙지만, 사양하겠네. 의치에 아주 별로라서. 의치 접착제도 다 떨어졌거든. 그건 그렇고, 거긴 누구랑 가고 있는 겐가?"

남자는 미간을 찌푸리며 그를 바라보았다.

"그치들이 얘기 안 해 주던가요? 제 뒤에 아랍인처럼 생긴 남자는 제 친구입니다. 다른 사람들은 특수전 사령부 소속이거나 뭐, 남은 자들 중 누군가겠죠."

"특수전 사령부라고?"

"네, 따분한 인간들 몇이랑 뭐 그런 사람들요. 그 이상 말해도 될지 모르겠습니다. 사실 솔직히 말해, 더 아는 것도 없지만요."

"알아들었네. 이 늙은이는 계속 깜깜무식쟁이나 하라는 게군."

"아뇨, 그런 말이 아니라……."

"농담이니 걱정 말게. 나도 소싯적에 묻어야 할 비밀 한두 개는 있었으니."

쿵쿵거리는 로터 소음이 몇 분간 계속된 뒤, 조종사가 주름진 손가락으로 앞의 수평선을 가리키며 말했다.

"저기가 태평양이야. 버지니아호의 이동 좌표는 니보드[2] 위에 있네. 관성항법장치에 입력해 주겠나?"

"문제없습니다."

좌표가 입력된 후, 조종사는 항로를 우측으로 몇 도가량 수정하고 방향을 유지했다.

"자네 이름이 어찌 되는가?"

---

2) 항공기 조종사들이 무릎 위에 올려놓고 쓰는 메모판.

"뒤에 있는 친구는 저를 킬로이, 줄여서 킬이라고 부릅니다. 어르신 성함은요?"

"샘일세. 설사 앞으로 다시 못 보게 되더라도, 만나서 반갑네."

"이런, 샘. 사기를 끌어 올리는 방법을 잘 아시는데요."

샘은 위쪽 게이지 패널의 유리를 톡 두드리며 말했다.

"킬로이, 이 일이 위험하다는 건 잘 알 걸세. 작고 검은 잠수함에 몸을 실으면 어디로 가게 될지 모르지만, 그곳이 어디든 분명이 아래만큼이나 위험할 테지. 어디에도 안전지대는 없으니까."

2

미합중국 항공모함, 쇠퇴해 가는 미 군사력의 마지막 상징. 다른 배들도 있었지만, 대개 몇 달 전에 앞바다에 정박된 채 버려진 것들이었다. 한 항공모함은 심지어 이동 원자력발전소로 지정되어, 쇠약해져 가는 군용 섬 전초기지와 외딴 해안의 몇몇 활주로에 기가와트급 전기를 공급했다. 한때 USS 엔터프라이즈호라 불리던 이 항공모함의 명칭은 이제 해군 원자로 3호로 공식 변경되었다. 몇 안 되는 발전소 엔지니어는 모두 이 함선의 예전 선원 6000명 가운데 남은 자들이었다. 거대한 항공모함들의 소재가 모두 파악된 것은 아니었다. 경보가 울리고 사회가 붕괴되기 시작하면서 몇몇 항공모함은 바다 건너 이국에 발이 묶였다. USS 로널드 레이건호는 좀비가 된 선원 대부분과 함께 황해 밑바닥에 가라앉아, 어두운 바다 밑을 여전히 떠다니고 있었다. 처음에는 사람들이 비난

할 대상을 찾아다녔다. 그러니까, 그럴 사람들이 살아 있는 동안에는 말이다. 이상 징후가 생긴 직후 USS 로널드 레이건호가 북한 디젤 잠수함 여러 척의 동시 공격으로 격추되었다는 소문이 비밀리에 돌았다. 실제로 확실히 아는 이는 아무도 없었다. USS 조지 HW 부시호는 하와이 인근 바다에서 멎은 채 발견된 것이 마지막이었다. 근처에 있던 미 구축함의 관측자들은 살아있는 시체들이 함선 갑판에 우글거리고 있다고 보고했다. USS 조지 HW 부시호는 이제 떠다니는 묘지나 다름없었고, 흉포한 파도나 초대형 태풍에 떠밀려 용왕님을 뵈러 가기 전까지 그렇게 떠돌 것이다.

함선에서 구조되어 살아남은 승무원 일부는 회복 이후, USS 조지 워싱턴호에 합병되어 승선하였고, 이 항모는 여전히 멕시코만에서 현역 복무 중이었다. 미합중국 군대의 이동은 계속되고 있었다.

배수량이 10만 톤급에 달하는 USS 조지 워싱턴호는 걸프해역을 가르고 좀비가 들끓는 파나마 해안 지대로부터 16킬로미터쯤 떨어진 곳에 초계함을 계속 두었다. COG[3]가 여전히 유지되었으며, 정부의 주요 명령은 명확하고 간결했다. 모든 수단과 방법을 동원하여 최초 감염자를 확보하라.

기동 팀 모래시계의 사령관이자 임시 해군 참모총장인 고틀먼

---

3) COG(Continuity of government, 정부의 영속성, 그 원칙에 의해 승계된 정부).
정부의 영속성은 핵전쟁이나 재난 등의 비상사태가 발생했을 때 정부가 영속되도록 만든 원칙이다. 제2차 세계대전 당시 영국에서 처음으로 수립되었고, 미국에서는 9.11 테러 이후 도입되었다.

제독은 전용 객실에서 아침을 먹으며, 함내 케이블 TV 채널을 보고 있었다. 지난 주 내내 영화 「최후의 카운트다운」[4]이 반복해서 재생되었다. 이 문제로 누군가를 호출해야 마땅하겠으나, 그냥 그렇게 내버려두기로 했다.

'아무래도 승무원들은 역사를 바꿀 기회를 안고 과거로 떠나는 항공모함을 보는 것을 즐기는 게지.'

객실 문을 두드리는 노크. 특유의 시끄러움만으로도 CIA의 사건 담당관이자 이 난장판이 시작된 이래 그의 부관을 맡고 있는 조 마우러라는 것을 알 수 있었다.

"안녕하십니까, 제독님."

조는 쾌활하지만 다소 건성으로 인사를 건넸다.

"좋은 아침이네, 조. 우리 친구들은 버지니아호에 도착했나?"

고틀면 제독은 달걀가루 오믈렛 마지막 숟가락을 오물거리며 물었다.

"곧 도착할 겁니다. 그들이 지금 태평양을 가로질러 버지니아호의 유도 신호등에 따라 고도를 낮추고 있다고 무전실에서 보고했습니다."

"내가 날씨 걱정을 하지 않았다면, 제독이 되지 못했을 걸세. 파도의 높이는 나쁘지 않다고 하던가?"

"네, 제독님. 물결은 잔잔하고 공기는 맑답니다. 오늘 운이 좋았나 봅니다."

"그 운을 어느 정도 아낄 수 있어야 할 텐데. '모래시계 팀'은 아

---

4) 1980년 미국의 SF 영화로 미 항공모함이 이상 기후에 휩쓸려 진주만 사태 직전으로 타임 슬립하여 벌어지는 에피소드를 그리고 있다.

직 갈 길이 멀어. 이 모든 일이 어떻게 마무리될지 매우 걱정스럽군. 백 번은 물은 질문이네만, 그래 자네 생각은 어떤가? 허튼소리는 말고, 수집한 정보를 토대로 얘기해 보게."

"제독님, 저들이 작전 지역에 도착하는 것이 우선이겠죠. 진주만을 건너가 하와이에서 쿠니아 작전을 수행하고, 중국 해역까지 횡단하는 기나긴 여정에서 살아남는다고 가정해도, 여전히 상황은 최악일 겁니다. 전 세계가 어둠에 휩싸였고, 지난겨울 이후 중국으로부터 아무런 연락이 없는 상태입니다. 통신이 중단됐어요. 중국의 주파수 대역을 모니터할 고주파 무선 통신병도 없습니다. 우리가 그들의 송신을 십여 차례 놓치고도 모르는 것일 수도 있죠. 중국어를 할 줄 아는 사람도 부족합니다. 우리 군이 중국의 연락을 받게 된다면 통역이 가능한 자가 다섯에 불과합니다. 팀이 태평양을 건너 중국 보하이만의 강 상류까지 차질없이 간다고 해도, 그다음에는요? 미국 본토 상황이 얼마나 안 좋은지 아시지 않습니까. 1년 전 미국의 인구는 3억 2000만 명 정도였습니다. 지금까지 적극적인 군사 작전을 펼쳐 상당수의 언데드를 처리해 왔지만, 핵무기가 원인을 해결하는 데 확실히 도움이 됐다고는 말할 수 없죠."

조의 의견을 들은 고틀먼 제독은 인구 밀집 지역에 핵공격을 가하기로 결정이 내려지던 순간을 잠시 되짚어 보았다. 당시에는 그마저도 결정에 동의했다. 한밤의 불덩어리가 하늘을 밝혔다가 목표로 삼은 해안 도시들을 뒤흔들 때, 그는 함교에서 승무원들의 환호를 들었다. 제기랄, 그 역시도 손뼉을 치며 소리를 질렀다. 이 거대한 버섯 기둥은 오래 전 보았던 핵 실험 영상과는 차원이 달랐다. 일곱 빛깔 무지개가 거대한 버섯 갓 아래의 기둥을 타고 흘렀다. 엄청나게 크고 푸른 번개가 번쩍이며, 파괴된 도시의 잔해와 먼지, 그리고 인간의 유골이 쌓여 세워진 벽 곳곳을 강타했다.

"뉴올리언스 표본 연구는 어떻게 진행되고 있지?"

고틀먼이 물었다.

"감시선 릴라이언스호에서 일어난 일을 들으셨군요. 뉴올리언스나 다른 핵폭발된 도시 외곽의 위치 정보 시스템 수백 곳으로부터 수집해 둔 도심의 무선 정보를 받았습니다. 전송은 폭발이 일어난 후에 시작되었습니다. 들어오는 모든 정보가 어지간한 수치에서는 저 개자식들을 당해 낼 수가 없다는 것을 보여 주고 있습니다. 인지 기능도, 민첩성도, 속도도 한 수 위예요. 놈들한테 물리거나 긁혀서만 죽는 게 아닙니다. 살아있는 시체가 내뿜는 고출력 핵 방사능도 아주 고약하죠. 코즈웨이와 다운타운의 표본 분석도 다르지 않습니다."

"좀 좋은 소식이 있길 바랐는데 말일세."

고틀먼이 씁쓸하게 말했다.

"우리에게는 아직 추진력과 깨끗한 물, 그리고 상당한 식량이 남아 있습니다."

제독은 애써 미소를 지어 보였다.

"그게 중요한 거겠지."

조는 스카치위스키로 목을 축이고는 기침을 하며 말했다.

"지금 헬기에서 곧 내릴 준비를 하고 있는 친구들은 자신들이 무얼 쫓는지도 모릅니다."

"곧 알게 되겠지. 버지니아호의 정보 장교가 얘기할 걸세."

"제독님, 이미 충분히 논의한 사안이지만, 제 입장은 변함이 없습니다. 저들에게 전부 터놓는 것은 상황을 상당히 복잡하게 만들수 있다고 생각됩니다. 혹여 저들이 최초 감염자의 정확한 위치를 찾아내더라도, 구해 낼 가치가 없다고 생각할지 모릅니다. 그것이 시간과 자원을 낭비하는 일이라고 여길 수도 있으니까요."

"조, 최초 감염자가 이 난국을 풀 유일한 열쇠일지도 모르네. 그런 기회를 잡기 위해서라면 나는 수십억 달러짜리 잠수함과 거기타고 있는 인원들을 최대한 활용해야 한다고 보네……. 게다가 우리에겐 기술력이 있지 않나."

조는 바 쪽으로 다가가 잔에 뜨듯한 스카치위스키를 조금 더 따랐다.

"우리는 최근 70년 동안 솔리드스테이트[5]나 스텔스, 초기 단계의 자기부상이나 레이저를 빼고는 이렇다 할 큰 성과 없이 그저 기술을 유지만 해오는 수준이었습니다. 우습고 덩치만 큰 프로그램의 버전을 역설계만 하는 데도 수십 년이 걸렸죠. 더군다나 걸어 다니는 70억의 포식자들에 대항하는 데 그 기술이 무슨 도움이 된단 말입니까?"

"자네 말이 설득력은 있네만, 그 외에 또 무엇을 할 수 있겠는가?"

"제독님, 생존자를 모아 섬 하나로 들어가도 됩니다. 그 섬을 지키면서 남은 날들을 산다면 적어도 여기 있는 것보다 조금은 더 안전할 겁니다."

"미국을 버리라는 말인가? 그놈들의 손아귀에 내버려 두라고?"

---

5) 진공관 대신 트랜지스터나 반도체 다이오드 등을 이용해 회로를 구성하는 방식.

"외람된 말씀이지만, 지금 본토에는 언데드 수백만 마리 외에는 어떤 것도 남아 있지 않습니다. 개중 대부분이 방사능의 분해 속도가 0이 될 때까지 방사능을 내뿜을 것입니다. 언데드들의 방사능 노출 여부와 상관없이, 놈들은 앞으로 10년 이상 본토를 떠돌 것이며 그 이후로도 오랫동안 위협이 될 것이라고 분석가들은 예측했죠. 언데드들이 얼마나 오래 버틸 수 있는지 정말 짐작조차 되지 않습니다. 30년 이상이라고 말하는 사람도 있더군요."

제독은 조의 뒤쪽 벽으로 시선을 던졌다. 그는 멍하게 혼잣말을 하는 듯했다.

"30년. 맙소사, 30년이라니."

조가 말을 이었다.

"우리가 양쪽 해안에서 협공 작전을 개시하고 남녀노소가 힘을 모아 언데드들을 혼쭐내지 않는 한, 가까운 시일 내에 본토를 되찾기는 어려울 겁니다. 아무튼 그렇습니다. 우리는 죽은 자뿐만 아니라, 살아 있는 사람도 감염시키는 무언가가 있음을 알고 있습니다. 모두들 몸속에 잠재적으로 그 인자를 지닌 상태죠. 이 이상 징후의 보균자가 아닌 사람은 국제 우주 정거장에 고립되어 있는 불쌍한 자식들뿐일걸요. 지금은 몇 주째 그곳으로부터 데이터를 전송받지 못하고 있지만 말이죠."

제독은 빛이 비치는 선실 모퉁이로 시선을 옮겼다. 칸막이벽에는 총사령관 시절 조지 워싱턴의 아주 오래된 초상이 눈에 잘 띄게 걸려 있었다.

"조지 워싱턴 총사령관이라면 어떻게 했을까?"

"아마도 칼로 베고, 총을 쏘고, 대포를 발사하고 욕설을 퍼부으며 마운트버넌[6]을 지켰을 테죠. 해야 한다면 주먹다짐도 마다하지 않았을 겁니다."

"아무렴, 그렇지. 그렇고말고."

---

6) 미국 버지니아주에 있는 미국 초대 대통령 조지 워싱턴의 생가.

3

특수부대 피닉스

텍사스 남동부의 고도 7킬로미터 상공을 지나는 수송기 C-130 뒷좌석에는 남자 넷으로 구성된 특수부대가 앉아 있었다. 그들은 낙하산 끈을 꽉 붙들고 당기면서도, 카고 도어 옆의 불빛이 계속 점멸하기를 바라며 그것을 응시했다. 네 남자는 기내 산소 호흡기를 통해 깨끗한 산소를 빨아들임으로써, 혈액 속 질소를 제거해 혹여 생길지도 모를 치명적인 저산소증을 피하고자 했다. 낙하 5분 전이었다.

고공 낙하는 그들에게 낯선 일이 아니었다. 그러나 타당한 이유도, 이렇다 할 공중 지원도 없이, 좀비가 득시글거리는 지역의 7킬로미터 상공, 그 차갑고 어두운 밤공기 속으로 뛰어내리는 것은 엄연히 다른 문제였다. 누구도 이것을 훌륭하고 그럴 만한 가치가 있는 시도라고 확신하지 못했으리라. 그들은 모두 진동으로 손발이 심하게 흔들려 고착선도 겨우 연결할 수 있었다. 낙하는 별문제가 아니었다. 초속 6미터로 낙하한 충격이 발과 무릎, 엉덩이와 등, 그리고 어깨로 고스란히 전달된다는 게 문제였다. 그럼에도 많은 전우들이 이런 원초적인 낙하를 감행했다. 남아 있는 민간인과 사회 기반 시설을 지켜 내는 데 반드시 필요한 물품이나 정보를 찾기 위해서였다. 일부는 인슐린 조제법과 취급 설명서, 기계장치 같은 것들을 구했고, 일부는 리튬 건전지를 동력으로 하는 공구를 찾기 위해 대형 철물점으로 보내졌다. 몇몇은 버려진 들판에 발을 디뎠고, 몇몇은 감염자가 빽빽이 밀집된 지역의 건물 지붕에 착륙했다. 많은 낙하자가 죽은 자들이 팔 벌리고 기다리는 곳으로 떨어지거나 지면과의 충돌로 다리에 금이 가는 부상을 입고 수제 자살 캡슐을 삼켜야 했다. 그러나 캡슐에서 매번 기대했던 효과를 얻는 것은 아니었다.

공중에 띄운 적외선 정찰 카메라가 송출한 화면을 보면, 그들은 자살 캡슐을 삼키고도 바로 죽지 못해 캡슐의 독에 움직임이 느려지거나 기절한 상태로 몰려드는 좀비들을 맞이하게 되었다. 낙하산을 꾸리고선 자살 캡슐을 직접 조제까지 해야 했다니…… 참으로 얄궂은 운명이 아닐 수 없었다. 하지만 그런 생각은 하지 않는 편이 나을 것이다.

남자의 동료들은 그를 '닥'이라고 불렀다. 1년 전 그는 아프가니스탄의 산악지대에서 모래와 7.62밀리미터 탄을 씹으며 고가치 표적을 추적 중이었다. 그때는 전 세계 파병 병력의 소환 명령이 있기 전이었다. 상황이 엉망이 되기 전에 본토로 돌아온 건 전 세계에 분산되어 있던 군대의 35퍼센트뿐이었다. 닥과 그의 오랜 벗이자 해군 특수부대의 동료인 빌리 보이는 아프가니스탄 남부에서 마지막으로 빠져나온 생존자였다. 그들은 파키스탄을 가로질러 남쪽의 오만만에 다다를 때까지 말 그대로 생지옥을 헤치며 분투해야 했다. 그리고 다행히 오만만 연안에 미국으로 돌아가기 위해 대기하던 보급함 USNS 페코스호에 승선할 수 있었다. 그 배에 오르기 위해 신물이 날 정도로 헤엄도 쳐야 했다.

닥은 흔들리는 화물 고정용 그물에 걸터앉아 있었다. 가까이에는 빌리 보이가 있었고 화장실 커튼도 펄럭이고 있었다. 탁한 연두색의 조종사용 헤드셋을 쓴 닥은 앞에 앉은 조종사의 수다에 귀 기울였다.

조종사가 마이크를 조정하고 부조종사에게 말했다.

"이 친구들도 저 어둠 속 아비규환으로 뛰어드는구먼."

"나 같으면 이런 지랄 맞은 일에 절대 지원 안 해요. 빌어먹을, 죽음의 땅 위를 나는 것만도 충분히 위험한데. 지난 세 달 동안 몇 명이나 죽었더라. 네 명, 다섯 명?"

"일곱일세."

"와, 일곱요? 추락한 항공기 조종사 중에 구조된 사람은 하나도 없잖아요. 그 불쌍한 이들 중에 저 아래 어딘가에 살아 도망친 친구가 있을지 궁금하네요."

"있어야지."

"그러게요."

닥이 대화를 끊었다.

"관성 위치 좀 확인할 수 있습니까?"

조종실 내부 통신 시스템이 탁탁 소리를 냈다.

"2분 남았네, 닥."

"로저, 안전하게 기지 귀환 하십시오. 다음에 뵙겠습니다."

인원이 부족해 단 네 명으로 구성된 이 특전팀은 강하 지휘관도 없이 바람과 맞서야 했다. 네 사람이 서로의 낙하산을 점검한 뒤, 닥이 화물칸 램프의 구동 장치를 주먹으로 내리치자, 얼음장 같은 중고도의 공기가 화물칸 안으로 무섭게 덤벼들었다.

닥은 시계를 확인하고는 점멸하던 불빛이 완전히 빨간색으로 바뀌기 직전 빌리 보이를 똑바로 바라봤다. 텍사스의 하늘로 몸을 내던지는 빌리 보이에게 희박하고 찬 공기가 느껴졌다. 다음 순서는 다른 두 대원 호스와 디스코였다. 호스는 참혹했던 수도 워싱턴에서 탈출해 팀에 합류했다. 델타 요원 디스코는 닥의 부대가 방사능 낙진이 심하던 뉴올리언스에서 팀원 하나를 잃은 뒤에 새로 충원한 팀원이었다.

호스까지 화물칸 출구 밖으로 사라지는 것을 본 닥은 마이크 채널을 조종실로 맞추고 말했다.

"10초 안에 마지막 인원까지 강하할 겁니다."

닥은 헤드셋을 앞쪽으로 던지고 출구이자 관문이자 지옥행 편도 엘리베이터인 카고 도어 앞으로 가서 까마득한 풍경을 내려다보았다. 화재가 일어난 곳이 보이긴 했지만, 그 외에 전력망의 존재는 전혀 감지할 수 없었다. 그만큼 깜깜했다. 카고 도어에서 밤하늘로 뛰어들면서 아래 펼쳐질 누구도 막을 수 없는 섬뜩한 괴물들의 물결을 떠올렸다.

닥은 넥 마이크를 확인하고 바람 너머로 외쳤다.

"빌리?"

"여기 있어, 닥."

"디스코?"

"여깁니다, 대장."

"호스?"

"여기요."

닥은 마이크에 대고 툴툴거리듯 말했다.

"그래, 모두 290 방향을 찍어. 고글 쓰고 적외선 비콘을 켜. 서로를 찾을 수 있게끔 말이야."

야간 투시 모드의 고글을 통해 닥은 아래 지면의 곡률을 볼 수 있었다. 6킬로미터 상공에 접어들면서 미묘하게 저산소증이 시작되는 것을 느낄 수 있었다. 정상적인 상황이라면 이 정도 높이에서 강하할 때 휴대용 산소통이 있을 테지만, 그것은 이제 과거의 호사였다. 닥은 그의 팀이 고고도 이탈 고고도 개방 낙하 전에 헬기에서 산소를 흡입한 것만으로 얼마간 부작용을 피할 수 있길 바랄 뿐이었다.

닥이 손목에 채운 나침반을 힐끗 내려다볼 때, 그 아래로 희미한 섬광이 보였고, 또 한 사람이 다른 위치에 있는 것이 확인되었다.

"불빛이 둘만 보이는데, 다들 신호 보내고 있나?"

"디스코, 보내는 중입니다."

"빌리, 보내고 있어."

닥은 짜증 어린 한숨을 내뱉으며 경멸하듯 말했다.

"젠장, 호스. 도대체 뭐가 문제야?"

"어…… 그게, 적외선 비콘이 없어졌어요."

"멍청한 놈, 나침반은 있어?"

"예, 290도입니다. 제가 손전등을 몇 번 깜박일 테니까, 불빛이 보이면 전 줄 아세요."

"깜찍하다, 깜찍해."

"마음에 드실 줄 알았다니까요."

닥이 가시 범위를 훑어보며 고도계로 현재 5.5킬로미터 상공임을 확인했다.

"호스, 위치 확인. 손전등 꺼. 너 때문에 다들 눈 아파."

"대장, 확인 좀요…… 지금 고도 얼마입니까?"

호스가 닥에게 물었다.

"5.1킬로미터쯤, 왜?"

"전 5.3킬로미터거든요."

"그냥 꺼져 버려, 호스."

그들은 계속 하강했다. 기온은 대략 300미터 내려갈 때마다 2도씩 확연히 따뜻해졌다. 고도 4.5킬로미터에 이르렀을 때, 닥은 대원들의 저산소증을 확인했다.

"다들 이상 없나?"

"디스코 이상 무."

"빌리 이상 무."

"호스 이상 무."

"이제 출동이다, 대원들. 발이 땅에 닿기까지 12분 정도 남았군. 정보에 따르면 놈들 무리가 샌안토니오의 왼쪽, 약간 서쪽으로 이동했다고 한다. 하지만 그게 우리가 저 아래 근사한 리조트에 들러도 될 거란 말은 아니지. 낙하산 하네스를 풀기도 전에 죽은 놈들 손에 잡히고 말걸. 단단히 대비해. M-4 탄창 꽂고 노리쇠 후퇴 전진, 조용하게 레이저 조준기를 켜라."

입 밖으로 말을 내뱉는 이는 없었지만, 땅에 가까워지는 동안 모두들 최악의 경우를 떠올리며 두려움을 느꼈다.

우리가 놈들 무리 속으로 떨어지면 어쩌지? 딱 한복판에 떨어져 사방 1, 2킬로미터에 살아있는 시체가 가득하다면.

아무리 많은 훈련을 거치고 작전 경험을 쌓는대도 이런 일에 익숙해질 수는 없을 것이다.

고도 3킬로미터에 이르러 닥이 다시 무전을 했다.

"상태 확인."

"디스코, 아직 멀쩡합니다."

"빌리도 이상 무."

"호스, 추워요."

"호스, 다시 말해 봐."

호스가 천천히 말했다.

"나는 주, 주워요, 어, 춥다고요."

닥은 매뉴얼에 따라 진단용 질문을 던졌다.

"호스, 8분만 있으면 땅이야. 알파벳을 거꾸로 외워 봐."

호스가 불분명한 발음으로 말했다.

"왜 그래요, 다악."

"어서."

닥이 몰아붙였다.

"로저어어. 지, 와이, 더블유, 브이…… 젠장, 못 하겠어요."

"호스, 너 지금 저산소증에 빠지고 있어. 우리가 고도 3킬로미터를 지났거든. 지면에 닿기 전에 괜찮아질 거야. 디스코, 빌리, 낙하산 벗자마자 호스 쪽으로 집결해."

디스코가 신속히 응답했다.

"알겠습니다."

빌리가 투덜거리듯 말했다.

"오케이. 그런데 위치를 어떻게 확인해? 호스는 비콘도 잃어버렸는데."

닥이 대답했다.

"좋은 지적이야. 호스, 레이저 조준기를 켜. 그래야 너를 찾을 수 있을 테니까. 지면에 닿으면 하네스를 벗자마자 레이저를 사방으로 흔들도록 해."

대답이 없는 호스.

"호스, 젠장, 알았다고 대답하라고!"

닥이 소리쳤다.

희미하고 불분명한 목소리가 들렸다.

"로오오저."

고도 1.5킬로미터.

"상태 확인."

"디스코는 백점 만점입니다."

"빌리 이상 무."

닥은 초조하게 무전을 보냈다.

"최대한 빨리 호스한테 가야겠어. 막 1.5킬로미터 지났을 뿐인데 벌써 놈들 냄새가 나는 거 같아. 4분 남았다!"

디스코와 빌리가 동시에 응답했다.

"오케이, 확인."

그들은 좀비들이 낙하 지점을 뒤덮을 낌새가 있는지 신경을 곤두세웠다. 아직은 눈으로 땅의 상황을 살필 수 있을 만큼 낮은 고도에 이르지 못했다.

고글은 거리 감각에 혼동만 주었다. 낙하 원칙은 이랬다. 지평선에서 눈을 떼지 않고 무릎을 살짝 굽히며 충돌은 미리 걱정하지 말 것. 그리고 그들은 마지막 30미터를 떨어지는 동안 이 원칙을 무의식적으로 반복했다. 언데드로 뒤덮인 불모지의 어둠 속에 곤두박질치자, 좀비들의 악취가 너무나 강력해졌다.

* * *

디스코가 제일 먼저 땅에 안착했다. 즉시 자세를 가다듬고 위험이 없는지 주변을 살피며 낙하산을 벗었다. 세 사람 모두 호스가 저산소증으로 의식을 잃었거나 흐리멍덩한 상태일 것이라 생각했다. 호스는 늘상 팀원들의 골칫덩어리였으나, 그가 워싱턴에서 무사히 탈출해 나온 것을 생각해 함부로 대하지는 않았다. 여기서 중요한 건, 4인이 한 팀을 꾸린 상황에서 한 명이 낙오된 것을 달갑게 여기는 사람은 없다는 것이었다. 특히나 지금 같은 상황에서는.

디스코가 손을 뻗어 고글의 광증폭기를 조정하는 동안, 빌리보이는 가벼운 쿵 소리와 함께 욕설을 내뱉으며 디스코의 왼쪽으로 6미터가량 떨어진 지점에 발을 디뎠다. 10초 뒤, 닥이 착지했다. 그들은 디스코 쪽으로 모여 호스의 적외선 레이저를 찾으려 모든 구역을 살폈다. 아무런 기척이 없다가 소음기가 달린 카빈총의 섬광이 서쪽 돌출된 지형에서 번쩍였다.

* * *

호스는 고도 300미터를 지난 어느 지점에선가 의식을 잃어 커다란 가문비나무 쪽으로 곤두박질치고 있다는 사실도 깨닫지 못했다. 우지끈 소리와 함께 낙하산이 나뭇가지에 걸렸다. 안전장화를 신은 왼발을 좀비가 씹기 시작할 때까지 몇 분간 멍하게 그 상태로 매달려 있었다. 시체의 뼈만 앙상하게 남은 두 손이 발을 움켜잡고 있었다. 카빈총이 이상한 각도로 걸려 있어 호스는 한 손으로 총구를 겨눠야만 했다. 자신의 발에 구멍을 낼 뻔한 뒤, 세 번째 총격에야 좀비의 뇌를 묵사발 내어 놈을 비에 젖은 나뭇잎 무더기처럼 땅에 처박히게 만들었다.

호스는 적외선 레이저를 켜서 이리저리 흔들기 시작했다. 잠시 후, 하강하는 동안 이어폰이 빠졌다는 걸 깨달았다. 투명한 코일선을 더듬더듬 찾아 이어폰을 다시 귓속으로 밀어 넣었다.

무전을 통해 닥의 목소리가 흘러나오고 있었다.

"호스의 레이저가 보인다. 언덕 위에 있는 것 같군. 20미터 정도 간격으로 흩어진다. 내가 디스코와 전방을 맡는다. 빌리, 뒤를 엄호해."

디스코가 구두로 알겠다고 대답을 했다.

빌리는 무전을 통해 간략히 되풀이했다.

"엄호하겠다."

이 죽은 자들의 세상에서 작전의 간결성은 매우 중요했다. 굳이 필요하지 않다면, 호스는 그 대화에 끼어들지 않을 것이었다. 거기에 그들만 있는 게 아니라는 사실을 일깨워 주듯 덤불에서 소리가 났다. 세 사람은 50미터 정도를 신속히 움직여 호스가 매달린 가문비나무에 다가갔다.

닥의 무전기가 지지직거리며 빌리 보이의 목소리가 들렸다.

"7시, 9시 방향, 30미터, 다섯 마리."

나무에서 30미터 뒤쪽으로 언데드 다섯 마리가 있었다.

닥이 명령을 내렸다.

"빌리, 처리해."

목표물로 총구를 향한 소음기가 달린 카빈총의 발포 소리가 그들 귓가에 한동안 남아 있었다.

"타깃을 처리했다."

빌리가 보고했다.

돌출된 언덕에 올라선 그들은 나무에 매달려 다리를 가슴 쪽으로 끌어 올리려 안간힘을 쓰는 호스를 보게 되었다.

닥이 고개를 절레절레 저으며 말했다.

"뭐 하냐, 호스?"

"아니, 하강할 때 정신을 잃었다가 저놈이 부츠를 씹어서 정신 차렸죠."

호스가 시체를 향해 고갯짓하며 말했다.

"나한테 뭘 뜯어 먹으려고 그랬냐, 이 자식아?"

"디스코, 줄을 끊어 줘."

닥이 명령했다.

"기꺼이 해 드립죠."

디스코가 자르기 충분한 높이까지 나무를 타고 올라 줄을 끊자, 호스가 쿵 소리를 내며 땅으로 떨어졌다. 시체에서 채 1미터도 떨어지지 않은 지점이었다.

"디스코, 미친 새끼야! 저놈 얼굴로 떨어질 뻔했잖아! 작작 좀 해!"

"멀쩡하네, 뭐. 그렇게 징징거리지 마."

"디스코가 약간 밀리는데."

닥이 우스갯소리를 보탰다.

"그럴 거예요. 하지만 델타 요원 하나가 별거 없는 세 사람 몫을 하죠."

디스코가 그 말을 진지하게 듣고 비꼬듯 대꾸했다.

"자, 잡담은 여기까지. 우리가 얼마나 위치를 벗어났는지 확인하고 낙하산을 수거하자."

닥이 명령했다.

이어폰에서 세 사람의 대답이 동시에 울려 나왔다.

빌리가 지도와 나침반을 꺼냈다. 그는 지도에 낙하점을 표시하고 하강 도중에 봤던 불타는 지역에서 피어오른 연기를 참고로 하여 바람 방향을 적어 두었다. 네 사람이 현재 위치에 대한 정보를 조합하기도 전에 빌리가 먼저 근처의 지형지물을 통해 자신들의 위치를 정확히 짚어 냈다.

"닥, 시설 입구로 가려면 북북서로 5킬로미터 정도 달려야 해."

빌리가 말했다.

"생각보다 양호하군."

그들은 키트에 들어 있던 큰 쓰레기봉투에 낙하산을 접어 담아 두고 각자의 지도에 시설 위치를 표시했다. 나중에야 유용하게 쓰일지도 모를 일이지만, 당장은 굳이 낙하산을 배낭에 욱여넣어 무겁게 짊어지고 다닐 필요가 없었다. 지금은 시간이 절대적으로 중요했다. 대낮에 붙잡히는 상황이야말로 어떻게든 피해야 했다.

4

타라는 침대에 누워 천장을 보고 있었다. 오래전, 대학 시절 따분한 강의를 볼 때처럼. 직사각형 모양의 형광등이 빨간색으로 바뀌었다. 배가 거센 파도로 일렁이는 바다를 헤치고 나아가자, 침대도 약간 덜컹거렸다.

문 위에 고정된 PA 스피커에서 들려오는 시끄러운 시종 소리가 타라의 주의를 다시 집중시켰다. 몇몇 승무원은 이 소리를 1MC[7]라고 불렀다. 이것은 그녀가 알아야 할 것 가운데 하나였다. 배워야 할 것이 너무 많았다. 남자친구가 떠난 지 겨우 며칠이 흘렀을 뿐이었다. 그들은 일주일 전에 호텔23을 떠났다. 모든 게 그저 흐릿해서 아주 오래전 일 같지만.

---

7) 미국 해군 및 해안 경비대 선박에서 선내 공용 회로를 의미한다. 선내 모든 인원이 들을 수 있을 정도로 크고 일반적인 정보를 안내하는 데 사용된다.

유도 신호등의 소음이 머릿속에서 여전히 들리는 듯했다. 지옥에 있는 어떤 악마도 그녀를 이 이상 놀라게 할 수 없었다. 타라는 교회나 공포소설에 묘사된 지옥을 믿지는 않았지만, 그들이 호텔 23을 탈출하던 날 직접 본 진짜 지옥만은 알고 있었다.

타라는 딘, 자넷, 로라, 그 외 다른 이들과 함께 헬기에 올라 안내를 받았다. 로라는 겁을 먹고 존의 작고 흰 개 애나벨을 꽉 붙들었다. 그들이 잠시나마 집이라 불렀던 마지막 장소를 떠나면서 앞으로 벌어질 일은 아무도 예측할 수 없었다.

사이엔이 그녀를 헬기에 태우며 안심시켰다.

"킬은 내가 챙길 테니 걱정 마시오. 나랑 있으면 안전할 겁니다. 어서 타요!"

그녀의 의식에 상처를 남기고 최근의 꿈을 부추긴 것은 바로 얼마 전에 호텔23에서 만까지 가면서 본 전투의 장면들이었다. 헬기가 시설 위를 맴돌았고 타라의 눈에는 얼추 수백만 마리는 될 언데드들이 뚜렷이 보이기 시작했다. 완전한 죽음의 물결이 호텔 23을 중심으로 모여들었다. 살아남은 사람들은 군용 차량뿐만 아니라 자동차와 트럭으로도 호송되었다. 걸어서 도망가는 사람도 있었다. 여자와 아이만이 항공편으로 안전하게 수송되었다.

해군이 언데드 무리를 향해 총을 쏘는 동시에 뭉쳐 있던 좀비들이 흐트러지면서 총에 맞은 썩은 팔다리가 이리저리 튀어오르던 장면이 생생했다. 해병대의 발포에 언데드 무리 맨 앞에 선 수천 마리가 우수수 쓰러지는 모습을 보며 그녀는 총알이 레이저 광선 같다고 생각했다. 그럼에도 더 많은 언데드들이 쓰러진 시체들의 시체를 넘어 전진해 왔다.

언데드들의 숫자가 너무 많아 그야말로 끝나지 않는 싸움이었다.

헬기가 남쪽으로 날았고 그녀는 처음으로 USS 조지 워싱턴호를 보았다. 처음엔 수평선의 작은 얼룩 같더니, 헬기가 빠르게 배로 다가가는 동안 순식간에 커졌다.

어제 조 마우러라는 지휘관이 그녀에게 그간의 일을 얘기해 달라고 했다. 그는 타라에게 맨 처음부터, 그러니까 몇 달 전 차에서 구조된 시점부터 이야기를 시작해 주면 좋겠다고 정중히 요청했다. 조가 차량 안에서 어떻게 그리 오랫동안 생존할 수 있었냐고 묻자, 타라는 조금 당혹감을 느꼈다.

"대소변은 어떻게 처리했죠?"

그가 질문을 던지자, 그녀의 얼굴이 한층 붉어졌다.

조의 그런 질문에 타라는 당혹감뿐 아니라 갑자기 공포가 엄습함을 느꼈다. 그녀는 그 좀비들을 기억했다. 놈들은 차 안에서 그녀가 자고 있을 때, 울 때, 그들에게 욕하고 침 뱉을 때, 심지어 큰 맥도널드 컵에 용변을 볼 때도 그녀를 지켜봤다. 그나마 이전에 봤던 놈들처럼 바위로 유리를 깨뜨릴 만큼 힘이 세거나 똑똑하지 않아서 다행이었다. 그들은 문드러져 고름만 남은 손으로 피를 뚝뚝 흘리면서도 계속해서 유리를 내리쳤다. 숫양처럼 머리로 덤벼들기도 했다. 또, 부패해 가는 입 밖으로 이빨을 내밀고 금이 간 창유리 너머의 그녀를 물려는 놈도 있었다. '저들은 본능적으로 이끌리는 거야.' 그녀는 생각했다.

킬이 타라를 구했을 때, 그녀는 열사병 초기 단계였다. 킬 혼자 그녀를 구한 건 아니었지만, 죽음의 문턱에서 눈에 가장 먼저 들어온 사람이 킬이었다. 이제 그는 지금의 상황을 타개하는 데 별 도움이 되지 않을 것 같은 임무를 맡아 떠났다. 임무 따윈 그녀에게 전혀 중요하지 않았다. 단지 그가 여기로 돌아오길 바랄 뿐. 타라는 할아버지가 베트남에 파병되었을 때의 할머니 심정이 이랬음을 비로소 이해했다.

그래도 존과 다른 사람들이 곁에 있었다.

존이야말로 이들을 한데 뭉치게 했다. 그는 호텔23에 있을 때, 킬의 헬기가 추락해 돌아오지 않던 암울한 시기에도 사람들 곁을 내내 지켰다. 타라는 며칠이나 울었더랬다. 그러나 절대 포기하지 않고 무전기 옆에 머물렀다. 깨어 있는 매 순간 조난 신호 주파수를 모니터했고, 잠드는 매 순간에는 똑같이 그렇게 하겠다는 약속을 존에게 받아냈다. 존은 불평 한마디, 질문 하나 없이 그렇게 했다. 킬이 아니었다면 그도 이미 죽은 목숨이었을 테니까.

사실, 존, 그가 아니었더라면 아마 모두 살아남지 못했을 것이다. 그의 네트워크 기술과 전반적인 리눅스 운영체제에 대한 지식덕분에 호텔23의 생존자들이 복잡한 비밀 시스템 가운데 다만 얼마라도 이용할 수 있었다. CCTV와 위성사진 자료, 정보통신 장비를 제어하는 존의 능력이야말로 사람들이 상황을 이해하는 데 결정적인 역할을 했다.

다시 들리는 종소리, 이번에는 타라도 이 소리가 무슨 의미인지 궁금했다.

* * *

킬이 떠난 후, 존은 바빠 지내려 꾸준히 노력했다. 여전히 다소

화도 나고, 마음이 아픈 듯도 했지만, 동행자로 사이엔을 택한 킬의 결정을 이해했다. 그런 문제는 뒤로하고, 그는 신속히 자원해서 배의 통신부서가 주요 통신 회로를 가동해 운영할 수 있도록 도왔다. 접속 가능한 인터넷망이 없으므로 선내 전자우편 시스템은 쓸모가 없었다. 그러나 USS 조지 워싱턴호와 몇몇 다른 정보 축 사이에 구축된 탄탄한 무선 통신 네트워크는 여전히 바다와 본토에서 가동 중이었다. 접근이 허가되지는 않았지만, 선내 통신 기술자들과 친숙해지고 그들의 경계를 누그러뜨리면서 완전한 접근을 얻어내는 것은 단지 시간 문제였다. 그는 무선 주파수의 기본 원리와 컴퓨터 시스템에 대한 지식 덕분에 항공모함의 기술 인력 중 꽤 중요한 위치에 오를 수 있었다.

* * *

갑판 몇 층 아래, 통신실 뒤쪽에 의무실이 있었다. 이상 징후가 도래하기 전에는 일반 외래환자 진료소와 비슷했지만, 이제는 전쟁 지역의 외상 치료 전문 센터와 많이 닮아 있었다. 미국에서 이상 징후가 시작된 이후, 의사들은 대부분 근무 중에 사망했다. 의사들이 감염자에게 가장 먼저 노출되기 마련이므로, 이는 쉽게 짐작이 가는 일이었다. 원래 배에는 의사 다섯 명이 있었다. 되살아난 시체는 즉각 첫 두 명을 감염시켰다. 사망 선고를 한 의사가 자신을 기만한 좀비들에게 목숨을 빼앗기다니 아이러니한 일이 아닐 수 없었다. 세 번째 의사는 면도할 때 입은 얼굴의 상처에, 감염된 선원이 머리에 총을 쏘아 자살하면서 튄 피가 들어가서 죽었다. 의사는 스스로 머리에 총알을 박는 것을 선택했으며, 곧 바다에 수장되었다. 네 번째 의사는 모르핀 과다 복용이라는 비폭력적인 방법으로 세상을 등졌다. 어쨌든 그는 주사를 놓기 전에 자신의 하체를 들것에 결박해 둘 정도로 위생병에 대한 배려도 잊지 않았다. 다만 그의 유서는 또 다른 자살 시도나 반란을 부추길까 우려한 선임 위병 부사관이 압수해 없애 버릴 정도로 충격적인 내용을 담고 있었다.

그리고 마지막, 다섯 번째 의사가 완벽한 전문가이자 해군 사관학교 졸업생이며 해군 소령이기도 한 제임스 브리커 박사였다. 해군으로 복무했던 사람이라면 누구나 의사는 다른 장교들과는 다른 부류라고 말할 것이다. 계급이 높은 의사들은 대부분 자신을 계급을 붙여서 부르건 어쩌건 전혀 개의치 않는다. 그들은 그저 자신의 임무인 환자의 회복에만 신경을 쓴다.

자넷이 막 항공모함에 도착했을 무렵 브리커는 거의 이성을 잃기 직전이었다. 심지어 모르핀을 자신에게 놓고 있었을지도 모를 일이었다. 새로 도착한 승객들은 도착하는 즉시 상황 설명을 들었고, 보유한 실용 기술 목록을 작성하라는 지시를 받았다. 심사팀은 누가 필요하고 무엇이 최우선순위인지 언제든 알고 있었다. 심사팀이 서류를 검토해 자넷이 의대 4학년 학생이었다는 걸 알게되자, 그들은 거의 그녀를 앉아 있던 의자에서 끌어내다시피 하여 남편과 딸에게서 떼어 내 서둘러 의무실로 보냈다.

* * *

자넷은 의무실에 도착하자마자 마치 정신병원에라도 들어간 기분이 들었다. 감염되었으나 아직 살아 있는 환자들은 침대에서 비명을 지르며 결박에서 벗어나려 미친 듯이 몸부림쳤다. 의용병들은 병상 사이를 벌처럼 바쁘게 돌아다녔다. 거칠게 헝클어진 머리에 마치 실성한 것 같은 하나뿐인 의사가 몸을 구부려 현미경을 보면서 슬라이드 사이에 무엇이 보이든 욕을 퍼부었다.

심사원이 그를 방해했다.

"브리커 박사님, 제가⋯⋯"

"지금은 안 돼."

심사원은 잠깐 기다리며 다시 방해할지 말지 고민하는 눈치였다.

"박사님, 저⋯⋯"

박사는 현미경 렌즈에서 눈을 떼지 않은 채로 퍼부었다.

"내가 말해 볼까? 의료 봉사 배지를 단 스카우트 단원이라도 데려온 거야? 뭐, CPR 수업을 들었는지도 모르지. 아니면 흠⋯⋯ 홈쇼핑에서 의무 기록 관리자를 주문하는 건 어떤가?"

"의대 4학년이었답니다."

브리커는 여전히 현미경과 그 아래 보이는 그 무언가에서 눈을 떼지 못하는 상태에서 잠시 멈칫했다.

"확실한가?"

"바로 여기 왔습니다. 어서 면접 보시고, 음⋯⋯ 잘 모르겠지만 의사 테스트? 그런 거 하십시오. 원하는 대로 하시죠. 다른 사람들도 심사해야 하니 저는 이만 가 보겠습니다. 그녀는 이제 박사님

소관입니다."

자넷은 심사원의 노골적인 솔직함에 짜증이 나서 그를 쳐다보았다.

"죄송합니다, 부인. 당신을 여기 없는 사람처럼 무시하고 말하려던 건 아니었어요. 저에게도 참 힘든 하루였을 뿐입니다."

짜증스레 찡그리던 자넷이 이해한다는 듯 표정을 누그러뜨렸다.

"신경쓰지 마요."

면접은 바로 시작되어 한참 동안 진행되었다.

"어디에서 일해 봤나요? 바이러스에 관련된 경력은? 바이러스가 어떻게 시작되었다고 생각하죠? 놈들은 얼마나 빠르고? 당신 생각엔 놈들이 어디에서……."

자넷이 기진맥진할 때쯤, 윌리엄이 그녀의 어깨를 톡톡 두드려 신문 같던 브리커의 면접에 끼어들었다. 정확히 말하면, 면접이라기보다는 청문회에 가까웠지만.

"이 친구는 누구죠, 그리섬 양?"

"저는 그리섬 부인이라 부르셔야 맞고, 이쪽은 그리섬 씨예요. 어쩌면 그냥 윌리엄이라 부를 수 있게 해 줄지도 모르죠."

자넷이 말했다.

브리커가 어색하게 손을 뻗어 윌리엄에게 악수를 청했고, 윌리엄은 그의 손을 쥠쇠로 조이듯 꽉 움켜잡았다. 자넷이 눈치채고 윌리엄에게 진정하라고 눈치를 주었다.

"만나서 반갑습니다, 박사님. 왜 제 아내를 취조실에 앉은 테러리스트라도 되는 양 신문했는지 대답해 주시겠습니까?"

"음…… 뭐, 그러니까…… 내가 선내에 남은 마지막 의사라는 걸 이해해 주십시오. 부상자를 분류하는 정도의 문제가 아닙니다, 그리섬 씨."

"윌이라 부르셔도 됩니다."

"고맙습니다, 윌. 우리가 그리섬 부인과 함께할 수 있어 정말 다행이군요. 자넷이라 불러도 되겠습니까?"

자넷이 승낙의 의미로 고개를 끄덕였다.

"선박 간 무전 통신망을 통해 해외 의사들과 제한적으로 연락하고 있지요. 말씀드렸다시피 불행히도, 바다에 떠 있는 이 도시엔 내가 유일한 의사입니다. 유감스럽게도 당신의 아내 자넷은 선내에서 대단히 중요한 상황에 발을 들여놓게 되었고요. 그녀는 이제 어떤 희생을 치르더라도 보호해야 할 우선순위의 구성원이랍니다. 나와 고위 지도부, 원자력 공학자, 용접공, 통신원, 극소수의 다른 인력들과 마찬가지로 그녀도 이 기지의 생존과 성장에 굉장히 중요한 존재입니다."

자넷은 잠시 뜸을 들이다가 물었다.

"우리가 정확히 무슨 일을 하게 되나요, 박사님?"

"내 명령은 이 배를 지휘하는 장교들처럼 간단합니다. 죽은 자를 일어나게 하는 원인을 알아내고 그것을 멈출 방법을 찾는 거죠. 적어도 새로운 감염이라도 막게 될지 모르니."

"현재 선내 사람들의 건강은 어쩌고요?"

자넷이 묻는 순간에 맞춰 환자의 비명이 울려 퍼져 그녀의 질문에 힘을 실어 주었다.

브리커 박사는 한숨을 내쉬었다.

"안타깝지만 우선순위가 아닙니다. 내 생각엔 이미 세상은 돌이킬 수 있는 상태를 넘어선 지 오래죠. 인류는 깊은 나락의 끄트머리에 있고, 과학만이 우리의 유일한 희망이죠. 완전 무장을 하고 식량 공급을 원활히 하고 있는 바다 위 저 백여 척의 배들 역시 별 차이가 없을 거예요. 미국에만 수백만, 전 세계적으로 수십억에 달하는 그런 것들에 우리가 수적으로 밀린다는 것은 비밀도 아니고."

5

USS 버지니아호 - 기동팀 모래시계

헬기 문에서 돌돌 말린 굵은 레펠 로프 여섯 개가 거의 동시에 떨어졌다. 헬기의 강력한 하강풍으로 인해 그 줄은 코브라처럼 똬리를 풀며 USS 버지니아호 선루 바로 뒤의 갑판을 때려 댔다. 배는 아무렇게나 흔들리는 태평양의 물결에 따라 좌우로 요동쳤다. 잠수함 선체는 헬기가 내려앉기 편하게 설계되지 않았다. 그보다는 적 잠수함 출입구에 쥐도 새도 모를 죽음을 선사하거나 비밀 첩보대를 투입하기에 최적화된 모습이었다.

로프가 갑판을 때리고 잠시 후, 승객 여섯 명이 로프를 따라 내려왔다. 앞선 네 명은 수년간의 특수작전 경험에서 비롯한 감각으로 편안하게 내려왔다. 그에 비해 뒤이어 내린 두 사람은 엉성하고 제대로 균형을 잡지 못하는 것 같았다. 반쯤 내려갔을 때 한 사람이 균형을 잃고 덫에 걸린 짐승처럼 홱 뒤집히더니 줄 사이로 나부대다가 잠수함 마스트에 머리를 부딪칠 뻔했다.

헬기의 뜨거운 하향풍과 어설픈 레펠 쇼가 끝나고, 둘은 이미 갑판에 오른 나머지 넷과 합류했다. 팀의 대장은 옷을 찢을 듯 강력한 헬기 엔진의 바람에 몸을 씻는 것처럼 그 자리에 서 있었다. 천생 바다 사나이인 그의 하체는 자석처럼 강철 갑판에 딱 붙어 수월하게 균형을 잡았다. 그는 헬기 기장에게 손짓을 했다. 몇 초 후, 무기와 장비를 가득 담은 크고 검은 더플백 다섯 개가 갑판에 천천히 내려졌다. 그들은 제자리 비행을 하는 헬기 조종사에게 엄지손가락을 들어 보였고, 기장은 줄을 끌어 올리기 시작했다. 조종사는 잠수함 갑판 위의 남자들에게 경례를 하고 조종간을 당겼다. 헬기는 북쪽으로 빠르게 날았다.

소음과 헬기의 하향풍은 순식간에 멀리 사라졌다. 남은 이들은 이제 태평양의 손아귀에 있었다. 그들은 수면에 작별을 고한 뒤, 거칠고 미끄럼 방지 처리가 된 통로를 따라 함교 뒷부분으로 향했다.

킬과 사이엔도 뒤를 따랐고, 그중 하나가 다른 사람에게 작은 목소리로 이렇게 말했다.

"로마에 가면 로마법을 따라야겠죠."

그들은 해치를 지나 사다리를 타고 꽤 상당한 거리를 내려가 배 내부로 들어갔다. 잠수함의 통제실로 들어서니, 하늘의 빛은 서서히 사라지고 잠수함 내부의 붉은 조명이 밝아졌다. 작전팀 네 사람은 킬과 사이엔을 함교 위의 낯선 사람들 사이에 남겨 두고 선미 내부로 사라졌다.

주름진 청색 오버올에 테니스화를 신고 해군용 캡모자를 쓴 남자가 손을 내밀며 다가왔다.

"나는 버지니아호의 총지휘관 라센 함장이네."

방금 도착한 둘 중 하나가 손을 뻗어 라센의 손을 꽉 잡았다.

"저희는……."

"둘 다 누구고, 왜 여기 왔는지 이미 알고 있네."

라센이 딱딱한 말투로 대꾸했다.

라센이 다시 입을 열기 전, 킬은 반발심을 감추려고 애썼다.

"제독께서 사흘 전에 사적으로 전갈을 주셨네. 감사하게도 귀관과 귀관의 친구 사이엔 씨에 대한 정보와 당신들과 함께 도착한 팀의 정보를 함께 보내셨지. 귀관에 대한 얘기와 이 원격 식스인지 뭔지가 이상한 짓거리를 벌이고 있다는 얘기도 들었고."

"뭐, 제독께서 시간을 아낄 수 있게 해 주셨군요."

킬이 대답했다.

"그러신 셈이지. 로 원사가 객실로 안내할 거네."

라센은 말을 마치자마자 자리를 뜨려 했다.

"질문 하나 드려도 될까요?"

"하게."

"중국엔 뭐가 있습니까?"

"SCIF[8]에 가서 말해주지. 18시 00분까지 준비하게."

"아이아이(알겠습니다), 함장님."

---

8) 특수통신정보시설. 민감한 기밀 정보를 취급하며 특수 보안 시스템을 갖췄다.

라센은 벽돌 모양의 무전기에 대고 킬이 이해하지 못하는 말을 하며 서둘러 자리를 뜨더니 가까이에 있는 아주 좁은 복도로 사라졌다. 로 원사는 바다에서 몇 년씩 계기판 눈금을 조정했을 성싶은 눈으로 두 사람을 살피며 머리를 굴리고 있었다. 그는 키가 대략 170센티미터쯤 되어 보이는 작은 키와 다부진 몸에 굉장한 콧수염을 한 남자였다. '내가 변기로 흘려보낸 바닷물만 모아도 네가 배를 몰고 돌아다닌 바다보다 광대할 거야.' 고참 해군들 사이에서 흔히 쓰는 말이었다. 킬은 왠지 이 격언이 로 원사에게서 시작되었을지도 모른다고 생각했다.

"둘 중 한 사람은 중령이라고 들었습니다. 아마도 이쪽 분인가 봅니다."

로가 손가락으로 킬을 가리켰다.

"군복을 드릴까요? 여분이 있습니다. 기장은 붙어 있지 않습니다만."

"원사님, 혹 여분이 있다면 오버올을 두어 세트 주시면 감사하겠습니다."

"그렇게 하지요. 내 이름은 알 테고, 이름이 뭡니까?"

"킬로이입니다."

"그렇게 불러 드리지요, 킬 중령."

사이엔은 의도치 않게 웃음이 터졌다.

"그럼 당신 이름은? 알리바바?"

로가 사이엔에게 물었다.

킬이 입술을 깨물었다.

"나 사이엔이오."

로는 버지니아호의 함교 위에서 마치 그들을 심판하고 선고를 내리듯 날카로운 시선으로 둘을 바라보았다.

"킬로이 중령, 그리고 사이엔 씨. 버지니아호에 승선한 것을 환영합니다. 따라오시죠."

사이엔과 킬은 로 원사의 뒤에 붙어 미로 같은 복도와 사다리를 지났다. 킬은 잠수함의 시공간이 독특하고 유동적이라는 점을 느끼고 있었다. 밖에서 봤을 때는 배가 이렇게 클 거라는 생각을 하지 못했다. 그들은 앞으로 머물 새 거처에 도착했다. 그곳은 침대로 쓸 선반과 하단 사물함이 있는 약간 변형된 사각형 형태의 칸막이벽에 캔버스 천 방수포가 둘러진 모습이었다.

"새 거처에서 편히 쉬십시오. 외풍이 약간 있지만 접착테이프랑 케이블타이를 쓰면 쓸 만할 겁니다. 나는 이 배의 주임원사인데, 원한다면 그냥 콥[9]이라 불러도 좋아요. 원사님이라 부르는 것보다는 간단하니까."

킬은 로에게 가볍게 목례를 했다.

"감사합니다, 콥."

"아주 좋습니다."

로 원사는 오버올과 세척실에 관해 복도 아래쪽을 향해 뭐라 소리치면서 바삐 사라졌다.

사이엔과 킬은 꽤 특별한 상황에서 만났다. 그들이 만나고 얼마 지나지 않아, 킬은 사이엔이 며칠간 자신을 추적했다는 걸 알게 되었다. 끔찍한 헬기 추락 사고에서 살아남아 남쪽으로 향하는 모

---

9) the Chief of the Boat(COB). 미국 잠수정에만 있는 직책. 함장이나 부함장의 선임 사병 고문을 맡는 경험 많은 사병을 부르는 호칭. 해군의 주임원사급 직책.

습을 지켜봤던 것이다. 킬을 추적하는 과정에서 사이엔은 오랫동안 방치된 집의 냉장고에 버려진 무기와 보급품, 그리고 킬이 손으로 쓴 쪽지를 발견했다.

킬로이 왔다 가다.[10]

킬이라는 별명은 좀비 떼가 들이닥치기 전에 붙게 된 것이다. 킬은 그날을 생각하면 지금도 속이 좋지 않았다. 좀비 수천 마리가 그들 쪽으로 빠르게 가까워지는 동안 둘은 차 시동을 걸려고 안간힘을 쓰고 있었다. 300미터, 200미터…… 흙먼지가 일고 신음 소리가 가까워져 왔다. 그가 공황과 혼란에 빠져 있는 사이, 사이엔이 그를 그가 남긴 쪽지에서 본 이름, 킬로이라고 불렀다. 이후 더 간단하게 킬로 줄여 부르게 되었다.

둘은 짐을 풀고 찾을 수 있는 공간 구석구석까지 장비를 집어넣었다. 침상용 선반은 작고 공간은 한계가 있었다. 그들은 개인 소지품 일부를 매트 아래 두었다. 큼지막한 캐리어에 든 물품들을 다 놓을 공간은 없었다. 둘은 한 번도 잠수함에서 생활해 본 적이 없었다. 귀한 공간을 제대로 쓰지 못하는 것만 봐도 누구든지 알 수 있을 사실이었다.

킬은 침상에 걸터앉아 배에서 나는 소리에 귀 기울였다. 잠수함은 조용히 움직이도록 설계되었기에 쇠줄 끄는 소리, 시끄러운 환기 장치, 원통 코일 밸브의 회전 등이 합쳐진 항공모함의 소음에 비해 공공도서관처럼 느껴졌다. 뱃머리가 몇 도 정도 기울어져 내려가기 직전, 킬은 "잠수, 잠수, 잠수." 하는 소리를 들었고, 버지

---

10) '킬로이 왔다 가다'는 제2차 세계대전 당시 미국에서 유행한 그래피티로, 코 큰 대머리의 남자 그림과 함께 '킬로이 왔다 가다'라는 문구를 썼다고 함.

니아호는 깊은 바다 속으로 하강했다. 킬은 그가 맞닥뜨릴 상황이 좋지 않으며 살아 돌아올 가능성이 희박하다는 것을 알고 있었다. 단순히 수치상으로도 알 수 있는 논리였다. 그저 너무 많았으니까. 지금 그는 수백만도 아닌 10억이 넘는 수에 맞서고 있는 것이었다.

곧 마주하게 될 매우 위험한 임무에 대한 설명을 듣기까지 둘은 네 시간이나 기다려야 했다.

이것은 USS 버지니아호에 승선한 뒤 처음으로 쓰는 기록이다. 잠수함에 오른 지 두 시간이 지났다. 배가 잠수하기 전, 바다가 약간 거칠었다. 진주만 항해를 준비하기 위해 앞으로 스무 시간 동안 그 지역에 머물 것이라고 함장이 알려 주었다. 사이엔과 나는 급조된 특등실의 침상 칸에 박혀 있다. 외부인이나 잠수함 승무원이 아닌 사람들의 처우가 그렇듯 어뢰 칸에서 자지 않게 된 것으로도 다행이다.

해군에서 승선 파견 복무 경험이 꽤 되는데도 함내 일반 방송에서 이런 얘길 하는 걸 듣게 될 줄은 몰랐다.

"원자로 유지보수 훈련을 위해 가용 인원을 모두 소집하라."

그것은 아주 타당한 행동이었다. 해군에서는 더 이상 해군 장병들이 핵 관련 훈련을 받게 하지 않았으므로, 새로운 인력을 훈련시키지 않으면 원자로에 필요한 유지보수를 제대로 할 수 없게 될 것이었다. 핵추진 함선은 지금 같은 세상의 종말에 아주 잘 어울린다. 재래식 항공모함에서 복무했던 기억을 더듬어 보면 며칠마다 연료를 재급유하곤 했다. 그런 종류의 배들은 이 새로운 세상에서는 결코 버텨 낼 수가 없다. 엄청난 연료 요구량을 충족시켜 줄 가동 중인 정유 시설이 없으니까.

버지니아호가 맡은 임무의 실제 약점은 일반적인 선체 정비와 식량 공급, 그리고 원자로 보수뿐이다. 원자로 구역에서 수행되는 훈련은 약점 중 하나를 어떻게든 완화시킬 수 있을 것이다. 버지니아호는 원자로를 통해 동력을 공급하는 선내 장비를 이용해 물을 만들어 내고 공기를 정화한다. 여기서는 전력이 부족하지 않다. 유효 원자로가 있는 항공모함 일부가 발전소로 사용되고 있듯, 버지니아호도 큰 문제 없이 소도시에 전력 공급이 가능하다.

사이엔과 내가 작전에 대한 설명을 듣기 위해 정보 장교를 만날 것이라고 들었다. 오늘 아침 헬기를 타기 전에 조에게 들은 얘기가 작전에 대해 내가 아는 유일한 힌트이다.

우리가 항모의 함교 구조물을 떠날 때 조가 미끄럼 방지 처리가 된 강철 갑판을 가로질러 헬기 쪽으로 걸어오며 로터 너머로 소리쳤다. "믿기 힘드실 겁니다, 중령님. 열린 마음으로 들어 주십시오."

중령이라고 불리는 것은 여전히 낯설었다. 나는 진짜 중령이 아니었으니까. 돈을 받은 것도 아니고, 이제는 돈을 받아 봤자 쓸 데도 없지만. 어느 쪽이든 지난 11개월간 겪은 일을 생각하면 지금 당장은 더 놀랄 일이 뭐가 있을지 전혀 모르겠다. 신병 훈련소에서 맞이하는 첫날 밤 같은 느낌이군. 익숙한 환경에서 벗어난 상태라 약간 두렵기도 하고 앞으로 무슨 일이 생길지 도무지 모르겠다.

6

호텔23 - 기동팀 피닉스

팀원 한 명이 어둠 속에서 고함쳤다.

"닥, 서둘러!"

"이 작은 플라즈마 토치가 그렇게 빠르지 않거든. 최대한 빨리 할게."

"놈들이 곧 들이닥칠 거야……. 빨리 문 열어! 안 그러면 우린 끝장날 거라고. 고글에 놈들이 보여. 상태가 진짜 안 좋아 보이는데."

"그래선 도움이 안 돼, 집중해!"

닥은 보안경을 통해 플라즈마 토치의 백열 불꽃에 집중했다. 그는 이전의 용접 부위를 따라 천천히 절단했다. 등 뒤에서 언데드의 발소리와 신음이 들려도 일손을 놓지 않았다. 육중한 출입문을 통과하든지, 아니면 언데드의 차가운 발톱이 그를 문에서 뜯어내든지 둘 중 하나였다. 토치에서 나오는 밝은 빛과 소음기 달린 카빈총의 동작에 이끌린 좀비들이 다가왔다.

초조한 빌리는 계속되는 총격의 소음 속에서 소리를 질렀다.

"닥, 빨리 해. 나 진지해, 놈들 입 냄새까지 나는 거 같다고!"

"어이, 하고 있잖아. 딱 몇 분만 버텨 봐."

닥이 대답했다.

"시간 없어. 디스코, 수류탄을 던져!"

빌리가 낮은 목소리로 말했다.

디스코는 조끼에서 수류탄을 꺼내 핀을 뽑고 점점 다가오며 수가 불어나는 놈들 무리에 던졌다.

"터집니다!"

수류탄이 걸어 다니는 시체 무리 아래로 굴러가 멈추자 디스코가 소리쳤다.

넷 모두 바닥에 엎드렸다. 몇 분 같은 몇 초가 지나고 폭발로 근처의 땅이 마구 뒤흔들리더니 부패한 살점과 뼈 조각이 사방으로 흩뿌려졌다. 폭발은 언데드 다수를 제거하거나, 최소 그들을 움직이지 못하게 만들었다.

호스는 카빈총을 들고 가서 무리에서 뒤처진 놈들을 향해 쏘아 댔다. 그는 디스코에게 소리를 질렀다.

"제대로 안 할래, 멍청한 새끼야!"

"뭐라고?"

디스코가 오른쪽 귀에서 귀마개를 빼면서 반응했다.

호스는 계속해서 총을 쏘며 잔소리를 했다.

"아니, 이봐. 저것들을 이렇게 휘저어 버리라고. 엉덩이를 물어뜯겨도 오는 소리도 못 들을 놈아."

"됐어, 그만해. 너도 여기서 전에 무슨 일이 있었는지 알잖아. 해가 뜨면 나머지 놈들도 다 보일 거야."

디스코가 대답했다.

저 너머 숲에서 폭발에 이끌린 언데드들이 늘어선 나무들을 따라 밀려들었다. 이제 잠시 후면 수류탄이 아무리 많아도 전혀 도움이 안 될 것이다. 기껏해야 몇 분이나 버틸 수 있을까.

닥과 나머지 대원들은 강하 전에 이 시설에 관한 브리핑을 받았다. 그들이 도착하기 얼마 전, 파괴적인 연속 소음을 발생시키기 위해 고안된 커다란 창 모양의 장치가 이 시설에 떨어졌다고 했다. 정보기관의 생존자들은 이 무기가 어마어마한 규모의 좀비 무리를 끌어들여 모든 생명체의 영역을 불모화하기 위해 설계된 것이라고 봤다. 그것은 기밀문서에 기재된 암호명, '허리케인 프로젝트'로만 알려져 있었다. 이 장치는 A-10 선더볼트 공격기의 30밀리미터 포들로 무력화되었다.

닥은 안으로 통하는 두꺼운 강철문의 용접 부위를 계속 절단하면서 디스코와 호스가 주거니 받거니 농담하는 소리를 들었다. 둘은 놈들에게 총을 쏘는 틈틈이 어떻게 하면 상대의 기분을 상하게 할지 궁리하면서 서로에게 말 같지도 않은 소리를 늘어놓고 있었다. '저건 다 쇼야.' 닥도 알고 있었다. 사실은 그들도 겁이 나는 것이었다.

"반 정도 됐군."

닥이 혼잣말을 큰 소리로 중얼거렸다.

그는 왼쪽 어깨 너머로 목을 길게 빼며 빌리 보이에게 외쳤다.

"빌리, 혹시나 해서 그러는데, 정보에 따르면 내부가 비어 있다고 했지?"

빌리는 방어선을 넘는 좀비가 없는지 살피며 대답했다.

"그래, 해병대가 문을 용접해 버리기 전에 다 치웠다고. 쥐 사체나 바퀴벌레 말고는 아무것도 없어."

"로저."

닥은 좀비 쥐는 없을까 잠시 생각하다 이내 지워 버렸다. 터무니없는 얘기였다. '엄청 느릴 거야, 만에 하나…….' 아니, 그런 생각을 하지 않는 편이 낫다. 닥은 다시 토치에 집중했다.

뒤에서 총질이 격렬해지는 동안, 닥의 절단기는 철문 테두리를 계속 돌아다녔다. 디스코와 호스는 가스 피스톤의 열기에 윤활유가 타 버릴 때까지 총질을 계속했다. 윤활유가 타는 냄새에 닥은 자신이 성인이 된 후의 인생 그 자체라 말해도 될 만한, 테러와의 오랜 전쟁을 떠올렸다. 그 전쟁은 언데드의 등장으로 단 며칠 만에 끝나 버렸다. 디스코와 호스는 다가오는 좀비들을 향해 가차없이 총을 발사했다. 뇌가 터지고 뼈가 부러져 저 멀리 어둠 속에 점점 길어지고 있는 놈들의 행렬 위로 흩뿌려졌다. 그들이 지금 무리를 끌어들이고 있는 것이었다.

정보부 보고서에는 이곳에 대해 매우 자세히 기록되어 있었다. 얼마 전만 해도 이 지역에는 놈들 수십만 마리가 들끓었다. 이전 거주자들은 간신히 살아서 도망쳤다. 언데드들의 일부는 소음 장치가 파괴된 후에도 계속 남아 있었다. 나머지는 자연스레 이루어진 죽음의 행진에 합류해 어디론가 떠돌았다. 마치 산 사람을 새

카맣게 뒤덮는 메뚜기 떼처럼.

닥이 마지막 몇 센티미터의 절단 작업을 마치고 타는 듯이 후끈거리는 토치를 발치께 바닥에 떨궜다.

"자, 들어간다. 빌리는 뒤를 봐 주고 나머지는 진입."

"로저."

고글이 자동으로 앞쪽 어둑한 공간을 밝게 비추는 적외선 필터 조명에 맞춰 재조정되었다. 닥은 안으로 들어가 빌리에게 따라오라는 신호를 보냈다.

"빌리 진입, 끝."

"로저, 문을 닫아."

빌리는 두꺼운 철문을 닫고 둘레의 볼트들을 조여 문을 은행 금고처럼 탄탄히 고정하려 했다. 볼트는 대부분 조여졌지만 그렇지 않은 것도 있었다. '충분해.' 닥은 생각했다.

호스가 자신의 무기 앞쪽으로 팔을 뻗었다.

"불을 켜겠습니다."

그들은 고글을 올려 벗고 새 불빛에 적응했다. 닥이 시설의 지도를 꺼내는 동안, 세 사람은 적외선 필터 조명을 껐다.

"이건 이곳의 전 지휘관이 항모에서 보고할 때 손으로 그린 지도다. X 자 표시는 그가 천장 환기구에 위스키 한 병을 넣어 두었다는 공조실이다. 이곳을 정리할 만한 충분한 동기가 되리라 본다."

"그렇다마다요."

호스가 웃으며 말했다.

"좋아, 계획은 이렇다. 호스는 생활 구역과 그쪽으로 통하는 복도를 맡아라. 디스코, 너는 공조실. 빌리는 내가 작전을 지휘하는 동안 나를 엄호한다."

* * *

호스는 어두운 복도를 따라 재빠르게 내려갔다. 그가 받은 첫느낌은 정보부 보고서와 일치했다. 시설은 몇 주 전에 몹시 급하게 버려졌다. 좀비들을 폭발 반경으로 끌어들이기 위해 고안된 소음 무기로 인해 놈들 수십만 마리가 이곳으로 모여들었다. 옷과 쓰레기, 개인 소지품 들이 이리저리 흩어져 있었다. 방 한편에는 먼지를 뒤집어쓴 가족 앨범이 펼쳐져 있었는데, 군데군데 빈 공간은 누군가가 급히 사진을 골라 떼어 갔음을 이야기하고 있었다. 산자나 죽은 존재의 기척은 전혀 느껴지지 않았다.

호스는 생활구역 바깥쪽을 계속 훑었다. 기계음에 놀란 그의 눈에 피가 갑자기 몰리며 별똥별이 튀는 듯했다. 천천히 걸으면서 호흡을 가다듬고 들려오는 소리를 식별하려 애썼다. 모퉁이를 돌아 이어지는 바닥에 발자국이 찍혀 있었다.

호스가 어둠 속을 향해 소리쳤다.

"거기, 디스코냐?"

그는 총을 돌려 경계 자세를 취하고 모퉁이로 덤벼들었다. 시체와 맞닥뜨릴 거라 생각한 그가 마주한 것은 막다른 길뿐이었다. 그 발자국은 시설이 놈들에게 점령되기 전부터 있던 것이었다. 호스는 환기구에 숨겨졌다는 위스키 병, 그 주요 목표를 향해 계속 나아갔다. 위스키병은 지도에 표시된 자리에 있었다.

* * *

그곳은 완전히 버려진 상태였지만, 넷 중 그 누구도 방심하는 사람은 없었다. 그들은 마치 모든 방에 위험이 도사린 것처럼 보초를 서고 시설을 순찰했다. 넷은 모두 동지였고, 자신 때문에 팀 동료가 언데드의 입에 뜯겨 죽게 되는 일은 바라지 않았다. 최근 몇 달 동안 그들은 산 사람보다 언데드를 더 많이 겪었다. 그러니 그런 일을 상상하기는 정말 어렵지 않았다.

마지막 정보부 보고서에서 미국에서만 좀비가 생존자보다 2억 9500만 명 정도 많고 나날이 증가하고 있다는 사실이 공개되었다. 분석가들은 일부 생존자들이 미국 전역의 다락방이나 지하실에 흩어져 저항하고 있지만 그 수는 그리 많지 않을 것이라고 추정했다. 생존자의 수는 매시간 줄어들며 적의 머릿수를 더해 주고 있었다.

닥이 무전을 보냈다.

"호스, 거기서 발전실까지 거리가 얼마나 돼?"

"어, 10미터 조금 넘는 거 같아요."

"발전기를 돌릴 수 있을까?"

"연료 탱크에 얼마나 남아 있느냐에 따라 다르겠죠."

"할 수 있는 만큼 해 봐. 전기를 좀 써야겠어."

"오케이. 가고 있어요."

빌리는 계속 주변을 살폈다.

"닥, 저 소리 들려?"

"아니."

"저것들이 우리가 들어왔던 문을 죽어라 때려 대고 있어."

"지독하게 끈질긴 놈들. 저 중에도 피폭된 놈이 있겠지, 빌리?"

"정보부에 따르면 이 지역에서 열 마리 중 하나가 그렇다더군."

닥이 암호 동기화된 무전을 들었다.

"이제 곧 발전기 회로를 켤게요, 대장. 그런데 연료가 8분의 1밖에 없습니다. 어디서 더 찾기 전까지는 하루에 한두 시간만 가동해야겠어요."

호스가 보고했다.

"동감이야. 확인해 볼 만한 지점 몇 곳의 약도를 여기서 탈출한 해병대가 제공했어. 그러니 유조차를 강탈하든지, 하다못해 연료를 이곳으로 옮길 방법을 궁리해 봐야 해."

닥은 호스가 메인 차단기를 끄고 발전기를 가동하는 소리를 들을 수 있었다. 그 소리는 마치 호스가 옆방에 있는 것처럼 강철로 된 복도를 따라 퍼졌다.

호스가 다시 끼어들었다.

"확인 사항 대조표를 찾아서 순서대로 확인하고 있어요."

배터리는 철수 후에도 충전 상태가 충분히 유지되었는지, 첫 시도에서 발전기가 돌아가기 시작했다. 매캐한 연기가 공간을 가득 채웠다가 정압이 이어지며 배기관을 통해 바닥의 배기가스를 빨아들였다. 닥은 주 차단기가 재작동하는 소릴 들었다.

복도를 따라 호스의 외침이 들렸다.

"이상 없어요, 닥."

"좋아, 중앙 컴퓨터를 띄워 봐."

그들은 모두 제어실로 돌아와 시스템이 하나하나 온라인 상태가 되는 것을 지켜보았다.

닥은 우선순위에 따라 시설의 기능을 깨우는 30분짜리 프로세스를 시작했다. 만약 중앙 컴퓨터를 복구하지 못해 항공모함과 연결하지 못한다면 임무는 실패로 돌아갈 것이다. 모든 비밀번호를 네 사람이 암기했을 뿐만 아니라 확실히 해 두자는 차원에서 방수 노트에도 적어 두었다. 시스템은 동기화되어 이전 지휘관의 만능접속카드에 암호화되어 있다. 닥은 밀봉 케이스에서 카드를 꺼내 처음으로 그것을 보았다. 해군 대위? 닥도 이 카드의 주인이 이곳의 지휘관이었다는 말을 들었다. 이 사태가 터진 후 여기저기서 현장 진급에 대한 몇 가지 얘기도 들렸다.

닥은 카드 밑면의 금색 칩을 엄지손가락으로 문질러 깨끗한지 확인한 뒤, 판독기에 밀어 넣었다. 비밀번호를 요청하는 로그인 화면이 나타났다. 닥은 그것을 외우고 있었으나 그럼에도 확실히 하기 위해 노트를 찾아보았다. 로그인에 너무 많이 실패하면 시스템이 폐쇄될 수도 있다. 그는 신중하게 비밀번호를 입력했다. 7270110727. 시스템의 레이드 드라이브가 반응하여 돌아가는 소리가 들렸다. 비밀번호를 입력하자, 시스템의 상태가 나타나기 시작했다.

대부분의 시설이 기능하는 데 카드가 필요한 것은 아니었지만, 카드가 있어 모든 것에 접근할 수 있었다. 닥이 보안 아이콘을 클릭했다. 바탕화면에 여덟 개의 화면이 나타났다. 그 가운데 다섯 개만 작동 중이었다. '동남쪽', '격납고', '출입구B'라고 표시된 화면은 까맣기만 할 뿐, 아무것도 나오지 않았다. 나머지 화면들은 지형과 경계선의 짙은 윤곽이 나타난 것으로 보아 작동하고 있는 듯했다. 닥은 아이콘을 클릭하여 작동 카메라를 야간 투시 모드로 바꿨다가 열 감지 모드로 변경했다. 주 출입구라고 표시된 카메라는 열 감지 모드에서 문제가 있었지만, 야간 투시 모드에서는 별 문제 없이 작동했다.

빌리가 시계를 흘긋 보았다.

"대장, 두 시간 후면 일출이야. 통신망을 복구해야 해."

"디스코, 한번 해 봐, 여기서 지켜보겠다. 호스, 디스코랑 같이 가. 안전지대 밖에서는 그 누구도 혼자 있지 않는다."

* * *

디스코는 정보 통신 장교로 임명되어 낙하 지점부터 여기까지 내내 중형 펠리컨 케이스를 책임져 왔다. 언데드가 걷기 전 특수 부대 팀들은 이 특별한 시스템을 이용해 적진 깊숙한 곳에서도 비밀 통신 기지를 구축했다. 이것은 닫으면 평범한 하드 캐리어였다가, 열면 버튼 장치를 통해 소형 고성능 안테나가 튀어나오고, 스텔스 기능이 있는 검은색 태양광 충전 패널이 뚜껑 아래에서 모습을 드러냈다. 암호화되고 잘 숨겨진 802.11n 와이파이 신호를 통해 시설 제어실의 노트북에 연결된 전송 장치가 현재 사용하는 표면의 안테나에 연결되었다.

이 장치는 제대로 배치되면 악천후에도 강하고 내구성이 뛰어나며 자급식으로 기능하고, 항공모함 내의 명령 노드와의 파일 버스트 통신과 양방향 텍스트를 확실하게 제공할 것이었다. 또한 송수신기가 초당 10회씩 주파수를 바꿀 때 생기는 무선 주파수 간섭에도 강했다. 빈틈없는 제1세계의 적대적 신호 정보 수집을 방해하기 위해 고안된 이런 시스템의 보안은 더 문명화되고 기술적으로 진보한 적을 상대하기 위한 것이어서 지금은 지나친 감이 있었다.

호스는 복도에서 디스코를 스쳐 지난 뒤, 어깨 너머를 돌아보며 말했다.

"내가 선봉이야."

"그렇게 말하길 기다리고 있었지. 문밖에서 기다리는 장사치들이랑 즐거운 시간 보내."

"젠장, 그걸 깜박했네. 내가 유인하고 네가 쏠래?"

"그러지, 뭐. 어차피 놈들은 널 지나야 나한테 오니까."

둘은 모퉁이를 돌았다. 부츠가 타일 바닥에 닿으며 또각또각 소리가 났다. 밖에서 철문을 때리는 언데드들의 소리가 점점 커지면서 부츠 소리가 조금씩 묻히기 시작했다.

"이거 좋지 않은데."

"그러게, 선봉장."

호스는 특유의 조리 없는 말투로 계획을 짜기 시작했다.

"좋아, 이 줄을 휠에 둘러서 묶어야겠다. 내가 휠을 돌려서 당기면, 넌 퍼붓기 시작해."

"호스, 그냥 어둡게 가면 어때? 불 끄고 고글을 쓰자. 놈들은 어둠 속에서 못 보잖아, 멍청이."

"나도 그렇게 말하려고 했는데. 말할 필요도 없이 좋은 선택이지."

"어쨌든 얼른 끝내 버리고 다시 안으로 들어가자. 저 어둠 속에 1초도 더 있고 싶지 않으니까."

둘은 불을 끄고 야간 투시경을 썼다. 암흑 속에서 놈들이 문을 두들기며 울부짖는 소리가 더욱 강렬해지는 느낌이었다. 문밖 언데드의 소음 때문에 탄창을 끼우고 카빈총의 압력을 체크하는 소리, 불안한 호흡과 심장 박동 소리는 들리지도 않았다. 디스코는 이 순간 육중한 강철 장벽을 넘어 다가올 순도 100퍼센트의 악을 상상했다. 디스코는 그것이 금고처럼 생긴 틀에서 문을 뜯어 버릴 정도로 세지는 않기를 간절히 바랐다.

그사이 호스가 문에 줄을 단단히 묶었다.

호스가 소리쳤다.

"준비됐어?"

"돌려!"

호스가 핸들을 돌리자 저 너머의 포악하고 무자비한 세상으로 통하는 육중한 문이 서서히 열리기 시작했다.

7

쿵쿵쿵. 칸막이벽을 두드리는 시끄러운 노크 소리가 정적을 깼다.

"들어오세요."

젊은 사병이 임시로 만든 킬과 사이엔의 객실 입구에 쳐진 커튼을 열고 들어섰다.

"중령님, 정보관님께서 중령님을 지금 뵙자고 하십니다. 따라오십시오."

"여기 내 친구는 어쩌고요?"

킬이 사이엔을 가리키며 물었다.

"죄송하지만 다른 분 없이 중령님만 N2로 모셔 오라는 명령을 받았습니다."

"같이 못 간다면, 나도 가지 않겠습니다."

그 부사관은 초조해하다가 이 문제를 직속 상관이 판단하도록 미루고 둘을 SCIF로 데려갔다.

잠수함 내부를 지나며 킬은 몇 가지 정보를 알게 되었다. 운동 기구들이 있는 훈련구역을 지날 때 보니 모든 기구 아래 고무 완충장치가 받쳐져 있었다. 천장을 흡사 벌집처럼 보이게 만드는 파이프도 마찬가지였다. 선내의 어떤 것도 덜컹거리는 소리가 나지 않았고, 뜻하지 않게 왕년의 적인 중국이나 러시아에 잠수함의 음향 위치를 노출시킬 만한 어떤 소리도 용인되지 않았다.

사이엔이 킬의 어깨를 톡톡 두드리며 물었다.

"핵무기는 어디 있는 거요?"

"여기엔 핵무기가 없어요, 사이엔. 이건 고속공격 잠수함이거든요. 가장 가까이 있는 탄도미사일 잠수함은 어디에 있는지, 초계근무 중인 배가 남아 있긴 한지 모르겠군요."

그들은 고물 쪽으로 걸어가며 프레임 하나하나를 지났다. 매우 좁은 통로를 몸을 틀어 지나자, 그들을 호위해 온 부사관이 '초록 문'이라고 부르는 곳에 도착했다.

젊은 부사관은 송수화기를 들고 잠시 대기했다. 전화기를 통해 응답 신호가 세 번 들려왔다.

"두 분 모두 초록 문 앞으로 모시고 왔고……."

송수화기에서 나는 불쾌할 정도로 시끄러운 고함 소리가 통로를 울렸다.

"예, 그렇습니다. 중령님이 함께 와야겠다고 고집하셔서……. 예, 알겠습니다."

욕을 한 바가지 들은 불쌍한 부사관이 송수화기를 제자리에 돌려놓으며 말했다.

"SCIF에서 곧 데리러 올 겁니다. 복도에 남아 계시게 하긴 죄송하지만, 제가 두 시간 후에 불침번을 서야 하는 데다 24시간 꼬박 잠을 자지 못했습니다."

"괜찮습니다. 눈 좀 붙이고 불침번 잘 서십시오."

킬은 청년을 보내기 위해 긍정적인 말투로 대답했다.

"아이아이, 중령님. 감사합니다."

남자가 시야에서 사라지기 무섭게 사이엔이 물었다.

"아이아이가 무슨 말이오?"

"그건……."

초록색 문이 휙 열리면서 안에서 두꺼운 산아 제한 안경[11]을 쓰고 테니스화를 신었으며 깃에 해군 중령 계급장을 단 오버올 차림의 노인이 튀어나왔다. 이름표에는 먼데이라고 쓰여 있었다.

'먼데이라니, 월요일이라면 지긋지긋해.' 킬은 생각했다.

노인은 킬에게 바짝 다가서서 거대한 볼록렌즈로 그를 스캔하듯 훑어보았다.

"자네가 내 SCIF에 외국 국적의 친구를 데려와 임무 브리핑을 하자고 우겼다던데, 이게 무슨 소린가?"

"고틀먼 제독께서 이번 임무를 위해 USS 조지 워싱턴호에서 파트너 한 명과 함께 오는 것을 허가해 주셨습니다. 저는 사이엔을 선택했고, 제 목숨을 그에게 맡기게 될지도 모르는 상황에서 이 친구가 진상을 제대로 알았으면 합니다. 게다가 제가 얘기를 들어도 어차피 다 사이엔한테 전달할 텐데, 그럼 무슨 차이가 있죠?"

---

11) 미군 보급 안경 중 하나. 쓰는 사람의 매력이 너무 떨어져 보여서 사람들이 산아 제한 안경으로 부른다.

먼데이는 잠시 고심하다가 말했다.

"그렇게 말할 거라 생각했네. 라센 함장님이 자네와 자네 친구에게 우리가 어떤 상황에 맞닥뜨린 상태인지 알려 주라고 지시하셨지. 자네가 어떤 상황에 노출될지 아는 나로서는 어떻게든 혼자 오도록 설득할 수 있을지 알고 싶었다네. 내 성격상 저 친구를 SCIF에 들이는 걸 가만 두고 볼 수가 없어. 내 말 이해하리라 생각하네."

"사이엔, 잠시만 저쪽 모퉁이 너머로 가 있을래요?"

"좋소, 킬. 너무 기다리게 하진 마시오. 마사지를 예약해 놨거든."

킬은 웃음을 터뜨린 뒤 먼데이에게 자신의 생각을 가감 없이 털어놓았다.

"예, 말씀은 이해하지만, 중령님도 이해해 주셔야 합니다. 저도 사이엔에 대해 알아봤습니다. 그가 외국인인 건 사실이지만, 저를 위해 와 줬고 제가 이 배에서 유일하게 믿는 사람입니다."

"좋네, 중령. 그럼 우리 서로 껄끄러울 일 없는 걸세. 저 문을 지난 뒤에 듣게 될 이야기가 얼마나 민감하고 심각한지 이해해 주길 바랄 뿐이네. 자네와 같이 왔던 작전 팀 네 사람도 안에서 기다리면서 설명을 들으려는 참이라네. 이런 유형의 정보를 설명하는 일은 결코 즐겁지가 않아."

의구심에 찬 킬이 불쑥 말을 뱉었다.

"이 얼마나 지랄 맞게 미친 상황인 거죠? 지난겨울부터 죽은 자들이 일어나 걷기 시작했고 지금은 움직이는 건 뭐든 먹어 치우려고 하는 판국에 말입니다."

먼데이는 알 듯 모를 듯한 대답을 했다.

"자넨 토끼굴을 얼마나 깊이 내려갈 수 있겠나?"

사이엔이 초록색 문이 있는 복도로 돌아와 킬 옆에 나란히 섰다. 먼데이는 계속해서 훈계를 늘어놓았다.

"이 짓거리가 보통 사람 진을 빼놓는 게 아니야. 이건 전쟁 중에 작은 정찰기를 타고 돌아다니며 적군의 폰섹스 내용이나 엿듣고 통신 사찰 보고서를 작성하는 것과는 차원이 다르지. 시작하기 전에 두 사람에게 마지막으로 질문 하나만 하겠네."

킬과 사이엔이 거의 동시에 말했다.

"뭐죠?"

먼데이는 혀로 입술을 핥고 볼록렌즈 뒤편의 눈을 가늘게 뜨면서 말을 시작했다.

"우리가 저 문을 지나고, 내가 두 사람에게 하려던 얘기를 하고 나면 그 말은 주워 담을 수가 없네. 알겠나? 우리한테는 영화 「맨 인 블랙」에 나오는 그런 기억제거 장치가 없어. 그건 남은 평생에 영향을 미치게 될 게야."

"준비됐습니다."

킬이 대답했다.

"나 역시."

사이엔이 투덜거리듯 대답했지만 건방지게 들리지는 않았다.

"좋네, 신사분들. 따라오게."

먼데이는 SCIF로 통하는 초록색 문 쪽으로 몸을 돌리고 키패드에 덮개가 씌워진 암호잠금 장치 쪽으로 손을 뻗었다. 버튼을 누르는 소리가 다섯 번 울려 퍼졌다. 잠시 후 자기잠금 장치가 풀리는 소리가 들리자, 먼데이는 또 다른 가능성의 세계로 가는 초록색 문을 밀었다. 세 사람이 그곳으로 들어가고, 그 시점부터 상황은 점점 더 기이해졌다.

8

"너야?"

"내가 뭐?"

"뭐 던지지 않았어?"

"아닌데, 너 왜 그래?"

"신경 쓰지 마. 파리였나 봐."

"여기는 파리가 날아올 곳도 아니고, 지금은 있을 시기도 아니야."

선내 전투통제실 밖 복도에서 아이 여럿이 킥킥거리는 소리가
울려 퍼졌다.

"저 젠장맞을 애새끼들. 밖으로 집어던져 버렸으면. 제대로 겁을
주라고, 아니면 내가 할까?"

레이더 기사 자리에 앉아 있던 한 남자가 말했다.

"내 차례야. 내가 할게."

그의 동료가 히죽거리며 말했다. 그 수병은 레이더 단말기 옆 골판지 상자에 손을 넣어 시체의 얼굴과 비슷하게 생긴 섬뜩한 핼러윈 가면을 집었다. 그는 마스크를 쓰고 밖을 잘 볼 수 있도록 작은 눈구멍 위치를 조정했다.

"이놈들!"

그는 열린 문으로 펄쩍 뛰어나가며 울부짖고 으르렁거렸다. 모여 있던 몇몇 아이들이 살려 달라고 소리 지르며 흩어져 달아나기 시작했다…… 한 아이만 빼고는.

아이가 재빠르게 앞차기로 레이더 기사의 사타구니를 차자, 남자가 바닥으로 고꾸라졌다. 또 다른 레이더 기사는 신경질적으로 폭소를 터뜨렸다가 뚝 그쳤다. 아이는 누가 봐도 혼신의 힘을 다해 남자의 머리를 걷어차려고 다가오고 있었다. 마침 붉은 곱슬머리의 나이 지긋한 여자가 비명과 소란스러운 소리에 이끌려 그곳으로 들어섰다. 여자가 점잖게 물었다.

"무슨 일이니, 대니?"

"딘 할머니, 나는 저 사람이……."

남자는 천천히 가면을 벗고 몸을 움츠리며 고통스러운 듯 신음했다.

어린 소년은 당황해서 말했다.

"죄송해요, 아저씨. 몰랐어요. 죽은 사람인 줄 알았어요."

여자는 바닥에 쓰러진 남자가 일어날 수 있게 도와주었다.

"이게 무슨 말인가요? 내내 아이들 겁주고 다니신 건가요, 아님 근무 중에만 이러나요?"

여전히 아픔에 정신을 못 차린 남자가 비틀거리며 대답했다.

"부인, 죄송합니다. 아이들이 시끄럽게 굴며 저희를 너무 힘들게 해서, 전 이러면 재밌겠다고 생각하고……."

"그러다 누가 실수로 당신 머리를 쏴도 참 재밌겠지요? 그거 이리 내봐요. 지금 당장 버려야겠네. 제독에게 말씀드리지 않는 걸 다행인 줄 아세요."

남자는 가면을 얼른 건네주었다. 딘은 마치 먹이에 달려드는 뱀처럼 그의 손에서 마스크를 홱 낚아채 갔다.

"애들한테 익숙해지시는 게 좋을 거예요. 저쪽 홀에서 내가 수업을 하고 있어서 애들이 오갈 때면 여길 지날 테니까요."

"예, 부인. 죄송합니다."

"대니, 이분이 사과하시는데, 너도 무슨 말이라도 해야지?"

"죄송해요, 그…… 거길 차서. 저 그러니까 다리 사이 그곳요. 아저씨 때문에 놀라서요."

"미안하다, 꼬마야."

"괜찮아요."

대니가 후회에 젖어서 말했다.

딘이 다시 근엄하고 점잖게 얘기했다.

"대니, 애들을 모아서 수업에 데려와. 15분 후에 의사 선생님이 응급처치 하는 방법을 알려 주실 거야."

그녀는 위생병과 의사의 차이점을 대니에게 설명해 줄 만한 시간이 없었다.

"알았어요, 할머니. 숨바꼭질 술래가 된 것 같아요. 아마 제일 먼저 로라를 찾을 수 있을걸요!"

"싫어!"

복도 소방 호스 뒤에서 어린 소녀의 목소리가 메아리치더니, 추격이 시작되었다.

딘은 탐탁지 않은 표정으로 레이더 기사들을 지나쳐 대니를 따라서 교실로 갔다. 그녀가 말했다.

"어린 것들은 젊음의 소중함을 모른다니까."

9

디스코는 문에 단단히 묶인 밧줄을 잡아당겼다. 그러나 아무 일도 일어나지 않았다.

"호스, 이거 밖으로 열리는 문이야. 차야겠는데."

"좋아, 뒤로 물러서. 내가……."

굵은 경첩에 달린 문이 삐걱거리며 덜컹덜컹 소리를 내기 시작했다. 문은 천천히 열렸다. 하얀 손가락뼈들이 어둑한 철문의 가장자리를 둘러싸서, 마치 껍질에서 튀어나온 소라게의 집게발 같았다.

"제기랄, 준비해! 무전기 켜!"

호스가 극도로 흥분해서 외쳤다.

디스코가 제어실로 상황을 전달하는 동안 호스는 카빈총을 어깨에 걸치고 와, 한 손에는 무기를, 다른 한 손에는 꽉 채운 탄창을 들었다.

문이 차차 열리면서 차가운 철문 뒤편에 도사리고 있던 사악한 얼굴들이 어둠을 배경으로 나타나기 시작했다. 호스가 선전포고 했다.

"쏜다."

"죽여 버려."

"이미 죽은 놈들이잖아!"

호스가 언데드의 눈 위쪽을 겨냥해 쏘기 시작했다. 디스코는 예전에 훈련을 했기 때문에 그의 계획을 이해했다. 호스는 놈들을 빠르게 쓰러뜨린 다음 시체로 바리케이드를 세우고 문이 더 활짝 열리는 것을 막을 생각이었다. 호스가 악을 썼다.

"이거 완전 소용없는 짓이잖아!"

소음기가 장착된 카빈총의 총성이 강철 복도에 울려 두 사람은 일시적으로 귀가 먹먹해졌다. 소음기는 영화에서 그려지는 것과 달랐다. 호스는 탄창이 빌 때까지 방아쇠를 당겼고, 디스코는 본능적으로 호스에게 다가가 자신의 꽉 찬 탄창을 넘겨주었다. 갈아야 할 순간이 오자, 호스는 탄창을 끼워 넣고 탄약통에서 하나 더 꺼내 디스코에게 건넸다.

체계가 잘 돌아가는 것 같았다. 디스코는 필리핀에서 항구적 자유 작전을 수행할 때 전투를 보며 이런 전술을 처음으로 경험했다. 홀로섬의 그레이비어드 캠프 출신인 그는 아부 사야프 테러 조직과의 총격전에 관여해 자문도 하고 도움도 주었다. 거기서도 그들은 보통 안전지대 밖 밀림에 있는 유령 같은 적들에게 스물여덟 발을 모두 쏘고 나서야 이렇게 탄창을 바꾸곤 했다. 이 좀비들은 아부 사야프 테러 조직은 아니었지만 그만큼 지독했다.

탄약이 다 떨어지지 않을까 하는 두려움이 늘 떠나지 않았다. 카빈총에 넣을 탄약마저 떨어지면, 유효 사정거리가 더 짧은 권총만 쓸 수 있었다. 그것도 다 쓰면 몸으로 맞붙을 수밖에 없었다. 그것이 무엇을 의미하는지는 모두가 알고 있었다.

디스코가 열다섯 발을 더 쏘고 나서야 부분적으로 열린 문을 통해 부패해 가는 얼굴을 들이미는 놈들이 사라졌다. 그들은 여전히 막힌 공간에서의 총격으로 귀가 울렸으나, '하이 레디'[12] 자세로 대기했다. 디스코는 몇 초간의 전술적 재장전 시간을 가져, 총에 새로이 탄약을 가득 채웠다.

닥과 빌리가 총칼을 뽑아 들고 뒤쪽에서 훅 들어오자, 둘은 놀라서 신발을 벗어 던질 뻔했다.

"타이밍 참 기가 막히네요, 젠장."

호스는 거의 울 듯했다.

"이 자식들 응애응애 울면서 불러 대서 와 봤지. 뭐 문제 있어?"

"다 잡은 거 같습니다."

디스코가 말했다.

"완전 개판이었다고요…… 어마어마하게 많은 손가락들이 문을 움켜쥐고 있었는데."

호스가 신경질적으로 말했다. 그는 어딘가에 맨홀 크기의 거미가 기어 다니는 양, 무기를 이리저리 획획 휘둘렀다.

"알았어. 자, 다들 여기 왔으니까 통신 장치를 설치해 보자. 빌리, 거울을 들고 문밖을 감시해."

---

12) 총구를 45도 올린 자세.

작은 틈 사이로 밖에서 희미하게 바스락거리는 소리가 들려와, 모두 라이플을 좀 더 꽉 움켜쥐었다.

빌리는 배낭에 손을 넣고 굵은 고무줄로 소음기 끝에 달아 둔 작은 신호 거울을 꺼냈다. 그리고 천천히 조용하게 문 쪽으로 걸어가 거울을 암흑 속으로 내밀었다. 빌리가 쓴 고글의 전기 신호는 반복적으로 눈앞 어둠에 맞춰 조정되었다. 작은 거울을 통해 밖에 최소 30여 구의 시체가 드문드문 흩어져 있는 것을 확인했다. 좀비 하나가 여전히 꿈틀대고 있었다. 빌리는 전에도 이런 일을 여러 번 보았다.

"아무것도 안 보여, 닥. 몇 미터 떨어진 곳에 꿈틀대는 놈이 하나 있고, 문밖에 썩은 시체들이 엄청 쌓여 있어. 문을 밀어 열려면 두어 명이 같이 해야겠는데."

"좋아, 우리가 힘을 써 보자. 빌리, 놓친 놈이 있을 수도 있으니까 우리 뒤를 봐 줘."

"로저."

"자, 내 신호에 맞춰…… 하나, 둘, 밀어."

문은 썩은 시체 더미를 밀면서 30센티미터쯤 열렸다. 몸을 쥐어짜듯 해서 지나갈 수 있을 정도였다. 간신히.

네 사람은 조심스럽게 문을 밀어냈다. 깜깜한 가운데 인공 불빛이 번져 가는 것을 보며 빌리는 문득 기술이 이 이상 발전하는 일은 없겠구나 하는 생각을 했다.

"낙오자가 있군."

빌리가 거의 들리지 않을 정도로 작게 속삭였다. 그는 자신의 카빈총을 하이 레디 자세로 든 채 집요하고 불경스러운 존재가 자신들을 쫓는 지금 이 상황에 아주 잠시 동안 매료되었다.

그 낙오자는 손톱을 내밀고 팔을 오므린 채, 허기를 채울 목적으로 움직이고 있었다. 빌리는 그것에 입술이 없다는 것을 알아차렸다. 얼룩덜룩한 이빨에 강렬한 달빛이 반사되어 밝게 빛났다. 그는 차분하게 방아쇠를 당겼다. 총구의 섬광이 번뜩이며 총알이 날아가 박히는 순간이 뚜렷이 눈에 보였다. 빌리는 좀비들과 가까이 있어서 놈이 땅에 쓰러졌을 때 발아래가 쿵 울리는 것을 느꼈다.

'큰 놈이었던 거야.' 빌리는 생각했다.

"와, 고마워요."

호스가 너무 크다 싶게 말했다. 호스는 그보다 더 놈들에 가까웠다.

빌리는 '천만에'라는 뜻으로 비는 손을 내밀어 주먹을 쥔 상태에서 엄지와 새끼손가락을 펴 보였다.

"통신 장치는 누가 갖고 있어?"

그가 속삭였다.

"젠장."

디스코가 다시 문으로 뛰어갔고, 누가 말하지 않아도 빌리는 그 뒤를 따랐다. 누구도 어디든 혼자 가지 않는 것, 그게 가장 중요한 규칙이었다. 몇 분이 지난 후, 둘은 무거운 통신 장비를 들고 재빠르게 돌아왔다. 혹시나 언데드에 의해 장비가 작동 불능 상태가 되지 않도록 멀찍이 떨어진 곳에 자리를 잡았다. 그들은 손상된 울타리 재료를 가져다가 일부 잔해를 더해 임시 울타리를 만들었다. 디스코는 좁은 보호막 안에서 작업했다. 그는 통신함을 열고 전력반을 남쪽에 최대한 노출되도록 배치했다. 이어 시스템을 배터리 전원으로 부팅한 뒤 곧바로 러기다이즈드[13] 노트북을 연결했다.

그리고 USS 조지 워싱턴호에 버스트 메시지를 보냈다.

"GW DE TFP, INT ZBZ…… k/디스코."

다시 한 번 보냈다.

"GW DE TFP, INT ZBZ……k/디스코."

몇 분 뒤, 노트북이 큰 소리로 삑삑거리며 배에서 새 버스트 메시지를 송신했음을 알렸다.

"TFP DE GW, 아주 잘 들린다…… 제독은 여러분의 상황을 궁금해 하신다…… k/IT2"

디스코가 응답했다.

"DE TFP, 호텔23에서 접속 중이고, 상태는 양호하며, 01볼트에 떨림이 있다…… k/디스코."

"DE GW, 일출까지 58분 남았음을 알리며…… 24시간 안에 다시 기지 확인 바란다……. AR/IT2."

디스코는 노트북을 닫아 배낭에 밀어 넣었다.

"통신 완료입니다, 닥."

"그거 좋은 소식이군. 해가 뜨기 전에 내려가서 시설을 봉쇄해 버리자고. 낮에는 아무도 나가지 마. 저놈들이 아니라도 이곳에서 일어난 일들도 있고, 여긴 너무 위험해. 무선 주파수 전송은 버스트 메시지가 아니면 금지. 우리가 운이 좋아 발각되지 않았다고는 생각하지 않지만, 되도록 눈에 띌 일은 만들지 말자고."

---

13) 주위 열악한 환경에 대한 내구성이 좋고 특수한 전원 전압을 이용하는 특수 장비.

"빌어먹게 좋은 계획이네요. 거대한 F16 전투기가 우리한테 뭐라도 떨어뜨리면 싫거든요."

호스가 농담 반 진담 반으로 말했다.

수긍하는 의미로 웃어 주는 사람은 아무도 없었다. 브리핑하던 정보부 요원들이 말한 허리케인 프로젝트가 이곳에 다시 떨어질 수도 있다는 사실을 모두들 부정하고 싶었던 것이다. 이들을 위한 호송 함대나 철수 헬기는 없을 것이다. 항공모함도 여전히 저 멀리 남쪽, 파나마 해역 부근에 있었다.

빌리는 이번에도 가장 마지막으로 시설에 들어서서 바깥세상으로 나가는 문을 닫고 고정 핸들을 돌렸다. 이제부터 그들 모두는 뱀파이어가 될 것이다.

10

자리에 누운 닥은 잠들기 전, 세상 어딘가를 표류하고 있었다. 세상이 무너진 뒤로 그가 꾸는 꿈은 대개 언데드와 연관이 있었다. 그와 빌리가 아프가니스탄을 탈출한 후, 국가통수권자는 둘을 포함한 특수작전 팀을 되는대로 급조했다. 그들의 배가 미국 영해에 도착했을 때, 거대한 크기의 언데드 무리가 동쪽 해안에 버티고 서서 그들을 맞이했다.

상황이 이렇게까지 나빠지기 전, 닥은 많은 사람들이 불을 쬐기 위해 돈을 태우고 20만 달러짜리 스포츠카를 바리케이드로 사용한다는 얘기를 들었다. 호스는 수도 워싱턴의 노점상이 장갑차에서 탄약과 생수를 대가로 양초와 항생제를 판다는 얘기를 들려주었다. 그 얘기조차도 옛날 이야기였다. 이젠 판자를 덧대어 창을 막더라도 밖을 내다보는 게 안전하지 않을 만큼 언데드가 폭발적으로 늘어났다.

호스는 워싱턴을 탈출하고 얼마 후에 팀에 들어왔다. 그리고 해머를 잃은 뒤, 디스코가 합류했다. 닥은 해머의 마지막 임무를 떠올리면서 서서히 잠을 청했다.

* * *

뉴올리언스 최초 감염지 깊숙한 곳에 자리한, 루이지애나 해안지대 위에서 헬기 한 대가 날카로운 소리를 냈다. 닥은 팀의 조종사였던 샘을 기억했다. 이전에도 그들은 함께 비행한 적이 있었다.

샘이 헤드셋에 대고 말했다.

"이 일을 빨리 해치우고 싶어, 닥."

"저도요. 요즘 육로로 가는 건 샘보다 제가 더 싫을걸요."

"지난주에 또 한 대 잃었어. 내 친구 바함이 조종사였어. 무사해야 할 텐데."

무사하지 않을 공산이 크다는 걸 알면서도 닥은 위로의 말을 건넸다.

"걸어서라도 귀환하고 있을 겁니다."

샘도 그 말을 믿는 눈치는 아니었다.

"자네가 그렇게 말한다면야 뭐. 저 뒤의 강철 케이지들을 보면 우리가 뭘 목표로 하는지 알지만, 그래도 지금 말해 둬야겠어. 닥, 나는 이딴 짓이 마음에 안 들어. 문제가 생길 거 같다 싶으면, 문밖으로 저 케이지를 던져 버리고 떠나자고, 알겠지?"

"예, 말 안 해도 알아요. 호스도 같은 말을 했어요. 호스는 지금

이 작전이 정말 마음에 안 든대요. 게다가 우리 일은 놈들을 잡아서 확보하는 거예요. 우린 당신이 놈들을 어디로 데려가는지도 모르고요. 어디로 가요?"

샘은 숨은 음모가 있는 듯한 미소를 지으며 그들을 스윽 훑어보았다.

"거기 도착하면 알게 되겠지. 내가 말했잖아, 저 방사능에 찌든 고름 자루를 배달하는 보상으로 하룻밤 온갖 호사를 누리며 지내게 될 거라고. 놈들을 잡아서 항공모함으로 데려갈 거야. 연구원들이 여기저기 찌르고 쑤셔 보고 싶어 하거든. 어떻게 움직이는 건지 알아보려고 말이지."

닥은 자세를 바로 하고 앉았다. 어느덧 폰차트레인호수의 윤곽이 보였다.

"샘, 나나 우리 애들은 그것들이 실린 항모에 머물고 싶지 않을 것 같은데요. 부드러운 침대며 빵빵한 에어컨이며 뜨거운 물 샤워며, 난 관심 없어요."

"선택권은 없어. 우리는 거기서 헬기 연료를 채우고 정비도 받아야 해. 그래야 내가 저 아래 어딘가에서 바람이랑 똑같은 처지가 되지 않을 테니……. 자, 다 와 간다. 각자 방독복을 확인해 보고, 아오, 제발 후드도 좀 착용해. 정보부가 그러는데, 얼굴이 녹아내릴 정도로 뜨겁대. 차나 트럭, 금속 같은 데에 너무 가까이 가지 마. 방사선을 내뿜을 거야. 누가 여기 남아서 윈치 작업이랑 케이지를 맡는 거야?"

"해머가 자원했어요."

닥은 해머를 돌아보며 마침 그가 엄지를 올리는 것을 보았다.

"로저. 해머가 훅을 내리면 내가 흔들리지 않게 고정할게. 정찰 사진에는 코즈웨이대교 위에 갇혀 있는 소규모 무리가 보여. 1, 2분이면 그 위에 닿을 거야. 준비해."

"로저."

닥이 안전띠를 풀고 뒤로 가려는 찰나, 샘이 와락 그의 팔을 붙들었다.

"조심하고 잘 하고 와."

"잘해 봅시다."

닥이 대답하고는 하네스를 점검하는 팀을 훑어보았다.

"빌리, 이제 출동이야. 호스, 팽팽히 당겨."

호스는 손을 뻗어 하네스를 꽉 조였다. 닥은 하네스를 입지 않은 해머를 바라보았다. 오늘 해머는 낙하하지 않는다.

닥이 고함쳤다.

"후드들 입어라! 샘이 고도를 낮추고 있는데, 저 먼지 속에서는 숨을 쉬기 어렵다. 30년쯤 후에 세상이 제자리로 돌아왔는데 암보험 광고에 나오는 퇴역 군인처럼 되어 있으면 곤란하잖아."

호스가 슬며시 마스크를 쓰며 말했다.

"하하, 빌어먹을."

빌리와 해머도 뒤를 이었다.

닥이 명령했다.

"무전 상태 확인."

목소리가 방독복 후드에 먹히긴 해도 모두 양호한 상태를 확인했다. 헬기는 폰차트레인호수와 루이지애나의 광활한 강어귀까지 닿은 코즈웨이대교 위를 뱅뱅 돌았다. 헬기가 갑자기 방향을 틀었다. 샘이 후드를 걸쳐 입느라 무릎으로 조종한 것이었다. 헬기가 하강하기 시작했다. 샘이 주의 깊게 고도를 맞춰 빙빙 돌면서 발 아래 코즈웨이는 점점 커졌다. 닥이 출입문 밖으로 내려다보니, 샘이 좋은 지점을 잡았다는 것을 알 수 있었다. 코즈웨이 100미터 구간에 좀비 세 마리가 있었고, 도로 양쪽이 연쇄 추돌한 차들로 막혀 있었다. 헬기는 양쪽 바리케이드 사이를 왔다 갔다 했다. 양쪽 자동차 잔해들 너머에는 흥분한 좀비 수백 마리가 소음에 이끌려, 날아다니는 헬기를 올려다보며 손을 하늘로 뻗고 있었다.

놈들이 헬기 아래 구간으로 가려고 차 위로 기어오르기 시작했다. 양방향에서 언데드의 물결이 밀려왔다. 시체들이 날래게 움직였다.

작전에 쓸 시간이 많지 않을 것이다.

세 사람은 낙하지점에 훅을 연결한 뒤, 장비를 가지고 내려가기 시작했다. 그들이 로프에 매달려 내려가는 그 순간, 잔해들 사이에 있던 좀비 세 마리가 착륙지점으로 빠르게 다가오기 시작했다. 로터가 만들어 내는 강렬한 바람으로 방사성 먼지 입자가 사방으로 날렸다. 방독복이 없었다면 작전 팀 대원들은 분명 몇 시간 안에 방사선 노출로 죽고, 얼마 지나지 않아 되살아났을 것이다. 명령은 놀라우리만치 단순했다. 서로 다른 두 곳의 피폭 지역에서 두 마리의 언데드 표본을 확보한다. 중준위 방사능에 피폭된 좀비 하나와 핵폭탄 투하지점에서 피폭된 좀비 하나.

두 발이 땅에 닿자 그들은 로프를 풀었다. 해머는 15미터 위에서 윈치 줄의 제어장치를 작동시키고 있었다. 줄이 천천히 내려오고, 훅이 땅에 닿았다.

좀비 세 마리가 더 가까워졌다.

호스가 제일 작고 약한 놈을 쐈고 빌리도 다른 하나를 쐈다. 그들은 최상의 표본을 원했다. 표본이 부족하다고 판단되어 다시 임무를 수행하게 되는 위험은 피하고 싶었으므로.

남은 1등급 좀비는 다른 두 놈이 더는 자신들의 무리에 속하지 않게 된 것을 눈치채지 못하는 듯 보였다. 셋은 거의 1년 전 뉴올리언스가 핵으로 붕괴된 이후로 이곳, 허물어진 코즈웨이대교에서 벗어나지 못했을 것이다. 닥은 마지막 좀비를 향해 총을 겨누고 방아쇠를 당겼다.

고압 공기총에서 초속 30미터가 넘는 속도로 케블라 그물이 발사되었다. 그물이 좀비와 세게 충돌하면서, 놈은 콘크리트에 거칠게 부딪혔다. 놈은 성이 나서 허우적거리며 케블라 그물을 쥐어뜯었다. 호스가 달려가 그물에 놈의 이빨과 손이 닿지 않는 부분을 찾았다. 그런 다음 재빨리 놈을 윈치 라인과 훅 쪽으로 끌고 갔다. 로터의 바람은 그들을 계속 이쪽저쪽으로 때려 댔다. 헬기 하향풍에도 방사능 모래와 먼지 입자가 후드의 얼굴 가리개에 튀는 소리가 들렸다. 땅에 놓인 훅을 확인한 닥은 윈치 라인을 케블라 그물에 걸고 뒤로 물러서며 해머에게 엄지를 높이 들어 보였다. 해머가 엄지를 들어 신호를 주자, 윈치 라인이 그물에 잡혀 몹시 화가 나 있는 좀비를 헬기로 끌어 올리기 시작했다.

해머는 닥에게 곧 무전을 보냈다.

"확보했습니다."

"로저, 윈치를 내려. 헬기 고도는 유지해. 하강하면 먼지가 더 쌓일 거야."

해머는 윈치를 내리고 세 사람을 헬기로 끌어 올렸다. 헬기 안 케이지에 갇힌 좀비가 홱 몸을 틀더니 이를 갈았다. 그들이 다음 표본을 추출할 준비를 하는 동안, 놈의 하얗고 움푹 꺼진 눈은 그 들의 뒤를 좇고 있었다.

헬기는 남쪽의 붕괴된 뉴올리언스로, 핵폭탄 투하지점을 향해 요란한 굉음을 내며 날아갔다. 높이 7, 8미터 이상의 건물이나 휴 대폰 기지국은 남아 있지 않았다. 최후의 발악으로 정부가 지시한 핵폭발은 제방을 포함한 모든 것을 파괴했다. 뉴올리언스는 이제 썩어 가는 방사능 늪이었다. 샘과 작전 팀은 해안가를 따라 남쪽 으로 이동하면서 두 번째이자 마지막 표본을 추출할 장소를 정찰 했다.

"바로 아래 I-610 주간 고속도로야. 코즈웨이에서처럼 낮게 날 지는 못하겠어. 저 아래는 훨씬 뜨겁거든."

샘이 닥에게 말했다.

"괜찮아요. 당신 탓도 아닌데요, 뭘. 샘, 진입로를 확인해 줘요."

닥이 조종석 유리 너머를 가리키며 말했다.

샘은 헬기의 고도를 낮춰 I-610 진입로에 더 다가갔다.

"그래, 어쩌면 잘 풀릴지도. 저 아래쪽 일 먼저 처리해 줘야겠어."

"호스가 이미 하고 있습니다."

닥이 뒤쪽의 화물칸을 가리키며 말했다. 호스가 라루 텍티컬 7.62밀리미터 저격 라이플을 뺨에 밀착한 채, 열려 있는 옆문 쪽에 엎드리고 있었다. 조준경이 호스에게 지상의 상황을 확대해 명료 하게 보여 줄 것이었다. 샘은 AC-130 스펙터 건십 항공기처럼 착 륙지점 주위를 선회 비행 하기 시작했다. 호스는 일을 시작했고,

빌리는 당장에라도 총에 먹일 7.62밀리미터 총알이 스무 발씩 들어간 탄창으로 가방을 꽉 채웠다.

쌍안경으로 살펴본 빌리는 목표물과 추정 거리를 부르기 시작했다.

"검정 스바루 포레스터 북쪽, 보닛 근처, 200미터."

호스는 놈의 목과 얼굴을 터뜨려, 머리가 배구 서브 궤적을 그리며 날아가게 했다. 스바루의 보닛에 뿌려진 하얀 뼛조각 파편은 예전에 경매에서 수천 달러에 팔린 미술품처럼도 보였다. 호스는 다시 한 번 총격을 가하기에 앞서 천천히 숨을 내쉬었다. 빌리는 계속해서 목표물을 불렀고, 호스는 계속해서 놈들의 머리를 쏘았다. 몇몇은 놓쳤다. 헬기가 흔들리고 빙빙 돌고 하는 상황이라 저격은 쉽지 않았다.

헬기 소음에 이끌린 언데드들은 어느새 대부분 목표지점에서 멀리 떨어져 있었다.

헬기 소음이 좀비들을 빠르게 목표지점으로 이끌게 될지도 모르므로, 팀은 신속하게 움직여야 했다. 호스는 7.62밀리미터 라이플을 집어넣고 오렌지색 줄무늬를 그려 표시한 자신의 M-4 카빈총을 풀었다. 모두가 카빈총을 들고 다니다 보면, 인파 속에서 자신의 총을 잃어버리기 쉬웠다. 샘이 앞으로 헬기를 밀고 들어가면서, 그들은 다시 한 번 지옥으로 뛰어내릴 준비를 했다. 아래의 방사능 오염 지대 30미터 상공에서 선회하는 동안, 그들은 하강을 위해 마스크를 바르게 고정했다.

"좋다, 연결해. 얼른 이 일을 끝내 버리자!"

닥은 무전기에 대고 로터 소음을 이길 만큼 크게 소리를 질렀다.

"까짓 거, 해치워 버립시다. 뜨거운 물아, 기다려라. 내가 간다!"

호스가 훅을 연결하고 헬기 밖 바람에 몸을 던지며 외쳤다.

다른 두 사람도 해머를 놔둔 채 뒤따랐다. 이번 강하 높이는 두 배나 더 높았는데, 그들이 뛰어내릴 지점의 방사능 수치를 염려한 신중한 예방 조치였다. 착지할 때 헬기 하향풍은 나쁘지 않았으나, 여전히 얼굴 주위에는 치명적인 입자들이 죽음을 부르는 악마의 먼지가 되어 회오리쳤다.

빌리는 뉴올리언스를, 그곳에 남은 것들을 내려다보고 있었다. 대부분 물과 핵폐기물로 덮여 있었다. 좀비들 수천 마리가 하나의 목표를 향해 진창을 헤치고 걸어오고 있었다. 로터의 날개와 헬기 엔진이 내는 소음을 중심으로 물결치듯 모여들고 있었다. 좀비들은 끈적끈적하고 병균이 들끓는데 방사능까지 오염된 물을 지나오면서 V 자 모양의 흔적을 남겼다. 모든 흔적의 끝은 한곳을 가리키고 있었다.

"젠장, 불모지가 돼 버렸군."

빌리는 큰 소리로 말하며 AK-47을 들고 준비 자세를 취했다.

방사능에 피폭된 좀비들이 빠르게 가까워졌다.

호스는 카빈총을 들어 올리고 ACOG 조준경을 통해 조준했다. 적당한 지점을 고르면 조준경에 미군 5.56탄에 맞게 측정된 십자선이 매겨진다. 계산할 필요도 없다. 그저 좀비를 십자선 위에 올려두고 머리를 조준해 방아쇠를 당기면 그 시체는 다시 한 번 종말을 맞는다.

호스는 네 마리를 무력화시켰다. 빌리는 아프가니스탄에서 전리품으로 뺏어 온 AK-47로 세 마리 더 제거했다.

이번 임무에는 아무도 소음기를 쓰지 않았다. 그럴 필요가 없었다. 헬기의 소음이 다른 소리가 들릴 기미마저 없애 버렸다. 닥이 카빈총으로 네 놈을 죽이고 둘을 남겼다. 그는 M-4를 대충 둘러매고 그물총을 집어서, 포획 그물이 제대로 장전되도록 했다. 닥과 빌리가 동시에 총을 쏘았다. 빌리는 닥에게 접근하는 좀비를 제거하고, 닥은 목표했던 표본을 그물로 잡았다. 임무를 완수했다. 거의.

그들은 그물로 포획한 좀비를 등진 채 자세를 낮추고 서서, 언데드 무리가 메뚜기 떼처럼 사방에서 몰려오는 것을 지켜보았다. 윈치 훅이 돌풍에 의해 포획된 놈에게 날아들면서 제대로 충격을 안겼다. 놈은 눈이 툭 튀어나와서는 화가 나 울부짖으며 그물을 쥐어뜯었다. 헬기로부터 흐르는 윈치의 정전기 탓에 접지하기 전에 손댔다가는 누구 하나는 쓰러졌을 테지만, 훅에 쌓였던 전기가 좀비에 닿아 배출된 덕에 호스는 시체를 훅에 걸 수 있었다. 그는 포획된 놈이 빙빙 돌면서 헬기 문 쪽으로 30미터 정도를 올라가는 것을 지켜보았다. 뉴올리언스 좀비 무리는 점점 가까워지고, 그들의 신음 소리가 헬기 프로펠러 소리를 압도하고 있었다. 무릎 깊이 정도의 물은 200미터 밖까지 마치 끓는 물처럼 일렁였다.

빌리는 AK-47을 들고 총격을 시작했다. 7.62×39밀리미터 탄창은 닥이나 호스의 M-4 카빈총보다 파괴력은 좀 더 강했지만, 다소 정확성이 떨어졌다. 하지만 빌리에겐 그 점이 별로 영향을 끼치지 않았다. 그는 철제 조준경을 가지고 200미터가 넘는 거리에 있는 좀비들을 쓰러뜨리고 있었다.

좀비들은 빠르게 가까워지고 있었다. 수백 마리, 어쩌면 이제는 천 마리쯤?

닥에게 가장 끔찍했던 그날의 악몽이 다시금 재현되었다.

빌리는 그림자 하나가 자기 앞을 휙 스치는 것을 알아채고 위치를 벗어났다. 호스와 닥이 땅에 쓰러지며 숨을 토했다. 그들이 방금 포획해 헬기로 올려 보냈던 좀비가 그물에서 벗어나 해머를 움켜잡은 채 30미터 아래 땅으로 추락했던 것이다.

해머의 왼팔은 팔뚝에서 뼛조각이 튀어나와 누가 봐도 부러져 있었다. 닥은 그 골절이 추락으로 생긴 건지, 좀비가 움켜쥔 탓인지 알 수가 없었다. 해머는 좀비에게 심하게 물린 상태였다. 물린 목에서는 격한 심장 박동에 따라 피가 울컥울컥 새어 나왔다.

해머는 떨어질 때 지니고 있던 유일한 무기인 도끼를 찾으려고 허리로 손을 뻗었다.

피폭 좀비가 해머와 엎치락뒤치락했다.

뉴올리언스 좀비 무리는 이제 겨우 30미터 밖에 있었다.

해머가 미카르타 손도끼를 휘둘러 좀비의 두개골 깊이 박아 넣었다. 그때 그의 눈에 공포와 분노의 눈물이 잠깐 비쳤다가 순식간에 떨어졌다. 해머의 마스크는 추락하기 전에 좀비가 벗겨 버렸다. 해머는 치명상을 입은 데다 이미 뉴올리언스의 방사능에 심각한 수준으로 피폭된 상태였다.

닥과 호스가 정신을 차리고 몸을 일으키는 동안, 빌리는 구급상자에서 응고제를 꺼내 재빨리 해머의 목에 탁 뿌렸다. 그리고 붕대를 감아 상처를 압박했다. 적어도 얼마간의 시간은 벌 수 있을 것이었다.

해머는 누가 묻기도 전에 힘겹게 목에 난 상처를 누르며 입을 뗐다.

"놈들은 강하고 빠릅니다. 그물을…… 바로 찢어 버렸어요."

해머가 말하는 동안 입에서 핏방울이 뚝뚝 떨어졌다.

해머는 빌리를 바라보았다.

"바꿔 줘요."

그는 빌리에게 피가 흥건한 도끼를 건네주고 빌리의 AK 라이플을 가져갔다.

"아직 임무가 남아 있잖아요. 저, 오래는 못 버텨요. 한 놈 보내 드릴 테니까 잡아 넣으세요. 그물총 다시 장전하고 시작하죠."

닥은 해머의 유령 같은 모습에 마음이 어지러웠다. 그는 해머가 어떻게 의식을 유지하는지 전혀 알 수가 없었다. 그저 눈앞에서 동료의 생명력이 점점 쇠약해지는 것을 보면서 느끼는 공포를 의식 한구석에 분리해 둘 뿐이었다. 어떻게든 나중까지 감정을 억누를 것이다.

세 사람은 해머를 껴안고 그와 악수한 뒤 작별 인사를 했다. 더는 시간이 없었다. 해머는 셋 모두에게 고개를 끄덕이고는 교전을 위해 몸을 돌렸다. 그는 간신히 가장 가까이 있는 언데드 앞까지 가서 총을 쏘기 시작했다.

닥은 그물총을 재장전하고 샘에게 무전을 보냈다.

"헬기를 더 내리지 않으면 우리 다 죽어요!"

샘이 두말없이 헬기를 내렸다. 30초도 되지 않아 헬기가 3미터 상공을 떠돌며 먼지와 잔해, 걸어 다니는 좀비들을 사방으로 몰아냈다.

해머는 자신에게 남은 모든 것을 걸고 싸웠다. 탄창이 빌 때까지 쏘는 한편, 포획 타깃인 놈이 헬기 근처의 다른 이들에게 덤벼들도록 유도했다. 닥이 좀비를 그물로 잡아넣자, 세 사람이 급히 헬기 안으로 끌고 들어갔다. 해머가 옳았다. 이 피폭된 흉물 좀비는 그가 마주했던 어떤 좀비보다도 강했다. 세 사람이 놈을 철제 케이지에 던져 넣는 동안, 놈은 거의 그물을 찢고 나올 뻔했다. 두 번째 표본이 어떻게 그물을 뜯고 나왔는지 이제 궁금할 것도 없었다. 해머에게 도달하기 위해 그물에 갇혀 30미터를 올라가는 동안, 놈은 그물을 갈기갈기 찢어 버린 것이다. 닥은 두 번째 표본의 힘이 코즈웨이의 첫 번째 놈보다 몇 배는 더 강했으리라고 추정했다.

그 뒤의 일들은 제대로 기억나지 않았다. 그들은 으르렁거리며 힘이 넘치는 표본 두 마리를 칸막이로 나눠진 단단한 철제 케이지에 확실하게 넣어 두었다. 헬기가 고도를 높였다. 닥은 샘에게 60미터 상공에서 멈춰 달라고 부탁했다. 그들은 저 아래 해머가 칼 한 자루만 들고 언데드와 최후의 항전을 치르는 모습을 지켜봤다. 해머는 놈들이 덤벼들기 전까지 세 놈을 더 찌르고 베어 죽였다. 닥은 조준경이 달린 라루 7.62밀리미터를 잡고 바닥에 엎드렸다. 렌즈를 통해 해머가 죽었다는 것을 확인했다. 그의 피폭되었지만 아직 따스한 시신을 좀비들이 포악하게 먹어 치우고 있었다. 닥은 온몸에 분노가 들끓어 모조리 지옥에나 가라고 저주를 퍼부은 뒤, 308구경 총알을 해머의 두개골에 관통시켜 그에게 마지막 조의를 표했다. 해머는 저 아래 있는 놈들 중 하나가 되지 않을 것이다. 만약 자신이 좀비가 되더라도 해머가 자신에게 같은 호의를 베풀기를 바랄 거란 생각이 들었다. 닥은 많은 사람이 죽고 썩어 가는 뉴올리언스의 지평선을 내려다보았다.

해머의 마지막 순간에 대한 슬픈 기억은 점차 그 빛을 잃고 닥의 머릿속 억압된 기억이 모이는 곳으로 향했다.

닥은 침대에 앉아 습관적으로 시계를 확인했다. 14시 정각이었다. 잠시 혼란스러웠다. 해머가 살아 있나? 여기는 어디지? 머릿속 어두운 구석의 기억을 떠올리게 될 때까지 스스로에게 물었다. 닥은 호텔23의 잠자리로 돌아왔다. 해머는 죽었고 언데드가 여전히 세상을 지배하고 있었다.

11

킬과 사이엔, 먼데이는 안전하게 분리된 정보실로 들어섰다. 특별한 건 없었다. 구석에서 윙윙거리는 슈퍼컴퓨터도 없고, 군사 분석가들이 살펴볼 실시간 위성 피드 영상도 없었다. 과하게 과학기술을 때려 넣은 설치 장비들에서는 세월의 흔적이 느껴졌다. 킬은 SSES[14]라고 표시된 방으로 들어갔다.

그들과 함께 와서 잠수함에 빠르게 하강하던 남자들 넷도 안에 있었다.

"여기가 어딘지 압니다."

킬이 말했다.

"아니 어떻게?"

---

14) Ship's Signal Exploitation Space. 선내 정보 허브. 배가 운항 중인 위치에서 관심 신호를 모니터링하고 분석해 자료를 수집한다.

먼데이가 물었다.

"좋았던 시절에는 SSES에 메시지를 몇 개 전송했었죠."

킬은 마지못해 덧붙였다.

"뭐 요즘 여기서는 외국 신호를 많이 잡고 있지 않네. 해독이 필요하게 되면 저쪽 구석에서 놀고 있는 언어학자가 하나 있긴 하지만, 요즘은 뭐라도 전송하는 사람이 있어야지."

"저 사람, 무슨 언어를 쓰는데요?"

킬이 물었다.

"중국어."

"몇 주 후면 도움이 좀 되는 거죠?"

킬이 캐묻듯 말했다.

"그렇지, 더 일찍 그렇게 될지도. 딱 앉아 있게. 세상이 멸망해도 해군은 여전히 파워포인트를 쓴다는 걸 알게 되면 자네도 기분이 좋을 걸세. 시작하기 전에 시스템을 부팅하고 독립형 JWICS[15] 컴퓨터에 로그인해야 해. 잠깐 기다려 봐."

사이엔은 킬 쪽으로 몸을 기울이고 속삭였다.

"JWICS가 뭐요?"

"당신이 지금껏 본 적도, 들어 본 적도 없을 또 하나의 인터넷이죠. 이런 사태가 터지기 전, 정부가 그런 걸 운영한다는 것은 비밀도 아니었지요. 단지 거기서 어떤 정보가 공유되느냐가 비밀이었죠. 음모론거리도 안 됩니다. 예전에는 주류 언론이나, 온라인 소스에서 대부분 들을 수 있었던 거죠."

---

15) 미국 국방정보국이 운영하는 보안 인트라넷.

"누가 케네디를 죽였는가, 뭐 그런 것들?"

"아뇨."

킬은 대답하며 잠시 어머니를 떠올렸다. 그녀는 아들의 직업을 생각해서인지 그에게 그런 음모론에 대해 묻는 버릇이 있었다.

"그런 게 아니고, 그저 통상적이고 케케묵은 민감한 정보들이죠. 알짜 정보는 백악관 상황실 LAN이나 버지니아 북부의 눈에 띄지 않는 빌딩 인트라넷에 있었어요. 나는 접속해 보고 싶은 생각이 한 번도 안 들던데. 괜히 접속했다가 발각되면 뼈도 못 추릴 테니까요."

먼데이는 방 앞쪽으로 나서며 킬의 말을 중단시켰다.

"안녕하시오. 나를 모르는 사람들을 위해 소개하자면, 나는 해군 중령 먼데이요. 공식 브리핑 절차를 시작하기에 앞서 몇 마디만 하겠소. 내가 이 브리핑을 하는 건 아주 예외적인 경우라오. 특전사 네 분에게 여러분의 노고에 감사하다고 말하고 싶소."

방 뒤쪽에서 남자 한 명이 대답 대신 고개를 끄덕였다.

먼데이는 킬과 사이엔을 가리켰다.

"또한, 모르는 사람들을 위해 얘기하자면…… 이 두 분은 본토에서 거의 1년간 살아남았소. 생존 확률을 고려하면 꽤 놀라운 일이지."

"거짓말."

네 남자 중 하나가 중얼거렸다.

먼데이가 말을 이어 나갔다.

"본론으로 가 봅시다. 해군 정보 장교가 나서서 묻기에 이례적인 질문이겠지만, 신의 존재를 믿는 분은 손을 들어 주시오."

킬도, 사이엔도 손을 들지 않았다. 저쪽 남자들 중 하나만이 다수에서 벗어났다. 킬은 손을 들고 싶었으나, 아직 준비가 되지 않았을 뿐이다.

"알겠소. 어떤 면에서 신앙이 있으면 이 일을 받아들이기가 약간이나마 더 쉬울 거요. 내가 지금 하고자 하는 얘기는 말로 다 할 수 없는 거라오. 앞으로 몇 분 뒤에 다시 이 말을 할 거요. 여러분은 어린 시절부터 청소년기, 또 성인기에 이르기까지 많은 이들이 확고한 패러다임과 흔들림 없는 원칙, 즉 확립된 문화적 토대 위에서 자라 왔소. 해는 동쪽에서 뜨고 서쪽으로 지며, 올라가는 것은 반드시 내려오게 마련이고, 우리 편은 항상 이기고, 뭐 그런 얘기들 말이지. 가끔 우리가 이런 사례를 뒤집어 버리는 정보와 맞닥뜨리고, 또 그걸 부정할 수 없을 때 우리 마음은 이상한 영향을 받는다오. 산타클로스가 없다는 것을 알게 된 날을 기억하는 사람 있소?"

방에 있던 모든 사람이 고개를 끄덕였다. 심지어 사이엔은 그런 기억이 없는데도 그랬다.

"자, 그런 일이 몇십 배 늘어난다고 상상해 보시오."

먼데이는 한참 동안 말을 멈추고 방 안의 모든 이들을 바라보았다.

"이번이 이런 얘길 하는 마지막일 수도 있고 백 번은 더 반복해서 하게 될 수도 있소. 여러분이 다시 들을 필요가 있어 보이면 또 하겠지. 한번 들어 버리면 듣기 전으로 되돌릴 수 없소. 다들 무슨 말인지 이해하겠소?"

그들은 모두 알아들었다는 듯 고개를 끄덕였다. 하지만 먼데이는 잘 믿지 못하겠다는 눈치였다.

"좋소. 그런 거요. 여러분은 이제 여러 번 철학적인 도전에 직면하게 될 거요. 나는 여러분의 이력을 검토했소. 당신, 사이엔은 아니지만, 이미 거기에 대해선 얘기가 끝났으니. 제독님에 이어 이 함장님까지 허가를 하셔서 당신이 이것을 볼 수 있는 것이오. 만일 이 일이 내 결정에 달린 문제였다면, 당신은 이 자리에 없었을 거요. 이 점을 명확히 해 두고 싶소."

사이엔은 먼데이의 발언에 아무 반응도 하지 않았다. 특수작전 요원 넷은 앞뒤로 수군거렸다. 킬은 그들이 무슨 얘길 하는지 알아들을 수 없었다.

"알겠소. 시작해 봅시다."

먼데이가 디스플레이를 활성화했다. 커다란 벽걸이형 LED 스크린 위아래로 경고 문구를 담은 노란색 테이프가 붙어 있었다.

"이번 브리핑의 기밀 등급을 종합하면 일급 기밀, 통신 도청에 의해 수집된 정보, 첩보위성을 통해 수집된 정보, 하위 정보, 스파이에 의해 수집된 정보, 특별추진사업, 그 밖에 당신이 생각할 수 있는 모든 것을 아우른다고 생각하면 될 거요. 어쨌든 모두들 호라이즌 프로그램에 오신 것을 환영하겠소."

먼데이가 다음 슬라이드를 띄웠다.

1947년 7월 8일 – 복구 활동
유타주 유인타 분지
일급기밀 // 중요정보통신 중요정보통신 중요정보통신
1947년 7월 8일 음성문자
발신인: 육군장관

수신인: 미합중국 대통령

제목: 복구 활동

선체 복구 완료. 원자로 격납용기 안 4명 발견. 1명 생존, 라이트 필드로 이동 중.

기만 작전 진행 중. 로즈웰의 연출된 잔해. 메시지 없음.

…… 패터슨 발송 ……

일급기밀 // 중요정보통신 중요정보통신

12

북극권 내부 어딘가 – 4호 기지

영하 57도. 남자의 맨얼굴을 몇 초 만에 얼릴 정도로 춥다. 이 곳 미국의 4호 연구기지에는 과학기술과 200리터 디젤 연료통들 덕분에 생명이 존재했다. 죽은 자가 지금까지 알려진 자연과 물리 의 법칙을 어긴 지 거의 1년이 지났다. 기지의 남은 생존자들은 보 급품을 받지 못한 채 두 번째 겨울을 나고 있었다. 지난 봄 45명의 대원 가운데 대다수가 기지를 포기하고 살얼음 지역까지 160킬로 미터를 걸어갔다. 그곳에는 살아남은 문명인이 있기를 희망하면서 말이다. 그들 대부분을 다시는 볼 수 없었다. 몇몇은 기지로 되돌 아왔다. 아마 본능이나 습관이었으리라. 그들도 다른 사람들과 똑 같아 보였다. 유백색의 반투명한 눈과 앞으로 내밀어진 채 얼어붙은 머리, 그리고 굶주림만 빼면.

4호 기지는 문명의 붕괴를 한 번의 단파방송으로 접했다. 이 머나먼 북쪽의 그나마 믿을 만한 통신수단이라곤 단파방송뿐이었다. 위성전화는 이상 징후가 발생하고 처음 한 달 동안은 작동했지만, 위성궤도가 붕괴되면서 복잡하고 취약한 기반 시설에 의존하는 나머지 기술들과 함께 결국 작동을 멈췄다.

무자비하고 잔혹한 북극의 겨울에도 딱 한 가지 좋은 점이 있었다. 그곳 사람들은 차가운 북극권 밖 사람들보다는 굶주린 좀비들을 훨씬 적게 만났다. 처음에는 죽은 자들 문제가 먼 나라 이야기 같았다. 단파방송에서 듣거나 위성TV로 공포영화를 시청하는 것처럼. 그것은 이곳 평온한 4호 기지에서는 아직 별다른 관심사도, 고민거리도 아니었다.

이상 징후가 시작된 다음 해 봄, 연구자 한 명이 당뇨 합병증으로 사망했다. 이미 많은 동료를 떠나보낸 대원들은 죽은 자가 살아나는 이상 징후가 이곳에도 영향을 미치기 시작했다는 것을 곧 알게 되었다. 기후의 영향을 최소화한 안식처도 더 이상 안전하지 않았다. 머리통에 얼음도끼를 휘둘러 영원히 잠재워 버렸지만 이미 한 명의 대원을 물어 버린 다음이었다. 사람들은 기지 근처 80미터 깊이의 비탈에 두 대원의 시체를 던졌다. 이제 처치된 시체들은 그곳에 보내졌다. 비탈 바닥에는 깨지고 얼어붙은 송장들이 누워 있었다. 생존자들은 그곳에 '깨끗한 양심의 협곡'이라는 별명을 붙였다.

남쪽의 현실 세계에서는 사람들이 복권 당첨 확률보다 낮은 생존 확률에 맞서 목숨을 걸고 싸우고 죽어 갔다. 그리고 북쪽의 북극권에서는 생존자들이 저체온과 끝없는 암흑에 맞서 전쟁을 벌이고 있었다. 그들은 몇 주 동안 태양의 황금빛을 보지 못했고, 몇몇은 내심 다시는 보지 못할 거라는 생각까지 했다. 그들은 태평양에서 표류하는 구명보트에서 물을 배급하듯 난방유와 디젤을 제한적으로 배급했다. 60일 내에 이 빙하에서 벗어나지 않으면 죽은 목숨이라는 사실은 모두가 알고 있었다. 그렇게 1월, 한겨울이 되었다. 위험을 무릅쓰고 비행기(남은 비행기가 있다면 말이지만)를 타고 갈 수도 없고, 걸어서 남쪽으로 갈 여력이 되는 사람도 없었다. 그들에게는 개와 썰매가 있었지만, 그 정도로 충분할 리가 없었다. 그들은 북쪽 끝에 있었으므로.

* * *

크루소 램지는 생존자가 거의 남지 않은 4호 기지의 비공식적 지휘관이었다. 그는 나이가 가장 많거나 경력이 가장 많은 대원은 아니었지만, 가장 존경받는 사람이었다. 그의 이름은 딕이나 플로렌스처럼 1950년대 이름보다 더 구닥다리처럼 들리는 이름이었는데, 할아버지의 이름을 딴 것이었다. 35년 전 그의 아버지는 별 고민 없이 그 이름을 아들에게 물려주었다. 크루소는 오래전 스코틀랜드를 떠나온 강인한 이민자 집안 출신이었다. 스스로 운명을 개척해 온 사나이들의 후손이었다.

아버지의 스파르타식 애정 표현 방식은 크루소를 대부분의 남자들보다 견실하게 만들었다. 아버지는 누이들에게는 관대했지만 크루소에게는 엄격했다. 누이들은 필요하기만 하면 자동차나 용돈 같은 금전적인 혜택을 누렸지만, 크루소는 그러지 못했다. 그리고 열일곱 살이 되던 해, 제재소에 들어가게 되었다.

임신한 아내 때문에 돈이 급해진 크루소는 구직을 위해 면접을 보았고, 그 결과 지금 이곳, 북극의 차가운 품에 안기게 되었다. 경제적 암흑기였기에 선택의 여지는 많지 않았다. 이 일을 시작하게 되면 1년에 5개월은 밖에 나가지 못할 것이라고 했다. 수수께끼 같은 최소한의 자격 요건을 보며 크루소는 호기심이 생겼다.

기계 가공 경력/디젤 엔진 관련 경력 3년의 기계 기술자. 단일 범위 배경의 기밀 취급 허가 적임자 요망……

4호 기지에는 비밀이 있었다. 북극 베이스캠프에서 할 필요가 있었던 연구는 대부분 수십 년 전에 완료되었다. 공식적으로 기지는 북극 전자파의 연구를 위해 설립된 것이었다. 크루소는 수색팀이 아니었고, 모든 것이 지옥으로 떨어져 버리기 전에는 얼음 위에서 수색팀이 뭘 찾든 말든 신경 쓰지 않았다. 그저 늘 이상하다고만 생각했다. 수색팀은 사흘 일정의 짐을 꾸리고 기지 지휘관(지금은 죽은)에게 행선지를 브리핑한 다음, 개와 그 모든 것들과 함께 눈 속으로 사라져 버리곤 했다.

기지 대원들이 듣기로는 그들이 화성 운석을 찾고 있다고 했다. 전문가들은 영겁의 시간 전에 화성에 수많은 유성이 쏟아졌는데, 그때 산란된 물질이 결국 지구에 이르게 되어 다시 대기권에 진입해 북극의 빙하 어딘가에 착륙했다고 했다.

그러나 수색팀이 크루소가 들어 알고 있는 재미난 것을 가지고 돌아온 적은 한 번도 없었다. 그들은 늘 장비를 집어넣고, 몸을 씻고, 상사에게 가서 보고했다. 매번 마찬가지였다. 크루소는 수색팀과 조금도 친해지지 못했다. 매번 군용 비행기가 교대할 인원을 실어 오고 실어 갔다.

그 팀들이 빙하 위에서 무엇을 찾고 있는지는 더 이상 중요한 문제가 아니었다.

이상 징후가 시작되기 전에도 크루소는 세상이 벼랑 끝에 서 있다고 믿었다. 경제는 붕괴 직전이었고 실업률은 15퍼센트였다. 금은 1트로이온스[16]당 2000달러에 육박했고, 주류 방송사의 뉴스 프로그램에서는 망한 나라에 대한 이야기가 나왔다. 북극에서 그의 목표는 간단했다. 여기서 한 번, 어쩌면 두 번 겨울을 버텨 낼 수 있다면, 서부에 조용한 집을 사고, 거기서 가족을 부양하면서 사회의 오염과 부패, 본격적인 붕괴의 염려 없이 살 수 있었다.

크루소는 별을 우러러보았다. 그건 세상이 종말을 맞은 이후 그로서는 보기 드문 시간 낭비였다. 그는 이 불경스러운 어둠에 누구 못지않게 많은 것을 잃었다. 아내, 태어나지 못한 아이, 집, 그의 모든 것을.

그에게 남아 있는 가치 있는 것이라곤 벨트에 차거나 등에 매고 있는 것들뿐이었다. 사슴뼈 손잡이가 달린 보위 나이프, 9밀리미터 스미스 앤드 웨슨 M&P 권총, 그리고 잘 관리된 M-4 카빈총. 소지품은 정말로 중요하지 않았다. 이제 남쪽의 세상은 시험대에서 살아남을 수 있는 자들의 몫이었으므로. 롤렉스시계? 어딘가의 대형 쇼핑몰에서 감염이 되어 기어 다닐 위험을 무릅쓰고 싶다면 뭐. 금괴? 포트 녹스[17]는 이미 놈들 천지지만, 금고를 날려 버

---

16) 귀금속의 무게를 재는 단위로, 1트로이온스는 약 31.1035그램이다.
17) 미국 정부가 보유한 금을 보관하는 장소.

린다면 금 도금 한 텅스텐을 모조리 차지할 수 있겠지. 아무도 말릴 사람이 없다. 돈? 가지고 있으면 불을 지피기 위해 사용하거나, 지갑에 넣어 두고 보면서 모든 게 다 정상인 것처럼 행동할 수 있을지도 모르겠다. 하지만 죽은 자들이 다가와 물어뜯으려 들면 그런 척하는 것도 힘들어진다. 저 멀리 남쪽, 현실 세계에서 아주 빈번히 발생하는 일이다.

크루소는 이성의 끈을 놓지 않기 위해 할 수 있는 일을 했다. 책을 읽고 아마도 이미 죽었을 사람들에게 편지를 쓰며 가끔은 기도도 했다. 추위는 기지에서 끝내 무엇으로도 대체할 수 없을 동력자원을 서서히 고갈시켰다. 4호 기지는 곧 추위 속에 아무것도 남지 않은 채로 죽어 갈 뿐이었다. 크루소의 영혼은 이미 절대영도에 근접했고, 아내를 생각할 때마다 더 가까워졌다.

아내의 사망 소식은 몇 달 전 위성전화를 통해 전해 들었다. 이미 전 세계가 무정부 상태에 이르렀을 때였다. 4호 기지의 생존자들은 뉴스 피드를 읽고 단파방송을 들었다. 전파는 완전한 혼돈으로 가득했다. 폭동이 주요 대도시를 먼저 휩쓸었다. 사람들은 언데드 무리를 급히 지나쳐서 TV와 태블릿을 훔쳐, 전기도 끊긴 집으로 가져갔다.

정상적인 상황에서는 집에 급한 일이 생겼을 때 배우자와 가까운 가족이 4호 기지의 위성전화로 전화를 걸 수 있었다. 생존자들은 작전센터 당직실에서 교대로 위성전화를 들고 당직을 섰다.

세상이 쫄딱 망한 상황에도 사람들은 여전히 평소처럼 업무를 보면서 전화기 앞에서 당직을 섰지만 걸려오는 전화는 극히 드물었다. 미합중국 전화망은 몇 주 동안 이용자의 신뢰에 보답하기도

하고 외면하기도 했다. 그렇게 새해가 되었고, 언데드들이 나타났다. 크루소의 룸메이트이자 절친한 친구 마크가 전화를 받은 것은 2월의 어느 한밤중이었다.

"여보세요. 트리샤인데 크루소 바꿔 줘요."

"트리샤, 세상에, 거기 전화가 되나요?"

"젠장, 마크, 시간이 없어요! 놈들이 문 앞에 있고 집에는 불이 났단 말이에요!"

"알겠어요. 지금 부르러 가요……. 끊지 말고 기다려요."

크루소가 무전실에 도착할 무렵 전화선 저편에는, 세상 저편에는 메아리치는 트리샤의 비명뿐이었다. 그녀는 갈기갈기 찢기고 있었다. 크루소는 아내의 마지막 목소리를 듣고 바닥에 무너졌다. 화재로 전화선이 끊어져, 뚜뚜 소리만 들려오는데도 한참을 그대로 누워 있었다. 크루소는 몇 시간이나 움직이지 않았다. 그는 가슴이 찢어지는 듯한 슬픔이 자신을 데려가 죽을 수 있기를 바랐다. 그러나 그렇게 되지 않았다.

13

크루소는 마크와 함께 작전실에 앉아 있었다. 마크는 그가 기지에서 일하기 시작하면서 사귄 가까운 친구였다. 클린 디젤은 말 그대로 재생 불가능한 자원이라 그들은 시간을 정해 놓고 발전기를 돌렸다. 그나마 바이오 디젤을 만드는 데 제한적이나마 성공을 거두고 있었다. 그것은 더럽고 냄새 나며 크루소의 일을 한층 고되게 만들었지만, 심부체온을 37도 이상으로 유지하는 데는 도움이 되었다.

크루소는 기지에서 바이오 연료 용도로 지정한 디젤 엔진을 해체하고 다시 만들어 유지하느라 점점 지쳐 갔지만, 그가 없다면 기지 전체가 지금쯤 단단한 얼음 덩어리가 되었을 것이라는 점을 알고 있었다. 그날 그날 자신이 기지를 존속시키고 있다는 작은 가치와 성취감은 그에게 삶의 목적, 즉 살아가는 이유를 제공했다. 크루소는 이제 고통스러울 정도로 혼자라고 느꼈다. 진정으로 사랑했던 마지막 사람은 죽었고, 그는 그녀가 지금 걷고 있지 않길 바랐다. 수시로 그는 화재가 그녀의 죽음을 마무리해 주었을까 궁금했지만, 그런 생각을 하는 것도 트리샤가 그들 중 하나라고 상상하는 것만큼이나 마음이 아팠다.

크루소와 마크는 최근 기지 고주파 어레이의 보수 작업을 마쳤다. 북극의 거센 바람에 지지 케이블 하나가 끊어졌던 것이다. 그들은 설상차를 이용해 케이블을 팽팽히 당기고 얼음 위 새로운 고정점에 고정했다. 고주파 없이는 본토에서 무슨 일이 일어나는지 전혀 알 길이 없었다. 고주파를 조정하는 과정에서 조작자는 극도의 주의를 기울어야 하며, 최소한 무선 주파수 이론에 대한 기본 지식은 있어야 했다. 어떤 주파수는 북극에서 특정 시기에 작동하지 않았고, 어떤 주파수는 작동했다. 정상적인 대기 조건에서도 복잡한 과정인데, 이 머나먼 북쪽까지 오면 기하급수적으로 어려워진다. 기상 조건이 좋은 날이면 때때로 저 먼 곳의 대체에너지로 동력이 공급되는 것으로 보이는 송신기에서 반복적으로 송출되는 BBC 단파 신호를 포착했다.

"집에 머무르십시오. 모든 구조 시설이 인원 초과 상태입니다. 만약 여러분이 감염자에게 부상을 입었거나 감염자에 의해 다친 누군가를 안다면, 즉시 격리하고……"

USS 조지 워싱턴호와 통신이 연결되었을 때, 마크는 고주파 헤드셋을 조작하고 있었다. 강풍으로 어레이에 하자가 생기면서 연결이 끊겼다. 이제 어레이를 수리했으므로 그들은 다시 배를 찾거나, 듣고 있을지도 모를 누군가를 찾아 스펙트럼을 살피기 시작했다.

비록 항공모함이 이 먼 북쪽으로 구조하러 올 수는 없겠지만, 어쩌면 크루소와 마크, 다른 생존자들을 구하러 올 수 있는 능력이 있는 사람들과 접촉하고 있을지도 모르는 일 아닌가.

지금 4호 기지의 모두가 바라는 건 난방과 체온 유지를 가능케 하는 수단뿐이었다. 겨울의 위세가 대단히 사나웠기에 크루소는 기적이 일어나지 않는 한, 이 지옥에서 탈출할 방법이 없다는 것을 알고 있었다.

마크는 남은 생존자 다섯 명 가운데 크루소가 자신을 제외하고 유일하게 신뢰하는 사람이었다. 생존자 가운데 소수의 군인이 있었다. 크루소는 그들에게 친절하게 대했지만, 그들을 믿을 수는 없었다. '꼭 경찰 같단 말이야.' 그는 자주 이렇게 생각했다. 그들은 수단과 방법을 가리지 않고 자신들의 것을 지킬 것이다.

크루소는 마크와 함께 계획된 송출 일정에 따라 8992로 주파수를 맞췄다.

"누구든, 누구든지 응답하라. 여기는 미국의 4호 북극 기지다, 이상."

매우 강한 고주파 신호가 백색 소음을 없애 버리기 직전에 마치 옆방에서 송출이 시작된 것처럼 채널에 잡음이 가득 생겨났다.

"4호 기지, 여기는 USS 조지 워싱턴호. 전파가 약하지만 지장은 없습니다. 다시 들으니 반갑습니다."

크루소와 마크는 환호하며 잠시나마 휘파람과 함성으로 방을 가득 채웠다. 그렇게 반짝 희망이 보이는 듯하다가…… 이내 곧 희미해졌다.

14

군 지도부는 고틀먼 제독에게 밤사이 갱신된 정보를 보고하기 위해 브리핑실에 들어섰다. 항공모함이 최소한의 인원만으로 운항하는 가운데, 장교들은 모두 공식 브리핑을 위해 쓰이는 선내 작은 강당에 들어갈 수 있었다. 제독은 함대 내 현황이 어떤지, 뭐가 남아 있는지 제대로 정보를 공유하기 위해 이전부터 해 온 아침 일정을 계속 유지했다.

존은 새로 지급된 녹색 양장 군사 일지를 들고 뒷줄에 앉아 있었다. 그는 최근에 아침 브리핑에 합류하게 되었다. 그는 이제 작전에 필수적인 인물로 여겨졌으므로, 여기에는 선택의 여지가 없었다. 그는 제독이 선내 통신 시스템 상태에 대해 물어볼 때 변명을 늘어놓고 싶지 않았다. 그래서 배에 오른 지 얼마 지나지 않았는데도 벌써 복잡한 컴퓨터 네트워크와 무선 시스템, 그리고 둘 사이의 연결에 대해 완벽히 익혀 두었다.

그의 노트에는 주파수와 튜닝, 회로도에 대한 자신만의 정보가 담겨 있었다. 새로운 기술자들은 대부분 무선 통신 이론이라는 고도의 기술을 이해하지 못했으므로, 이런 기술을 항공모함의 통신 부서에 전파하는 것이 존의 임무였다. 위성 통신 회선은 전적으로 기동팀 임무에 투입되어 우선순위가 낮은 함대함 통신에는 쓸 수 없었다.

존은 강당이 내려다보이는 뒷줄에 앉아 자신의 노트를 검토했다. 그는 손가락으로 도표를 따라가며 조용히 생각했다. 로미오 회선이……

누군가 앞쪽에서 외치는 소리가 들렸다.

"총원 차렷!"

존을 포함한 모두가 일어났다. 그는 며칠 전 처음으로 참석한 아침 회의에서 군의 이 특별한 관례에 대해 알게 되었다.

고틀먼 제독은 강당 앞쪽의 자기 자리로 행군하듯 걸었다. 존은 그 방에 있는 몇 안 되는 민간인 중 하나였다. 존에게 낯익은 인물인 조 마우러는 제독의 옆자리에 앉았다.

고틀먼 제독이 말했다.

"좋은 아침이오."

강당의 사람들이 나지막이 대답했다.

"안녕하십니까, 제독님."

제독은 브리핑 진행을 위해 전투정보과 대위를 흘긋 보며 고개를 끄덕였다.

"안녕하십니까, 제독님, 병참감님, 참모님들, 그리고 일반 승무원 여러분. 오늘 아침 새로 올라온 소식을 짧게 보고드리겠습니다. USS 조지 위싱턴호는 파나마 북쪽으로 160킬로미터 이동하고, 기동팀 피닉스를 지원하기 위해 텍사스 해안에서 북쪽으로 더 멀리 떨어진 지점으로 이동할 계획입니다."

제독이 그의 말을 끊었다.

"그 친구들은 어떻게 견디고 있지?"

"피닉스 팀과의 마지막 교신은 여덟 시간 전이었습니다. 보안과 시스템, 모두 이상 없습니다. 오늘 아침에 들은 무전으로는 금일 일몰 이후에 지역을 정찰할 계획이라고 합니다. 피닉스 팀은 호텔 23 부근에서 별다른 활동 징후나 항공기의 조짐은 보이지 않는다고 보고했습니다."

제독은 자신의 턱을 쓸며 말했다.

"아주 좋군. 계속하게."

"모래시계 팀은 순조롭게 항해 중이며, 서쪽의 오아후섬까지 이동할 것입니다. 그들은 모든 시스템이 정상적으로 작동하며 식량 공급 상태도 적당하다고 보고하고 있습니다. 모래시계 팀은 신중을 기하기 위해 통상 배급량의 75퍼센트를 공급받고 있습니다."

"다이아몬드 헤드[18]가 보일 때쯤엔 승무원 몇은 성질이 괴팍해져 있겠는데."

고틀먼이 농담을 했다.

근래에 자주 들리지 않던 웃음소리가 강당에 퍼졌다.

"그런 의미로 우리 모두 그 친구들을 위해 기도하세나. 그들은

---

18) 하와이주 오하우섬 남동부의 곶을 이룬 사화산. 19세기 영국 선원들이 꼭대기 암석이 햇빛에 반짝이는 것을 보고 다이아몬드로 오인한 데서 유래한 이름이다. .

군 역사상 가장 위험한 임무를 수행 중이니.'

천장에서 진지함의 장막이 떨어지기라도 한 것처럼 강당 안에 조금 생겨나려던 긍정의 에너지가 사라졌다.

브리핑을 마친 대위가 말했다.

"제독님, 궁금하신 사항이나 추가로 하실 말씀이 있으십니까? 없으시면 기동팀 근황 보고를 마치겠습니다."

고틀먼의 침묵은 모든 것이 그런대로 괜찮았음을 나타냈다. 대위는 브리핑에 추가할 정보가 있는지 확인하고자 각 병과를 호명했다.

"무기?"

"추가 사항 없습니다."

"항공?"

항공 지휘관 대행이 대답했다.

"저희는 여전히 항모 작전을 재개할 계획을 세우고 있지만, 현시점에서는 정찰 능력만 갖추고 있습니다. 문제는 연료와 항공기입니다. 제트기는 정비 일정을 맞출 수 없고, 작동 가능한 F/A-18 호닛은 한 자릿수에 불과하며, 그나마도 들어올 무인전투기를 위해 대기해둘 필요가 있습니다. 헬기는 여전히 여러 대 보유하고 있지만, 조종사가 부족합니다. 비행기 이륙 장치와 제동 장치는 모두 창급 정비가 필요하며 횡갑판의 와이어는 네 개밖에 안 남았습니다. 이상입니다."

"원자로?"

"두 기 모두 최대치의 임무 수행이 가능합니다. 상황 변화 없습니다."

"엔지니어링?"

"기계 가공에 약간의 문제가 있습니다. 중대한 건 아니지만 필요한 금속 재고가 바닥났습니다. 본토에서 구해 와야 할 물품 목록에 금속도 올려 주십시오. 달리 보고드릴 것은 없습니다."

"보급?"

"제독님, 현재 승무원 총원 기준으로 90일분의 식량이 남아 있습니다. 상황이 심각합니다. 변동 사항은 없습니다."

고틀먼이 끼어들어 놀렸다.

"보급 쪽은 늘 나쁜 소식이군. 항공지휘관은 비행기 날개를 고정시키는 작업을 못 하는 모양이니, 두 부서가 비행갑판 위에서 식물 재배나 하는 게 어떤가? 계속하게."

"네, 제독님. 통신?"

몇 초가 흐르고서야 존은 통신 담당이 강당에 없다는 것을 알아차렸다. 대위가 신경질적으로 짜증을 내며 다시 재촉했다.

"정보통신과 없습니까?"

존이 일어서서 녹색 일지를 펼쳤다.

"제독님, 음…… 아시다시피 위성통신은 원활히 작동하고 기동팀 피닉스와 안정적으로 교신하고 있습니다. 저는 송신기 작동 원리와 다른 고주파 무선 통신을 연구해서 북극 기지에 다시 신호를 보내 봤습니다. 이제는 저희 팀원들이 무선 연락을 시도하고 있습니다. 저희는 그 기지와 통신을 시도할 때 신호가 반복적으로 팅기는 현상을 계산에 넣을 수 있도록 파랑 전파에 대해 알아보는 중입니다. 네트워크는 원활히 작동하며 로컬 LAN 이메일 트래픽에 대해서도 안정적입니다. 그게 우선순위가 아니었던 것은 알지만, 어쨌든 고쳐졌죠. 이 정도면 다 말씀드렸나 봅니다, 제독님."

고틀먼 제독은 눈썹을 치켜 올렸다가 알았다는 의미로 고개를 끄덕였다.

'오늘은 좋은 날이 되겠어.' 존은 여기저기 책장 귀퉁이가 잔뜩 접힌 녹색 일지를 들고 객석 맨 뒷줄에 서서 속으로 생각했다.

"제독님, 궁금하신 사항이나 추가로 하실 말씀이 없으면 아침 브리핑은 이것으로 마치겠습니다."

대위가 덧붙였다.

브리핑 말미에 타이밍을 맞춘 것처럼 무전 담당자가 들어와 장교들의 테이블에 종이 한 장을 건넸다.

고틀먼이 안경을 고쳐 쓰고 소리 내어 읽기 시작했다.

"북극의 4호 기지와 고주파 무선 연락망 구축됨. 좋은 브리핑이야. 고위급은 남고 나머지 사람들은 가서 오늘의 일과를 이행하도록. 이상."

존은 작은 강당을 나오면서 다시 자신감이 생겼다. 그가 무전을 활용해 불가능한 문제들을 보다 많이 해결하고 북극에서 오는 소식을 살필 수 있게 되면서, 그의 발걸음에 조금 더 활기가 생겼다. '잘했어, 무전. 오늘은 좋은 날이 되겠어.' 존은 다시 생각했다. 뭐라도 확신을 가지려는 것처럼…….

15.

12월이 코앞에 와 있었다. 좀비들이 미국 본토에 나타나기 시작한 지 거의 1년이 되었다. 이제 밤에는 공기가 차가웠고 그 소리는 닥이나 빌리 보이가 아프가니스탄의 산에서 평생 들어왔던 어떤 소리와도 달랐다.

탈레반은 신음 소리를 내지 않았다. 자신들의 입장을 큰 소리로 알렸다. 그들은 하릴없이 앉아 있다가 밤에 사람들이 차창을 열고 지나갈 때 달려들지 않았다. 아프가니스탄에서 러시아제 5.45구경 라이플의 탄알은 많은 사람들에게 독약이라 불리기까지 했지만, 언데드에게 물리는 건 그야말로 속수무책이었다. 그 무엇도 감염자를 구할 수 없었다. 난다 긴다 하는 의사들도 뭘 어째야 할지 몰랐다. 심지어 최고의 외과의가 감염되자마자 팔이나 다리를 절단했는데도 열은 내리지 않았고 결국 숨을 거두었다. 그 뒤에 이어지는 부활도 피하지 못했다.

죽은 자들은 동굴에 숨거나 길가에 폭탄을 심지 않았다. 닥은 잠시 이 점에 대해 생각해 봤다. 적어도 언데드는 정정당당했다. 그들은 절대 고의로 기만하지 않았다. 전갈과 개구리 우화처럼 단지 바뀐 본성이 문제일 뿐이었다. 그들은 살인자이자, 영혼의 파괴자였으니.

닥은 그와 빌리가 아프가니스탄 접전지대에서 이탈하기로 결심한 날을 회상했다. 아프가니스탄 남부 지방에서 파키스탄의 광활한 황야를 지나 마침내 바다에 도달하는 여정은 위험의 연속이었다. 훨씬 더 나쁠 수도 있었지만, 제1세계에 비해 그 지역은 인구밀도가 낮아서 그나마 다행이었다. 그들은 10만 마리의 좀비와 맞닥뜨리지 않았다. 그때까지는.

그럼에도 그들은 항구적 자유 작전[19] 초기 몇몇 작전에서 쌓은 살상 기록에 필적할 만큼 언데드를 죽였다. 두 사람이 남쪽으로 가는 내내 탈레반 좀비를 초토화하느라 중도에 M-4 탄약은 동이 났다. 그들은 탈출 도중 AK-47 세 자루를 빼앗고, 몇 주 동안이나 점점 커지는 좀비의 파도를 헤치며 끝까지 싸웠다.

지형도, 이따금씩 희박해지는 공기도 그들에게는 가혹했다. 그렇다고 전투 사이사이 몇 시간 이상 쉴 엄두도 낼 수 없었다. 더 쉬다간 언데드가 그들을 쫓아 바위나 돌출된 지형 뒤에서 비틀거리며 나타날 것 같았다. 네이비실 기초훈련 이후로 이렇게 진이 빠

---

19) Operation Enduring Freedom. 911테러 직후 미국 정부가 알카에다를 주범으로 지목하고 오사마 빈 라덴의 사살을 목표로 아프가니스탄 각지에 대대적인 공격을 가한 일을 가리킨다.

진 적이 없었다. 둘은 한 번에 몇 시간씩 춥고 황량한 지역을 강행군했다.

그러던 어느 순간 닥은 자신이 달리다 깜박 잠이 들었다는 것을 깨달았다. 그는 돌무더기에 얼굴을 처박을 뻔하다가 정신이 번쩍 들어 다시 싸움에 뛰어들었다. 그와 빌리는 점점 커지는 언데드의 파도를 섬멸하고 AK를 등에 걸쳐 멘 채 중간중간 멈춰서 며칠 또는 몇 주 전에 죽은 좀비들을 뒤적여 탄약을 털었다. 그동안에도 언데드는 수십 마리씩 늘어났고, 때에 따라 백 마리 이상 늘어나기도 했다.

해안 지대에 가까워질수록 무리의 밀도는 더 높아졌다. 이상 징후가 최근에 나타난 현상이었기에 이놈들이 미처 해안에서 퍼져 나가지 못한 것이었다. 세계 인구의 대부분이 연안 지역에 살았고, 그래서 이제는 죽은 자들이 이 지역을 지배하게 되었다.

아라비아해의 파키스탄 연안에 함대가 정박해 있을지도 모른다는 소문에 기운을 차린 닥과 빌리는 남쪽으로 돌진했다. 해안에 다다르기 전날에야 그들에게 무전이 들어오기 시작했다. 마침내 둘은 그들의 귀국 티켓, 미 해군 유류보급함정 USNS 페코스호와 연락이 닿았다.

닥이 송출된 배 위치를 토대로 코스를 조정한 뒤, 둘은 바다로 가는 마지막 10킬로미터 남짓을 가면서도 늘어선 좀비들에게 총알 통행료를 계속 지불했다. 일몰 무렵, 부츠에 바닷물이 가득 찰 때쯤 이제 탄내가 나는 라이플에는 탄약도 동이 났다. 둘은 어기적거리며 파도를 휘젓고 다니는 좀비 수천 마리를 뒤로한 채 헤엄쳐 갔다.

페코스호는 미국인 피난민을 태우기 위해 정박하고 있는 마지막 배였다. 빌리와 닥은 페코스호의 함장이 특수작전 요원 두 명을 추가로 확보하게 되어 기뻐하고 있다는 것을 알게 되었다. 닥과 빌리는 식사와 샤워를 마친 뒤, 현재 상황에 대한 브리핑을 들었다.

닥은 공해상에서 끔찍한 해적 행위가 일어나고 있다는 얘기를 들었다. 해적들은 해상 보안이 허술한 틈을 타서 보이는 모든 선박을 무자비하게 공격했다. 중국과 미국, 영국의 배가 너 나 할 것 없이 소말리아 반군 지도자들과 비열한 인간쓰레기들의 먹잇감이 되고 있었다. 해적들은 무자비하게 공격하여 자신들의 요구에 순순히 따르지 않는 선박은 훔친 군사 장비를 이용해 침몰시켰다.

남쪽으로 내려가 미국 쪽으로 향하는 뱃길에서 그들은 사실이 아니길 바랐던 이야기조차 사실이었음을 확인하게 되었다. GPS 네비게이션 네트워크는 작동이 되지 않고 있었다. 설상가상 해도까지 부족해 페코스호의 함장은 서쪽으로 항로를 조정하고 아프리카 해안선으로 위치를 가늠하며 항해해야 했다. 언데드가 나타나기 전에도 해적들은 오랫동안 '아프리카의 뿔'[20]의 골칫거리였다. 그런데 이제 그들 못지않게 골치 아픈 세력이 나타난 것이다.

페코스호는 미처 아프리카가 보이기도 전에 공격을 받았다. 한껏 속도를 높인 해적선이 파도가 일렁이는 푸른 물살을 가르며 금세 접근해 왔다. 사정권에 진입하자, 흘수선 바로 위의 선미를 조준해 페코스호에 공용 기관총을 쏘기 시작했다. 페코스호와 승무

---

20) 아프리카 대륙 북동부, 소말리아 공화국과 그 인근 지역을 가리킨다.

원들에게는 다행스럽게도, 해적들은 훈련된 명사수들이 아니었다.

닥과 빌리는 선임 위병 부사관들과 함께 정밀한 조준 사격을 퍼부어 해적선을 와해시켰다. 해적들이 기관총에 손을 대거나 둥근 창으로 훔쳐보려고 통로 위로 머리를 내밀면, 빌리가 어김없이 쓰러뜨렸다. 해적들은 곧 페코스호와 이들의 우월한 화력에 무너졌고, 페코스호의 해군들은 해적선에 올랐다.

닥은 빌리와 함께 배에 올랐던 그때를 떠올렸다. 쉽게 지워지지는 않는 기억이었다.

"닥, 저거 봐."

빌리는 해적선 뱃머리 근처에 높이가 2미터는 되게 쌓여 있는 신발 더미를 가리켰다.

"저 화물창에 뭐가 있나 한번 보자."

닥은 자신의 첫 직감이 틀리길 바라며 말했다.

"해치를 열어 주시면 저 아래에 있는 게 뭐가 됐든 저와 빌리가 퍼부어 주겠습니다."

"알겠습니다."

최고참 위병 부사관이 해치를 홱 열자, 동아프리카의 태양 아래, 썩은 내가 진동하는 지옥의 구덩이가 드러났다. 악취가 너무 심해서 부사관은 해치를 잡은 손을 놓고 욕하며 구토를 했다. 그는 얼굴에 물통의 물을 쏟아붓고 입을 반다나로 가린 다음에야 다시 해치를 열었다.

닥이 화물창 가장자리로 다가갔다.

그곳에는 반나체에 맨발인 좀비들이 가득 차 있었다. 좀비들은 마치 도움을 청하는 것처럼 햇빛을 향해 손을 뻗었다. 익어 가며 부풀어 오르는 시체들이 내뿜는 열기가 열린 해치를 통해 닥에게 까지 전달되는 것 같았다. 그들은 해치 위쪽에 고정된 도르래 장치를 살폈다. 그것은 햇볕에 그을린 사람들의 살점으로 뒤덮여 악취가 났다. 용도는 분명했다.

해적들은 이에 씌운 금 충전재부터 신고 있는 신발까지 모조리 강탈한 다음 사람들을 그곳으로 끌어 내렸다. 그 도둑놈들은 귀중품을 숨겨 둔 곳을 알아내기 위해 좀비를 이용해 겁을 줬을 것이다. 닥과 빌리, 최고참 위병 부사관은 남은 해적들을 재판하고 처형했다. 놈들을 바다에 던져 장례를 치러 준 다음에는 갑판 아래 키밸브를 열어 해적선을 바다 밑바닥에 가라앉혔다.

그 후 몇 달이 지났다. 하지만 시간이 아무리 흘러도 그 어둑한 화물창의 공포는 결코 희미해지지 않을 것 같았다.

* * *

닥과 빌리가 텍사스의 불모지에 접어들었을 때는 달도 보이지 않았다. 다른 사람들이 철조망 밖에 있는 동안 디스코와 호스는 뒤에 남아 경계를 서고 무전 상태를 확인했다. 기동팀 피닉스는 C-130에 탑승하기에 앞서, 임무 관련 브리핑을 받으며 장비들이 투하된 위치가 표시된 지도 사본을 받았다. 원래는 호텔23의 전임 지휘관을 위해 만든 지도였다.

다른 투하물에서 찾아낸 것을 근거로 닥은 이 장비가 팀에 유용하게 쓰일 거라 생각했다, 그리고 어쩌면 정보부 보고서에 쓰여 있지 않던 것, 즉 공중 투하라든가 호텔23의 전 거주자들을 완전히 아수라장으로 몰아넣은 조직의 정체 같은 걸 어느 정도 밝혀 줄 것이라 기대했다.

브리핑에 따르면, 이전 장비를 복구한 결과 상당한 첨단 하드웨어로 구성되었음이 드러났다. 보고서는 이 하드웨어가 '현재의 기술을 10년은 뛰어넘는 것'이며 '첩보기관 작전부서의 비밀 연구실 재고 목록을 뒤지면 찾아볼 수 있을 것 같다'고 표현하고 있었다.

기동팀 피닉스의 작전 명령은 명확했다.

주요 임무 : 호텔23을 확보한 뒤, 시스템에 이상이 없는지 확인하고 남아 있는 핵탄두를 모래시계 팀을 지원하는 데 쓸 수 있는지 확인하라. 발각되지 않도록 유의하라.

부가 임무 : 버려진 하드웨어를 쓸 수 있게 복구하고, 원격 식스의 본거지를 파악하며 현재 진행 중인 호텔23 프로젝트를 지원할 보급품을 찾아내라.

모호한 점은 거의 없었다. 주요 임무는 이미 수행되었다. 호텔23은 확보했고, 보안 통신을 구축했으며, 모든 네트워크에 이상이 없는지 확인했고, 핵탄두는 모든 기능 점검을 거쳤다.

비록 '모래시계 팀'의 목표 임무가 정확히 무엇인지는 불분명하지만, 닥은 그것이 자신 같은 사막 용병의 수준을 훌쩍 뛰어넘는 임무라는 것을 깨달았다. 모래시계 팀의 임무가 무엇이든, 그는 계속해서 자신의 피닉스 팀에게 남은 목표를 충족시켜야 했다. 닥은 한 번도 맡은 임무에 실패해 본 적이 없었다.

이날 저녁 그들의 목표는 호텔23에서 동쪽으로 13킬로미터쯤 떨어진 곳에 있을 공중 투하물이었다. 지도에서 확인하기로 가장 가까이 있는 투하물이었다. 동쪽으로 나아가면서 그들은 구조물에 바짝 붙어 서로 떨어지지 않게 신경 쓰며 이동했다. 척후병도, 낙오자도 없었다. 그들은 이번 임무가 안전히 다녀오기에 인원이 충분하지 않다는 것을 알기에 극도의 위험은 피하는 쪽으로 작전을 전개했다.

그들의 수면 주기와 생체 리듬은 이미 야간 작전에 맞춰져 있었다. 언제나 출발 전에 새로운 생활환경을 기준으로 신체 상태를 맞춰 놓았던 것이다. 이러한 야간 정찰에는 최대한의 경계와 주의가 필요했다. 그들의 야간 투시경은 그야말로 순조롭게 기능하고 있었으며 배터리도 충분한 데다 배낭에 예비로 넣어 둔 리튬 배터리도 있었다. 닥도, 빌리도 밤하늘에서 특이한 구석을 발견하지 못했다. 그들은 군사 위성이 정보를 수집해 갈 수 있다는 사실을 늘 염두에 두고 가끔 머리 위를 살피는 습관이 있었다.

닥과 빌리는 왕복 26킬로미터의 여정에 짐을 무겁게 들고 싶지 않아서 물을 충분히 가져오지 않았다. 도중에 담은 개울물에 아이오딘 알약을 넣으면 세균을 다 죽일 수 있다.

좀비와의 첫 접전은 호텔23에서 500미터도 채 가지 못해 일어났다.

빌리가 닥의 어깨를 톡톡 두드리며 속삭였다.

"90미터쯤 떨어진 울타리에 세 놈이 걸려서 허우적거리고 있어."

들판의 지형상 코스를 이탈하지 않으려면 좀비들 가까이 지나갈 수밖에 없었다. 또 다른 방법은 좀비를 피해 근처 숲을 지나는 길로 가는 것이었다. 선택의 여지는 없었다. 두 사람 모두 숲 속에는 움직이지 못하는 좀비를 해결하는 것보다 훨씬 더 많은 위험이 도사리고 있다는 걸 알고 있었다.

울타리에서 허우적대는 놈들을 가만 두면 너무 소란이 커져 많은 관심을 끌게 될 것이다. 그러니 유일한 선택지는 재빨리 죽이는 것뿐.

그들은 서쪽에서 조심스럽게 접근해 레이저 조준기를 켜고 각자의 목표물로 향했다. 빌리 보이가 왼쪽의 두 놈을, 닥이 오른쪽 놈을 맡았다. 목표물을 사살하는 데 굳이 카운트다운을 할 필요는 전혀 없었지만, 어찌 됐든 그들은 습관적으로 그렇게 했다.

닥이 속삭였다.

"셋, 둘⋯⋯."

푹, 푹.

처음 두 발의 총성은 동시에 들렸다. 빌리는 남아 있는 세 번째 놈에게 한 방을 더 쐈다. 순조로웠다. 세 놈 모두 철조망 울타리에 얽매인 채, 부패되어 먼지로 돌아갈 때까지 그렇게 남아 있게 될 것이다. 이상하게도 야생 동물들은 죽은 자를 먹지 않았다.

닥은 부츠 신은 발로 맨 아래 철사를 누르고 작업용 장갑을 낀 손으로 그 위 철사를 잡아당겼다. 파상풍은 말할 것도 없고 가벼운 감염 위험도 주의해야 했다. 빌리는 날카로운 철조망 사이로 재빨리 빠져나온 다음 닥을 위해 철사 간격을 넓게 벌렸다. 두 사람은 간격을 유지하며 걸었다.

"빌리, 보행 속도가 얼마야?"

"600 정도, 너는?"

"응, 비슷해."

둘은 동쪽으로 이동하면서 적이나 좀비, 그 밖의 것들이 떼로 몰려들거나 쫓아올 때 쓸 피난처와 탈출로를 눈여겨봤다. 닥은 브리핑 내용을 상기해 보다가 한 가지를 떠올렸다. '도로를 멀리하라. 도로를 길잡이로 삼는 건 좋지만, 거기서 최소 25미터쯤 떨어져 간격을 유지하라. 도로는 안전하지 않다. 죽은 자들이 그곳으로 모여든다.'

호텔23의 전임 지휘관이 작성한 정보 보고서는 무척 유용했다. 그중 일부는 상식적인 내용이었지만 닥은 상관하지 않았다. 그가 팀을 위해 기꺼이 가져온 보고서에는 기지 지휘관의 헬기 추락 사고와 그 이후 시설로 돌아오는 여정에 관한 상세한 기록 같은 귀중한 정보가 담겨 있었다. 닥은 그 보고서를 읽으며 이 남자의 생존법과 사고방식에서 흥미로운 생각의 패턴에 주목하게 되었다.

자정이 가까워졌다. 그들은 사전에 정한 경로에서 벗어나지 않았다. 호텔23을 공격한 놈들의 정체가 무엇이든, 닥은 노출되는 위험을 감수하고 싶지 않았다. 이 말은 곧 이제 무전기를 꺼서 전 방향 무선 주파수 통신이 사라졌다는 뜻이다. 호텔23에 설치된 버스트 통신망은 적절한 통신 규율만 지키면 발각되지 않을 테지만, 두 사람의 모토로라 벽돌 무전기는 가장 기본적인 신호정보 수집 능력만으로도 쉽게 도청되고 방향이 탐지되었다.

이것이 닥이 사전에 정한 경로를 철저히 고수하려는 이유였다. 닥과 빌리가 동틀 녘까지 돌아가지 않으면, 디스코와 호스는 다시 해질 녘에 시설을 잠가 두고 그들의 흔적을 따라 찾아 나설 것이다.

닥은 이 투하물이나 지도에 표시된 다른 투하물 속에 뭐가 들었는지 모른다는 점이 마음에 들지 않았지만, 임무는 임무였다.

"쉬잇!"

빌리가 속삭였다.

빌리는 폭풍이 남긴 높다란 잔해 더미 뒤에 숨으라는 신호를 보냈다. 닥은 망설이지 않고 그렇게 했고, 빌리가 쭈그려 앉은 자세로 뒷걸음쳐 그의 뒤를 따랐다. 그들이 몸을 숨기는 찰나, 울부짖고 신음하는 소리가 시작되었다. 마치 핼러윈 밤에 악마들이 합창을 하는 것처럼 우렁찬 소리를 냈다.

빌리가 닥에게 속삭였다.

"적어도 백 마리야."

"말도 안 돼, 빌리. 백 하고도 네 마리는 더 잡아야 해."

빌리가 무의식적으로 닥의 팔을 세게 쳐서, 닥은 비명을 내뱉지 않으려고 혀를 깨물었다.

"참 고맙다, 이 등신아."

"그 정도 가지고 뭘, 멍청한 놈."

"우린 투하 지점에서 1.6킬로미터 정도 떨어져 있어."

닥이 말했다.

빌리가 웃으며 대답했다.

"아닐걸, 1.6킬로미터하고도 0.4킬로미터 더해야 할걸."

그들은 작은 무리의 좀비가 지나갈 때까지 몸을 숨긴 채 그대로 있었다. 놈들이 충분히 멀어지자, 닥은 숨어 있던 곳에서 뛰쳐나와 방금 그놈들이 지나간 길을 건넜다. 바람을 타고 좀비들이 굶주림으로 내지르는 소리가 희미하게 들려왔다.

이 배에서 내가 일기를 쓴다는 걸 아는 사람은 사이엔뿐이다. 그렇기는 해도, 일기를 분실하거나 도난당할 수도 있으니 어떤 것들은 기록으로 남기기가 불안하다. 얼마 전 사이엔과 나는 현재의 사건들뿐만 아니라 어떤 역사적 사실도 듣게 되었다. 그 얘기가 정말 사실이라면, 적어도 나에게는 영원히 모든 것이 달라진다. 미국은 1940년대에 수거한 외계 우주선의 잔해들 대부분과 외계 생명체의 사체 네 구 등을 보유하고 있다고 한다. 처음에는 이렇게 생각했다. '이건 터무니없는 헛소리다.' 다시 생각해 보니, 로즈웰 추락사고 현장에 기상 관측 기구의 잔해를 배치해 유타의 진짜 추락 현장에 시선이 가지 않게끔 만든 점은 꽤 영리했다.

1950년대 정부 과학자들이 그 우주선을 기술적 한계에 다다를 때까지 연구했지만, 기본 회로망, 레이저와 저탐지성 형질 이상의 기술을 얻어 낼 수 없었다고 한다. 그들은 하드웨어의 진정한 능력 가운데 아주 극소량만을 밝혀 낼 수 있다는 걸 깨닫고 '군산복합체'에 의지하기 시작했다.

오늘 알게 된 내용에 따르면, 록히드마틴은 60년 넘게 우주선의 잔해를 소유하고 있으며, 양자 기술의 진보를 통해 흔히 '오로라'라고 알려져 있을 뿐, 특별히 기밀에 부쳐진 미국 항공기를 개발하게 되었다. 나는 이 모든 일이 있기 전 신문과 온라인 영상 공유 사이트 도처에서 삼각형 비행체에 관해 들었던 기억이 있다. 자주는 아니었지만, 간혹 야간 투시 카메라로 조용히 밤하늘을 나는 삼각형 비행체를 포착해 인터넷에 올리는 사람도 있었다.

비록 누구도 이것이 오로라라는 것을 증명할 수 없었지만, 오로라의 존재는 국방부 내에서 거의 공공연한 비밀이었다. 오늘 나는 오로라의 존재를 알게 되었지만, 누구도 이 비밀실험 프로젝트가 외계에서 온 발전된 기술을 록히드마틴이 역설계한 결과라고는 상상도 하지 못했을 것이다.

오로라로부터 얻은 정보가 기동팀 모래시계의 편성(사이엔과 내가 지금 참여 중인 작전)을 이끌어 낸 것이다. 오로라는 지난 1월 이상 징후가 나타나기 이전부터 마흔일곱 차례나 중국 상공을 날며 신중히 정찰 작전을 벌였다. 그리고 이상 징후가 첫 번째 중국 공산당 희생자를 만들기 불과 몇 주 전, 중국군이 발견한 외계 우주선 추락사고 현장의 초고해상도 사진을 수천 장 찍었다.

추락사고 현장을 미 정보부가 정찰할 초기에는 오로라의 극초음속 추진체와 초고도 덕분에 지금까지도 가동 중인 중국의 SA-20 가이 지대공 미사일 대대에 의해 격추되는 것을 피했다.

첩보 보고서는 PRC와 오로라가 촬영한 영상, 신호 정보 수집 기능을 합한 것으로, 이 보고서 덕분에 미 정보부 장비로 밍용빙하[21] 추락사고 현장 주변 상황을 상당히 잘 파악할 수 있었다.

중국인들은 자신들만의 로즈웰 추락사고 현장을 발견했고 작년 12월까지 발굴 작업을 한창 진행 중이었다. 이상 징후(모두가 계속 그렇게 부르고 있다)와 '밍용 빙하' 추락사고 현장의 관계에 대해서는 정보가 불완전하다(혹은 숨겨져 있다). 먼데이 지휘관은 이상 징후를 근절시킬 방법을 알아내기 위해 그 근원을 찾으러 중국으로 향하고 있다고 주장했다. 내가 그를 믿는다고 말한다면 거짓말일 것이다. 나는 그가

---

21) 明永氷川. 중국 윈난성 메이리설산(梅里雪山)의 주봉 가와격박(伽瓦格博) 봉우리 꼭대기에서 중턱까지 뻗어 내린 길이 11.7킬로미터, 평균 너비 500미터의 빙하지대.

오늘 나에게 브리핑한 내용의 반도 믿지 않는다. 정부의 선출된 대표자들은 대담한 거짓말에 꼼짝없이 말려들었고, 그 일의 직접적인 결과로 외교적 도발에서 자신들의 몫을 제대로 챙겼다. 통킹만 사건22), 노스우드 작전23), 워터게이트 사건24), 이라크의 WMD25), 그뿐이랴 노골적으로 법치주의를 뒤흔든 애국자법26)도 있다. 기억을 더듬어 적어 본 몇 가지 사례일 뿐이다. 수백, 수천 가지라도 더 찾아낼 수 있지만 구글 검색을 쓸 수가 없으니. 어차피 거짓말은 이 모든 게 망해 버린 뒤에도 변하지 않는다.

"집에 머물러 계세요, 상황이 진정 국면에 접어들고 있습니다."

같은 얘기다, 거짓말이 바뀌었을 뿐.

이 고대 중국의 비밀이 사실로 밝혀지면(그럴 일은 없을 것 같지만) 음모의 실상을 담은 긴 목록에 한 줄 더할 수 있다 말해도 무방할 것이다.

— 냉소적인 해군 장교

---

22) 미 해군이 선제공격하고 북베트남의 도발이라 뒤집어씌운 사건. 베트남 전쟁의 도화선이 된다.

23) 1960년대 미국이 쿠바를 침공할 근거를 만들기 기획한 자작 테러극. 케네디 대통령이 채택하지 않아 불발되었다.

24) 1972년 닉슨 대통령의 측근이 닉슨의 재선을 위해, 워싱턴의 워터게이트 빌딩에 있는 민주당 본부에 도청 장치를 설치하려다 발각된 사건.

25) weapons of mass destruction. 생화학무기, 핵무기 같은 대량살상무기를 가리킨다. 2003년 미국이 이라크를 침공한 근거로 제시되었지만, 실제로 테러리스트들에게 제공된 대량살상무기를 찾아내지는 못했다.

26) 911 직후 테러리스트 수사의 편의를 위하여 제정된 미국 법률. 수사당국에 의한 도청의 권한을 대폭 확대하는 등 시민의 자유권을 제약할 여지가 있어 거센 반발을 불러일으켰다.

16

미 4호 기지 - 북극 어딘가

"크고 명확하게 잘 들립니다. 조지 워싱턴, 어디십니까?"

1분 정도 잡음이 있은 뒤 배가 응답했다.

"4호 기지, 죄송합니다. 무전으로 정확한 작전 위치를 밝힐 수 없습니다. 저는 멕시코만 어딘가에서 작전을 수행 중이라는 것만 말씀드릴 수 있습니다, 오버."

마크와 크루소는 둘 다 가슴이 철렁 내려앉았다. 차라리 몇 광년 떨어진 곳에 있는 편이 나을 것이다. 그들은 기껏 간헐적으로 일어나는 현상인 대기의 산란 작용을 이용해 통신을 주고받고 있었다. 마크는 대화를 계속했다. 지난겨울 크루소의 아내 이후 처음으로 얘기를 나누게 된 살아 있는 미국인이었다. 그는 대기의 고주파 산란이 얼마나 지속될지 알 수 없었다.

"조지 워싱턴, 여기는 4호 기지. 이해했습니다. 우리는 북극의 과학 연구 기지입니다. 상황이 대단히 심각합니다. 연료와 식량이 60일 치도 안 됩니다. 기지 내에 다섯 명이 있는데, 일부는 건강이 좋지 않습니다, 오버."

"4호 기지, 여기는 조지 워싱턴. 알겠습니다. 즉시 여러분의 상황을 지휘 계통의 최고 단계에 보고하겠습니다."

"조지 워싱턴, 여기는 4호 기지. 그렇게 해 주십시오. 본토 상황은 어떻습니까, 오버."

"4호 기지, 여기는 조지 워싱턴. 상황이 정말로 나쁩니다. 미국 본토는 사람이 살기에 적합하지 않다고 여겨지는 상태입니다. 많은 도시들이 핵폭발로 파괴되었기 때문입니다. 언데드는 48개 주를 계속 장악하고 있습니다. 알래스카에선 아직 소식이 없습니다."

"조지 워싱턴, 여기는 4호 기지. 알겠습니다. 이곳에서는 겨울 한파가 맹위를 떨치고 있지만, 추위가 절정에 이른 것도 아닙니다. 그것들이 이곳에서 아주 잘 지내지는 못한다는 것을 알려 드리는 게 좋을 것 같군요. 추위는 놈들을 꽤 잘 얼립니다. 놈들은 추위에 몇 분 이상 노출되면 움직이지 못합니다, 오버."

"4호 기지, 여기는 조지 워싱턴. 감사합니다. 이 얘기에 관심을 가지는 사람들이 있을 것입니다. 통신이 끊기기 전에 무전을 주고받을 일정을 잡고 주파수를 1, 2, 3차에 걸쳐 설정해 둘 것을 권합니다, 오버."

"조지 워싱턴, 여기는 4호 기지. 끝내주게 좋은 계획인 거 같습니다."

마크는 배와 연락을 주고받으며 공통의 고주파 범세계 통신 시스템 주파수를 교환하고 그리니치 표준시에 근거해 무전 일정을 잡았다. 통신 일정이 정해지고 나서 마크가 소식을 주고받으려고 하는데 통신 상태가 나빠지기 시작했다.

"젠장."

마크가 화를 냈다.

"기운 내, 친구. 그래도 몇 달 만에 제일 좋은 소식인걸. 만약 저 배가 제대로 일해 주면 어쩌면 더 자주 연락을 주고받을 테고. 어쩌면 도움이 되는 일도 있을 거야."

크루소가 대답했다.

"애써 낙관하려고 하지 마. 우리는 살얼음 지역에서 160킬로미터도 넘게 떨어져 있고 날씨는 지랄 맞은데, 쇄빙선 함장이라면 몰라도, 제정신으로 위험을 무릅쓸 함장은 없어. 설사 그쪽에서 그렇게 한다 해도 우리가 어떻게 영하 46도의 악조건 속에서 곳곳에 골이 파인 험난한 지형을 넘어 160킬로미터나 걸어갈 수 있겠어, 크루소?"

"우린 설상차가 있잖아, 안 그래?"

"그래, 그렇긴 하네."

"있다는 게 중요하지. 난 포기하지 않을래. 오히려 이게 나를 적어도 조금은 더 희망적으로 만들어. 난 세상의 꼭대기에 서서 죽음을 맞지는 않겠어. 내 체온은 36.7도고 너도 마찬가지잖아. 우리 중 누구도 협곡 바닥에 굴러떨어지지 않을 거야. 난 무슨 일이 있어도 죽기 전에 이 얼음 덩어리에서 벗어나고 말 거야. 우리는 다시 태양을 보게 될 거고. 할 일이 아주 많아. 방금 항공모함이랑 합의한 일정을 세 부로 베껴 써서 줘. 한 부는 네가 갖고 하나는 날 주고 하나는 책상 유리판 밑에 넣어 둬. 회의를 소집해서 다른 사람들에게도 알려야 해."

"좋아, 알았어. 바로 시작할게."

마크는 조금 더 마음을 가다듬고 조금 더 희망을 품으며 의자에 고쳐 앉았다.

17

타라와 로라는 오래지 않아 의무실로, 즉 자넷에게로 가는 길을 찾았다. 로라는 엄마를 보고 싶어 했고, 왜 엄마가 언제나 아픈 사람들과 있는 건지 궁금했다. 자넷은 로라를 본 순간 피투성이가 된 연구실 가운과 장갑을 벗고 얼굴 보호막을 걷은 다음 로라를 안아 들고 꼭 껴안았다.

"우리 아가, 미안해. 엄마는 여기 있어야 해. 정말 중요한 일이거든."

"엄마, 보고 싶었어요. 그만두면 안 돼요? 맨날 나 혼자 두고."

"엄마도 네 맘 알아. 하지만 엄만 나쁜 사람들을 막을 방법을 찾고 있어. 엄마는 괴물들이 지긋지긋해서 사라졌으면 좋겠거든."

"나도 괴물들이 사라졌으면 좋겠어요."

로라가 얼굴을 찌푸리며 말했다.

끙 소리를 내며 로라를 내려놓은(로라는 부쩍 자라 있었다) 자넷은 타라에게 킬 없이 어떻게 견디는지 물었다.

"난 괜찮아요. 솔직히 말하면, 로라를 돌보면서 그이가 없는 공허함을 잊게 돼요. 딘을 도와서 학교 수업도 하고 있어서 낮에는 바쁘거든요. 벌써 딘한테 학생이 거의 백 명이나 있다는 거 알아요? 전일 근무나 다름없죠."

"그래요. 믿기 힘들겠지만, 딘은 어제 수업이 끝난 뒤에도 의무실에 내려와 여기 정리를 도왔어요. 종일 아이들을 가르치고 여기와서 자원봉사까지 하는데 어디서 기운이 나는 건지 모르겠다니까요."

타라는 그 얘기를 들으며 웃다가 갑자기 와락 울음을 터뜨렸다.

자넷은 그녀를 위로했다.

"괜찮을 거예요. 그는 꼭 돌아올 거예요. 내가 약속할게요."

"그게 아니에요, 자넷. 다른 문제예요."

"음, 그래요. 무슨 일인지 얘기해 줄래요?"

"저 임신했어요."

타라가 불쑥 내뱉었다. 더 많은 눈물이 그녀의 뺨을 타고 흐르기 시작했다.

"어머나, 세상에."

자넷의 눈이 휘둥그레졌다.

"야호!"

로라가 실험대 밑에서 나타났다.

* * *

　대니는 괴물들을 증오했다. 어른들은 그 괴물을 그가 보는 것
과는 많이 다르게 보았다. 할머니를 뺀 대니의 가족 모두가 괴물
(친구 로라가 그것들을 괴물이라 불렀다)들에게 살해되었다. 조금 더
나이가 들고 나서는 그것들이 진짜 괴물은 아니라는 것을 알았다.
하지만 그 사실은 중요하지 않았다. 그것들은 괴물처럼 행동하고
괴물처럼 쫓아다니며 괴물처럼 잡아먹었으니까. 어른들은 그것들
을 뱀이나 거미처럼 대했다. 그것들을 피해 다니며 부득이할 때만
세게 내려치거나 총을 쏘았다. 그러나 대니에게는 개인사에 깊이
연관되어 있었다. 대니는 딘 할머니가 아니었으면, 그녀가 자신을
데리고 가능한 한 멀리 비행기를 몰아 도망치지 않았다면, 자신이
지금 이렇게 살아 있지 못하리라는 걸 알았다.

　몇 달 전 킬이 두 사람을 발견했을 때 대니는 급수탑 지붕에 고
립되어서 괴물 머리 위로 오줌을 누고 있었다. 급수탑에서 마주치
기 전, 사고가 있었다. 비행기에 급유를 하기 위해 착륙해야 했고,
연료가 거의 바닥난 상태에서 가까스로 작은 비행장에 착륙했다.
대니의 귀에는 엔진이 내던 털털 소리가 지금도 생생했다. 할머니
는 비행기로 괴물들을 뭉개 버리려고 했지만, 곧 괴물들에게 잡힐
위기에 놓였다. '할머니가 그때 좀비 한 무더기를 쓸어 버리셨는
데,' 대니가 생각했다. 괴물들이 비행기를 부쉈고, 대니와 할머니는
비행기에서 내려 멀리 떨어진 급수탑에 내몰렸다.

　그러고 나서 킬이 그들을 구하러 왔다.

* * *

대니는 이날 학교 수업이 끝나고 O-3층에 머무는 한, 저녁 식사 전까지 돌아다녀도 된다는 허락을 받았다. 대니는 지나가는 사람들의 얘기를 몰래 엿듣는 걸 좋아했다. 스스로 이런 일에는 훈련이 필요하다고 생각도 했다. 엿듣는 일은 부모님이 죽어 괴물이 되기 전에는 하지 않던 일이었지만, 그다지 죄책감도 느끼지 않았다. 그저 이 일에 대해 너무 오래 마음에 담지만 않으면 되었다. 할머니가 얼마나 강인한 사람인지는 대니만 알았다. 그녀는 대니를 구하고 그것들을 후려갈겼다. 그는 할머니가 남들에게 그 얘길 하는 것을 들은 적이 없고 자신도 이야기하지 않았다. 그녀는 강인했다. '어쩌면 킬보다 더 강한지도 몰라,' 대니는 생각했다.

대니는 O-3층에서 인적이 드문 곳에 있었다. 그는 벽에 '250'이라는 숫자가 그려진 걸 알아차렸다. 앞쪽에서 누군가가 무릎 높이의 문턱을 넘어 쿵쿵거리며 걷는 소리를 듣고 소방 장비 보관함 옆 열린 해치 뒤에 숨었다.

소리가 점점 커지면서, 대니는 남자들 중 하나가 말하는 것을 우연히 들었다.

"저놈들을 언제까지 선내에 잡아 둘 거지? 저놈들 때문에 섬찟섬찟하다고."

"나도 그래. 가능한 한 빨리 배에서 투하해 버렸으면 좋겠어. 놈들한테서 아무것도 못 얻어 내고 있잖아. 우린 장비도 없어. 제독은 계속 잡아두고 싶은 모양이던데⋯⋯."

그들이 대니가 숨어 있는 곳을 지나치자 목소리는 금세 희미해

졌다. 그는 잠시 그들을 따라갈까 하다가 생각을 고쳐 남자들이
왔던 복도를 따라 내려갔다.

18

킬은 잠이 오지 않았다. USS 버지니아호는 파나마 연안을 떠나 태평양의 푸른 바다에 들어선 이래 계속 날씨가 좋지 않은 것처럼 보였다. 그들은 태양과 모든 무선 전파에서 고립된 채 계속 잠항 중이었다.

킬의 시계는 그리니치 표준시에 맞춰져 있었지만 그 시각에는 태양의 위치가 어디쯤인지도 잊어버렸다. 그는 선실 침대에서 미끄러지듯 나와 욕실화에 발을 쏙 집어넣었다. 그는 샤워 키트를 들고 서둘러 복도를 내려가다 칸막이벽에서 튀어나온 수천 개의 배관과 배선함 가운데 하나에 어깨를 부딪쳤다. 그 덕분에 샤워를 하기 전에 약간 정신이 들었다. 버지니아호는 보행 공간이 항공모함의 절

147

반도 되지 않았고 대부분은 두 사람이 나란히 걷지 못했다.

킬이 도착했을 때는 이미 사람이 꽉 차 있었다. 그는 승무원 중 몇몇을 알아봤고, 주로 사병들이었다. 그들은 그를 중령님이라 부르며 대기 줄의 맨 앞으로 서라고 권했다. 예기치 못하게 진급을 해서 그렇지 얼마 전까지는 대위였다고 말하고 싶은 충동을 물리치고 정중히 거절했다. 그는 샤워기 쪽으로 이어지는 세면대의 줄을 따라 전진하면서 이를 닦았다. 당직을 마치고 온 수병들까지 그의 뒤로 길게 늘어서자, 그는 샤워실에 들어가기 전에 머리에 비누칠을 하기로 결정했다. 시간을 절약하기 위한 조치였다.

어떤 잠수함에 탑승하든지 '온수를 실컷 쓰는 샤워'를 했다간 증오와 불평의 대상이 되기 십상이다. 그들에게는 충분한 담수가 있었지만(배에 담수화 장치가 있었다), 버지니아호에는 현재 킬과 사이엔, 특수작전 팀이 탑승하여 정원의 105퍼센트가 배치된 상태였다. 킬은 장교로서 선내의 일이 어떻게 돌아가는지 파악할 때까지 각별히 겸손하고 조용하게 처신하는 게 최선이라 생각했다.

어쨌든 이제 킬의 차례였다. 밖에 있는 고리에 재빠르게 샤워 키트를 걸고 들어갔다. 물은 뜨거웠고 호텔23에서 했던 뜨거운 물 반, 찬 물 반 샤워보다 더 좋았다. 「별이 빛나는 깃발」[27]을 흥얼거렸고, '용기 있는 자들의 고향에서' 부분에 도달할 때쯤 수건을 꺼내러 손을 뻗어야 했다.

사람들 사이를 빠져나오면서 킬은 승무원 중 하나가 욕실화를 신지 않은 것을 보고 혼자 생각했다. '지저분한 자식.' 킬은 미 해

---

27) The Star-Spangled Banner. 미국의 국가.

군 잠수함에서 맨발로 샤워를 하느니 차라리 언데드 하나와 레슬링 링에 오르는 게 낫다고 생각했다.

선실로 돌아온 그는 사이엔을 깨우지 않으려고 조심했다. 사이엔은 여전히 요란하게 코를 골면서 잠결에 혼잣말을 했다. 킬은 오버올과 캡모자를 걸치고 허리에 휴대 무기를 차고 조리실로 향했다. 장교 전용 식당은 자원을 한데 모아 관리하려는 노력의 일환으로 폐쇄되었다. 좋든 싫든, 장교와 사병들은 한자리에서 식사를 했다.

킬은 벽에 걸린 고리에서 자신의 커피 잔을 뺐다. 잔 안쪽이 커피 찌꺼기로 까맣게 찌들어 가는 것을 보고 정말 기뻤다. 선내에서 자기 그릇은 자기가 설거지하기 때문에 그의 커피 잔이 뜻하지 않게 설거지될 위험은 없었다. 많은 장교들이 이것을 보고 킬을 놀렸지만, 킬은 선임이었고 오래된 커피 찌꺼기로 안쪽이 까매진 자신의 컵을 좋아했다. 풍미도 더 좋은 데다, 이 잠수함의 커피는 도대체 이대로는 참고 마시기가 어려운 수준이었다. 배급을 조금씩만 주는 데다가 거의 매일 커피에서 더러운 구정물과 같은 맛이 났기 때문이다.

그는 그릴 너머에서 일하는 이에게 달걀가루와 치즈로 만든 오믈렛을 주문했다. 오믈렛이 요리되는 동안, 오트밀을 떠서 이 빠진 그릇에 넣었다. 그는 선내에서 먹은 첫 아침식사에서 자신의 오트밀에 함께 조리된 바구미를 발견했지만, 없다고 상상하는 게 최선이라고 결정했다. 그는 식탁에 홀로 앉아 함내 TV 방송을 보고 있었다. 식당 위쪽에 걸린 스크린에서 방영되고 있는 영화는 「로건의 탈출」이었다. 킬은 몇 년 전 이 영화를 본 기억이 나서 스크린에서 마구 돌아다니는 1970년대 스타일의 반짝거리는 로봇을 보고 혼자 웃었다.

킬이 달걀가루 한 스푼을 크게 떠 입에 넣고 씹기 시작했을 때, USS 버지니아호의 지휘관인 라센 함장이 음식 쟁반을 들고 식당으로 들어왔다.

"같이 앉아도 되겠나?"

함장이 물었다.

"물론입니다. 어떻습니까, *기장님?* 별일 없습니까?"

킬은 먹으면서 대화하려고 애썼다.

"여기서 그런 호칭이 어울리지 않는 건 잘 알잖나. 여기는 조종사 대기실이 아니라네."

함장은 웃으며 말했다.

"그건 그렇고, 답을 주자면 우리 배는 여전히 임무 수행을 완벽히 해낼 준비가 되어 있네. 그리고 해치에 다이아몬드 헤드가 보이기까지 일주일밖에 남지 않았고. 알려 줄 만한 나쁜 소식 하나는 항공모함과 통신이 고르지 못하다는 것이지. 무전기의 변덕스러운 고주파 파동이 제대로 퍼져 줄 때에만 상황보고를 위해 연결할 수 있겠지."

킬은 잠시 생각하고 물었다.

"하와이에 가려는 주요 목표는 무엇입니까? 승무원들이 얘기하는 재보급에 대한 소문을 듣긴 했지만, 시도하기에는 꽤 위험할 것 같던데요."

"왜 그렇게 생각하는지 얘기해 주게."

킬이 주저하듯 말을 시작했다.

"음, 우선 첫째로 하와이는 섬이죠. 죽은 자들이 다시 걷기 시작했을 때, 오아후섬이나, 특히 호놀룰루는 인구밀도가 높았고 섬이기 때문에 놈들로부터 탈출할 수도 없었을 겁니다. 작전 예정 지역에 그런 놈들이 많이 넘쳐나는 와중에 재보급을 시도한다는 건 너무 위험할 겁니다. 게다가 요리사들이 복도에서 하는 얘기를 우연히 들었습니다. 배급을 제한하면 버지니아호는 선내 비축량으로 6개월을 운용할 수 있다고요. 그 정도면 중국까지 갔다가 파나마로 돌아오기에 충분할 듯싶군요. 어디 다른 곳에 기항할 수도 있고요."

함장은 고개를 끄덕이며 말했다.

"좋은 얘기군. 비록 한때 극비사항으로 분류되었던 내용이지만, 식사 중에 논의한다 해도 보안상의 위험은 거의 없을 거라 생각되네. 재보급도 목표이지만, 이는 부차적인 것일 뿐이지. 우리는 하와이에서 서쪽으로 이동하면서 상황을 면밀히 모니터할 거네. 조짐과 징후를 읽어 내야 하니까. 우리는 누가, 혹은 무엇이 중국 대륙에 살아남았는지 전혀 모르고 있지. 중국 연안을 벗어나 영해 경계에서 작전 중인 중국 군함의 함대가 있을 가능성도 크고. 그런 경우라면 우리는 그들의 교전 규칙을 모르는 데다 의도를 미리 모니터할 능력도 없어서 크게 불리한 상황에 놓이게 될 걸세."

"그게 하와이와 무슨 관련이 있습니까?"

"설마 모르는 건가? 한때 하늘에서 통신 정보 수집 하시던 친구가."

라센 함장이 비꼬는 투로 말했다.

그 말을 듣는 순간 킬은 바로 깨달았다.

"쿠니아 기지요?"

"그렇네. 쿠니아 지역 통신정보 작전본부의 마지막 주민인 중국어 언어학자 하나가 선내에 탑승하고 있다네. 그 친구는 2년 전 그곳에서 근무했기 때문에 시스템을 파악하고 있지. 우리가 지하 시설을 정리하고 나면 그가 기동팀 모래시계를 지원할 수 있을 걸세."

"정확히 뭘 정리한다는 말씀인가요? 저 섬에는 아마 언데드가 80만 마리는 있을 테고, 지하 시설도 같은 상황일 거라고 장담합니다."

함장은 커피를 길게 한 모금 마시고 말했다.

"정보부가 가장 최근에 추정하기로는 오아후섬에 사람이 거의 없고 아마 섬 전체에 20만 정도 있을 것으로 보인다는군."

칼은 회의적으로 대답했다.

"그 숫자는 정확히 어디서 나온 겁니까? 저는 인구 조사 조사원이 아니고 그 일이 1월 관광 비수기에 터졌다는 것도 알고 있지만, 그건 좀 낮게 잡은 거 같은데요."

라센은 의자에 기대앉으며 셔츠 주머니에서 지도를 꺼냈다.

"이 얘기는 못 들었나 보군? 이걸 한번 보게."

킬은 지도를 펼쳐 자신의 질문에 대한 답을 보았다.

함장이 킬의 손에서 지도를 빼내며 말했다.

"보다시피 전략 핵무기로 인해 오아후섬의 관광 시즌은 영원히 종료됐다네."

그 순간, 킬은 오믈렛을 끝까지 먹고 싶은 생각이 달아났다.

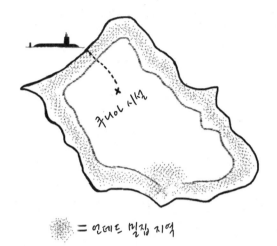

= 언데드 밀집 지역

오아후섬 지도

19

키가 작으면 좋은 점이 있었다. 숨기가 훨씬 쉽다는 것. 대니는 로라에게 남자아이처럼 숨는 비밀을 모조리 알려 줬다. 숨바꼭질 놀이에서 대니에게 수십 번 발견된 후, 로라는 남자아이처럼 숨는 기술 몇 가지를 터득했다.

대니는 그녀에게 이렇게 말하곤 했다.

"엘, 되도록이면 쉬운 곳은 고르지 마. 2초 만에 널 찾았잖아."

로라는 약이 올라 입을 삐죽 내밀고 발을 구르며 30까지 세곤 했다. 조금 반칙인 건 알지만 세는 속도를 빠르게 해서. 그녀는 술래가 되는 게 지겨웠다. 대니는 숨을 때 닌자와도 같아서 로라의 기를 살려 줘야겠다 싶을 때만을 빼곤 좀처럼 찾을 수가 없었다.

대니는 방금 육군 아저씨(아직 육군과 해군의 차이를 모른다) 두 명이 뭔가를 이곳에 잡아두고 있다는 알쏭달쏭한 이야기를 엿들었다. 남자들이 복도를 내려가면서 돌연 말소리가 끝났다. 대니는 지금 숨어 있는 곳에서 선미 쪽으로는 가 본 적이 없었다.

……놈들을 선내에…… 섬찟섬찟 …… 내던져 버렸으면…….

두 사람의 대화가 대니의 머릿속에서 반복 재생되었다. 아직 '투하'라는 말을 배우지 못했기에 날려 보낸다거나 그 비슷한 의미일 거라고 생각했다. 대니는 '투하'에 대해 다음 수업 시간에 선생님에게 물어볼 것이다. '그분은 최고야.' 대니는 생각했다. 계속 배 뒤쪽으로 움직이면서 숨을 공간을 봐 두었다가 발소리만 들리면 휙 숨었다.

배 뒤쪽으로 한참 가서야 결정을 내려야 할 순간이 다가왔다. 사다리를 내려갈 것인가, 아니면 방으로 돌아갈 것인가. 대니는 고민조차 하지 않았다. 빠르고 조용하게 사다리를 내려갔다. 그곳은 어둡고 낯설었으며 괴상한 냄새가 났다. 마지막 단에 이르자 소독약 냄새가 심해졌다. 눈이 천천히 어둠에 익숙해지면서 선내 수면 구역에 가끔 켜져 있는 붉은 야광등이 보였다.

바로 앞쪽에 환기실이 보였다. 대니는 생생한 눈으로 해치의 라벨을 선명하게 알아볼 수 있었다. 환기실 옆에는 '출입 통제' 표시가 된 문이 있었다. 문 옆에는 작은 상자가 있었는데, 그런 상자에 군인 아저씨들이 암호를 입력하는 것을 본 적이 있었다. 여기가 아니라 존이 일하던 무선통신실에서 그랬다.

아무도 없는 것처럼 보이자 환기실을 향해 전속력으로 달렸다……. 대니가 거리를 좁히는 만큼 그의 심장은 더 빠르게 쿵쾅거렸다. 이제 무릎 높이의 문턱 하나만 넘으면 바로 그 문이었다.

문턱을 넘는 순간, 대니는 다른 문에서 문손잡이가 돌아가는 금속성 소리를 들었다. 대니는 재빨리 환기실 해치를 열고 공기 순환 장치 아래로 뛰어들었다. 등 뒤로 해치를 닫을 새도 없었다.

순환 장치 밑에는 얇은 두께의 곰팡이가 깔려 있었다. 병원 냄새가 순식간에 흰곰팡이 악취로 바뀌어 대니는 속이 뒤틀렸다. 복도의 불빛이 환기실에 흘러들었지만 누군가의 다리 실루엣에 가로막혔다. 대니의 시점에서는 부츠의 윤곽만 보였다.

"오늘 정비팀 여기 왔다 갔나?"

"아뇨. 지난 몇 시간 동안 파도가 아주 심했습니다. 배가 요동칠 때 저 해치도 열렸나 봅니다."

해치가 쾅 닫히면서 대니는 암흑 속에 남겨졌다. 목소리들은 아까처럼 서서히 잦아들었다. 사방이 서늘한 강철과 어둠뿐인 곳에서 대니의 마음도 상상의 어둠 속을 헤매 다녔다. 그는 괴물들에 대해 생각했고 잠시 그것들이 이 어둠 속에 자신과 같은 공간에 있을지도 모른다고 상상했다. 태아처럼 웅크린 대니는 축축하고 곰팡내 나는 바닥에서 가까이에 아무도, 혹은 아무것도 없다는 확신이 들 때까지 두려움에 몸을 꿈틀댔다.

가까이에 위험 요소가 없다는 느낌이 들자 두려움은 서서히 사라졌다. 거기 누워 배의 모든 소음, 배에 탄 이후 귀 기울이지 않았던 소리들을 들었다.

머리 위에 누군가가 쇠사슬을 끌고 갑판을 가로지르고, 어디선가 멀리 떨어져 있는 밸브가 열리더니 증기가 빠져나가는 소리에 쇠사슬 소리가 묻혔다. 이 소음들의 대결은 잠시 동안 이어지며 대니를 홀리는 것 같더니…… 고요해졌다. 뭔가 낯익고 뚜렷하며 소름 끼치는 소리가 위쪽 환기구를 통해 들려오자, 다시 두려움이 물밀듯이 밀려들었다.

대니는 고개를 들고 환기구를 유심히 지켜보았다. 눈이 어둠에 적응하고 있었다. 환기구는 벽으로, 그리고 인접한 제한구역으로 이어졌다. 대니는 엉뚱한 상상력을 지닌 소년이었고, 그 점에는 논쟁의 여지가 없지만, 그 소리를 들은 건 분명했다. 뒷목에 쭈뼛 선 머리카락만 봐도 확실했다.

20

 길게 뻗은 고속도로, 중앙선과 갓길에 긴 풀들이 정글처럼 무성하게 자랐다. 닥과 빌리는 그 도로와 약간의 거리를 둔 채 느릿느릿 걷고 있었다. 그들은 지금 텍사스 불모지 깊숙이 들어와 있었는데, 암호화된 지도에 작은 기호로 표시된 수수께끼의 투하물을 회수하러 가는 길이었다. 잔해가 식물의 성장을 저해하는 곳에서만 이따금씩 길 표면이 드러났다. 겨울에 얼었다가 녹은 곳을 보수하는 사람도 없었기에 도로의 일부 구간은 자갈 채취장처럼 변해 있었다. 닥은 1800년대에 만들어져 이제는 흔적만 남은 고향 마을의 오래된 철로를 떠올렸다. '조금만 더 가면 고속도로가 그 철로와 만날 텐데.' 닥은 생각했다.

 닥은 왼쪽 팔뚝에 달아 둔 투명한 파우치에 지도를 가지고 있었고, 그 지도는 지금 그들이 횡단하는 지역이 나오게 접혀 있었다. 닥은 100미터마다 자신들의 위치를 확인하면서 보행 속도를 유지했다.

닥은 빌리에게 조용히 알렸다.

"목표 지점까지 1000미터."

빌리가 속삭였다.

"로저."

그들은 고속도로에서 아주 가까운 오래된 오솔길을 따라 이동했다. 언데드의 흔적은 없었고, 단지 밤바람과 구름 사이로 비치는 달빛만이 그들과 함께했다.

"빌리, 앞에 고가도로가 있어. 길로 가서 고가를 건너가야 해."

"맘에 안 드는데, 대장. 좋은 판단이 아니야."

"음, 네 생각은 어떤데?"

닥이 빌리에게 대안을 재촉했다. 이동 중에 그는 신속하게 전술적 결정을 내리도록 부하들을 몰아붙이곤 했는데, 이런 식의 훈련이 그들을 더 나은 지도자로 만든다고 생각했기 때문이다.

"일단 계속 도로와 거리를 둬야 해. 가능한 한 고가도로에 가까이 가서 아래 상황이 어떤지 보자. 놈들이 우글거리면 고가로 가고, 그렇지 않으면 낮은 곳을 택해야지."

"젠장. 너 영화 「더 록」 안 봤어? 절대 낮은 곳을 택하면 안 돼."

닥은 농담조로 대답했다.

함께 웃으며 거리를 두고 고가도로로 다가갔다. 이 상황에서 닥은 책임자였고 그는 멍청하지 않았다. 그는 팀원들, 특히 빌리 보이의 말을 귀담아 들었다. 빌리는 아파치 인디언이었고 그의 본능은 신비로웠다. 빌리는 늑대처럼 조심스러워서, 만약 그가 뛰거나, 카빈총을 들거나, 땅에 납작 엎드린다면, 닥은 주저 없이 똑같이 할 것이다.

닥은 카빈총의 확대경으로 고가도로를 둘러보았다. 위아래로 차들이 가득했다. 조준경을 통해 주의 깊게 구석구석 살폈다. 빌리가 본능적으로 그를 엄호했다. 닥은 조준경을 앞뒤로 움직여 자동차 안에서 동면하거나 연쇄 추돌한 차들 사이에 낀 언데드 시체 몇 구만 발견했다.

갑자기 바람을 타고 미세하게 썩은 냄새를 맡은 빌리가 경고의 의미로 닥의 어깨를 탁 쳤다. 그는 코 막는 시늉으로 말 없이 위험의 정체를 알렸다. 단 몇 초 만에 둘 모두 저 멀리에서 커브길을 따라 몰려오는 무리의 선두를 알아보았다.

"놈들이 와. 이제 냄새가 아주 강해. 엄청 많은 거 같아."

"여기 잠깐 앉아서 상황을 보자. 놈들 품에 뛰어드는 건 사절이니 말이야."

닥이 대답했다.

긴장 상태로 몇 분이 흐르고 선택지는 명료해졌다. 북쪽에서 거대한 무리가 울부짖으며 몰려오고 있었다. 고가도로 아래 뻗은 고속도로를 따라 곧장 그들을 향해 달려오고 있었다.

시간이 없었다.

"빌리, 움직여야 해, 지금 당장. 저놈들한테 가로막혀서는 안 돼. 그렇게 되면 절대 투하 지점에 도달하지 못할 거야."

두 작전 요원은 27킬로그램이나 되는 군장을 베개처럼 가볍게 매고 고가도로를 전력 질주했다. 아드레날린이 그들을 고가도로 서쪽으로 밀어붙이고 있는 것 같았다. 그들은 고속도로를 직각으로 가로지르며 달렸다. 가까워져 오는 무리의 신음이 근처에서 동면 중인 좀비들을 깨웠다.

빌리는 어깨 너머로 닥을 돌아보았다.

"교전."

소음기가 달린 카빈총으로 무너진 고가에서 좀비 세 마리를 떨어뜨렸다. 닥이 뒤이어 두 발을 쐈다. 두 번째 놈은 조준점이 낮았다. 총알은 좀비의 목을 뚫고 지나며 척추를 놓쳐 고가 가드레일에 죽은 근육과 지방을 흘렸다. 닥은 조준점도, 탄착점도 제대로 기억하지 못한 자신에게 조용히 냉소를 보냈다.

대부분의 적색 레이저 포인트 조준경이 그렇듯, 닥의 조준경은 M-4 총열의 몇 센티미터 위에 있고, 근거리에서는 더 높게 보정하지 않으면 탄착점이 낮아진다. 닥은 돔 꼭대기에서 다시 한 번 쏘아 놈의 스위치를 껐다.

'타이머와 스위치야.' 닥은 떠올렸다. 사람을 죽이기 위해서는 몇 개의 타이머와 극히 드문 스위치를 작동시킬 필요가 있었다. 대퇴동맥을 맞히는 건 타이머였다. 심장이나 뇌를 맞히는 건 스위치였다. 하지만 그건 살아 있는 인간에 해당하는 이야기였다. 이제는 규칙이 달라졌다. 스위치만이 중요했다. 언데드는 아무리 타이머를 맞혀도 소용이 없었다.

죽은 자들이 걷기 시작한 이후로 해군 특수부대의 명중 기준이 상당히 높아져 있었다. 명치를 맞히는 건 이제 실책이 되었다. 유효한 타격은 코 위와 두피 아래뿐이었다.

닥과 빌리는 한밤에 도둑이 담 넘듯 재빠르게 고가도로를 가로질렀다. 야간 투시경으로 보니 30미터 너머까지 차들이 쌓여 있었다. 반대편에 닿으려면 이 쇳덩어리들로 이루어진 정글을 헤쳐 나가야 했다.

무리의 선두 한둘이 고가도로 아래를 가로질러 가기 시작했다. 시체들의 무리가 순식간에 가까워졌다. 바람의 방향이 바뀌자 닥은 냄새에 역겨워졌다. 썩는 냄새의 분자들이 콧구멍 속으로 밀려 들었다.

닥은 이 무리들에게 무자비하고 치명적인 특징이 있다는 걸 알고 있었다. 뱀처럼 길게 늘어선 언데드 무리의 선두가 뭐에 이끌려 방향을 바꿀지 알 수 없다는 것이다. 길 잃은 개, 사슴, 아직도 작동 중인 자동차의 경보 장치, 뭐가 될지 알 수 없었다.

빌리가 제안했다.

"닥, 여기 고가 한가운데서 기다렸다가 놈들이 어디로 가는지 확인하는 게 나을 거 같아. 잘못된 방향으로 갔다가 최악의 상황을 맞이하는 건 싫거든."

닥은 최악의 시나리오에 대해 잠시 생각했다. 무리가 갈라져서 고가 양쪽으로 올라온다면? 그럴 리는 없다.

"저 차들을 넘고도 몇백 미터는 더 가야 해. 동이 트기 전에 시설로 돌아가려면 우리한텐 두 시간 정도밖에 없어. 그래, 얼마간 기다리긴 하겠는데, 마음이 편치 않아. 한번 살펴보자."

두 사람은 가드레일 너머로 아래 지나가는 언데드의 강을 몰래 내다보았다. 비록 야간 투시경을 통해 먼 거리까지 볼 수는 없었지만, 그럼에도 둘은 길이 2킬로미터, 폭 9미터의 언데드 강을 보고 있다는 것을 알았다. 둘 중 누구도 그 머릿수를 셀 엄두를 내지 못했다.

실개천에서 시작한 언데드 강은 점점 커져 개울이 되었다. 닥과 빌리는 고가를 반쯤 건너고부터는 거의 바닥에 붙어 기어가기 시작했다. 그래야 해서가 아니라 너무 무서웠기 때문이었다. 이건 마치 헬기에서 뛰어내릴 때 몸을 휙 수그리는 것과 같았다. 불필요한 행동이지만 그렇게 한다고 해서 해를 입지는 않았다.

그들은 차량 잔해가 있는 곳에 도착했다. 좀비들로 이루어진 강의 너비는 최고조에 달해 고가까지 진동이 느껴졌다. 닥이 다시 위험을 무릅쓰고 가드레일 너머 아래를 내려다보니 고가 다리 양쪽으로 움직이는 시체들이 적어도 800미터는 늘어서 있었다. 놈들은 잠재적 먹잇감이 위에서 자신들을 염탐하고 있다고는 꿈에도 생각지 못하는 듯했다. 몇몇 놈이 무리에서 벗어나려다 크게 우르릉거리는 무리의 소리에 다시 이끌려 재빠르게 돌아갔다.

닥이 제안했다.

"좀 쉬면서 요기나 하자."

"반가운 소리야. 적어도 20분은 더 걸리겠어."

죽어 망각에 잠긴 자들의 강이 고가를 뒤흔들며 아무 곳으로도 이어지지 않는 버려진 길을 짓밟는 동안, 그들은 유통기한이 지난 에너지 바를 뜯고 아이오딘이 함유된 포도주[28]를 마셨다.

---

28) 방사능 해독에 적포도주와 아이오딘이 효과가 있다.

21

북극

크루소와 마크, 그리고 기지의 다른 생존자 세 사람은 통제실과 인접한 회의실에서 만났다. 기지의 군사 고문인 브렛과 래리는 물론 기지 과학자인 허웨이 친도 얼음이 얼어붙은 두툼한 방한 장비를 입은 채로 함께 서 있었다. 허웨이는 엉터리 영어를 구사했고 때로는 정치적으로 올바르지 않은 말을 해서 생존자들이 피식 웃게 했다. 허웨이는 북극에 파견되기 전에는 미국 시민권을 따려고 하는 중국인이었다. 그는 시민권을 서둘러 따기 위해 4호 기지에 자원했다. 미국의 북극 연구 프로그램에서 고된 임무를 완수한 사람에게는 우대의 의미로 시민권 수속 기간을 단축해 주었기 때문이다. 허웨이가 그런대로 이소룡과 닮았다는 이유로 모두가 그를 쿵푸 또는 짧게 쿵이라고 불렀다.

크루소와 마크, 쿵은 지난 몇 달 동안 신형 우주 정거장보다 조금 더 넓은 공간에서 래리, 브렛과 함께 지냈지만, 그들이 군인이고 사태가 일어나기 전 이곳에 어떤 임무를 띠고 왔다는 것 말고는 별로 아는 게 없었다.

언데드 사태 전에 활동하던 많은 미국 정보원들의 추측으로는, 전 세계에 수백 개의 비밀 시설이 존재하고 그중 대부분은 다른 임무로 위장한 진짜 목적이 있었다. 당시 4호 기지에 배치된 이들은 빙하 코어를 채취한다는 표면적 임무를 지녔고, 다른 십여 개의 나라가 빙하 위에 지은 기지들도 별반 다르지 않았다.

래리와 브렛은 자신들의 신분에 대해서는 절대 입에 올리지 않았지만, 군인 특유의 헤어스타일과 몸가짐은 도착하자마자 알아볼 수 있었다. 이전에 다른 군인들이 그랬던 것처럼 말이다. 군인들은 겨울을 피해 개조된 C-17 수송기를 타고왔다. 매번 새로운 얼굴이 왔지만 헤어스타일과 몸가짐은 똑같았다.

현재 그들 중 래리는 많이 아팠고, 지난 몇 주 동안 상태가 악화되었다. 마크는 래리가 독한 폐렴에 한바탕 시달린 뒤라고 생각했다. 기지에 남아 있는 항생제의 반을 래리에게 쓰고도 눈에 띄는 효과를 보지 못했다. 래리는 거의 항상 고통에 신음했고, 브렛은 그가 기지의 이곳저곳을 오갈 수 있게 도왔다. 어쨌든 래리는 페이스 마스크를 착용하여 다른 사람들을 배려했다.

기지 내 사람들은 더 이상 병에 걸리는 위험을 감수할 수 없었다. 특히 크루소에게는 더더욱 그랬다. 만약 크루소가 살해되거나 정상적인 생활을 할 수 없게 된다면, 기지 내 인력은 모두 열여덟 시간 안에 얼어 죽게 될 것이다. 크루소는 발전기를 일정에 맞춰 가동시켰고 줄어드는 화학 물질과 여분의 식품 지방을 이용해 어떻게 해서든 기초적인 바이오 연료를 제조하는 핵심 기술자였다. 분명 그는 쉽게 소모해선 안 되는 인력이었다.

* * *

크루소가 그 자리에 모인 몇 사람에게 말했다.

"자, 이렇게 와 주셔서 감사합니다. 시간을 낭비하지는 않겠습니다. 본토와 연락이 닿았습니다."

브렛이 신이 나서 물었다.

"누구랑 연락이 된 거죠?"

"USS 조지 워싱턴호입니다."

"와, 씨. 우린 살았어!"

래리는 크게 외치다 페이스 마스크 안에서 크게 기침을 했다.

크루소는 미간을 찡그리며 말했다.

"그럴 리가요. 그들은 멕시코만에 있어서 여기로 오고 싶어도 올 수가 없어요. 우리는 북극권의 태평양 쪽에 있는 데다, 만약 지금이 봄이고 그들이 쇄빙선을 갖고 있다 해도 너무 오래 걸릴 겁니다. 그때쯤이면 우린 보급품이 바닥나서 그야말로 단단한 고체가 되어 있겠죠. 우리는 만일의 사태에 대비한 계획을 짜기 시작해야 해요."

래리는 다시 기침을 했고, 페이스마스크 안쪽에 침전물이 튀었다. 한바탕 욕설을 지껄이고 페이스마스크를 바꾸며 그가 물었다.

"무슨 계획요? 차라리 화성 기지에 있는 게 낫겠네요. 구조대가 오지 않는다면, 우린 한두 달 안에 얼음덩이가 될 거예요."

"뭐, 그럴 수도 있죠. 하지만 저는 포기하지 않을 겁니다."

크루소는 자신이 의도했던 것보다 조금 더 크게 대답했다. 목소리를 한 단계 낮추고 말을 이어 나갔다.

"연료가 부족한 것은 사실이지만, 저한테 어쩌면 효과가 있을지도 모르는 계획이 하나 있어요."

브렛이 말했다.

"말씀하십시오."

"설상차를 바이오 연료로 달릴 수 있게 개조했습니다. 이곳을 적어도 일상생활이 가능할 정도로 따뜻하게, 그러니까 10도로 유지하는 데에 남은 일반 연료를 전부 사용할 수 있게 되었다는 얘기죠. 그렇더라도 연료를 아끼기 위해서는 잘 때 방한 장비를 입고 자고, 이 시설의 외곽도 차차 포기해야 할 겁니다. 지금처럼 여기저기 퍼져 있으면 연료 낭비가 커요. 래리, 당신과 브렛은 힘들겠지만 직원 건물 쪽으로 들어오세요. 원래 지내던 구역은 봉쇄하고요."

브렛이 소리쳤다.

"젠장, 잠시만요! 왜 우리가 이쪽으로 옮겨야 합니까? 당신들이 우리 쪽으로 옮기면 안 됩니까?"

"자자! 우리 쪽으로 옮기든지, 아니면 얼음덩이가 되든지 선택하세요! 제가 난방과 조명을 조절합니다. 48시간이면 당신을 꼼짝 못하게 만들 수도 있어요. 개인적인 감정은 없습니다. 저는 장비 근처에 있어야 해서 당신과 여기 이 인공호흡기가 필요해 보이는 양반이 묵는 군사 구역으로 옮길 생각이 없어요."

래리와 브렛 모두 대답하지 않았다. 그들은 자신들이 쥔 패를 알고 있었다. 그들의 눈동자는 상황에 대한 영향력이나 통제력을 얻을 방법을 계산하느라 바삐 움직이고 있었다.

잠시 후, 래리가 기침을 하며 물었다.

"지금 바이오 연료가 일반 연료보다 부족한데, 어떻게 설상차를 유지할 만큼 바이오 연료를 만듭니까?"

"이것이 좀 기괴하고 어쩌면 위험할 수도 있는 부분입니다. 지금까지는 쓰고 난 식용유로 바이오 연료를 제조해 왔죠. 좋은 연료를 아낄 목적으로 발전기를 하나만 작동시키기 때문에 점점 힘들어지고 있어요. 어쩌면 제가 설상차를 160킬로미터쯤 움직일 만큼 우리에게 충분한 연료를 줄 동물성 지방의 공급지를 살얼음 속에서 찾은 것 같습니다. 그리고 만약에 바깥에 돌아다니는 뭔가가 있다면 휴대용 무전기로……."

브렛이 말을 잘랐다.

"썰매견을 죽인다는 얘기라면 저는 전적으로……."

크루소가 다시 브렛의 말허리를 잘랐다.

"아뇨, 개들을 죽이려는 게 아닙니다. 개들이 필요할 수도 있고 이유 없이 개들을 죽이는 건 옳지 않으니까요. 음식 걱정 좀 그만하세요, 브렛. 우리가 모두 떠나거나 죽을 때까지 견딜 만큼 비축되어 있으니까요. 게다가 개들은 지방이 많지도 않습니다. 이 상황을 조금이라도 변화시킬 만큼 연료가 나오지도 않는다고요."

"음, 그럼 대체 뭡니까?"

래리가 조바심을 내며 물었다.

크루소는 그의 눈을 보며 말했다.

"우린 레펠 로프를 타고 협곡을 내려가서 옛 친구 몇 명과 재회를 하게 될 겁니다. 살이 찐 친구들도 있었죠. 그들의 지방은 얼어서 보존됐고, 못해도 100킬로그램은 얻을 수 있을 거예요. 그럼 우린 여기서 빠져나갈 만큼 디젤을 만들 수 있을 테고, 운이 좋다면 여분도 남겠죠."

"당신 제정신이 아니네요, 크루소."

래리가 말했다.

"그럴지도 모르죠. 하지만 기지 내 발전기들을 계속 돌리면서도 필요시엔 설상차를 이 얼음덩어리 밖으로 내보낼 수 있을 정도로 충분한 연료를 구할 방법을 생각해 낸 거 아니면, 입 다물고 계세요. 게다가 당신은 너무 허약해서 협곡을 내려갔다 올라올 수도 없으니, 당신한테는 발언권이 없습니다. 대부분 수직으로 60미터 이상 내려가야 할 겁니다. 시체를 밧줄에 고정시키려면 두 사람이 바닥까지 내려가야 하고, 걔들을 동원해 그들을 끌어 올리려면 위에도 두 사람이 있어야 해요."

그들은 서로를 바라볼 뿐이었다. 누가 나서서 이 계획에 대해 뭐라고 말해 줬으면 하고 바라는 눈치였다. 크루소는 그들에게 이 일에 대해 생각할 시간을 주지 않았다.

"자, 그럼 당신들 중 누가 저와 함께 저 아래로 내려가겠습니까?"

오아후섬 도착 일주일 전

사이엔과 나는 잠수함에서 하루가 어떻게 흘러가는지에 대해 얼마간 배웠다. 우리는 계급에 따른 권리의 차이를 이해하고 있고, 해군 함 정에서 복무할 때부터 천생 뱃사람처럼 멀미도 한 번 안 했지만, 잠 수함에서 근무하는 것은 또 다른 문화로 옮겨 가는 것이었다. 나는 주 로 이기적인 이유로 무선 통신실에서 일을 도왔다. 기회가 될 때면 호텔23의 가족들에게 내가 무사하다는 소식을 알리기 위해 USS 조 지 워싱턴호로 통신을 보냈다. 지금까지 배 안에서 이 일을 가지고 뭐라 하는 사람은 없었다.

존이 가장 최근에 보낸 메시지:

"타라가 사랑을 보낸대."

비록 단 세 마디의 짧은 문장에 불과하지만, 이 간단한 메시지조차 도 정말 도움이 된다. 떠난 지 채 2주도 안 되었다니. 그런데 더 길게 느껴졌다. 이메일이 없어지고 난 후로 통신을 더 개인적이고 더 가치 있게 받아들이게 되었다.

이상 징후가 발발한 후로 얼마나 많은 '미 제너레이션'[29] 젊은이 들이 스마트폰 신호가 잡히는지 확인하거나 SNS에 무의미한 새 글을 올리다 죽었는지 궁금하다.

어쩌면 이런 식이었을 것이다.

이런! 그것들이 문을 부수고 있어!

---

29) me generation. 자기주장이 강하고 자기중심적인 사고를 하는 현대의 젊은 층을 가리키는 표현.

그 자기중심적인 아이들이 여전히 잘 살아 있다면 좋겠다. 하지만 안타깝게도 이 모든 것이 시작된 이후로 내가 다시 흙으로 돌려보낸 시체들 가운데 딱 붙는 바지를 입은 애들이 셀 수 없이 많았다.

며칠 전, 함장이 오아후섬에서 우리가 해야 할 임무에 대해 설명해 주었다. 솔직히 말하면, 나는 구체적인 얘기를 듣고도 놀라지 않았다. 우리가 투자한 것에 비하면 초라할 뿐인 이익을 위해 위험을 감수해야 한다고 했다. 군사 정보에 의하면 호놀룰루 핵공격은 성공적이었고 이로 인해 도시는 물론 변두리 교외까지 완전히 말살되었다. 라센 함장은 하와이에 대한 핵공격이 미국 본토의 것보다 언데드를 몰살시키는 데 더 효과적이었다고 지나치게 낙관하는 것 같다. 폭발 당시 호놀룰루에 언데드 무리가 있었을 거라 확신하는 듯했다. 내 전문적인 소견으로 이것은 경솔한 평가다. 그는 함장이고 나는 고문 역할의 손님일 뿐이지만, 나는 그 문제에 대한 반대 의견을 내놓는 게 부끄럽지 않다.

내 개인적인 의견으로는 중국어 통역을 배에 남겨 두고 선상 신호정보 수집 장비를 운용하는 임무를 맡겨 자체방어와 중국 군사 활동에 대한 감시에 힘쓰게 해야 한다. 만약 우리가 그를 섬에 데리고 간다면 중국을 향해 서쪽으로 이동하기도 전에 통역관을 잃게 될 위험이 아주 크다. 또한 하와이의 전기가 끊기고 통신이 두절되었는데도 아직까지 쿠니아 기지의 센서가 유지되고 있으리라는 보장이 없다. 가장 큰 문제는 쿠니아 기지의 현재 상태를 전혀 알 수 없다는 것이다. 대부분은 지하에 있으니 침수가 됐을 수도 있고 피폭된 시체로 들끓거나 빗나간 핵탄두에 의해 함몰되었을 수도 있다. 부츠를 신고 땅에 발을 디딜 때까지는 알 수 없을 것이다. 지금의 나로서는 지지

할 마음이 없는 계획이다. 아니, 앞으로도 지지할 계획이 없다.

최대 턱걸이 횟수: 5개

팔굽혀펴기: 65개

트레드밀 달리기 2.4킬로미터: 11분 15초

트레드밀이 계속 작동했으면 좋겠다. 사지 멀쩡히 살아남기 위해서가 아닌 훈련을 위해 달리기하는 호사를 누리는 게 너무 좋다.

22

텍사스 남동부

"빌리, 저거 말이야, 내가 생각하는 그게 맞을까?"

"뭐 말이야?"

닥은 레이저 조준기를 작동시켜 수백 미터 밖 들판을 겨눴다.

"저거 말이야."

"누가 쟁기라도 들고 막 밭을 갈기 시작한 것처럼 보여. 야간 투시경으로는 확실히 모르겠어."

"지도에는 저기 투하물이 있다고 나와 있는데. 그만하고 들판에서 나가자. 가까이 붙어."

"로저."

두 사람은 울타리를 뛰어넘고 자세를 낮게 유지한 채 앞쪽의 울퉁불퉁한 땅으로 향했다. 바람의 방향이 바뀌자, 멀리 떨어진 좀비 무리에게서 나는 역한 냄새가 훅 스쳤다.

닥이 숨죽여 말했다.

"빌어먹을 썩은 내. 난 절대 적응 못 할 거야. 100미터 밖. 우리 투하물이 저기 부딪혔다가 낙하산에 끌려간 거 같군. 어디로 갔는지 한번 보자고."

빌리가 말했다.

"뒤따라갈게. 몇 미터 간격을 두고 흩어지자, 괜찮지?"

"좋아, 흩어지자. 시야에서 벗어나지는 말고, 몇 초마다 내 위치를 확인해. 나도 그렇게 할게."

"그게 좋겠네. 가자."

"움직여."

그들은 파인 자국을 따라 얕은 능선 꼭대기까지 400미터를 올라갔다. 가까이 다가가자 여름철 빨랫줄에 걸린 빨래가 펄럭대는 것 같은 소리가 들려왔다. 언덕 너머를 내다보며 목표물을 주시했다. 포장용 비닐로 싸인 화물 받침대는 옆으로 넘어져 있었고, 찢어진 낙하산은 정신 나간 혜성의 꼬리처럼 일직선으로 뻗어 있었다.

낙하산이 펄럭이는 소음은 이곳에 떨어진 이후로 며칠, 아니 족히 몇 주 동안 좀비들을 끌어당겼을 것이다. 수십 마리가 살아 있는 어떤 것이라도 접근하면 원시적인 올가미를 작동시키기 위해 기다리다 동면한 채로 산마루 아래 서 있었다. 닥은 돌로 만든 보초병처럼 가만히 서 있는 좀비들을 보고 알아챘다. 좀비들은 식량을 기대하며 이곳에 도착했다가 자신들이 사용하는 어떤 에너지원을 보존하기 위해 기능을 멈춘 것이었다. 당황스러운 미스터리였다. 닥은 사냥해서 소비하는, 점점 줄어드는 식량 자원이 아닌 다른 것에서 그것들이 에너지를 얻고 있는 게 아닌지 의심스러웠다.

"빌리, 이걸 어떻게 처리하면 좋겠어?"

"음, 여기 남아서 잠을 깨우지 않으면서 순서대로 쓰러뜨리면 될 거 같아. 나는 동쪽 놈들부터 시작하고 너는 서쪽부터 시작해서 중간에서 만나는 거지. 운이 따라 준다면, 저 펄럭대는 낙하산보다 더 큰 소리를 놈들이 눈치채기 전에 모두 쓰러뜨릴 수 있어. 헤드폰이 있어서 여기서는 소음도 견딜 만할 거야. 필요하다면 몇 걸음 더 뒤로 가도 되고. 이 거리라면 조준점과 탄착점이 같다고 봐. 물론 이마를 조준해야겠지."

닥은 빌리가 자신이 조준점을 낮게 잡았던 걸 둘러말하고 있다는 걸 깨달았다. 닥은 빌리의 제안에 찬성했다.

"좋아, 마음에 들어. 어두워서 놈들은 우릴 못 보지만 우리는 볼 수 있지. 자, 그러니 한번 해보자고."

"명령만 내려 줘."

"내가 서쪽, 네가 동쪽이야. 내가 시작할게."

"로저."

닥은 조준경을 통해 카빈총의 총신을 내려다보고 달빛이 소음기에 반사된다는 것을 알아챘다. 붉은색 점 앞에 확대 렌즈를 달칵 쳐 올리고는 목표물을 확대해서 보았다. 과연 놈들은 한밤의 끔찍한 가고일 석상처럼 서 있었다. 닥은 그들이 이런 상태에서는 아주 약간 흔들릴 수도 있겠다고 생각했지만 확신은 없었다. 누구도 그 이론을 시험할 만큼 충분한 경험을 해 보지 않았으므로.

숨을 깊게 들이마시고, 천천히 내뱉는다. 두 눈을 뜨고, 죽인다.

탕.

닥이 첫 번째 좀비를 쓰러뜨리자, 곧 빌리 보이도 뒤따랐다. 빌리는 진작 첫 목표물을 조준해 두고 닥의 소음기가 달린 총 소리가 나길 기다렸다가 놈을 땅에 쓰러뜨렸다.

퍽, 퍽, 퍽. 총알이 썩어 가는 두개골을 때리는 소리. 천천히 신중하게 한 발, 한 발 쏘았다. 하나, 퍽, 둘, 퍽. 계획은 제대로 먹히고 있었고 남은 놈들은 여전히 동면 상태였다. 닥이 다음 목표물을 쏘고 나니 남은 놈은 이제 여섯뿐이었다. 방아쇠를 당기면서 이번엔 무언가 다르다는 것을 즉시 깨달았다. 마치 도로 표지판이나 차를 쏜 것처럼 묘한 소리가 울렸다. 이런 경우를 들어 본 적은 있지만, 실제로 본 적은 한 번도 없었다. 세상이 지옥으로 떨어지기 전, 다친 곳에 철판을 심어 놓은 사람들이 있었다. 좀비가 땅에 쓰러졌다. 닥은 더 자세히 보기 위해 확대 렌즈를 사용했다. 놈은 다시 일어서고 있었다.

닥은 목표물을 계속 쏘기 위해 몸을 돌렸다. 퍽.

이제 다시 일어난 좀비는 화가 많이 나 있었다. 놈은 다른 좀비들을 부르듯 신음 소리를 내며 나머지를 깨우기 시작했다. 그것은 재빠르게 움직이며 소리에, 소음기가 달린 총에서 나는 작은 소리에도 반응했다. 그리고 둘을 향해 산등성이를 올라오기 시작했다.

"네 쪽을 계속 맡아, 닥. 이놈한텐 내가 총알을 쏟아부을게."

"알았어, 빌리. 처리해 줘. 엄청 빨라!"

좀비는 아주 놀라운 속도로 쉬지 않고 언덕을 올랐다. 닥이 옳았다. 놈은 다른 좀비들보다 빨랐다. 빌리는 계속해서 놈에게 총을 쏘았지만 대부분 빗나갔다.

"재장전!"

"알았어, 서둘러."

닥의 재촉에 빌리는 빈 탄창을 버리고 뒤로 손을 뻗어 새 탄창을 찾았다. 극심한 스트레스 상황에서도 빌리는 늘 좋은 결과를 냈다. 훈련받은 대로 자신이 해야 하는 일을 되뇌는 버릇이 있기 때문이다.

"밀어 넣고, 당기고, 걸고, 탕."

빌리는 소리 내어 혼잣말을 하면서 자신의 생각대로 실행했다.

탄창을 삽입구에 밀어 넣고 제대로 끼워졌는지 확인하기 위해 당기고, M-4 장전 레버를 걸고 방아쇠를 당겼다. 탕 소리와 함께 단단한 두개골이 어색하고 애처로운 모습으로 언덕 아래를 한참 굴러떨어졌다.

닥이 말했다.

"하나 끝냈군. 몇 초만 더 기다렸으면 여기 올라와서 우리랑 어울리며 농담 따먹기 했겠어."

"그러게, 소름 끼쳐. 이렇게까지 공격적인 놈들을 보는 게 익숙하지 않아서."

닥이 말했다.

"나도 그래. 여기 꼭대기에서 1, 2분 정도 더 지켜보자. 저 아래 더 있을 거 같거든. 발목 물리기 싫어. 무슨 말인지 알지?"

"그래, 알아."

두 사람은 기다렸다. 시간이 느리게 흘러갔다. 아무런 움직임도 감지되지 않았다. 놈들과 마주치고 나면 늘 이런 식이었다. 본디 사람은 죽은 자가 걷는 것을 볼 운명이 아니었다. 죽은 자들과 싸울 운명도 아니었다. 이제 외상 후 스트레스 장애는 감기처럼 모두에게 흔한 질병이 되었다. SWAT에 구조되기 직전에 엄마가 아빠에게 잡아먹히는 것을 목격한 두 살배기 아기부터 차마 아내를 끝장내지 못해 지하실에 가둔 노인까지, 누군가가 계속 살아갈 용기를 낸다면, 이제 고통도 그들의 몫이었다.

빌리가 닥에게 말했다.

"저 아래는 괜찮아 보여."

"그래, 내려가자. 30분 남았어. 해가 뜨기 전에 호텔23으로 얼른 출발해야 해."

산등성이를 내려가며 빌리가 물었다.

"일출 전에 못 내려가면 어떻게 될까?"

"아주 곤란해지겠지. 500파운드 탄두의 수령인이 될 수도 있고. 호텔23에서는 절대 환영받지 못할걸."

"그 단체가 왜 항공모함을 핵무기로 공격하려는 건지 난 아직도 이해가 안 돼."

"나도 모르겠어, 빌리. 하지만 낮 시간엔 그자들이 우릴 다치게 할 수 있다는 건 알아. 괜히 디스코랑 호스가 속 터지게 하지는 말자고. 그나저나 밤에는 공격을 못 하는 게 맞는지도 모르겠군."

"그래. 나도 그렇게 생각하고 있었어, 그냥 말하고 싶지 않았을 뿐이지."

산 아래에 쌓인 시체 더미는 보기만 해도 섬뜩했다. 몇몇 좀비들은 여전히 꿈틀거리고 있었다. 둘은 너무 가까이 가지 않으려 조심했다. 뇌에 총알이 박혔다고 해서 반드시 위험이 제거되었다는 의미는 아니므로. 뇌에 외상을 입고도 무는 반사 운동이 그대로 남아 있는 경우가 더러 있었다. 죽은 자를 일어나게 만든 게 무엇이었든 좀처럼 포기하지 않았다. 완전히 잘린 머리조차 극도로 조심해야 했다.

닥은 칼을 빼 들고 펄럭대는 낙하산 줄을 잘라냈다. 낙하산 천은 변덕스러운 밤바람을 타고 어둠 속으로 날아올랐다. 촉수처럼 생긴 줄을 달랑거리며 산등성이 위를 표류하는 낙하산을 보며 닥은 고깔해파리를 떠올렸다.

투하물을 싸고 있는 비닐 겉면에는 하얀 글자가 그려져 있었지만, 비바람과 시간의 경과로 인한 마모로 읽을 수가 없는 상태였다. 투하물은 진흙에 모서리가 처박힌 채 기울어 있었다. 닥이 비닐을 칼날로 긋자, 딱딱한 검은색 상자들이 땅에 쏟아졌다.

"빌리, 이걸 확인하는 동안 주변을 봐 줘."

"보고 있어."

닥은 컨테이너에 부비트랩이 있을지도 모른다는 듯 조심스럽게 한 번에 한 상자씩 포장을 뜯기 시작했다. 빌리 보이가 카빈총을 드는 소리를 들으며 컨테이너를 열었다. 별 이상은 없었다.

첫 번째 상자에는 '군집 통제 총기'라 표시된 닥의 호기심을 자아내는 무기가 들어 있었다. 설명서는 항공기에서 안전벨트를 작동하는 방법을 그림과 함께 설명한 설명서처럼 간결하게 작성됐다. 이 무기는 다소 다루기가 힘들어서 사용자가 말 그대로 입어야 했다. 그림에는 낙하산 멜빵처럼 생긴 복장에 부착된 무기를 입고 있는 남자가 그려져 있었다.

닥이 점검한 또 다른 상자에는 무기에 연료를 공급하는 데 필요한 화합물이 들어 있었다. 설명서에 따르면 무기에 두 종류의 병이 붙어 있었다. 무기가 작동되면 15미터 거리까지 거품 줄기를 내뿜고, 두 화합물이 대기에 노출되면 혼합되어 거품이 2초 내에 경화된다고 했다. 닥은 설명서의 주의사항을 읽었다.

경고: 발포 화합물의 경화 정도는 굳어진 섬유 시멘트/섬유 수지와 비슷한 수준입니다. 조준할 때 각별히 주의하십시오. 이 발포 무기는 치명적입니다.

닥은 설명서를 쭉 훑어 내려가다 무기의 사용 가능한 용도에 대한 부분에 주목했다.

– 대규모 무리의 즉각적이고 일시적 작동 정지.

– 이동 차량 및 중기갑 차량의 작동 중지.

– 출입구 및 여타 접근 지점의 동결.

– 어떠한 물질과도 화학적으로 결합함.

닥은 이 장비의 무게가 다 해서 36킬로그램 정도라고 추정했다. 이 투하물에 이 밖에 다른 것은 없었다. 닥은 빌리를 불러 호텔23까지 추가로 짐을 나를 경우 얻을 수 있는 이익에 대해 의논했다.

무기 설명서를 살펴본 빌리가 말했다.

"이 친구야, 이 무기가 설명서에 쓰인 대로 작동만 한다면, 내가 다 짊어지고도 가겠는데. M-4는 달리다가 총질하고 정확하고 신속하게 피를 보는 일에는 좋지만, 이건 우리가 고가도로에서 본 것 같은 무리도 막을 수 있을 거야. 언제든 즉석 콘크리트를 쏠 수 있는 소방 호스가 있으면 좋지 않겠어?"

"그래, 좋겠지. 장비를 나눠서 나르자. 테스트는 다른 날 해 보자고. 어둠이 걷히고 있으니까."

그들은 짐에 장비를 매달고 다시 호텔23으로 향했다. 닥은 지도를 꺼내 이 특별한 투하물 자리에 X자 표시를 하고, 그 위로 줄을 그었다. 되돌아가다 산등성이의 꼭대기에 이르러 닥은 잠시 멈췄다.

저 멀리 저거 엔진 소리였을까?

닥은 빌리에게 혹시 그 소리를 들었는지 물으려 했다. 하지만 바람이 바뀌자 그 소리는 스쳐 지나는 생각처럼 사라져 버렸다.

23

USS 조지 워싱턴호

항공모함 내 브리핑실은 고위급 장교들로 부산했다. 고틀먼 제독과 조 마우러는 강당 앞쪽 테이블에 앉아 소수의 장교와 선임 사병 들과 마주 보고 있었다.

제독은 조 마우러 쪽으로 몸을 기울였다.

"문들이 단단히 닫혀 있는지 확인하게. 갑판 여기저기엔 이미 소문이 나돈다더군."

"예, 제독님."

조는 자세를 바로 하고 맨 앞줄에 앉은 장교 하나에게 우현 문을 확인하라고 말하고는 직접 가서 좌현 문을 확인한 뒤 고틀먼 제독 옆자리로 돌아왔다.

"잘 닫혀 있습니다, 제독님."

"아주 좋아. 그럼 시작하세."

제독은 앞에 있는 마이크 버튼을 톡 두드렸다.

"오늘 모여 줘서 고맙네. 설마하니 따로 갈 데가 있을 것 같지는 않지만 말이야."

몇 사람의 지겨워하는 듯한 웃음소리가 서서히 사그라졌다.

"기동팀 모래시계에 대한 최신 정보를 알려 주려고 회의를 소집했소. 여러분 대부분이 알다시피, 그들은 현재 잠수함 USS 버지니아호에 탑승해 이동 중이고 일주일 후 오아후섬에 도착할 거요. 나는 기동팀 지휘관으로서 모래시계가 수행할 임무의 모든 단계를 속속들이 알고 있소. 여러분 모두는 호라이즌으로 알려진 특수인가프로그램과 중국에서 일어났을지도 모를 일, 혹은 적어도 우리가 일어났을 거라 생각하는 일에 대해 짐작은 하고 있을 거요. 모래시계의 1단계 임무는 지금까지 성공적이오. 특수요원들과 고문단으로 구성된 팀을 태우고 서쪽으로 순조롭게 나아가고 있지. 모래시계의 2단계가 곧 시작될 거요. 이것이 오늘 여기 모인 이유지."

제독은 잠시 말을 멈추고 물을 한 모금 마시며 소규모 청중을 살폈다.

"2단계는 네바다의 표본과 관련이 있소. COG는 그 표본 가운데 하나를 이상 징후에 노출시켜 테스트를 진행하기로 결정했소. 중국 표본인 '창'이 우리 표본과 같은 종인지는 모르겠으나 실험을 통해 계속해서 많은 것을 배울 수 있을 것이오. 적어도 창을 보하이 지역으로 옮긴 뒤 얼마 지나지 않아 우리의 인적 정보 네트워크가 모두 먹통이 된 이유라도 알게 될 테고, 잘하면 판도라의 상자 속에 든 것을 돌려놓을 방법도 찾을 수 있을지도 모르오."

강당 안의 수군거림이 점점 커지기 시작했다. 뒷자리의 장교 하나가 손을 들었다. 제독이 재촉했다.

"얘기하게, 중령."

신중한 어조로 중령이 말을 시작했다.

"제독님. 이것이 네바다 표본의 생리에 어떤 영향을 미칠지는 아직 알 수 없습니다만, 중국인들은 밍용 빙하의 이상 징후가 2만 년 이상 되었다고 추정하고 있습니다. 그런데 우리 표본은 1940년 대에 회수된 것이고요. 이 계획이 정말 COG가 여러 모로 깊이 생각한 계획입니까, 아니면 이것저것 던져 보고 뭐가 걸릴지 보는 계획일 뿐입니까?"

제독은 그 장교를 매서운 눈으로 바라봤다.

"중령, 나는 자네가 좋은 지적을 했다고 생각하네만, 우리보다 머리 좋은 COG 사람들이 이것을 향후 최선책으로 결정했네. 오래전에 선출된 고위 공무원들이 통과시킨 법률 때문에 지금 권력을 쥐고 있는 사람들이지. 그 이유가 아니더라도 이런 상황들을 생각해 보게. 모래시계가 실패하면 어찌 되겠나? 만약 버지니아호가 중국에 도착하지 못하면? 그러면 어떻게 되는 건가? 바로 이게 우리가 이 실험을 해야 하는 이유라네. 모래시계가 성공하지 못할 수도 있으니."

제독은 강당을 훑어보며 반응을 살폈다.

"우리가 USS 조지 위싱턴호에 타고 있는 바로 지금, 장기 저온 격납고에서 손상된 표본 하나를 추출하려는 준비가 진행 중이오.

조사 결과가 나오면 여러분에게도 알려 주겠소.”

강당 곳곳에서 웅성거리는 소리가 터져 나왔다.

그 소음을 뚫고 다른 장교가 물었다.

“제독님, 네바다 표본 노출이 지금의 이상 징후를 증폭시키는 기폭제라면 어떻게 되는 겁니까? 우린 정말로 알 수 없죠. 미지의 영역이니까요!”

“죽은 자들이 돌아다니는 것도 마찬가지잖나. 이상!”

고틀먼이 빽 내질렀다.

“총원 차렷!”

불쑥 일어나 강당을 나가 버린 제독의 뒤통수에 대고 조가 급하게 외쳤다.

24

북극

12월. 기지 밖에는 눈과 얼음이 누그러질 기미 없이 퍼부었다. 크루소는 바깥의 열악한 환경으로 나가는 육중한 해치를 열었다. 화이트아웃[30)까지는 아니었지만 거의 비슷했다. 어쨌든 올해 말을 지나 내년 봄까지는 비슷하거나 더 심해질 것이다. 완벽한 기상 조건을 기다리다간 굶어 죽거나 얼어 죽을 것이다. 북극에 해가 뜨지 않고 밤이 계속되는 기간이다. 아마도 해가 다시 하늘에 떠오른 걸 보기까지는 90일 정도의 어둑한 날이 지나야 할 것이다.

브렛이 뒤따라 도착했다. 쿵과 마크가 곧 협곡 바닥에서 얼어

---

30) 극지에서 폭설 등의 원인으로 사방이 하얗게 뒤덮여 방향을 구별할 수 없게 되는 상태.

붙은 시체를 끌어 올리기 위해 개들을 준비시킬 것이다. 크루소와 브렛이 바닥에 도착해 시체를 로프에 고정하기까지 적어도 한 시간은 걸릴 것이다. 크루소는 라이플을 숙소에 두고 보위 나이프와 얼음도끼만 엉덩이에 차고 왔다. 시체들은 사지를 움직이지 않았고, 영하 46도의 추위 속에 그를 쓰러뜨릴 일도 없었다. 협곡 밑바닥의 시체는 모두 꽁꽁 얼어 있었다. 우연히 북극곰이라도 만나게 되면 모를까.

크루소가 스노슈즈를 신은 발로 빙 돌아 브렛과 얼굴을 마주했다.

"준비됐습니까? 끔찍할 거예요. 아침을 든든히 드셨길 바랍니다."

"빌어먹을, 크루소. 난 지금 당신한테 맞춰 줄 기분이……."

"아, 그렇군요. 좋은 아침이네요. 찌찌 처진 아저씨."

크루소가 그를 자극했다.

브렛은 크루소의 바람대로 그의 괴롭힘에 발끈하며 기운을 차렸다. 그들의 배낭은 로프와 암벽 등반용 장비로 채워져 있었다. 크루소는 에너지 보충을 위해 소량의 물과 약간의 음식까지 싸왔다. 날이 찬 데다 털옷을 입고 움직이다 보면 한 사람이 시간당 수백 칼로리를 태울 수 있다. 만약 문제가 생기면 마크와 쿵을 기다리면서 쓰려고 추가로 압축 목재 장작도 가져왔다.

그들은 협곡 끝에 다다랐다. 크루소는 왜 절벽이 아니라 협곡이라고 부르는지 이상했다. 가파른 가장자리 너머로 몸을 구부리고 헤드램프를 탁 누르며 아래를 내려다보았다. 시계는 가장자리 아래로 9미터 정도였다. 아래로 내려가는 길 내내 시야가 제대로 확보되지 않을 것이다.

"톱 로프를 위해서 아이스 앵커를 박는 대신 설상차에 로프를 묶는 게 더 안전할 것 같은데요."

브렛이 약간 걱정스러운 목소리로 크루소에게 말했다.

"설상차 연료가 거의 다 떨어지지 않았다면 아주 좋은 생각이겠죠. 설상차에 시동을 걸어 예열해서 여기로 옮기는 데만 거의 1리터의 디젤이 들 거예요. 게다가 이곳 얼음이 얼마나 안정적인 상태인지도 모르고요. 설상차가 우릴 따라 협곡 바닥으로 미끄러지면 우린 결국 저 깊은 구렁텅이로 떨어지겠죠."

그렇게 해서 둘은 단단한 얼음에 톱 로핑 앵커를 박기 시작했다. 로프 하나당 앵커 세 개를 각각 다른 위치에 박아 로프를 놓칠 가능성을 줄였다. 모든 앵커를 고정한 뒤, 크루소와 브렛은 가장자리 너머로 로프를 던졌다. 로프가 벽을 치며 굴러떨어지는 소리가 들렸다. 그들은 극지용 장갑에 손이 둔해져서 배낭에서 하네스를 꺼내는 데 어려움을 겪었다. 마치 팔꿈치로 문을 열려고 하는 것 같았다. 둘이 하네스를 장착하는데 다시금 바람이 불기 시작했다. 그들은 하강을 위한 안전장치가 잘 채워졌는지 서로 점검해 주었다.

크루소는 스노슈즈를 벗어 자신의 배낭에 밧줄로 묶었다. 그런 다음 날카로운 철제 아이젠을 부츠에 고정하고 잘 채워졌는지 확인하기 위해 얼음 위에서 발을 쿵쿵 굴렀다.

크루소는 코트 속 모토로라 무전기로 손을 뻗고 전송 버튼을 찾아 더듬거렸다.

"마크, 나랑 브렛은 이제 내려갈 거야. 아마 밑바닥까지 내려가서 작업하는 데 30분 이상 걸릴 거야, 오버."

크루소는 고주파 무전기에 익숙했기에 자동으로 삐 소리가 나게 두지 않고 직접 "오버"라고 말하면서 송신을 마쳤다.

마크가 무전기를 켰다.

"로저, 알았어. 쿵이랑 나는 썰매견 보호소에 왔고, 이제 개들을 준비시키고 있어. 네가 신호를 하면 우리가 새로운 밧줄을 던질게. 우리 쪽 끝은 개들한테 매어 놓을 거고, 그쪽 끝은…… 굳이 말 안 해도 알겠지, 뭐. 네가 그것들을 끌어 오려고 내린 로프를 쓰면 안 될 거 같아서."

"왜 안 돼? 이제 다 내려보냈는데."

"끌어당기다가 앵커를 박은 곳이 약해지거나 로프가 얼음 표면과 마찰하면서 해질 수도 있잖아. 정말 운이 지지리도 없을 때 이야기이긴 하지만."

"좋은 지적이야, 고마워. 알았어, 이제 내려간다. 곧 보자고."

마크는 알았다는 표시로 전송 버튼을 두 번 눌렀다.

이는 크루소가 필요에 의해 목숨을 내건 게 아니었다. 현재 상황이 끔찍한 위기에 빠져 버렸기 때문이다. 만약 저 아래에 있는 시체들에서 충분한 체지방을 채취하지 못한다면, 그들은 결코 살얼음 지대에 도달하지 못할 것이다. 이 혹독하고 얼어붙은 세상에서 연료는 물보다 더 값어치가 있었다.

크루소는 공구를 단단히 고정시키려고 옆구리로 손을 뻗었다. 장갑이 너무 두꺼워서 감촉을 느끼지는 못했지만, 그저 30센티미터짜리 사슴뼈 보위 나이프가 엉덩이에 걸쳐진 가죽 칼집에 안전하게 있다는 것만으로도 기분이 다소 나아졌다. 보위 나이프는 그가 요구하는 건 뭐든 다 해 줬으니까, 언제든지.

"브렛, 준비됐어요?"

"예, 준비됐습니다."

"가 보죠."

그들은 협곡의 가장자리 너머로 몸을 구부리고 로프를 조금씩 느슨하게 풀며 아무것도 감추지 않는, 텅 빈 협곡 틈으로 내려갔다. 인류의 수많은 묘지 가운데 하나로.

25.

킬은 자신의 선실에 앉아 책을 읽고 있었다. 로버트 하인라인의 『하늘의 터널』이었다. 킬이 헬기에 오르기 전, 존은 이 복사본을 건네주며 잃어버리지 말라고 말했다. 킬은 존이 표지와 모든 것이 다 똑같은 책을 한 권 더 가지고 있었다는 걸 기억했다. 킬은 오아후섬의 운명을 알게 된 이후부터 이 소설에 몰두했는데, 그 임무에서 맞닥뜨릴지도 모를 일로부터 벗어나기 위해서였다. 소설은 어린 학생들이 낯선 땅에 떨어져 살아남으려고 노력하는 이야기였다. 이 책에 묘사된 미래의 시나리오는 비관적이었지만, 킬이 헬기 추락 사고 이후 떠돌아 다니며 본 것만큼 암울하지는 않았다. 그는 책을 읽다 말고 잠시 그때 일을 회상하다 머리에 남은 흉터를 만지려 손을 뻗었다.

사이엔은 아래 침상에 앉아 아프가니스탄의 지명수배자들 얼굴이 그려진 낡은 트럼프 카드들을 시트에 올려놓고 카드놀이를 하고 있었다. 도착한 이후로 사이엔은 선내에서 일어나는 일들에 적응하기 위해 노력했다. 그는 킬에게 자신이 고속공격 핵추진 잠수함의 일원이 될 거라고는 생각도 못 했다고 말했다. 심지어 잠수함에 오른 이후에는 일을 떠맡아 기술 당직도 섰다. 그는 많은 것을 책임지지는 않았다. 단지 게이지가 정상 한도 내에 있는지 모니터링하는 일 정도였다. 하지만 덕분에 과로에 시달리던 기술자들 중 몇이 잠을 푹 잘 수 있었고, 그 과정에서 그에게 친구도 몇 명 생겼다. 그는 더 이상 어색하게 겉도는 외국인이 아니었다.

킬이 페이지를 넘기다가 책을 놓쳐 바닥으로 떨어뜨렸다. 그가 한 발을 침대 밖으로 내밀어 휘휘 흔들자, 사이엔이 말했다.

"내가 집어 주겠소, 킬."

"고마워요."

사이엔은 소설을 집어 들어 킬에게 건네기 전에 뒤표지에 적힌 줄거리를 한번 훑었다.

"도대체 왜 이런 걸 읽고 있는 거요? 정신 나갔구먼. 이런 건 겪은 일만으로도 충분하지 않소?"

"우리가 얼마간 항해 중인 건 알지만 벌써 짜증이 나는 겁니까, 사이엔? 맥주 데이는 아직 멀었어요."

"맥주 데이는 또 뭐요?"

사이엔이 물었다.

"항해를 오래 하다 보면 맥주를 두어 잔 마실 수 있는 날이 있어요."

"그럼 나는 술 안 마시니까 상관없소. 신선한 공기와 햇볕을 쬐는 날은 없소?"

"미안해요, 사이엔. 안됐지만, 이 배에 그런 날은 없을 것 같습니다. 당신이 원하면 함장한테 요청해 볼게요."

킬이 웃으며 말했다.

"고맙소. 오늘 밤 당신 꿈에 그것들이 나오길 바라오."

킬은 사이엔의 저주를 무시하고 다시 책을 읽기 시작했다. 다섯 페이지쯤 읽자, 사이엔이 독서를 방해했다.

"미안하오, 그럴 의도는 아니었소. 오늘 밤 그런 꿈 안 꿨으면 좋겠소. 그건 정말 별로지. 난 그냥 이런 상황에 익숙하지 않아서 그런 거요."

"그런 걱정 하지 마요, 친구. 밀실 공포증은 다들 있으니까. 잠수함에서는 일이 그렇게 굴러가는 거예요."

"밀실 공포증? 그런 건 아무것도 아니야. 나는 함장이 다음 행선지에 대해 당신한테 말했다던 그 말을 생각하고 있었소."

사이엔이 말했다.

"음, 그게 왜요?"

"음, 핵폭발로 산산조각 났다고 하니까. 우리는 그게 무슨 뜻인지 알잖소. 거기에 그런 것들 수십만 마리가 뛰어다니겠지. 그래, 킬, 뛰는 놈들 말이오."

"내가 당신보다 더 싫을걸요. 당신이랑 나는 고문으로 왔고, 지금까지 난 그 역할만 했어요. 내 의견을 말씀드리긴 했지만 이 잠수함의 지휘관은 함장님이잖습니까. 나도 개인적으로는 하와이에 상륙하려고 생각한 것만으로도 그가 미쳤다고 생각해요. 내게 결정권이 있다면, 피폭되지 않은 더 작은 섬 하나를 골라 살아남은 모든 군함이 그쪽으로 진로를 정하게 명령하겠죠. 그 섬을 근거지로 삼아 다시 시작하면 되니까. 하지만 잔존한 수뇌부가 거기에 동의하지 않는 바람에, 우리가 방사능에 피폭된 지상 낙원을 향해 떠다니는 원자로를 타고 가서 피폭된 시체 군단에 맞서게 된 거예요."

사이엔은 얼굴에 경멸하는 기색을 띠며 킬을 쳐다보았다.

"내가 당신한테 저주했던 악몽을 이제 당신이 나한테 줬소. 이 돼지나 먹는 멍청한 인간!"

킬은 사이엔에게 웃어 주고는 독서를 계속하려고 뒤로 기댔다.

"징징거리지 마세요. 난 책 읽을 거니까."

아래에서 매트리스를 세게 쿵쿵 차는 소리로 사이엔은 답을 대신했다.

26

우정은 더 이상 소셜 네트워크를 통해 구축되지 않았다. 우정은 교회에서, 파티에서, 술집에서 생겨나지 않았다. 언데드가 지배하는 이 시대에 연락을 유지하기 위해서는 무선통신의 초기 방식으로 돌아가야 했다. 선견지명으로 재난에 대비한 몇몇 가족은 살아남았다. 유감스럽게도, 현재의 상황에 비슷하게라도 대비한 사람은 아무도 없었다. 대부분은 테러 공격이나 재정 파탄을 걱정했다. 죽은 자들이 걷기 시작하기 전까지 사람들은 이런 문제들 때문에 집단적 히스테리에 사로잡혀 있었다. 유럽과 중동은 시민들의 불안이 극에 달했다. 유로화는 이미 붕괴되었다. 스페인, 프랑스, 아일랜드, 심지어 영국에서도 거리가 경찰 바리케이드와 불타는 차들로 어지럽혀졌다. 아직 언데드들이 걷잡을 수 없이 퍼지기 전이었다.

아이다호를 비롯해 피폭되지 않은 일부 지역에서는 생존자들이 창문에 판자를 덧댄 집이나 지하 대피소 또는 은신처에서 조용히 옹송그리고 있었다. 그들은 여전히 신호가 잡히는 주파수를 찾아 단파 라디오를 맞췄다. 그들이 겪고 있는 끝이 보이지 않는 공포에서 일시적으로나마 벗어나게 해 줄 어떤 소리나 변조된 잡음이라도 절실했다. 이것이 이 시대의 새로운 표준이었다.

줄어드는 미국인 생존자 대부분은 항공모함 위나 전략 핵 미사일 격납고 같은 안전한 곳에서 일상을 누리지 못했다. 그들은 집의 다락방이나 방치된 연방재난관리청 건물, 교도소, 시골의 이동전화 기지국 주변 울타리 안, 해안가의 작은 섬, 심지어 보트에서도 살았다. 몇몇은 버려진 기차나 한때 문명이 존재했던 곳 외곽에 있는 은행에 자신의 운을 걸어 보기도 했다. 워키토키부터 시민 밴드 라디오[31], 아마추어 무선 통신까지, 그들은 서로서로 어느 누군가와 연결하기 위해 애썼다.

가끔은 연결이 되기도 했다. 비록 찰나에 지나지 않지만. 간혹 전파 너머로 나무가 쪼개지는 소리나 누군가의 비명이 들렸다. 쓸쓸한 총소리가 들릴 때도 있었다.

마지막 남은 소셜 네트워크가 하나하나 무너지고 있었다.

---

31) 트럭 운전자나 경찰 등이 사용하는 단거리 무선 통신 체계.

USS 조지 워싱턴호

존은 이제 USS 조지 워싱턴호의 공식적인 통신 장교로 간주되어 항공모함의 통신 어레이에 완전한 접근을 허가받았다. 그는 소수의 민간인 파견자들과 하급자들이 빈약한 역량이나마 잘 유지하도록 지원했다. 그가 내리는 명령의 주된 내용은 5일 내에 하와이 해안을 떠나기로 되어 있는 기동팀 모래시계와 가시외통신[32]을 유지하라는 것이었다. 그리고 호텔23에 파견된 기동팀 피닉스와 노트북 위성통신 연결을 안정적으로 유지하는 것이 부차적인 임무였다.

존은 피닉스의 주요 목표가 나머지 핵무기를 확보하고 원격 식스의 투하물을 일부 확보하는 것이라는 사실을 알고 있었다. 항공모함의 통신 장교로서 맡은 임무 외에도, 호텔23의 생존자들은 존을 자신들의 이익을 대변하는 지도자라고 불렀다. 그는 이 별명을 무시하려 했지만 내심 좋아했다.

존은 매일 순회하듯 타라, 로라, 자넷, 윌, 딘, 대니, 해병대와 호텔23에서 돌봐 준 다른 사람들을 확인했다. 이탈리안 그레이하운드 애너벨은 로라가 데리고 놀지 않아도 존 곁에서 여전히 행복하고 만족해했다. 애너벨의 목덜미 털은 헬기로 대피할 때 로라가 어찌나 꽉 쥐었던지, 아직 누운 상태 그대로였다. 로라는 '애니(로라가 애너벨을 부르는 이름)'를 떨어뜨릴까 봐 '너어어어어어무 걱정했어요.'라고 존에게 말한 적이 있었다. 애너벨이 용변을 보도록 데

---

32) 전파 통로가 산악 또는 수평선에 가려져 보이지 않는 송수신 지점 사이에 이루어지는 통신.

리고 나가는 것도 때로는 번거로웠다. 개를 키워 본 승무원이 배에 탄 동물들의 용변 활동을 위해 흙에 잔디 떼를 입혀 둔 격납고 갑판까지 내려가야 했기 때문이다. 애너벨이 배에 탄 유일한 개는 아니었다. 군견 몇 마리도 워싱턴호에서 새 보금자리를 찾았는데, 이 개들은 애너벨을 자신들의 일원으로 대했다. 진정한 공동의 적이 무엇인지 알고 있기라도 한 것 같았다. 본토의 어떤 언데드라도 기회만 주어진다면 개를 잡아채 곤죽으로 만들어 버릴 테니.

존은 여러 일에 손대고 있었지만, 다른 걸 더 생각할 여지가 있었다. 그의 지원병 가운데 하나인 슈어 부사관은 아주 훌륭한 무선 통신병으로, 북극 4호 기지와 정기적으로 접촉하는 행운을 누리고 있었다. 마지막 통신은 4호 기지의 연료 재고 현황과 그 확충 계획에 관한 것이었다. 무선 통신실에는 북극 기지의 생존자들이 예전에 죽이고 절벽 아래로 버려서 꽝꽝 얼어붙은 언데드 시체로 바이오 연료를 정제하려고 실제로 계획하고 있다는 소문이 돌았다. 존은 통신 때 그 자리에 있었기에 그저 소문이 아니라는 것을 알았다. 제독은 그 정보를 비밀로 해 달라고 요청했다. 북극의 친구들이 미친 도살자처럼 군다느니 하는 말이 도는 것을 원하지 않았던 것이다. 그 일은 정말이지 킬이 추락 사고에서 돌아와 했던 보고를 연상시켰다. 킬은 언데드를 음식으로 활용하는 식인자 무리와 우연히 마주쳤는데, 실제로 부패한 인육을 요리하고 있었다. 애초에 좀비를 걷게 만든 원인이 뭔지는 모르지만 어쨌든 식인종자에게는 아무런 작용을 일으키지 않는 모양이었다.

워싱턴호가 USS 버지니아호, 기동부대 모래시계와 주고받는 단파 무선의 연결이 매우 불확실해져 가고 있었다. 항모의 위성통신은 잘 작동했지만, 멕시코만의 수신 범위로 신호를 돌리는 데 필요한 많은 위성들이 이미 재진입 단계에서 소실되었고 국가정찰국의 지원과 궤도 조정이 없다 보니 궤도도 붕괴될 수밖에 없었다. 그나마 궤도에서 여전히 기능하고 있는 인공위성들도 접근 코드를 아는 사람이 없거나 어떻게 알아내는지 알 수가 없는 상황이었다.

단파는 군대와 살아남은 생존자들에게 가장 중요한 목표였다.

존은 무선 통신실에서 이미 오래전에 했어야 할 회의를 즉흥적으로 소집했다. 이 회의에는 그의 통신병들이 집합해 있었지만 아마추어 무선기사들도 있었다. 단파 통신에 대한 지식을 제공하고자 자원한 민간인들이었다.

회의의 목적은 단순했다. 통신 계획을 짜서 활용하기 위함이었다. 존은 자신의 화이트보드를 가리고 있던 프로젝터 스크린을 걷어 올리고 우선순위가 높은 회로와 그 각각의 상태를 리스트로 작성하기 시작했다.

활성화 상태로 유지되는 회로(우선순위순):

보안/기동부대 모래시계와의 고주파 음성 회로—부분 작동 가능

보안/네바다 시설(UKN)과의 HF 텔레타이프 회로—전체 작동 가능

보안/기동부대 피닉스와의 위성 통신 버스트 회로—전체 작동 가능

비보안/북극 4호 기지와의 HF 음성 회로—부분 작동 가능

존이 회의를 시작했다.

"자, 여러분이 이 화이트보드에서 보시다시피 해결해야 할 문제가 몇 가지 있습니다. 우리의 최우선순위 회로는 부분적으로만 작동이 가능한 상태입니다. 기동팀 모래시계와 연락이 닿지 않게 된 후로 상당한 시간이 흘렀습니다. 이 문제를 보완해야 할 것 같은

데, 좋은 의견 있으십니까?"

방 뒤쪽에 있던 아마추어 무선기사 한 명이 목소리를 높였다.

"중계기를 써 보면 어떨까요?"

"꽤 괜찮은 생각입니다."

존은 다시 화이트보드로 몸을 돌렸다. 그러고는 검은색 보드 마커를 들어 축척을 무시하고 세계 지도를 대강 그린 다음, 기동 팀들의 작전 지역과 시설들의 위치를 대충 표시했다.

"기동팀 피닉스는 안 되겠군요. 그 팀은 고주파 가능 출력을 돌리지 못합니다. 그들은 노트북 구성으로 된 독립된 버스트 위성 통신용 송수신기를 사용해서 저쪽에 있는 단말기로 메시지를 보내고 있죠."

존은 통신병이 독립된 두 개의 마이크로소프트 IRC[33] 대화방을 모니터링하고 있는 쪽을 손으로 가리켰다.

"게다가 피닉스는 낮에는 전송을 할 수 없고 엄격한 전파 방사 통제 조건 아래 있습니다. 꼭 필요하지 않으면 송신하지 않을 겁니다. 네바다에 관해서는 저도 들은 바가 없습니다. 저 회로들은 SSES[34]에 있는 KG-84C 암호화 장치에 직접 연결되죠. 여기서는 패치 케이블을 확인하거나 회로의 암호화를 재개하라는 지시만 받아요. 그 두 회로는 중계기로 작동되지 않습니다. 따라서 실행 가능한 옵션은 하나, 4호 기지네요. 나는 단파 스펙트럼을 들어왔고, 우리의 선택은 제한되어 있군요. 본토에서 오는 단파는 거의

---

33) Internet Relay Chat. 사용자들 간에 실시간 대화가 가능한 인터넷 채팅 프로그램.

34) ship's signals exploitation space. 선박과 관련된 신호를 모니터링하고 분석하도록 마련된 공간.

받지 못하고, 그저 대류권 산란파가 튀기거나, 태양광 에너지로 가동되는 듯싶은 오래된 뉴스만 되풀이해 중계되고 있죠."

아마추어 무선기사 다시 목소리를 높였다.

"연간 주파수를 조정할 수 있습니다. 낮에는 높은 주파수를, 밤에는 낮은 주파수를 사용하는 거예요. 태양이 떠오르면 주파수도 높이는 거죠. 운이 따라 줄 수도 있고요."

"이제 조금씩 진전이 보이는군요. 서면으로 확실한 계획을 세웁시다. 그리고 몇 시간 뒤, 4호 기지와 교신하기로 했으니까 그때 부탁해 보죠. 중계를 도울 만한 인원이 살아남아 있다면 좋겠군요. 한 가지 유념할 점은 기지가 어둠에 묻혀 있고 당분간은 그럴 거라는 사실입니다. 이게 주파수에 어떤 영향을 미칠지 모르겠습니다."

영민한 슈어 부사관이 손을 들었다.

"귀관의 생각은 뭔가요?"

"음, 지금 모래시계 팀과의 대화는 KYV-5 암호화 장치를 사용해 보안을 유지하고 있습니다. 민감한 데이터는 단파로 모래시계 팀에게 전달하고 북극 기지에서 다시 중계하게 하면 어떨까요?"

"아뇨, 우리는 전통적인 방법으로 종이 암호화와 1회용 암호표를 사용해야 할 겁니다."

"그 방법을 기억하는 사람은 없습니다. 해군에서도 그렇게 할 줄 아는 무선 통신병은 아마도 20년 전에 제대했을걸요. 우리는 IT 컴퓨터 세대입니다."

"잊힌 통신 지식을 종합적으로 다시 익혀야 할 것이고 이제는 쓸모가 없어진 선진화된 지식은 잊어버려야 할 겁니다. 자, 여러분 모두 할 일이 생겼으니 열심히 해 봅시다."

무전 당직 사병을 제외한 모든 사람들이 해산했다. 사람들이 그곳을 떠나자, 존은 잠시 고민에 잠겼다. 모든 회로가 패치되어 있는 기술 통제실로 돌아가며 그는 생각했다. '우리가 SSES에 암호를 발급하는 게 얼마나 어려울까?' 존의 머릿속을 떠도는 생각은 복잡하지 않았다. 몇 분 만에 그는 아직 네바다에서 운용되는 시설에서 SSES로 직접 연결되는 회로에 접속하는 방법을 알아냈다. 그는 암호화된 회로를 분할하고 그들이 사용한 것과 동일한 암호, 즉 그의 사무실에서 발급한 암호로 추가적인 KG-84C 암호화 장치를 통해 만든 또 다른 회로를 접합해 연결했다.

그는 누구에게도 이 사실을 얘기하지 않을 것이다. 이에 대한 처벌은 신속하고 가혹할 테니. 그는 어린애 같은 호기심을 충족시키기 위해서가 아니라 킬을 위해서라고 혼잣말하며 합리화했다.

27

북극권 어딘가

"속도 좀 늦춰요!"

크루소가 외쳤다.

"젠장, 뭐가 문젭니까? 우린 지금 날카로운 빙하 위 30미터 상공에 있다고요. 난 속도를 늦추고 싶지도 않고, 이 빌어먹을 로프에서 빨리 내리고만 싶은데!"

브렛은 저 아래 어둠 속에서 바람을 가르듯 소리 질렀다.

"좀 천천히 가자고요. 당신 너무 빨라요. 그러다 팔다리라도 부러지면, 이 날카로운 표면 위로 개들이 당신을 끌어 올리게 되겠죠. 당신이 바라는 속도가 아니라 자기들 속도로요."

남자들은 이제 다소 천천히 하강했다. 눈은 얼음 표면에 가로로 회오리를 일으키며 굽이쳤다. 그들이 아래로 내려갈수록 스파이크는 얼음 속으로 더 깊이 파고들었다. 그들은 방한복 바지 밑단의 고무 밴드에 초록색 야광 막대를 붙였다. 4호 기지의 배터리는 떨어져 가고 이제 다시 보충될 수도 없기 때문에 아직은 헤드램프를 사용할 엄두를 내지 못했다.

크루소는 배낭에 든 장작을 떠올리고, 이 지독한 암흑을 밝히려면 얼마나 많은 장작이 필요할까를 생각했다. 이런 작고 사소한 것들에 대해 생각하려 노력하는 와중에도 머릿속은 저 아래의 죽은 자들로만 가득했다. 그는 머릿속으로 그 숫자를 가늠해 보았다. 열 명, 열댓 명 정도가 있을 것이고 대부분 과체중이었다. 그 가운데 둘은 130킬로그램이 훌쩍 넘었다. 지방은 진짜 에너지였고 괜찮은 화학 첨가물을 사용한다면, 몸속에 축적된 음식 칼로리를 가연성 액체 연료로 바꿀 수 있을 것이다. 생각이 꼬리를 물고 이어졌다. 그들이 어떻게 생겼을지, 그들이 무엇을…….

"정신 차리고 똑바로 봐요!"

브렛이 큰 소리로 경고했다. 크루소는 죽은 자들에 대한 악몽 같은 환각에 빠지던 차에 뜻하지 않게 브렛과 부딪혔다. "크루소, 집중해." 그는 혼잣말로 되풀이했다.

그들은 30미터가 훌쩍 넘는 높이를 서서히 하강했다. 둘 다 그것이 진짜 깊이인지 확신하지 못했지만 그저 로프의 길이가 협곡의 깊이보다 길다는 것은 알았다. 지난봄 프랭키가 기지의 다른 쪽 표면을 하강할 때 그렇게 말했다. 그쪽은 더 깊었는데도.

이제 크루소와 브렛은 협곡 바닥에 있는 프랭키의 마지막 안식처로 다가갔다. 크루소는 그날 밤을 기억했다. 연구원 중 하나(크루소는 그의 이름이 찰스였다고 생각했다)가 자는 동안 당뇨 합병증으로 사망했다가 배고픈 상태로 깨어났다. 그는 프랭키의 목을 거칠게 잡아 뜯었고, 두 사람은 얼음도끼에 머리를 찍혀 깊은 심연의 구렁텅이로 내던져졌다.

"얼마나 더 깊은 걸까요?"

브렛이 물었다.

"60미터가 넘거나, 얼추 비슷할 거 같아요. 이제 거의 다 온 거 같은데."

크루소가 말을 마치기가 무섭게 발이 협곡 바닥에 부딪혔다. 얼음 표면은 수직 경사를 벗어나 벽에서 점점 멀어지며 비스듬히 내려갔다. 두 남자가 가파르지만 감당할 만한 기울기의 언덕을 뒤로 걸어 내려갈 때까지 경사는 계속되었다.

"하나 찾았어요."

크루소가 말했다.

"어디요?"

"당신이 지금 가슴을 밟고 서 있네요."

"이런, 썅!"

브렛은 언덕 아래로 굴러떨어질 뻔하다 옆으로 팔짝 뛰어 피하며 소리 질렀다.

한때는 사람이었던 그 무언가의 윤곽은 얼음 속에 반쯤 묻혀 있었고, 브렛의 야광 막대 빛에 얼굴이 초록색으로 빛나고 있었다. 프랭키였다. 추락의 충격으로 몸은 뒤틀리고 깨져 있었고 크루소의 도끼가 찍혔던 머릿속 상처가 이마 위로 선명히 보였다.

"그 일은 아직도 미안해, 프랭키."

크루소는 브렛에게 들릴 만큼 큰 소리로 말했다.

"뭐가 미안합니까? 당신이 죽일 때 이미 사람이 아니었잖아요."

"당신 말이 맞을 수도, 틀릴 수도 있지만, 난 아직도 미안해요."

둘은 잠시 멈춰 프랭키를 바라보았다. 브렛이 침묵을 깼다.

"몇 사람이나 끄집어 올릴 겁니까, 크루소?"

"전부 다요. 제가 프랭키를 얼음 속에서 파내기 시작할 테니까 더 아래쪽에서 다른 사람들을 찾아 주세요."

"로저."

브렛이 대답하고 경사진 얼음 표면을 따라 더 깊이, 암흑 속으로 사라졌다.

크루소는 장갑 끈이 팽팽히 조여져 있는지 확인했다. 그는 도끼를 휘두르는 동안 피부가 노출되는 것을 원하지 않았다. 프랭키의 시체를 보지 않으려 노력했지만, 벌린 입속이 붉은 얼음으로 가득 차 있는 것에 자꾸 시선이 갔다. 그는 카보나이트에 넣어져 냉동된 한 솔로[35]가 생각나 애써 웃음을 참았다. 프랭키의 팔뚝도 허우적거리다 얼어 버린 것처럼 몸 앞에 직각으로 튀어나와 있었다. 크루소는 시체를 붙들고 있는 얼음을 조심스럽게 두드려 부서뜨리기 시작했다. 몇 분 동안 야광 막대의 어둑한 녹색 조명에 의지한 채 꽁꽁 언 고깃덩이를 두드렸다. 가끔 헛치기도 하면서 하얀 눈가루를 피워올렸다. 크루소는 비위가 약한 편은 아니었지만 프랭키의 몸을 조각낼 생각을 하니 속이 메스꺼워져서 잠시 쉬어야 했다. 이윽고 혹시 떨어질까 봐 단추 구멍에 꼭꼭 묶어 조끼 주머니

---

35) 영화 「스타워즈」의 주요 등장인물 중 하나로, 다스베이더에 의해 탄소냉동 되어 카보나이트 안에 갇힌다.

에 넣어 둔 무전기를 꺼냈다. 불편한 각도의 빙벽에 매달린 채 이로 무전기를 켰다.

"마크, 우린 바닥이야. 브렛은 밑바닥에 있고 나는 그보다 4, 5미터 위쪽에서 프랭키를 얼음에서 파내고 있어."

"프랭키? 센 상대네. 프랭키는 어떻게……."

"묻지 말라고. 그냥 아무 말도 하지 마."

"알았어. 쿵은 축사에 있고 나는 네가 내려간 절벽 위쪽 바위에 있어. 걔들한테 장비를 입혔고 우리도 준비가 됐어. 한 번에 들어 올릴 수 있는 최대치가 시체 두세 구는 되지 않을까 싶어."

"그래, 동감이야. 몇 시간은 여기 있어야 할 것 같아. 내가 체감하기론 영하 48도 정도네. 이맘때치고는 따뜻한걸."

크루소는 위쪽 바위에서 마크의 웃음소리가 들려온 것 같다고 생각했다.

"좀 있다가 내가 헤드램프를 켜면 넌 그 지점을 바위 위에 표시해 놓고 우리 위로 뭘 안 떨어뜨리게 조심해. 떨어진 걸 맞으면 아플 거 같아."

"알았어, 크루소. 네가 끝내준다고 말하기 전에는 안 떨어뜨릴게."

"그래. 곧 다시 얘기하자고, 무전 끝."

버튼 누르는 소리가 두 번 들려 마크가 계획을 이해했다는 것을 알 수 있었다. 크루소는 브렛에게 소리쳤다.

"브렛, 어디 있어요? 뭐라도 찾았습니까?"

희미한 목소리가 바람을 가르며 들려왔다.

"예, 셋 찾았습니다. 자르고 있는데. 이거 참 지랄 맞군요."

"맞아요. 그것들을 한쪽에 쌓아 두죠. 입이나 날카로운 부분에서 거리를 두도록 조심하세요."

크루소는 아래쪽 브렛에게 소리쳤다.

"예예, 뻔한 정보 고마워요."

'재수 없는 놈.' 크루소는 생각했다.

몇 분이 더 흐르고, 크루소는 도끼를 휘둘러 얼음 표면에 프랭
키를 붙잡고 있는 마지막 얼음 조각을 때렸다. 시체는 경사면을 타
고 2, 3초간 미끄러져 내려가 쿵 소리와 함께 무언가에 부딪혔다.

"빌어먹을, 크루소! 아슬아슬했잖아요."

"미안해요. 어디로 갔습니까?"

"시체 더미에 부딪혔다고요."

브렛은 쓸쓸하게 대답했다.

"음, 그럼 잘됐네요. 지금 몇 구나 쌓여 있죠?"

"방금 떨어진 거 포함해서 네 구요."

브렛에게는 왠지 자신이 크루소보다 더 많은 시체를 모았다는
사실이 중요한 듯했다.

"저기, 몸이 추워지고 있거든요. 우리 여기 좀 더 있을 거고 로
프를 내려 달래서 끌어 올릴 시체도 충분하잖아요. 당신이 배낭
에 넣었던 장작을 써서 몸을 좀 데우면 어떻습니까?"

"정말 필요할 때까지 아껴 두려고 했는데, 좋아요. 내려갈게요."

크루소는 4, 5미터를 더 하강했고, 얼음 표면이 평평해져서 더
는 하네스를 입지 않아도 되는 지점에 이르렀다. 잠금 고리를 풀
고 브렛의 야광 막대가 빛나는 곳으로 걸어갔다.

"잠깐 램프를 켤게요."

크루소는 조명 렌즈 위의 빨간색 필터를 휙 젖히고 LED 램프

를 켰다. 반나체의 시체들이 눈 위에 쌓여 있는 것을 볼 수 있었다. 마치 트위스터 게임을 하다가 얼어붙은 듯한 모양새였다. '젠장, 역겹군.' 크루소는 얼음 위에 배낭을 내려놓으면서 생각했다.

크루소는 장작을 얼음 위에 놓았다. 그리고 임시로 쓸 방화 매트를 찾아보려고 시체들 쪽으로 움직였다. 장작이 얼음 속으로 가라앉아 불이 꺼져 버리면 안 되니까. 시체 더미 가운데 한 구가 실내화를 신고 있었다. 추락하면서 으스러졌는지, 누군지 얼굴을 알아볼 수는 없었다. 크루소는 시체에서 신발을 벗겨 장작 밑에 놓았다. 눈과 바람의 압박에도 불구하고 불을 꽤 쉽게 피웠다. 작은 불에서 나오는 밝은 빛이 그의 눈에 너울거렸다.

크루소는 브렛 쪽으로 몸을 돌렸다.

"그럼 시체를 파내 여기에 쌓으면서 교대로 쉬도록 하죠, 괜찮습니까?"

"이중 어느 것도 괜찮은 건 없습니다."

브렛은 일어나서 시체를 더 찾기 시작했다.

크루소는 그동안 불 가까이에 서서 손발을 녹였다. 여기 바깥의 온도는 몇 시간이면, 심지어 방한 장비를 착용했더라도 죽음에 이르게 할 것이다. 열이 서서히 빠져나가고 심부 체온이 영하 70도 이하로 아주 천천히 떨어져 저체온증 단계에 들어서면 경련, 혼란, 피로가 찾아오고 결국 죽음에 이른다.

무전기가 지지직 소리를 냈다.

"크루소, 첫 배달 준비하는 거야? 아래쪽에서 불이 보이는 거 같아서."

크루소가 주머니에서 무전기를 꺼냈다.

"그래, 마크. 우린 여기서 꽁꽁 얼어붙고 있어서 불이 필요했어. 야광 막대를 로프 끝에 묶고 아래로 던져. 브렛한테도 알려 줘야 하니까 30초만 기다렸다가 던져."

"오케이, 알았어."

그는 무전기를 주머니에 넣고 외쳤다.

"브렛, 로프가 내려올 겁니다. 맞지 않게 불 쪽으로 오세요."

아무런 대답이 없었다.

"브렛, 거기 있어요?"

희미하게, 바람 너머로 브렛의 목소리가 들려왔다.

"로프를 던져도 괜찮습니다. 곧 그쪽으로 돌아갈게요. 거의 다 됐습니다."

크루소가 고개를 들자, 야광 막대의 녹색 불빛 세 개가 그를 향해 곤두박질치듯 떨어지는 것이 보였다. 불빛들은 그가 프랭키를 파낸 곳 근처의 눈을 치고 표면을 따라 4, 5미터를 더 미끄러져 내려와 그의 왼쪽에 떨어졌다.

크루소가 무전기를 켜고 말했다.

"확인했어. 로프를 잡아 시체 쪽으로 끌어당겨서 묶을게."

"오케이. 시운전이니까 가벼운 걸로 세 개만 골라 봐. 무거운 건 끼우지 말고, 알았지?"

"걱정 붙들어 매. 10분 후에 괴물 세 놈이 올라간다."

애견인 마크는 크루소에게 첫 이송은 가볍게 해 달라고 부탁했다. 개들이 다치는 것을 바라지 않았기 때문이다.

크루소는 도끼를 휘둘러 얼음에 세게 찍으며 로프가 떨어진 곳까지 기어올랐다. 로프의 끝을 잡고 아래로 던졌다. 다시 시체 더

미로 돌아와 시체 세 구를 묶었다. 팔 아래로 매듭을 지어 묶고, 뇌가 파괴된 시체이기는 하지만 조심스레 입가는 피했다. 장작의 온기가 느껴지자, 장작을 챙겨 올 생각을 해서 다행이다 싶었다. 크루소가 시체들을 단단히 고정시키는 작업을 마무리하고 있는데, 브렛이 시체 한 구를 도끼 끝으로 걸어 질질 끌고 돌아왔다.

"마크, 거기 있어?"

"그래, 여기 있어. 쿵은 썰매 위에 대기 중이야. 준비됐어?"

"응. 시체 세 구를 로프에 고정했어. 어서 끌어 올려."

"알았어, 작별인사 나눠."

"진짜 웃기는 녀석이야, 넌."

"내가 좀 그렇지."

5초 뒤, 크루소와 브렛은 로프가 당겨져 얼음 표면에 부딪히는 소리를 들었다. 시체들은 가파른 빙벽을 오르며 둘의 시야에서 벗어나기 시작했다. 그것들은 로프 위에서 움직이는 것처럼 보였다. 마치 어떤 거대한 거미가 엄청나게 큰 거미줄을 휙 던져 놓고, 막대기 같은 다리로 끌어 올리는 듯했다.

"내가 몸을 데울 차례죠. 15분만 더 시체를 파내다간 동상 걸리겠습니다."

크루소는 고개를 끄덕이며 작지만 따뜻한 불의 피난처를 떠났다. 불의 복사 에너지에도 불구하고 불 주변은 몹시 추웠다. 그래도 그나마 서서히 찾아오는 북극의 죽음을 피하는 데에는 도움이 되었다. 불과 브렛에게서 멀어지자, 체온이 급락해 그가 있는 자리를 상기시켰다. 칼집에서 얼음도끼를 꺼내 장갑을 낀 손에 꽉 움켜쥐었다. 아무것도 보이지 않는 상태로 잠시 어둠 속으로 걸음을 옮겼다. 어깨 너머로 흘긋 보니 모닥불이 작은 점처럼 보였다. 헤드램프를 켜고 시체를 더 찾는 것이 최선일 듯했다. 크루소는 절벽에서 멀리 떨어져 있었다. 바닥은 이제 단단한 얼음이 아닌 눈으로 바뀌어 있었다. 배낭에 달린 스노슈즈를 다시 꺼내야 하는지, 아니면 불가로 돌아가야 할지 곰곰이 생각했다. 몇 미터 지나자 눈이 훨씬 깊어졌다. '돌아서야 할 시간이야, 그런데 너무 멀리 왔군.' 크루소는 생각했다.

그는 몸을 돌려 다시 불가로 걸어가다가 다리에 걸려 눈 위로 넘어졌다. 잠시 그대로 누워 시간 가는 줄을 몰랐다.

고개를 들어 저 멀리 구름이 갈라진 틈을 보았다. 광활한 은하수가 뒤덮인 구름 사이로 잠시 동안, 눈부시고 장엄한 자태를 드러냈다.

크루소는 결국 추위에 멍한 상태에서 깨어나 일어나 앉았다. 헤드램프가 여전히 켜져 있다는 것을 깨닫고, 자신이 걸려 넘어졌던 다리를 비췄다. 그러고는 얼음 속에서 시체를 파내는 고된 작업을 시작했다. 반나체의 시체가 얼음에서 떨어질 때까지 계속 내려쳤다. 시체의 겨드랑이에 도끼를 꽂아 넣고 낙하산 로프를 자신의 손목에 감아, 보기만 해도 우울해지는 근육과 지방, 뼈의 덩어리를 끌며 불가로 돌아가기 시작했다. 임시 시체 수용소를 향해 힘겹게 걸어갈수록 불빛은 점점 커졌다.

'내가 얼마나 오래 작업한 거지?'

시체는 무거웠고 북극의 두꺼운 보호 장갑을 끼고도 가느다란 낙하산 로프에 손목을 다쳤다. 45미터쯤 떨어진 곳에 야광 막대의 초록빛이 보였다. 크루소는 마크가 다시 밧줄을 내려보낸 건지, 브렛의 막대에서 나오는 불빛인지 확신할 수가 없었다.

크루소는 시체가 무거워 브렛에게 도움을 요청하기 위해 소리쳤다.

바람도 시끄럽게 윙윙거렸다. '브렛한테 내 목소리가 들리지 않아.'

크루소는 조금 더 끌고 가야만 했다. 시체는 무거웠는데 110킬로그램쯤 되는 것 같았다. 삼십여 미터 앞, 여전히 불 근처에 서 있는 브렛이 보였다. 마치 시체의 상태를 점검하듯 시체 하나를 똑바로 세우고 있는 것 같았다. 20미터 앞, 크루소가 다시 불렀고 이번에는 브렛이 반응했다.

"브렛, 이 새끼는 무게가 1톤은 나가요. 그놈 내려놓고 이거 끄는 것 좀 도와주세요."

브렛이 천천히 크루소에게 얼굴을 돌렸다. 얼음 속으로 나가떨어져야 할 얼어붙은 시체. 그것은 계속 꼿꼿이 서 있었다. 크루소는 헤드램프의 밝기를 최대치로 올리며 뒤로 물러섰다. 브렛의 얼굴과 목이 뜯겨 벌어졌고 목젖은 옆쪽으로 기울어 팔딱거렸다. 아직 유백색으로 변하지 않은 브렛의 눈이 크루소를 발견하자, 죽은 몸뚱이가 앞으로 움직였다.

크루소가 반응했다. 왼쪽 장갑을 홱 당겨 벗고 보위 나이프를 움켜쥐었다. 왼손에는 보위, 오른손에는 얼음도끼를 들고 한때 브렛이었던 그것을 노렸다. 맨손으로 얼어붙은 사슴뼈 손잡이를 움켜쥐자, 살을 에는 듯한 추위에 뼈가 시려 왔다. 크루소는 큰 칼을 사용해 그것을 자신이 원하는 거리에 잡아 둔 다음 힘차게 얼음도끼를 내리찍었다. 칼은 그것의 왼쪽 어깨 깊이 파고들며 얼음 바닥에 신선한 피를 흩뿌렸다. 아무것도 느끼지 못하는 이 괴물은 오른손으로 크루소를 잡으려 했으나 그럴 수가 없었다. 그것은 여전히 두툼한 극지 장갑을 끼고 있었다. 크루소는 그것의 어깨에서 도끼를 빼내 다시 한 번 시도했다. 이번에는 녹아웃 펀치의 궤적을 따라 도끼를 휘둘렀다. 도끼날이 관자놀이를 뚫고 들어가 브렛의 뇌에 남아 있는 시냅스의 신호를 즉시, 그리고 영원히 꺼 버렸다.

그것이 쓰러졌고, 그 힘에 단단히 박힌 도끼와 도끼를 쥔 크루소까지 얼음 위로 쓰러졌다. 그 여파로 바닥에 쌓여 있던 눈이 크루소의 시야를 가리며 얼굴에 쏟아졌다. 다른 시체가 다가오는 것을 봤지만, 그의 왼손은 보위 나이프를 쥔 채로 얼어 있었다. 도끼가 브렛의 관자놀이에 깊이 박혀 있었기에 크루소는 칼로 전투를 치러야 했다. 장갑을 벗고 손을 바꿀 시간도 없었다. 크루소는 재빠르게 일어서서 그 끔찍한 시체를 불 밖으로 밀어내며 마구 베었다.

시야가 깨끗해지자, 무슨 일이 일어난 건지 남은 흔적을 통해 알아볼 수 있었다. 그것의 뇌는 확실히 온전했다. 그리고 불은 오래전에 죽은 놈의 내장을 따뜻하게 데웠다. 망령 같은 그 시체를 막아 내면서 크루소는 이놈의 머리에서 외상을 입은 흔적을 전혀 찾을 수가 없었다. 가슴에 뚫린 작은 총알구멍만이 이 시체가 애초에 어떤 죽음을 맞았었는지 보여 주었다. '우리가 이 현상에 대해 확실히 알기 전인 사태 초기에 죽은 게 분명해.' 크루소는 생각했다.

거의 벌거벗은 채로 반쯤 얼어붙은 그 좀비는 꽉 끼는 흰 팬티를 입고 마구 허우적거리며 앞으로 비틀거렸다. 크루소는 놈의 몸속 얼어붙은 살집이 느껴질 정도로 깊게 놈의 가슴을 베었다. 면도날처럼 날카로운 이 보위 나이프는 20년 전 아버지가 열다섯 번째 생일에 준 선물이었다.

'칼 주인에게는 무딘 칼이 면도날처럼 날카로운 칼보다 훨씬 위험한 법이야.' 크루소는 아버지가 수년간 몇 번이고 되풀이해서 훈계하던 모습을 떠올렸다.

크루소는 감각이 없어진 왼손에 든 칼로 벌거벗은 시체의 눈을 찔렀다. 깨진 눈구멍으로 칼날을 깊숙이 찌르고 힘으로 두개골 뒤쪽까지 내리꽂자, 놈은 항의라도 하듯 길고 높은 소리를 내질렀다. 그것으로 끝이었다. 크루소의 무기는 브렛 살해범과 함께 얼음에 처박혔다.

더는 어둠 속에 숨어 있는 적이 없었지만 크루소는 두려워지기 시작했다. 적어도 그 칼은 늘 보호물로 지니고 다니던 것이었다. 소중한 보위를 찾기 위해 정신없이 서둘렀다. 부츠 신은 발로 시체의 머리통을 밟아 누르며 두개골에서 칼을 뽑아냈다. 얼어붙은 시체에 칼날을 갈아 최대한 깨끗하게 닦은 뒤, 주문 제작한 가죽집에 집안의 가보를 밀어 넣었다.

불안감과 무방비 상태라는 생각이 일시적으로 누그러져, 크루소는 빙판 위에 앉아 꺼질 것 같은 불 위에 감각이 없어진 왼손을 녹였다. 그래도 개들의 도움으로 4호 기지에 다시 올라가기 전에 두 번 더 시체 꾸러미를 보낼 준비를 해야 했다.

브렛은 죽었고, 크루소는 그의 시체를 벗겨 이곳 협곡 밑바닥에 남겨 두기로 했다. 크루소는 연료를 얻기 위해 브렛의 시신을 훼손할 마음도 없었고, 그 일을 하겠다고 나설 사람도 없을 것 같았다.

크루소는 하늘을 보며, 협곡 꼭대기 쪽을 향해 고개를 들며 서툰 손놀림으로 주머니에서 무전기를 꺼내 전송 버튼을 눌렀다.

"마크, 여기 일이 좀 생겼어."

응답이 없었다.

두려움이 즉시 되살아났다. 마크와 쿵이 처음으로 끌어 올린 시체들에 대한 생각이 제멋대로 뻗어 나갔다. 눈앞의 깎아지른 듯한 벽을 타는 빙벽 등반은 톱 로프 없이는 사형선고나 다름없을 것이다. '혹시 그놈들의 뇌도 브렛을 잡아 뜯은 놈처럼 완전히 파괴된 게 아니라면 어쩌지? 혹시……'

무전기가 치직 소리를 냈다.

"여기는 마크. 무슨 일인데? 괜찮은 거야?"

"아니. 괜찮은 거랑 거리가 멀어. 브렛이 죽었어. 얼어 있던 놈 가운데 하나 때문에 죽었어. 내가 끝내 줘야 했어."

마크는 무전기 버튼을 눌렀지만 잠시 아무 말도 뱉지 않았다.

"어, 어떻게 그 속에서…… 아, 미안. 넌 괜찮아? 너도 물린 건 아니지?"

크루소가 다시 말을 쏟아냈다.

"안 물렸어! 일단 이것들을 위로 올리자. 내가 돌아가서 모두에게 설명할게. 지금은 그냥 일을 마무리하자. 브렛을 벗겨서 입었던 장비들을 그의 가방에 집어넣고, 그거랑 같이 시체 두 구를 더 올려 보낼게. 체온이 떨어져서 한 시간 정도밖에 못 버틸 거 같아. 그 정도면 내가 올라가기 전에 두 번쯤 더 올릴 수 있겠어."

"좋아. 래리한테 무전을 보내서 뜨거운 차와 수프를 준비하라고 해 둘게. 그건 래리한테도 도움이 될 거야. 전혀 몸이 회복되지 않고 있거든. 있지, 브렛 일도 있고 해서 이런 얘기 하기 적당한 때가 아니란 건 알지만, 항모에서 지원을 요청했어."

"우리가 뭐든 해 줄 수 있는 게 있을까. 올라가서 얘기하자고. 그리고 한 가지 더."

"얘기해."

"시체들이 완전히 죽은 게 확실하지 않으면 따뜻한 데 절대 두지 마. 알았지?"

"그래, 알았어. 제대로 확인할게."

크루소는 자신의 방침을 따르기 시작했다. 놈들을 마크에게 올려 보내기 전, 빙판 위의 모든 시신에 머리 외상이 있는지 확인했다. 거기에 더해 거의 한 놈도 빼놓지 않고 머리를 세게 내려쳐 화풀이를 했다. 여전히 덜덜거리는 그의 손은 시체와 브렛의 장비 키트를 로프에 고정시킬 무렵에는 걷잡을 수 없을 정도로 떨렸다. 위스키 대여섯 잔이면 고치지 못할 것이 없었다. 브렛은 언짢아하지 않을 것이다.

천국에 다다르기 하루 전

우리는 내일 저녁 오아후섬을 보게 될 것이다. 이 일이 시작되었을 때부터 내가 일기를 썼다는 게 믿어지지 않는다. 때때로 나는 일기의 첫 페이지를 펼쳐 본다. 이 페이지들은 예전에 어떤 일이 있었는지 보여 주는 흔적이자 자취이기 때문이다. 때때로 그때 있었던 일들을 다시 떠올려 기억의 일부라도 붙잡으려 할 때도 있다. 대부분의 사람들은 이런 나를 보면 어리석다 할 것이다.

사이엔과 나는 잠수함이 바다 밑으로 잠수할 때가 훨씬 낫다고 결론을 내렸다. 바다 위에선 파도가 사정없이 몰아칠 때마다 허리케인에 휩쓸린 카약처럼 잠수함이 속절없이 흔들릴 수밖에 없었다. 한 승무원이 잠수함은 물 위에서 순항하도록 설계된 것이 아니라서 안정성을 느끼기 어렵다고 얘기해 주었다. 잠수함은 매일, 가끔은 하루에 두 번, 단파로 송신해야 할 때만 수면으로 올라간다.

무선 통신실에서 얼마간 시간을 들여 기함과 교신하는 데 성공했다. 가끔은 존과 교신하기도 했다. 존은 어제 단파를 통해 북극 어딘가에 있는 기지가 중계를 돕기 위해 통신을 연결할 거라고 얘기해 주었다. 그가 곧 주파수 목록과 일정을 보내 줄 것이다.

우리는 스캔 이글 무인정찰기에 기대를 걸고 있다. 기동팀이 섬에 들어가기 전에 내일 정찰조로 그것을 날릴 것이다. 즉, 기술자들이 발사 및 회수 장치를 설치한 다음에 말이다. 나는 기동팀과 총 한 시간 정도 같은 방에 있었지만 그 사람들 이름도 모른다. 나도 전혀 신경 쓰지 않았다. 자기들끼리 달라붙어 있건, 훈련구역에 가건, 밥을 먹건, 애들 사교클럽처럼 자기들끼리만 시간을 보내건. 그들은 사이엔을 우습게 본다. 내 존재는 거의 알아채지도 못하는 것 같다. 어쩌면 그저 방해가 되는 또 하나의 장교일 뿐인지도. 나는 그들이 오아후섬 해안에 발을 디디는 게 부럽다고는 말 못 하겠다. 섬 해안을 순찰하고 북쪽 해안에 배를 대는 게 계획인 것 같다. 그 지점에서 기동팀은 99번 고속도로를 따라 윌러 아미 비행장에 진입한 후, 쿠니아 시설로 들어가 시설을 확보하고, 시스템을 연결하고 상주할 전문가를 남겨 둔 채 잠수함으로 탈출할 것이다. 그리고 이틀 동안 오아후섬 해안에 정박해 작전을 수행하다가 중국 해역을 향해 계속 서쪽으로 항해하게 되겠지.

최대 턱걸이 횟수: 8개

팔굽혀펴기: 68개

트레드밀 달리기 2.4킬로미터: 11분 15초

28

텍사스 남동부 - 호텔23

"돌아온다."

호스가 디스코에게 말하며 M-4 쪽으로 손을 뻗었다.

닥과 빌리가 돌아왔다고 확신하면서도 호스는 모험을 하지 않았다. 호스는 워싱턴을 탈출할 때 언데드가 문을 열고 계단을 오르는 것도 목격했다.

호스는 백악관 북쪽 정원에서 유일하게 살아남은 특수작전 요원이었다. 그는 자신이 탈출하던 날을 생생하게 기억했다.

호스는 차를 전속력으로 몰아 백악관 구내로 들어갔고, 밀려드는 좀비 무리와 싸워서 영부인과 부통령이 헬기로 탈출할 길을 열었다. 부통령 전용 헬기 마린 투의 문에서 그가 가진 모든 탄환을 소진한 직후에 죽은 자들이 검은색 철제 울타리를 무너뜨리고 백악관을 덮쳤다. 백악관 최후의 생존자들과 함께 워싱턴 상공을 비행하면서 그는 마지막으로 국가의 수도를 바라보았다.

좀비들은 자동차 위와 집 사이를, 워싱턴의 시체들 위를 기어 다니는 구더기처럼 보였다. 이 좀비들이 백악관의 북쪽 정원을 탈취하기 몇 주 전에 연방재난관리청은 우드로 월슨 도개교를 올리고 포토맥강을 가로지르는 다른 다리들을 파괴하여 버지니아를 워싱턴과 메릴랜드로부터 차단했다. 이처럼 극단적인 조치를 취했는데도 이상 징후 현상은 결국 포토맥강을 넘었다. 버지니아 북부의 부유한 집들에서 메릴랜드 수틀랜드의 빈민가까지 언데드의 지배를 받게 되었다. 공화당도, 민주당도, 그 밖에 부질없는 파벌들도 더 이상 없었다. 이제 죽음의 정치가 미국을 지배했다. 버지니아 사람들은 메릴랜드 사람들보다 훨씬 잘해 나갔다. 이상 징후가 나타나기 전에 시행된 엄격한 총기 규제는 메릴랜드에서 대량 학살을 불러왔다. 죽은 자들은 소위 총기 없는 지역에서 혜택을 누렸다. 언데드가 길에 나오기 전에는 미치광이 무장 강도와 폭력배들이 누렸던 바로 그 혜택이었다.

어느새 닥과 빌리가 문 앞에 도착해 호스를 현실로 되돌려 놓았다.

호스는 문의 핸들이 열림 방향으로 돌아가자 카빈총을 로 레디[36] 자세로 들었다.

"암호를 대라."

---

36) 총구를 아래로 내린 자세.

"엿 먹어, 호스."

닥이 제어실 문을 열고 들어서며 말했다.

"암호 확인. 들어오셔도 됩니다."

호스가 형편없는 가짜 영국 억양으로 발음했다.

호스와 디스코는 그들이 새 장비를 달고 온 것을 알아차렸다.

"음? 밖에서 무슨 일이 있었던 겁니까? 한 시간쯤 있으면 해가 뜰 거예요. 우린 여기서 골칫덩어리 두 사람을 찾으러 나가야 하나 어쩌나, 피가 마르던 참이었다고요."

"우리도 엄청 보고 싶었다네, 이 친구야."

닥도 끔찍한 가짜 억양으로 말했다.

닥과 빌리는 다른 둘에게 고가도로 아래로 흐르던 1.6킬로미터 길이의 언데드 강을 포함해 투하물이 있는 곳으로 가는 길에 생긴 일들을 얘기해 주었다.

"정말 오줌 지리는 상황이네요."

디스코가 말했다.

빌리는 부대원들에게 할 얘기가 있을 때도 결코 말을 많이 하는 사람이 아니었다.

"한곳에 이렇게 많이 있는 건 처음 봤어. 이건 뉴올리언스보다 더 심각했어. 디스코는 그때 없었지. 넌 해머를 모르지만, 우린 거기서 그 친구를 잃었어. 훌륭한 대원이었는데. 오늘 우리가 소음 통제에 단 한 번이라도 실수했다면 나랑 닥은 지금 그 강의 일부가 되어서 너희를 잡으러 왔을 거야."

늘 그렇듯이 빌리의 목소리는 무덤덤했지만, 그 의도는 충분히 전달되었다.

"저 장비는 다 뭡니까?"

디스코가 물으며 화제를 바꿨다.

닥은 설명을 시작하면서 레그 포켓에서 문서를 꺼내 디스코에게 건넸다.

"이건 세상이 쑥대밭이 되기 전, 우리가 아프가니스탄에 있을 때, 우리에게 지급될 예정이었던 군중 통제용 포말과 비슷해. 유일하게 다른 점이라면 이 물질은 단지 끈적거리는 게 아니라 몇 초 안에 콘크리트처럼 굳어 버린다는 거지. 포말을 제거해 주는 화합물이 있는데, 여기 이거야."

닥은 모두가 볼 수 있도록 투명한 액체 병을 들고 있었다.

"우리가 이걸 어째요? 그러니까, 이걸 어디다 쓰냐 이 말이죠. 이게 제 M-4보다 나은 점이 뭔데요?"

호스가 물었다.

"네 M-4가 그 새끼들 백여 마리를 10초도 안 돼서 막고, 그 과정에 시체로 콘크리트 벽을 쌓을 수 있을까?"

닥이 대답했다.

"그렇게만 된다면, 뭐, 좋아요. 처음 이 무기를 쏠 때 시체 무리 앞에 서 있는 건 내키지 않지만요."

호스가 덧붙였다.

빌리는 자신의 M-4 작동을 확인하며 말했다.

"저걸 쓸 일이 절대 안 생겼으면 좋겠는데. 우리가 본 그런 시체 무리도 막을 수 있을까 의문이군. 속도를 조금 늦출 수 있을지도 모르지."

누가 입을 열기 전까지 호스는 그 말을 곱씹는 눈치였다.

"그럼 이제 계획이 뭐예요, 닥? 상황을 들어 보니, 어쩌면 우리가 절대 쓸 일 없을 장치를 가지고 돌아오는 데 꼬박 하룻밤을 보내고 거의 죽을 뻔한 경험을 한 거 같은데."

디스코가 말했다.

"네 말이 맞을 수도 있지만, 나와 빌리는 그 투하물에서 우리모두가 분석해 봐야 할 정보를 몇 가지 손에 넣었어. 장비 상자 안에 있던 문서 말고도 투하 위치 표시가 있는 지도가 더 있었지. 우리가 가진 것과 교차해서 참조해 볼 수 있을 거야. 그러니까 내 말은, 그 장치 이상의 것을 얻었다는 얘기야."

닥은 배낭의 외부 포켓에서 회수해 온 서류를 꺼냈다.

"아까는 얼핏 볼 시간밖에 없었는데, 이제 살펴보자."

닥은 이전에 실행된 모든 투하물의 위치가 표시된 투명 용지가 덧씌워진 지도를 가리켰다.

"새로운 지도를 우리 지도와 비교해 보면 꽤 큰 차이를 찾을 수있어. 우리가 작전 때 가져왔던 지도에 비해 새 지도에는 투하 지점 목록이 훨씬 길지. 20킬로미터 내에 몇 군데가 있는 걸로 보이는데, 대부분 호텔23 북쪽이야. 디스코, 너랑 빌리는 항모에 상황을 보고해. 일출까지 몇 분 안 남았어. 서둘러."

"알겠습니다, 대장."

호스가 대답했다.

호스와 빌리는 대화를 중단하고, 위성 통신 버스트 단말 장치로 가서 어젯밤 임무에 대한 짧은 보고를 전송했다.

닥은 말을 이어 나갔다.

"그러니까 두 지도의 날짜 스탬프를 보면 어젯밤 우리가 수색한 낙하물이 호텔23에 소음 장치가 투하되기 직전에 떨어졌다는 걸 알 수 있어. 그렇다면 이런 의문이 남지. 왜 호텔23에 언데드 무리를 끌고 온 조직이 단기적으로라도 무리를 막는 데 효과적일 수 있는 프로토타입 무기를 함께 떨어뜨렸을까?"

"우리가 언젠가 알아낼 수는 있을지, 현 시점에 이게 어떤 의미가 있긴 한 건지, 저는 잘 모르겠네요."

"의미가 없을지도 모르지만, 이 지도들이 우리에게 뭔가를 알려 줄지도 모르지. 투하는 매번 같은 시간대에 이루어지는 것 같아. 만약 장비를 떨어뜨리는 항공기가 출격할 때마다 같은 시간 같은 비행장에서 이륙한다면, 기초 수학, 미국 지도, 직선 자를 이용해서 적어도 수백 킬로미터 내에서는 비행장을 찾을 수 있을 거야."

"상황보고를 송신했습니다, 대장."

디스코가 말했다.

"빨리 끝났군."

"뭐, 저는 해야 할 말만 했습니다. 그쪽에선 제가 뭐라고 보내든 많은 질문을 쏟아낼 테니까요. 기본적인 상황보고를 하고 쇄도할 질문을 기다리는 편이 제일 낫죠. 제가 회로를 차단해 버리긴 했지만요. 무선 주파수 폭풍이 우리를 방해하게 하면 안 되잖습니까."

"잘했어. 지금까지 우리는 운이 좋았지만, 끝까지 그럴 거라고 확신하면 안 돼. 우리의 다음 임무는 이 기지의 핵 회전 속도를 높이고 진단 프로그램을 실행하며 새로운 좌표에 쏠 준비가 되었는지 확인하는 거야. 그자들이 어디 있는지는 나도 모르니까 묻지 말고."

호스가 진지하게 닥에게 물었다.

"미국 좌표에 있으면요?"

"목표물에 달린 거지. 아니길 바라지만, 만약 그렇다고 해도 그때 가서 걱정하자고."

호스는 방탄유리 케이스 안에 전시되어 있을 헌법을 잠시 떠올렸다. 워싱턴 DC 시내에, 언데드들이 우글거리는 한가운데에.

29

USS 조지 워싱턴호

놈들이 빠르게 가까워졌다. 대니는 커다란 환기실의 공기 순환 장치 아래쪽으로 움직여 탈출을 시도했다. 사물이 뿌옇게 보이는 데다 기묘한 속도로 움직이는 것처럼 느껴졌기 때문에 정확히 어디인지 확신할 수도 없었다. 그 괴물들은 지칠 줄 모르고 끈질기게 뒤쫓아 왔다. 대니의 무릎은 긁히고 까져서 피투성이였다. 수 킬로미터를 기어 다닌 것 같았다.

대니는 서늘한 죽음의 손아귀가 발뒤꿈치에 닿는 것을 느꼈다. 그 괴물의 살점 하나 없는 손톱은 대니의 발 주위를 에워싸고 바이스처럼 꽉 압박해 왔다. 대니는 더 이상 앞으로 움직일 수 없었다. 그것이 그의 숨통을 끊기 위해 뒤로 끌고 가고 있었다. 기이하게 생긴 쥐가 어두운 구석에서 이글거리는 붉은 눈으로 대니를 지켜보았다.

대니는 큰 소리로 비명을 지르며 버둥거려서 악몽의 풍경, 샌드맨의 손아귀에서 빠져나왔다.

누군가 그를 흔들더니 현실로, 안전하고 듬직한 할머니의 품으로 끌어당겼다.

* * *

"대니, 일어나렴. 넌 지금 꿈을 꾼 거란다. 그냥 꿈이야. 일어나 봐."

대니는 할머니의 품 안에 있는 게 틀림없다는 확신이 들 때까지 담요 밑에서 몸부림을 쳤다.

"그것들이 배에 있어요, 할머니!"

여전히 악몽의 충격에서 헤어나지 못한 대니가 소리쳤다.

"아니야, 우리 손자. 그놈들은 배에 없어. 저 멀리 육지에 있지. 우린 안전하단다. 진정하고 숨 좀 쉬렴."

"할머니, 내가 전에 들었어요. 배 뒤쪽에 숨어 있었는데, 거기서 그것들 소리를 들었다고요."

대니가 훌쩍이며 말했다.

"대니, 아니야. 놈들은 여기 없어. 자, 진정하고 다시 잠들렴."

딘은 대니의 곧추선 머리카락을 쓰다듬었다.

"아니, 그것들이었어요. 난 그것들이 어떤 소리를 내는지 알아요. 기억난다고요. 급수탑도 기억해요. 나는 엄마랑, 아빠랑……"

대니가 어두운 기억을 되짚으려는데 노크 소리가 들렸다. 딘은 이불을 단단히 덮어 주고 이마에 입을 맞춘 뒤 문으로 갔다. 누가 이렇게 늦은 시간에 문을 두드리는지 보려고 문을 살짝 열었다. 밖에는 잠옷을 입은 타라가 서 있었다.

"딘, 괜찮아요? 대니 목소릴 들었거든요."

"그래요, 또 악몽을 꿨다는군요. 일주일이 넘게 이러고 있으니, 정말 어째야 할지 모르겠어요."

"제가 도와드릴까요?"

"아니, 괜찮아요. 말이라도 고맙네요. 대니가 잘 이겨 내길 바라야죠. 녀석은 놈들이 배에 있다고 믿고 있어요."

"그것들이요?"

"예, 어찌나 확신하는지. 자기가 그중 하나의 소리를 들었다고 생각하고 있죠."

"언제, 어디서요?"

타라의 얼굴에 순간적으로 공포가 내비쳤다.

"일주일 전쯤, 이 층의 저 멀리 선미 쪽, 제한구역에 다녀왔나 봐요. 나한테는 거기 다녀왔다는 얘기도 안 했어요. 다녀온 날 밤부터 악몽에 시달리기에 알게 된 거죠."

"어떻게 생각하세요?"

"대니에 대해서요?"

"아뇨, 그것들이 여기 있다고 한 말에 대해서요."

딘은 잠시 고개를 옆으로 갸우뚱하며 신중하게 말을 골랐다.

"대니는 그동안 많은 일을 겪었잖아요. 그래서 저러는 것 같아요."

"제가 보기에 딘은 정말 강한 분이세요."

"고마워요. 가끔 내가 무쇠로 만든 것처럼 보일지 모르지만, 간간이 그런 말을 들으면 정말 도움이 돼요."

"진심이에요. 푹 쉬세요, 딘."

"잘 자요, 타라. 당신이나 로라나 필요한 게 있으면 나한테 꼭 얘기해 줘요. 로라 엄마도 요즘 의사 선생이랑 바쁜 거 잘 아니까."

"감사해요."

타라는 대답하고 옆 객실로 건너갔다.

타라를 보낸 딘은 문을 닫고 대니가 잘 자고 있는지 확인하기 위해 몸을 돌렸다. 담요가 소년의 숨소리에 맞춰 천천히 위아래로 움직였다. 타라의 목소리를 들은 아이가 마음을 놓고 다시 잠이 들었을 것이다. 딘은 독서용 램프를 켜고 책꽂이를 훑어보았다. 쉬이 잠들기 위해 무작위로 책을 고르기로 했다. 『괴짜 경제학』의 아무 데나 펼치고 마약 판매상들이 어머니와 사는 이유를 읽어 나갔다……. '얼마 전 마약상들은 어쨌든 여전히 어머니와…….' 딘은 결국 피곤해졌고 꿈나라로 떠났다. 책을 무릎에 떨어뜨리기 전, 이런 생각이 마지막으로 머릿속을 스쳤다, '대니를 위해 살아남아야 해.' 아직까지는 좀비들이 그들의 유대를 끊지 못했다. 딘은 대니보다 오래 살지는 않겠다고 다짐했다. 그녀의 페이지에 마지막 줄은 대니였다.

30

USS 조지 워싱턴호

던이 잠을 청한 때와 거의 같은 시각, 문을 두드리는 시끄러운 소리가 고틀먼 제독을 휴식에서 깨웠다. 침대 옆으로 다리를 끌어 슬리퍼를 신으면서 요란하게 욕설을 내뱉었다. 문을 열러 가면서 시간을 확인했다. 새벽 3시. 제독이 문을 부술 듯이 열고 보니 동상처럼 서 있는 두 보초를 양옆에 거느린 조 마우러였다.

"제독님. 시설로부터 최우선순위 공식 성명서가 왔습니다. 선내에서 이것을 본 사람은 아직 저뿐인데, 당장 읽고 싶어 하실 것 같아서 가져왔습니다."

조는 보초들을 지나 제독의 책상으로 다가가서 도감청 방지 유선망을 통해 방금 받은 메시지가 든 보안 가방을 제독에게 건넸다.

"문을 닫게, 조."

조는 보초들에게 뭐라 속삭인 뒤, 제독이 시키는 대로 문을 닫았다.

제독은 책상에서 열쇠를 꺼내 보안 가방을 열었다. 안에는 분류 표시가 다닥다닥 붙은 브리핑 폴더가 있었다. 제독은 독서용 안경을 쓰고 전보를 훑기 시작했다.

전송 시작

클리그라이트 시리얼 205

RTTUZYUW-RQHNQN-00000-RRRRR-Y

일급기밀 // SAP 호라이즌

제목: 밍용 이상 징후에 대한 네바다 표본 알파 반응

비고: COG의 인가에 따라 본 부서는 심층 장기 극저온 격납고에서 네 개의 사망한 표본 중 하나를 추출했다. 본 부서는 335표본 알파(1947년 충돌 현장에서 확보된 첫 표본)를 통제되고 안전한 실험 시설 내의 대기에 노출시켰다. 이상 징후 발생 이후 335일째.

배경: 실내 온도(더 낮은 온도는 재생 시간을 늘림)와 자연적인 사망 원인(표피 균열 없음)을 기준으로 인체 실험 대상자는 사망 시각으로부터 평균 60분 후 재생되었다. 대동맥 근처 표피층의 틈에 언데드 유도 인자가 침투된 인간의 재생은 한 시간 이내에 수차례 나타났다. 더 작은 대상자의 경우는 30분 미만.

요약: 밀폐된 극저온 캡슐 저장 환경에서 방출된 표본 알파는 즉각 밍용의 이상 징후에 반응하여 재생 과정을 시작했다. 재생 과정에서는 구강 구멍의 비정상적인 움직임과 음성 소음이 관찰되었다. 관찰 팀은 4분 12초에 걸쳐 완전한 재생 과정을 기록하였다. 표본 알파는 신체 조건에 근거해, 실험을 위해 선택되었다. 1947년 격추로 인해 발생한 부상으로 표본의 하반신 대부분은 유실되었다.
이 실험으로 사상자 두 명이 발생했다.

표본 알파는 하반신이 유실되었음에도 예비 팀이 대응책을 전개하기도 전에 엔진 실험 시설의 강철 도어를 손상시키고 특수작전 요원 두 명을 죽일 수 있었다. 작은 무기는 대부분 효과가 없는 것으로 언급되었다. 표본 알파에 의해 입증된 재생 강도를 추정하는 데는 어려움이 따르지만, 파괴된 강철 도어는 시험적인 엔진 실험의 압력 파동에 내구성이 인정된 것이었다.

표본 알파의 시야에 직접 노출된 사람이 의학적 결과의 부차적 상태를 경험했다는 점에 주목하는 것은 전략적으로 의미가 있다. 12분의 재생 시간 동안 이 생물 주변의 모든 인원에게 편두통과 극심한 피로 증상이 나타났다. 이러한 의학적 영향은 표본 알파의 뇌가 화염 방사기를 통해 파괴된 직후 진정되었다.

또한, 사망한 두 특수요원의 재생이 거의 즉시 일어났다는 점도 전략적으로 의미가 있다. 재생된 두 요원은 전술 핵무기로 파괴된 도시로부터 고준위 방사능에 노출된 언데드의 기준치와 유사한 특성을 보였다. 재생된 요원들도 표본 알파와 함께 파괴하라는 명령을 받았다.

표본 브라보, 찰리, 델타는 엄중한 보안 아래 저온 격납고에 남아 있다.

일급기밀 // SAP 호라이즌

텍스트 전송 완료

BT

AR

고틀먼 제독은 여전히 전보에서 눈을 떼지 못한 채 말했다.

"우리 이론들이 완전히 틀린 것 같군. 밍용의 이상 징후가 아무런 영향도 미치지 않는다고 우리 최고의 인재들이 예측했는데 말일세. 그 두 생물은 진화에 있어서 적어도 2만 년은 차이가 났군. 해군 정보실에서 이 보고서를 작성했나?"

"예, 제독님. 정보실 분석가 한 명이 실험 직후 이 초안을 작성했습니다."

"또 누가 알지?"

"COG의 생존자들이 알고, 네바다 시설에서 알고, 살아남은 정보기관 요원들이 알고, 저, 그리고 이제 제독님도 아시네요."

"아주 잘했네. 선내의 몇몇 고위 장교들이 곧 물어볼 걸세. 극저온 합병증 때문에 실험이 전혀 진행되지 못했다고 대답해야겠지. 이런 결과를 알리는 건 득이 될 게 없어."

조는 주저하면서 다른 의견을 제의했다.

"기동팀 모래시계는요? 그 친구들에게 무엇과 직면하게 될지 알려 준다면 임무 성공 가능성이 높아질 겁니다. 보고서에서 언급된 생물체는 다리가 없지만 여전히 많은 문제를 일으킬 수 있었습니다. 그것은 고도로 훈련된 군인 둘을 죽였고요. 비록 2만 년까지는 아니지만 수십 년간 방부제에 담겨 급속냉동 되어 있던 네바다의 표본은 이 현상을 일으키는 무언가에 의해 재생되었습니다. 그 생물은 엄청난 피해를 끼쳤습니다. 그것에 대해선 의심의 여지가 없죠."

고틀먼 제독은 책상에 앉은 채로 잠시 책상을 내려다보다 입을 열었다.

"일단 이건 보류하세. 버지니아호는 오늘 밤 하와이 해역에 도착할 예정이니, 아직 경보를 울릴 필요는 없어. 만약에 우리가 말하기로 결정한다면, 우리가 아는 것을 얘기해 주기 전에 그 보고서를 실행 가능한 정보로 만들어야 할 걸세. 예를 들자면, 불이 '창'을 무력화시키는, 그게 '창'인지 뭔지는 모르지만 하여튼, 유일한 방법일지도 몰라. 비록 불이 표본 알파를 즉각 죽이지는 못했지만, 방금 우리가 확인했다시피 그것은 다시 살아난 무언가를 파괴할 수 있는 유일하게 검증된 수단이야. 보고서에 언급된 심리적 영향

얘기는 나도 조금 당황스럽군. 정보가 더 필요해. 자료 분석 없이 무작정 덤빌 필요는 없지."

"고견이십니다, 제독님."

"눈 좀 붙이게, 조. 몰골이 말이 아니야. 이제 새벽 3시니까 필요한 만큼 자 두라고. 이것 때문에 들러 줘서 고맙네. 지금 말고 나중에 기회가 될 때, 우리가 뒤로 미루고 있는 일들에 대해서도 알려주게. 뭐라고 불렀더라? 부르봉인가, 뭐 그런 비슷한 이름이었나?"

"코즈웨이와 다운타운입니다. 포획 지점의 이름을 따서 붙였죠. 핵폭발에서 표본 다운타운은 코즈웨이보다 수백 배의 방사능에 노출됐습니다. 대머리 똑똑이들이 효과를 측정하고 있고 곧 실험의 최종 단계에 들어갈 예정입니다. 그들은 외과 수술로 뇌 기능을 만져볼 것입니다. 또한 왜인지는 모르지만 무언가 그것들의 시력을 향상시키는 게 아닐까 의심하고 있습니다."

"그래, 음. 자세한 이야기는 잠을 좀 보충한 다음에 하세. 어서 잠자리에 드는 게 좋겠어."

"알겠습니다, 제독님. 곧 뵙겠습니다."

조는 복잡한 마음으로 방을 나갔다. 그 어느 때보다도 모래시계 팀원들이 걱정되었다. 안 그래도 선내에 은밀하게 말이 돌고 있었다. 어린 소년이 선미의 환기실 칸막이벽을 통해 언데드(다운타운이나 코즈웨이일 공산이 크다)의 신음을 들었다고 주장한다는 소문이었다. 그가 잠 좀 자고 나서 지도부에 브리핑해야 할지도 몰랐다. 기밀 보고서를 파기하기 위해 SCIF로 향했다. 윤이 나는 파란 타일을 밟는 조의 부츠 굽 소리가 찰칵찰칵 울렸다.

31

USS 버지니아호

라센 함장은 조타실 자신의 자리에 앉았다. 모든 항법 장치는 USS 버지니아호가 오아후섬 북쪽 해안에 있다는 것을 나타냈다. 하와이 현지 시각으로 23시. 완전히 어두웠다.

"콥, 잠망경 위로. 동향 한번 보세."

"아이아이, 함장님."

주임원사는 잠망경의 야간 투시 기능을 이용해 해안선을 정찰했다.

"뭐가 보이나?"

"멀리서 불이 나고 있습니다. 다른 스펙트럼으로 바꿔 보고 싶지만 도움이 되지는 않을 것 같습니다. 폭발이 나무들을 부러뜨리는 것처럼 야자수들이 이쪽으로 휘어지며 터지는 게 보입니다. 해안을 한번 훑어보겠습니다."

"좋아."

주임원사는 천천히 해안선을 따라 잠망경을 돌렸다. 잠수함의 강력한 잠망경 광학렌즈 덕에 1, 2킬로미터 떨어진 해안가가 2, 3미터 앞에 있는 것처럼 보였다. 다만……

"잠망경에 문제가 좀 있습니다, 함장님."

주임원사가 잠망경의 눈 보호대에서 여전히 눈을 떼지 않은 채로 말했다.

"무슨 뜻인가?"

"해안이 거칠게 보입니다. 초점을 맞추기가 어렵습니다."

"옆으로 비켜 보게."

주임원사는 잠망경에서 비켜나, 함장이 현재의 지휘권을 부여받기 전 다른 배로 입항했을 때 오아후섬을 본 이후 3년 만에 처음으로 다시 볼 수 있게 해 주었다.

라센 함장은 광학렌즈에 눈을 적응시키며 해안선을 응시했다.

"쿱, 아무것도 안 보이는데. 방금 그건 무슨 말인가?"

"함장님, 해안에서는 뭔가가 거칠게 움직이고 있습니다. 마치 소프트웨어에 문제가 있는 것처럼요."

"글쎄, 올해 시력 검사 예약을 놓쳐서 내가 처방받은 약이 최근 게 아니라 그런가. 본토로 돌아가면 병원 예약을 잡으라고 나한테 말 좀 해 주게."

조타실의 승무원들 사이에 약간 웃음이 퍼졌다.

"그러겠습니다, 함장님."

함장은 더 파룻파룻한 시력의 소유자를 찾으려 조타실을 둘러보다가 오버올을 입고 커피 잔을 든 채 서 있는 킬을 보았다.

"중령, 그 비행사의 눈으로 한번 보겠나?

"알겠습니다, 기장님."

킬은 함장에게서 농담을 이끌어 내려 이렇게 대답했다.

"여긴 망할 조종사 대기실이 아니라고 했잖나."

"죄송합니다, 함장님. 습관이란 게 무섭네요."

킬은 살짝 웃으며 대답하고 잠망경에 다가섰다.

킬이 눈 보호대 쪽으로 몸을 숙이자, 주임원사가 높이를 맞춰 주기 위해 손을 뻗었다. 킬은 고개를 끄덕여 감사 인사를 하고 잠망경을 들여다보았다.

"이런 젠장."

"왜 그러나?"

"함장님, 잠망경에는 아무 문제가 없습니다. 다만…… 해안에 보이는 것은 언데드 무리예요. 시력이 아주 좋지 않다면 움직임이 보이지 않을 겁니다. 수천 마리쯤 되어 보이는군요."

"우리가 여기 온 걸 어떻게 아는 거지? 우리는 엄청나게 빠른 공격형 핵잠수함을 타고 한밤중에 도착했잖나!"

함장이 온 조타실을 향해 화를 내며 말했다.

"함장님, 저것들이 스스로 안 것 같지는 않습니다."

"그럼 어떻게 이런 일이 생긴다는 건가?"

킬은 화이트보드로 다가가 그림을 그리기 시작했다.

"함장님, 이 그림은 오아후섬을 대충 표현한 겁니다. 그다지 동그랗지는 않지만, 섬인 건 확실하죠. 그것들이 북쪽 해안에 있는 이유를 아는 것은, 말하자면 놈들이 움직이는 이유와 놈들의 원시적인 사고방식을 이해하는 것과 같습니다. 물론 그들은 우리와 같은 방식으로 생각하는 게 아니라, 자동 로봇 청소기가 움직이는 방식으로, 어떻게 보면 애들 장난감이 작동하는 방식으로 생각한다는 거죠. 디아스포라[37]라는 용어를 아시는 분 있습니까?"

선원 하나가 손을 들고 대답했다.

"저는 유태인이라 그것에 대해 읽은 적이 있습니다."

"그럼 제가 무슨 말을 하고 있는지 아시겠군요. 저는 언데드가 우글거리는 지역을 다니며 놈들 움직임의 우선순위를 알게 되었습니다. 언데드의 이동에 가장 큰 영향을 미치는 것은 소리입니다. 두 번째는 살아 있다고 식별된 무언가가 주는 시각적 자극입니다. 만약 소리가 없다면, 포켓볼 게임에서 브레이크 샷을 잘 쳤을 때와 비슷한 방법으로 퍼질 수 있다고 봅니다. 즉 바깥쪽으로요."

함장은 대학교 수업 시간에 발표 주제에 갑자기 흥미를 느낀 학생 같았다.

"죽은 자들이 해안 전역으로 퍼졌다는 말인 건가?"

"오아후섬이 좁은 땅에 비교적 인구 밀도가 높은 편이라는 점에서 북부 해안에서 지금 우리가 보고 있는 현상은 이례적이지 않다고 생각합니다. 섬 전체를 실시간으로 재생해 보면 아마 모든 해변에서 언데드들을 볼 수 있겠죠. 그것들은 가능한 한 멀리 퍼져 나가니까요. 내륙에 고립된 곳이 있을지도 모르지만, 우리가 본 대로라면, 언데드 대다수가 섬의 가장자리로 퍼져 있을 듯합니

---

37) Diaspora. '흩어짐, 분산'이라는 뜻으로 보통 팔레스타인을 떠나 뿔뿔이 흩어져 살며 유대교의 규범과 생활 관습을 유지하는 유대인을 뜻한다.

다. 저놈들이 제가 지금껏 봐 온 많은 언데드들처럼 동면에 들어 있지 않다는 게 이상하긴 하지만, 어쩌면 파도 소리 때문에 계속 움직이고 있는 걸 수도 있고요."

"잘 알겠네, 중령. 만약 그 가설이 사실이라면, 급습에 대한 전술적 평가는 어떤가?"

킬은 별 망설임 없이 대답했다.

"특수작전팀이 섬을 둘러싼 언데드 밀집 지대를 뚫을 수 있다면, 섬 중심부에 가까워질수록 언데드들의 밀도는 낮아질 것 같습니다. 물론 투입될 때 너무 많은 관심을 끌지 않는다는 가정 아래 말씀드리는 겁니다."

"귀관은 그냥 좋은 침상 칸을 차지하고 우리 커피를 축내는 대신, 여기에 자네의 자리를 만들기 시작했군."

조타실 승무원들은 함장의 유머에 다시 조용히 피식거렸다.

"예, 함장님. 이미 잠수함 자격증 공부를 시작했습니다. 본토로 돌아가기 전에 돌고래나 좀 벌어 봐야겠습니다."

함장은 하마터면 커피를 뿜을 뻔했다.

"퍽도 그렇겠군."

킬은 무례가 되지 않는 선에서 선장과 정감 어린 농담을 주고받으면 승무원들의 사기를 북돋우는 데 도움이 되지 않을까 생각했다. 잠수함에는 고위 간부가 없었고 함장은 선원들을 채찍질하며 그들의 건강과 안위를 챙기기에도 너무 바빴다.

"콥, 스캔 이글 팀에게 장비를 풀고 내일 동틀 녘에 무인기를 투입할 준비를 하라고 이르시오. 우리가 직접 확인해야지."

"아이아이, 함장님."

킬은 잠망경을 한 번 더 들여다보며 초점을 조정했다. 의심의 여지가 없었다. 북쪽 해안은 촘촘한 죽음의 장벽을 이루는 좀비들로 가득했다. 그것은 그가 어렸을 때 했던 놀이 레드 로버[38]를 상기시켰다.

'레드 로버, 레드 로버, 피가 따뜻한 자를 바로 여기로 보내라.' 킬은 좀비들이 해변을 빙빙 도는 걸 보면서 놈들이 거칠고 생기 없는 목소리로 이렇게 말하는 것을 상상했다.

---

38) 야외 놀이의 일종. 두 팀이 팀별로 손에 손을 잡고 일렬로 선다. 선공 팀이 다른 팀의 한 사람을 지목하면 그 사람이 달려와 부딪치며 상대 팀이 잡은 손을 끊어낸다. 성공하면 하나를 데려가고, 실패하면 상대 팀에 흡수된다.

32

북극

크루소는 덜덜 떨며 앉아 있었다. 협곡 밑바닥에서 피까지 얼릴 듯한 추위에 시달린 여파가 컸다. 게다가 그 협곡에서 몇 시간 전에 브렛을 떠나보냈다. 크루소는 단열 내복을 입고 뜨거운 차를 홀짝였다. 마크와 쿵은 옆에 앉았다. 래리는 자신이 앓고 있는 심각한 병으로부터 다른 사람들을 보호하기 위해 페이스 마스크를 쓴 채 철제 실험 테이블 건너편을 응시했다. 모든 사람이 래리의 괴로운 숨소리를 들을 수 있었다. 폐가 돌로 가득 찬 듯한 소리였다.

래리는 무섭게 기침하며 크루소에게 분노를 터뜨렸다.

"대체 어떻게 된 거죠? 거기서 앙갚음이라도 한 건가요?"

"아뇨, 흥분하지 말고 화를 가라앉히세요. 괜히 당신 건강만 더 악화될 뿐이니까요. 우리도 당신이 어떤 상태인지 보입니다."

래리는 테이블에 두 주먹을 쾅 내리치며 크루소의 얼굴 쪽으로 몸을 기울였다. 서늘하게 핏발 선 눈만 빼고 나머지 부분은 마스크에 가려 보이지 않았기 때문에 표정을 읽기가 어려웠다.

"브렛이 당신 아내에 대해 그런 말을 할 때 나도 그 자리에 있었죠. 당신이 얼마나 화가 났는지도 봤어요. 협곡 아래에 있던 시체들 중 몇이 죽지 않은 상태였던 건 확실해요?"

"래리, 내 아내는 죽었어요. 예, 맞아요. 난 브렛이 정말 싫었어요. 브렛이 군인이었으니까요, 그리고 당신도 군인이고요. 그렇지만 그자가 트리샤에 대해 뭐라고 지껄였더라도, 내가 짐승처럼 그자를 죽여 버릴 이유는 되지 않아요."

래리는 몸을 뒤로 기대며 차가운 의자에 앉았다. 비록 얼굴은 거의 보이지 않았지만, 모두들 그가 브렛의 갑작스러운 죽음으로 인한 분노로 어지러워한다는 걸 알아차렸다. '아마도 의식이 혼미하겠지.' 크루소는 생각했다.

"래리, 우린 당신들처럼 군인이 아니에요. 당신들은 자신에 대해 별로 얘기하지도 않고, 사실 당신들이 왜 여기 있는 건지도 우리는 모르죠. 그렇지만 상당한 훈련을 받았음에도 당신은 여전히 사람다워요. 예를 들어, 만약 당신이 브렛처럼 이기적인 자식이었다면, 그 마스크를 쓰고 있지도 않았겠죠."

래리는 마스크를 바로 하고 끈을 더 꽉 조였다.

"그래요, 당신 따위 죽어 버리라고 하고 싶지만, 그러면 우리도 다 죽은 목숨이지, 뭐."

마크가 상황을 진정시키기 위해 끼어들었다.

"래리, 제가 지금까지 당신한테 들은 말 중에 최고로 긴 문장인데요. 당신 군인 친구들끼리 대화하던 거 빼면요. 그 친구들은 이제 다 가 버렸으니, 우리와 함께 일하려면 마음을 좀 터놓기 시작해 봐요."

비록 누구에게도 래리의 표정이 보이지는 않았지만, 그의 눈길은 마크가 정곡을 짚어가고 있음을 인정하는 듯했다.

"이 난리가 나기 전에 당신들은 밖에서 뭘 찾고 있었던 건가요?"

마크가 물었다.

래리는 찻잔을 향해 손을 뻗으며, 눈으로 그 움직임을 좇았다.

"빙하 코어요. 망할 빙하 코어를 뚫고 있었죠. 남서쪽으로 몇 킬로미터 가면 굴착 장비가 있어요."

"거기에 무슨 비밀이 있는 겁니까?"

"이 일을 발설할 경우 감옥에 처넣겠다는 합의서에 서명을 했기 때문에 아무한테도 말하지 않았어요."

래리는 마스크에 심하게 기침을 했다.

"세상이 이리 되기 전에 그 일 기억나십니까? 와치도그 사이트에서 어떤 새끼가 정부 문서를 유출했잖아요? 그 새끼는 돈을 좀 만졌죠. 경제가 붕괴되기 전까지는요. 왜 우리가 코어를 뚫었는지 정확히는 모르지만 몇 가지는 알아요. 온 세상이 엉망진창인 게 확실한데 내가 말을 못 할 이유는 없겠죠?"

래리는 정맥주사 링거를 꽂고 스무 시간은 침대에 누워 있어야 할 것처럼 얼굴이 창백했다.

"그럼 뭘 그리 뜸 들이는데요? 얼른 말해 봐요."

마크가 재촉했다.

"나와 브렛, 그리고 다른 친구들은 빙하에 국가 안보와 관련된 뭔가가 있을 수도 있다는 말만 들었어요. 그렇다고 아무 데나 있다는 건 아니고요."

래리는 잠시 망설이다 일어나 방 저편으로 느릿느릿 가서 마스크를 벗고 차를 한 모금 마셨다.

래리는 다시 마스크를 단단히 쓰고 테이블로 돌아왔다.

"나와 다른 군인들은 보안을 위해 이곳에 있었죠. 이 아래에서 이상한 것을 발견했을 때 어떤 누출도 없도록 확실히 하기 위해서요. 우리는 뭐가 나올지 알 수 없다는 얘길 들었어요. 또한 코어 굴착 기사들에게 2만 년 전의 빙하까지 내려가라는 명령이 내려졌다고도 들었죠.

우리에게 하달된 명령은 상당히 구체적이었습니다. 그들은 2만 년 전의 얼음을 원했죠. 몇백 년 정도의 오차 안에서요. 백악관 국가안전보장회의에서 정보기관을 통해 직접 명령이 하달됐죠. 분명히 그들은 이 모든 일이 터지기 직전에 거기서 뭔가를 찾고 있었어요. 이것들을 하나로 연결시킬 수 있는 건 아무것도 없지만, 나랑 이 일을 아는 다른 사람들은 하나같이 뭔가 관련이 있을 거라고 수상쩍어했어요. 타이밍이 너무나 의심스러웠죠. 이 시설의 군인과 민간인 작업반 절반이 지난봄에 배를 탔죠. 그리고 그 가운데 몇몇은 나보다 더 이 일에 대해 잘 알고 있었어요. 이게 내가 아는 전부입니다."

"젠장. 그 얼음에서 나온 뭔가가 이런 짓을 했다고 생각하진 않습니까?"

크루소가 빈 일회용 컵에 퀴퀴한 냄새가 나는 해바라기 씨 껍질을 뱉으며 말했다.

"어떻게 된 건지 모르겠어요. 우리는 그 얼음에서 코어 샘플만 파냈을 뿐인데, 세상이 시체로 가득해졌어요. 그럴 시간이 없었어요. 모든 일이 너무 순식간에 일어났다고요. 그 쓸모없는 코어는 운송 준비를 마친 선박 컨테이너에 넣고 잠가 두었고요. 절대 누출된 일은 없었습니다. 내 말은, 우리가 찾던 무언가가 이 모든 재앙을 야기한 게 아니에요. 단지 타이밍이 묘할 뿐이지요. 이런 식으로 일이 이루어지는 건 처음 봅니다."

래리는 점점 기침이 심해지고 있었다.

"당신 많이 안 좋아요. 꼭 털뭉치를 토하는 고양이 같아요. 좀 쉬세요, 부축해 줄게요."

쿵의 말에 래리가 고개를 끄덕여 대답했다. 쿵이 그를 숙소에 데려가서 새 잠자리에 잘 적응하고 있는지 확인하는 동안 크루소와 마크는 대화를 마무리했다.

"아까 항공모함 얘기는 뭐야?"

크루소가 물었다.

"글쎄, 우리가 저 시체들을 끌어 올리는 동안 래리가 단파를 지켜보다 항공모함에서 보낸 요청을 받아 적어 뒀어. 태평양에서 구조 작전을 수행 중인 자기네 배 한 척에 우리가 정보 중계를 해주길 바란대."

"그건 우리한테도 잘된 일이야, 마크. 나는 우리가 협조해야 한다고 봐. 그 사람들은 우리가 다다를 수 있는 유일한 생명줄이야. 어쩌면 여기까지 올라올 수 있는 실질적인 수송 능력이 있는 유일한 사람들일지도 모르잖아."

"그래, 나도 그렇게 생각해. 다음 통신 때 또 다른 주파수 일정을 받으면 곧 중계를 시작하게 될 거야."

마크가 말했다.

"이건 어느 모로 보나 좋은 소식이네. 해군이 구조 작전을 펴고 있다면 전 세계가 완전히 멸망한 것은 아니라는 말이지."

마크의 부정적 성향이 다시 고개를 들었다.

"그렇지, 전 세계가 아니라 그저 우리가 재수 없이 북극의 어둠에 갇혀 있을 뿐이지."

"마크, 나는 언제나 너를 믿어. 좀 더 힘을 내. 널 나의 시체 연료 작업 도우미로 추천할게."

"그런 소리 집어치워."

"어이, 너 아니면 쿵이야."

"쿵이 할 거야. 그래도 그가 어딘가에서 시체들의 일부로 나타나게 되지 않아 다행이지. 그가 어디서 왔는지를 생각하면 말이야."

"아무리 너라고 해도 이건 진짜 너무했다."

"내가 좀 그래."

오아후섬 북쪽 해안에서 1킬로미터 떨어진 곳

최종 계획 단계가 진행 중이다. 목표는 내륙, 대략 남쪽으로 15킬로미터. 사이엔과 나는 특수작전 팀의 음성망을 통해 지원대기 할 것이다. 장비를 가지고 여기 뒤쪽에 처박혀 있다 하더라도 최소한 식견을 제공해 줄 수 있어야 한다. 좀비들에 대해 알고 있는 나로서는 그 사람들이 부럽지 않다. 그들은 밤에 출발할 예정이지만, 거리 때문에 이틀간의 왕복 여정이 될 것 같다. 또 다른 요인은 방사능이다. 그들이 나가기 전에 나는 정식으로 자기소개를 하고 피폭된 좀비에 관해 브리핑할 것이다. 그들이 귀를 기울여 준다면 말이지만. 우리가 헬기에 오른 이후로 그들은 나나 사이엔에게 채 열 마디도 하지 않았다. 나는 통신병 출신으로서 무선 통신실에 들어가게 되었고, 예전에 내가 하던 원시적인 무선 네트워크를 설정하는 일을 다시 하게 되었다. 통신실 인원이 매우 부족한 상태였으므로 내 도움이 필요할 거라고 통신 장교나 중위를 설득하는 건 어렵지 않았다. 우리는 순식간에 HF 회로를 잡아 어떤 기지와 연결하게 되었다. 그곳이 중계 기능을 할 거라고 생각지도 못했는데 말이다.

북극 기지의 크루소라는 남자가 항공모함에서 우리 잠수함으로 통신을 중계하는 형태로 지원해 주고 있었다. 항공모함과 바로 통신할 만큼 운이 따라 주지 않는 상태에서 머나먼 북쪽 기지가 지원해 줄 수 있어 기뻐하는 듯했다. 항공모함으로부터 전달될 것을 예상했던 일반 통신(대강의 작전 구역 등) 외에도, 나는 존에게 어느 정도 개인적인 통신도 받았다. 존은 중계를 통해 체스 게임을 시작하고 첫 수를 전해 달라고 부탁했다. 나는 그의 수를 적어 뒀고 체스 판을 설치해 다음 통신 때 내 수를 보낼 것이다. 가족처럼 생각하는 사람에게 무전을 받게 되어 기쁘다.

33

오아후 북부 해안

"콥, 현재 해의 위치는?"

라센이 물었다.

"수평선 위로 낮게 떠 있습니다, 함장님. 이제 곧 떨어질 겁니다."

로 주임원사가 대답했다.

"아주 좋아. 이제 올라가세."

USS 버지니아호가 하와이 오아후섬 북부 해안의 아름다운 해변에서 약 900미터 떨어진 수면 위로 빠르게 모습을 드러냈다. 이거리에서 해안의 상황은 의문의 여지 없이 분명히 보였다.

잠수함의 해치가 열리고 해풍이 밀어닥쳤다. 하와이의 언데드들은 보트의 센서에 잡힌 이미지보다 많았다. 놈들의 신음 소리는 파도를 뚫고 먼 거리를 건너 선원들의 귀까지 들려왔다. 잠수함이 실전화의 한쪽 끝에 달린 종이컵처럼 소음을 증폭시키는 것 같았다.

그 소리는 마음을 불안하게 만드는 것 이상이었다.

"닥쳐, 그 빌어먹을 주둥이 좀 닥치라고!"

한 선원이 손으로 귀를 막으며 소리 질렀다.

"그 입단속이나 잘 해!"

라센이 빽 내질렀다.

신음은 잦아들 줄 몰랐다. 킬과 함장은 사다리를 타고 전망탑을 올라 바닷가 공기를 느꼈다. 서쪽으로부터 쏟아져 오는 일몰의 마지막 남은 빛 덕분에 쌍안경으로 상황을 살필 수 있었다.

"우리가 여기 있는 걸 저들이 알까?"

라센이 물었다.

"알 겁니다. 얼마나 잘 보이는지는 저도 모르지만, 놈들도 볼 수 있어요. 하지만 그것 때문에 우리를 인지하는 건 아니겠죠. 놈들은 청각이 꽤 좋습니다. 제가 어떻게 아는지는 묻지 마십시오. 수면 위로 잠수함 소음이 났을 듯한데, 맞습니까?"

"많이는 아니지만, 좀 그랬을 거네."

"그거 좀 건네주십시오."

킬이 쌍안경을 향해 손을 뻗으며 말했다. 킬은 천천히 해변을 훑으며 좀비들을 지켜봤다. 킬은 비록 지금은 별게 없지만, 눈을 가늘게 뜨고 충분히 오랜 시간 집중해서 보면 무리 속에서 하와이안 셔츠를 입은 좀비 몇쯤 발견할 수 있을 것 같다고 생각했다. 웃음을 참으며 함장에게 다시 쌍안경을 건넸다.

"자, 고문으로서 조언해 줄 것은 없는지 얘기해 보게."

라센이 훅 치고 들어왔다.

"함장님, 제 의견은 밝혔습니다. 시설 입구까지 직선으로 16킬로미터 정도 거리이고, 몇 시간 동안 시설을 복구한 뒤 다시 16킬로미터를 돌아와야 하죠. 임무 수행에 도움이 되지 않을지도 모를 지하 시설을 확보하기 위한 왕복 30킬로미터가 넘는 여정이 잠재적 손실만큼의 가치가 있을 거라고 말씀드리기 어렵습니다. 버지니아호에도 우리에게 필요한 것을 제공해 줄 센서는 있어요."

라센은 잠시 그 장단점을 저울질해 보고 대답했다.

"윌러 공군 기지와 쿠니아는 내가 여기서 고려해 볼 사항이 아니네. 자네는 그런 놈들이 섬 중심에서 밖으로 퍼져 나와 해변을 따라 모이게 될 거라고 말하지 않았나."

"그럴 수도 있다는 거죠. 제가 틀렸다면, 우리 특수작전 팀은 피폭된 좀비 몇천 마리 때문에 아주 바빠질 겁니다. 전에도 저는 틀린 적이 있어요."

"참고해 두겠네."

"거의 1년 전에 여기 얼마나 많은 핵폭탄이 투하됐는지 정확히 보고를 받으셨습니까?"

"하나라고 하더군. 호놀룰루 상공에 공중 폭발로. 낙진은 누그러졌겠지. 오늘 바다 상태가 좋지 않아서 스캔 이글을 투입하지 못했네. 오늘 밤 팀이 해안에 다다르면 적외선 센서가 달린 무인 정찰기를 보낼 걸세."

"감히 말씀드리자면, 대원들이 방호복은 잘 입고 나가는 거겠죠?"

"그렇지. 그 친구들은 선량계를 착용하고 주기적으로 피폭량도 확인할 거네. 핵은 남쪽, 여기를 기준으로 하면 남동쪽으로 50킬로미터가량 떨어진 도심의 150미터 상공에서 폭발했더군. 방사선의 대부분은 바람을 타고 동쪽으로, 먼 바다로 흩어졌을 걸세."

"공중 폭발로 생긴 전자기 펄스 때문에 차량을 확보하기 힘들겠군요. 자동차 전자기기를 바짝 태워 버렸을 테니까요."

킬이 말했다.

"자네는 정말 비관적인 개자식이야, 킬."

"그럴지도 모르죠. 하지만 그 덕에 전 함장님께서 이 잠수함에서 안전하게 지낸 1년여 동안 미국 본토에서 살아남았습니다."

"그 점은 인정해 주겠네."

라센이 말했다.

"전 아무것도 받고 싶지 않습니다, 함장님. 전 자비를 바라지도 않고, 베풀지도 않습니다."

* * *

네 명으로 구성된 특수작전 팀이 수면 위 잠수함의 흔들리는 갑판에 서서 달빛이 비치는 하와이 바다를 보고 있었다. 이 시기에는 보통 파도가 높았다. 지금은 밤바다가 온순해 그들에게 다행이었다. 갑판 위에는 무인기 조종사들도 발사를 위해 장비를 설치하고 있었다.

렉스, 헉, 그리프, 리코가 그들의 이름이었다. 그것이 그들의 본래 이름은 아니었지만, 세상이 종말을 맞은 후에도 군대의 몇몇 관례는 절대 사라지지 않았다. 요즘은 이름이 별로 중요하지 않지만, 그럼에도 그들은 서로를 그렇게 불렀다.

잠수함의 중국어 통역가는 주제별로 분류된 지하 시설 매뉴얼을 담은 배낭을 메고 해치 밖으로 나왔다. 그는 장비를 설치하고 있는 팀에게 친근하게 고개를 끄덕여 보였다. 그의 실제 이름은 벤자민이지만, 팀은 잽싸게 그에게 코미라는 호출명을 붙였다. 그는 중국이나 다른 공산주의 국가에 발도 디뎌 본 적도 없는 보스턴 출신 스물네 살 백인 청년이었고, 중국어도 해군의 암호 해독반의 언어 전담으로 선발된 후 캘리포니아 몬터레이에서 배운 것이었다.

오늘 저녁 갑판에 오르기 전, 팀원들은 같은 헬기를 타고 왔던 장교와 그의 파트너인 중동 남자도 함께 앉아 작전 논의를 했다.

"무엇보다도, 여러분이 어떻게 임무를 수행해야 하는지에 대해 얘기하려는 게 아닙니다. 단지 제가 맞닥뜨렸던 문제들을 되짚어 보고, 언데드가 점령한 루이지애나와 텍사스 허허벌판에서 살아서 걸어 나오는 데 기초가 된 원칙을 전해 드리려는 겁니다. 이 중 일부는 여러분 각자가 겪어오고 처한 바에 따라 자연스럽게 받아들이실 수도 있고요. 또한 제가 고독한 여정 가운데 적어 둔 기록이 지하 시설로 가는 길에 도움이 될지도 몰라 가져왔습니다."

킬은 자신이 휘갈겨 쓴 걸 기록이라고 부르며, 자신이 겪은 일을 상세히 기록한 일기라는 사실을 비치지 않으려 조심했다.

그는 자신이 배운 주요 교훈 몇 가지를 나열했는데, 그중 일부는 문자 그대로 피로 쓰여 있었다.

"밤에 움직이십시오. 이건 여러분도 분명히 알고 있겠지만, 목록 맨 위에 두었습니다. 강조할 필요가 있는 말이니까요. 우리처럼 그들도 밤에 잘 볼 수 없고, 이는 야간 투시경을 가진 여러분에게 유리하게 작용할 겁니다. 카빈총이 장전되었는지 확인하십시오. 여기에 대해서는 길게 설명하지 않겠습니다. 잠은 지면에서 넉넉히 떨어져 자도록 합니다. 주변에 소대 인원만큼 보초를 세울 수 있는 게 아니라면 언데드들이 팔을 뻗으면 닿을 수 있는 곳에서 자는 것은 위험합니다. 그들은 여러분을 찾아다니고 있습니다. 자주 멈춰서 귀를 기울이십시오. 도로와 평행하게 걷고, 고속도로에는 절대 접근하지 마십시오. 무슨 까닭인지 모르겠지만, 놈들은 큰길을 따라갑니다. 물은 체내에 저장하십시오. 들고 다니느니 마시라는 뜻입니다. 항상 총격전이 벌어질 것에 대비해 무기에 기름칠을 해 두십시오. 저는 헬기 추락 사고에서 탈출하면서 총에 엔진 오일을 발라야 했습니다. 농담 아니에요. 그것이 제가 가진 전부였기 때문에 그걸 사용했죠. 개방된 공간에서는 빠르게 움직이십시오. 눈을 보호하십시오. 얼굴에 피가 튀면 십중팔구는 감염이 됩니다."

팀원들은 예의 바르게 귀를 기울였지만, 킬은 그들이 자신에게 어느 정도 비위만 맞춰 주는 거라는 기분이 들었다.

"지상에서 쉴 곳을 찾아야만 한다면, 경사로 위 자동차나 트럭 안에서 사이드 브레이크에 손을 얹은 채로 쉬십시오. 그렇게 하면 도망쳐야 할 때 브레이크를 풀고 굴러 내려가 위험에서 벗어날 수 있습니다. 놈들이 적은 숫자일 때는 괜찮지만 열 놈이 넘기 시작하면 자동차를 부수고 바닷가재 껍데기에서 살점 발라 먹듯 여러분을 빼낼 수 있습니다. 지금 그 이유를 설명할 수는 없지만, 간혹 머리에 총알을 두 방은 박아야 죽는 놈도 있습니다."

한 대원이 질문을 던져 말을 잘랐다.

"한 번에 몇 마리까지 맞닥뜨려 봤다고 하셨죠?"

킬은 그 질문에 짜증이 났다. 보고서를 철저히 읽지 않은 게 분명했다. 킬은 숨을 고르고 말했다.

"헉이라고 했죠?"

"예, 그렇습니다."

"그래요, 헉. 저와 저기 있는 사이엔은 귀환하는 길에 한 무리를 만났습니다. 당시 저희와 교신 중이던 조직이 그 무리는 50만 마리가 넘는다고 전해 줬죠."

"도대체 어떻게 살아남은 건가요?"

헉이 믿기 힘들다는 듯 물었다.

"얘기가 깁니다. 에이브람스 탱크와 500파운드급 레이저 유도 폭탄이 탑재된 무인공격기 리퍼와 교각, 그리고 행운이 포함된 이야기죠. 언제 한번 얘기해 드리겠습니다."

급습 팀은 갑자기 킬의 말에 집중하기 시작했다. 본토에서 킬과 사이엔이 살아남은 그런 규모의 재난에서는 생존자가 희박하기 때문이다.

"사소한 주의사항 몇 가지 더요. 개들은 이제 모두 야생 동물이 되었을 공산이 큽니다. 저 같으면 피할 겁니다. 저는 개들이 눈에 보이는 족족 죽은 자를 공격하는 걸 봤습니다. 저도 확실히는 모르지만, 여러분을 공격할지도 모릅니다. 만약 공격당한다면, 개의 아가리에 끼인 썩은 살점에 감염될 수도 있죠. 마지막으로, 이 부분에 집중해 들어 주십시오. 호놀룰루에는 몇 달 전 핵폭탄이 떨어졌습니다. 라센 함장은 하와이의 기후 순환이 방사능 입자 일부를 태평양으로 씻어 냈을 거라고 생각합니다. 하지만 저 같으면 스쿨버스나 견인 트레일러 같은 커다란 금속성 물체가 핵폭발의 가

시권에 있었다면 아직은 피하겠습니다. 아마도 체르노빌의 소방차처럼 뜨거울 테죠. 이런 건 사실 당신이 걱정해야 할 문제 중 가장 사소한 것이지만요. 이유는 알 수 없지만, 방사선은 언데드에게도 엄청난 영향을 끼칩니다."

헉이 다시 말을 끊었다.

"언데드가 좀 더 빨라졌다는 군사 정보를 읽었습니다. 그 정도는 우리가 다룰 수 있어요."

"알겠습니다. 그러시다면 손에 정보도 다 쥐었으니 바로 임무를 수행하러 가면 되겠군요. 제 일은 여기까지입니다. 행운을 빌죠."

다른 남자가 끼어들었다.

"헉, 넌 닥치고 저 분 말 좀 끊지 마. 나는 메모까지 하고 있고 네가 그 정보에 대해 어떻게 생각하든 관심 없다고. 저는 열심히 듣고 있습니다. 중령님, 가지 마시고 말씀 끝까지 해 주십시오."

킬은 으레 이럴 줄 예상하고 있었기에 아무 일도 없다는 듯 뒤돌아보았다.

"좋습니다. 제가 말씀드렸다시피 방사선은 좀비들을 매우 빠르고 똑똑하게 만듭니다. 하지만 여러분이 걱정하실 일은 속도만이 아닙니다. 절 미쳤다고 하셔도 상관없어요. 하지만 그날 밤…… 잠시만요, 제가 찾아보겠습니다."

킬은 놈들과 마주친 일을 구체적으로 적은 페이지를 찾기 위해 노트를 획획 넘겼다. 헉이 관심을 보일지도 모르지 않은가.

"여기 있군요……. 나는 도망 다니다가 어느 버려진 집에서 몸을 쉬었다. 1층에서 먹을 것을 찾아 뒤적이다가 배낭에서 무언가를 떨어뜨려 바깥의 언데드에게 내 존재를 들키게 되었다. 그것은 나에게 다가오기 위해 문을 손도끼로 찍기 시작했다. 그날 밤, 나는 위층 창문을 통해 몸을 피했다. 다음 날 장비를 보관해 두기 위해 스쿨버스 후드에 오르는데, 그 언데드가 나를 향해 도끼를 휘둘렀다. 전날 과감하게 현관문 렌즈 구멍을 통해 밖을 내다봤기 때문에 같은 놈이라는 걸 알았다. 그놈은 분명 보통 언데드들과는 달랐다. 나는 놈들이 뛰거나 기초적인 수준이나마 사고력을 갖춘 경우도 본 적이 있다. 총에 맞고 죽은 척 연기하는 언데드도 봤다. 연안 경비정에 뛰어든 놈들에게 해병 하나가 목숨을 잃는 것도 보았다. 경비정은 피폭된 언데드 몇 놈에 의해 함락되어 버렸다. 나는 머리를 쓸 줄 아는 놈들을 '재능 있는 10퍼센트'라고 부른다. 열 놈 중에 하나 정도가 다르다는 것을 발견했기 때문이다……. 그래서 실제로 증명할 수는 없지만 가능성이 있는 얘기를 하나를 덧붙이고 싶군요. 이 섬은 인구 밀집 지역에 핵폭발이 일어났습니다. 장담하건대, 본토에서 제가 겪은 재능 있는 10퍼센트 이론이 이 섬에는 적용되지 않을 겁니다. 피폭된 언데드들은 그 비율이 훨씬 더 높을 것입니다. 이곳의 언데드 열 마리 중 서넛 정도는 피폭되었을 가능성이 있습니다."

이번에는 조금 전 헉에게 킬을 옹호했던 사람이 질문을 던졌다.

"전 렉스입니다. 기억 못 하실 것 같아서요. 움직임과 도주와 관련한 경험담도 듣고 싶군요. 움직임에 대해 저희가 알아 둬야 할 점이 또 있을까요?"

"좋은 질문입니다. 직경 3미터의 비눗방울 안에서 걷는다고 생각하고 몸을 사리는 게 뜻밖의 상황에 처하지 않는 가장 좋은 방법이었습니다. 갑자기 열린 차창에서 팔이 나와 당신을 끌어들이거나

257

버려진 편의점 냉동고 안에서 나와 손을 물어뜯는 일도 있거든요."

"예?"

렉스는 혼란스러운 눈치였다.

킬이 말을 이었다.

"이런 얘기는 죽은 자가 걸어 다니기 전에 우리가 알던 상식과는 반대될 겁니다. 여러분은 벽이나 그런 것에 가까이 붙어 걷는 습관이 있을지도 모르고, 그런 습관 때문에 언데드들에게 죽을 수도 있습니다. 야간 투시경은 어떤 걸 쓰십니까?"

"저희는 PVS-15와 PVS-23을 씁니다. 또, 센서 융합 기능, 열 감지 영상을 겹칠 수 있는 야간 모드 기능이 있는 조준기도 있습니다. 신체의 열감을 나타내 육안으로 식별하기에 좋죠. 왜 그러십니까?"

"이미 아시겠지만, 야간 투시경으로 봤을 때 언데드의 눈은 산 사람의 눈처럼 빛을 반사하지 않습니다. 여러분 몸의 열감을 낮출 수 있는 것도 살짝 준비하시죠."

"알겠습니다."

킬은 남자들에게 더 가까이 다가가 악수를 나눴다.

"행운을 빕니다. 진심으로요."

"고맙습니다, 중령님."

그들의 장비는 이미 상부 갑판에 올려져 있었고, 고속 단정은 그들을 상륙시킬 준비를 마친 상태였다. 군종신부가 특수작전 팀의 집결지에 들어와 그들이 떠나기 전 대화를 나누게 해 달라고 부탁했다.

"여러분 대다수가 더는 신을 믿지 않는다는 것을 알지만, 그 가운데 여전히 믿음이 있는 이가 있을 테고, 저 또한 그러니, 괜찮

다면 여러분을 위해 기도를 이끌고 싶습니다. 무사귀환을 바라는
기도지요."

"시작하십시오, 신부님."

렉스의 말에 팀원들은 고개를 숙였고, 신부는 기도를 시작했다.

"기도합시다. 주님, 이들이 곧 어두운 죽음의 골짜기를 지날지라
도 악을 두려워하지 않을 힘을 주시옵소서. 이들이 임무를 완수하
도록 인도하시고 안전하게 버지니아호로 돌아올 수 있게 지켜봐
주소서. 만약 이것이 당신의 의지라면, 그들이 성공할 것임을 믿나
이다. 예수 그리스도의 이름으로, 아멘."

드문드문 아멘 소리가 들렸지만, 그나마도 미약했다. 사랑했던
사람 모두가 죽은 자에게 쫓기는 상황을 겪고 나면 종교적 관점이
무너지고 날아다니는 스파게티 괴물교[39]로 빠르게 개종하는 경향
이 생겨나기 쉬웠다. 그럼에도 군종신부들이 요청하면 항상 기도
시간을 보장해 주었다. 어쨌든 신의 뜻을 오해하고 있는 걸 수도
있으니까, 군종신부의 비위를 맞춰 주고 재수 없이 날벼락 맞는
일이 없길 기원하는 게 낫다.

라센이 말했다.

"자, 그럼. 건투를 비네."

함장에게 고개를 끄덕인 후, 렉스는 상부 갑판에 오르기에 앞
서 부하들을 이끌고 잠수복 보관함으로 가 보호복을 입었다.

킬은 이 사람들이, 적어도 이들 중 일부는 살아서 돌아오지 못

---

39) Flying Spaghetti Monster religion.: 2005년 미국의 몇몇 교육위원회가 지적
설계론을 가르쳐야 한다고 결정한 것에 대한 항의로 물리학 석사인 보비 헨더슨이
기독교를 패러디해 만든 종교.

할 거라는 사실을 알고 있었다. '또 다른 목적이 있는 게 분명해.' 킬은 생각했다. 비록 임무로 인해 바다에 와서 잠수함 안에서 안전하게 생활하지만, 그는 여전히 작은 총걸이에서 눈을 떼지 못했다. 그는 사이엔이 같은 행동을 하는 것을 목격했다. '무슨 일이 있을지 아무도 모르는 거야.'

* * *

"리코, 고속 단정은?"

렉스가 물었으나, 보호복 후드 때문에 목소리는 잘 들리지 않았다.

"짐도 싣고, 연료도 채웠고, 준비 다 됐어."

"입수시켜."

리코와 헉은 잠수함 갑판에서 고속 단정의 앞부분을 바다로 밀었다. 전망탑 뒤에서는 무인기 지상근무 팀이 임시 발사 시스템에서 감시 항공기를 밤하늘로 쏘아 올렸다. 작은 엔진 소리는 해안의 우르릉거리는 좀비들 소리에 묻혀 거의 들리지 않았다. 무인기는 오아후섬 상공으로 멀어져 갔다.

렉스는 마스트 뒤로 가서 무인기 팀에게 말을 걸었다.

"고맙습니다, 여러분. 아래의 조종사들에게도 인사를 전해 주십시오. 우릴 지켜봐 주셔서 감사합니다."

"행운을 빕니다."

"당신도요. 잘 지내십시오."

렉스는 고속 단정에 올랐다. 노질이 시작되었고, 조짐이 좋았다.

34

텍사스 남동부 - 호텔23

기동팀 피닉스는 편안한 일상에 젖어들었다. 이것이 반드시 나쁘다고 할 수는 없지만, 닥은 그래도 자신들이 안일해지면 위험해질 수도 있다고 생각했다. 그들의 현재 위치는 안전했고 원격 식스가 그들의 점거 사실을 알고 있다는 징후도 없었다. 피닉스에 원격 식스에 대해 잘 아는 사람은 아무도 없었다. 그들은 모두 보고서를 읽었고 정보의 어마어마한 격차를 깨달았다.

일주일 전 닥은 출격 훈련을 시작했다. 처음에 나머지 세 사람은 그 훈련을 별로 달가워하지 않았지만, 닥은 가상의 목표물에 대한 연습 발사를 위해 밤낮을 가리지 않고 그들을 각성시켰다. 그들은 훈련에 익숙해지기 시작했고, 훈련이 필요한 이유를 이해했다.

닥은 항상 옳았다. 갑작스럽게 공격 통보를 받을 수도 있으니까.

* * *

어젯밤 디스코와 호스는 발사문(launch door)을 확인하기 위해 철조망 밖으로 향했다. 둘은 도착하자마자, 문이 무성한 나뭇잎으로 덮인 데다 비바람에 씻기고 망가진 위장 그물로 덮여 있는 것을 보았다.

"호스, 문에서 그 쓰레기를 뜯어내. 내가 엄호할게."

"뭐? 내가 최저 임금 조경사 노릇을 하는 동안 육군 놈이 내 엉덩이를 보고 있기만 할 거라 믿으라고?"

호스가 웃으며 말했다.

"뭔 소리야, 변태 해병 놈아. 일이 터지기 전에 '묻지도, 말하지도 말라' 정책[40]이 폐지되어서 얼마나 신났냐 그래?"

디스코가 말했다.

"죽여주게 행복해. 그 자식들이 군대에 가서 나한테 더 많은 여자가 생겼거든. 말들만 겁주지 않으면 난 다른 자식들이 자기 집에서 뭘 하든 신경 안 써."

"우리 그냥 발사문만 치우고 후딱 떠나……."

두 사람 모두 소음을 들었다. 바람 소리라기에는 너무 큰 소리였다.

---

40) 1993년부터 시행되어 2011년 폐지된 미국 성소수자의 군복무와 관련된 제도. 입대 지원자의 성 정체성을 묻지 못하게 하여 모두 평등하게 군복무를 하도록 허용한다는 취지였으나 커밍아웃한 성소수자는 군을 떠나야 했다.

"방금 뭐였지?"

디스코가 거의 속삭이듯 말했다.

"젠장. 일어나, 디스코. 내가 동쪽 맡을게, 네가 서쪽으로 가."

"응."

그들은 다른 움직임이 없는지 일대를 유심히 살폈다.

"너무 멀리 가지 말고 발사문 근처에 있어."

디스코가 말했다.

몇 분이 지나고 바람이 불자, 10미터 밖에서 나무들이 앞뒤로 흔들렸다.

"뭔가 봤어."

디스코가 어깨 너머로 호스에게 조용히 말했다.

호스는 즉시 디스코와 어깨를 맞대고 섰다. 카빈총을 들어 올리고 적외선 레이저를 작동시키며 물었다.

"어디야?"

디스코는 카빈총을 하이 레디 자세로 들고 레이저를 작동시켰다.

"저기 봐, 저거. 저게 도대체 뭐지?"

구름이 지나가고 보름달이 드러나 광활한 벌판을 비췄다. 이렇게 긴장감이 높아지는 상황에서 인간은 정신이 무너져 허둥대기 십상이다. 당연히 호스의 첫 번째 본능은 방아쇠를 당기는 것이었다.

퍽, 퍽, 퍽.

탄환이 살점을 쳤고, 그 소리는 비극적이게도 너무나 익숙했다. 좀비는 늘어선 나무들의 어둠 속에서 둘에게 덤벼들었다. 디스코와 호스는 본능적으로 좀비의 두개골에 세 방을 쏘았다. 그것의 머리가 폭발했고, 썩어 가는 몸뚱이의 위쪽 삼분의 일이 밤하늘로 날아갔다. 그것은 둘에게서 3미터 떨어진 땅에 떨어졌고, 그 직후 나뭇가지 사이로 해골 조각이 떨어지는 소리가 들렸다.

"와, 놀라 뒈질 뻔했네!"

호스가 소리쳤다.

"호스, 쉿! 더 부르고 싶어? 목소리 낮춰."

"미안, 미안. 너무 가까웠잖아. 그놈 우리한테 몰래 접근한 건가? 그 소리, 뭔가 나를 쳐다보는 게 느껴져서 쐈을 뿐이야."

"나도 들었어."

디스코가 말했다.

"오케이, 제기랄. 다시 엄호해 줘. 얼른 발사문을 정리하고 당장 뜨자. 불안해서 그럴 수도 있지만, 또 감시당하는 기분이야."

"저거 좀 봐. 갓 변한 놈 같아."

디스코가 시체를 응시하며 말했다.

"집중해. 가까이 가지 마. 피폭됐을 수도 있어. 정보에 따르면 핵폭탄이 놈들을 썩지 않게 한다고 했거든."

호스는 문을 정리하고 덤불과 위장 그물을 치운 다음 쓰레기는 옆으로 던졌다. 나무들 사이에서 지켜보고 있을지도 모를 죽은 자들을 못 본 체하고, 자신들이 남긴 증거, 즉 깨끗이 치운 발사문을 공중에서 누군가 정찰할 수 있다는 사실을 깨닫지 못한 채 둘은 재빠르게 호텔23 안으로 돌아왔다.

원격 식스 - 재난 발생 2주 후

"상황은?"

어둠 속에서 목소리가 들려왔다.

"이런, 음. 그 도시들은 이제 사람이 살 수 없다고 판단됩니다."

"자세히 말하게."

"맙소사, 도대체 무슨 말을 하길 바랍니까? 워싱턴, 뉴욕, 애틀랜타, 로스앤젤레스, 시애틀…… 자세히 말할 것도 없습니다. 모두 다 죽었다고요!"

오퍼레이터가 터치스크린의 버튼을 연속으로 누르자 한 섬의 주요 도시가 위성화면에 나타났다. 그는 오른쪽 어깨 너머에서 험악한 인물이 지켜보는 동안 줌을 조정했다.

오퍼레이터는 카메라를 좌우상하로 이동시키며 맨해튼을 확대했다.

스크린에는 드문드문 흩어진 잔해와 산발적인 화재가 똑똑히 나타났다. 미적거리는 형체들이 연기를 뚫고 느릿느릿 움직이며 거리를 돌아다녔다. 더 빠른 움직임이 그들의 시선을 끌었다. 그 괴물들과 버려진 차들 사이를 이리저리 빠져나가는 야구방망이로 무장한 소규모 생존자 그룹이었다.

뉴욕 상공을 도는 정찰 위성의 기능적 구조 때문에 스크린의 시야각에 미묘한 왜곡이 생겼다.

두 사람은 묵묵히 생존자들을 지켜봤다. '죽을 테지.' 이 현상은 너무 급속히 퍼져서 도망갈 곳이 없었다. 링컨 터널은 양쪽 끝에서 연기가 피어올랐다. 다리는 이미 감염이 퍼지는 것을 막으려다

실패한 전투기가 추락하면서 무너진 상태였다. 말 그대로 소 잃고 외양간 고치는 꼴이었다.

자연사로 죽은 사람들까지도 좀비로 바뀌고 있다는 소식이 아직 남아 있는 뉴스 피드로 전달되고 있었다. 원격 식스의 요원들은 이 현상에 대해 아무 반응도 하지 않았다. 데이터 분석가는 오직 하나의 해답을 제시할 수 있을 뿐이었다. 바깥 공기에 노출된 사람은 모두 언젠가 이상 징후를 드러낼 거라고.

상태 화면을 옆에서 지켜보는 어둠 속 인물은 '신(神)'으로 불리고 있었다. 이곳에서 실명은 쓸모가 없을 뿐만 아니라 금기 사항이었다. 이곳에서는 코드명이 그 사람의 위치를 대략적으로 나타냈다.

신은 중앙정보국 작전국에서 일을 시작해 미국 내에서 블랙 옵스 프로그램을 개발하고 실행했다. 그는 최고이자 최악이었던 자에게 교육을 받았다. 오래전에 죽은 그의 스승은 모호하지만 극비로 분류된 이력을 자랑했다. 노스우드 작전의 배후에서 활동 규칙을 만들어 냈는데, 쿠바 공격에 대한 국민들의 지지를 얻기 위해 급진주의자로 가장한 민간인들을 살해하는 위장 공격을 펼친 것이다.

신은 진정한 독재정권의 총아였다. 그의 그림자 조직은 구글과 다른 달파넷(DALPAnet) 거대 조직들을 탄생시키는 창업 자금을 이끌었다. 그의 조직은 NSA와 협력하여 기밀 정보의 최고 수준에서 개인 이메일, 개인의 웹 검색 등 모든 정보에 대한 순수하고 완전한 접근 권한을 가지고 있었다. 신의 옛 신분은 말소되어 버지니아 어딘가의 벽에 걸린 별로 대체되었다. 말소 직후, 그는 정부

관료 가운데 극소수만이 알고 있는 원격 식스라는 조직을 지휘하라는 명령을 받았다. 그 전까지는 신도 모르던 일이었다.

워싱턴 안팎에 있는 많은 비밀 연구소는 정보만을 취급했다. 원격 식스도 물론 그랬지만, 이들은 집행 단체이기도 했다. 자신의 손을 더럽히거나 세부사항을 알고 싶어 하지 않았던 겁 많은 선출직 관료들이 승인한 자원과 권력으로 이들은 작전활동 수행을 결정할 수 있었다. 비밀 결정의 교점은 워싱턴 어디에도 위치하지 않았다. 그것은 워싱턴 협잡꾼이나 새로 선출된 공상가 정치인의 정치적 레이더나 영향력과는 거리가 먼 곳에 있었다. 제2차 세계 대전 전에 설립된 원격 식스는 일본에 원자폭탄을 투하하는 것부터 피닉스 프로그램의 베트남 인민군 주요 지도자 암살, 중동에서의 비슷한 최근 작전들까지 모든 면에서 변수로 작용했다. 원격 식스는 큰 결정을 내렸다. 삼권분립은 헌법에 따른 국가 권력의 힘과 착각의 균형을 보장했지만, 원격 식스 같은 은밀한 단체들은 마법사의 장막 뒤에 있는 끈을 잡아당겼다.

원격 식스 내부의 지하 깊은 곳에는 신의 통제하에 두 대의 첨단 양자 컴퓨터 프로그램 시스템이 존재했다. 다중 중복 양자 홀로그램 저장 드라이브는 불을 피우는 방법에서부터 강입자 충돌기의 기술적 세부사항, 그리고 그 훨씬 너머에 이르는 인간의 모든 지식 기반을 수용했다.

지금껏 쓰인 모든 노래와 제작된 모든 영화도 여기에 저장되어 보관되었다. 또한 전체 인터넷 데이터도 정기적으로 양자 저장소에 수집되고 저장되었다. 인류가 멸망하더라도 귀중한 과학 지식과 예술은 여기에 남을 것이다.

평면 패널에 기지의 최고 책임자 앞으로 온 수신 메시지 표시가 깜박였다. 신은 번쩍이는 스크린으로 걸어가 보좌관에게 문서를 인쇄하라고 명령했다. 메시지가 프린터에서 떨어지자, 신은 읽기 시작했다.

대단히 심각하고 회복할 수 없는 상황. 펜타곤 II 상황실 LAN에 실행 가능한 모든 옵션이 업로드된 R6 옵션 패키지 필요.

신은 셰넌도어산맥의 임시 거처에서 이런 메세지를 보내 놓고 땀을 삐질삐질 흘리고 있을 대통령을 상상하며 크게 소리 내어 웃었다. 일단은 그가 부탁한 대로 할 것이다. 신이 양자 컴퓨터에 먹이를 주리라.

바이러스 발생 가능성: 90.3%
기타 발생 가능성: 9.7%
오차 범위 +/-2.4% 데이터 입력 부족
다른 분석을 원하십니까? Y/N

-

미국 인구: 320,520,068명 입력
감염 확률: 100% 입력
사회기반시설 상태, 국가 보급품 비축량 재고 및 기상 데이터 아카이브에 따라 출력
30일 내 언데드 숫자가 과반에 이를 가능성: 100%
15일 내 언데드 숫자가 과반에 이를 가능성: 94.3%
다른 분석을 원하십니까? Y/N

-

Top 50 도시별 미국 인구 입력
질문: 30일째에 언데드 무리를 장악하려면 인구가 많은 순서로 몇 개의 도시를 파괴해야 하는가? 입력

20일째 55.2% 전환되었음을 기준으로 출력
30일째 언데드 무리를 장악하기 위한 파괴 예상 도시: 276개
도심 부근의 언데드 밀도와 열핵무기의 정밀한 배치에 따라 출력됨
다른 분석을 원하십니까? Y/N

양자는 결코 틀리는 법이 없다고 신은 확신했다. 그들이 양자 컴퓨터에서 도출된 출력 값에 반대되는 결정을 할 때마다 양자는 그들을 호되게 물어뜯었다. 양자에 반대하는 것이 유일하게 실행 가능한 선택으로 보이는 상황에서도 시간은 결국 컴퓨터의 AI 선견지명을 입증했다. 21세기의 첫 10년 동안, 양자는 이라크와의 전쟁을 반대했고, 이후엔 무너지는 경제에 어떤 자극이 되는 자금 투입도 하지 말라고 경고했다.

두 양자 컴퓨터는 다급하게 무차별 대입으로 암호를 풀어야 할 순간에도 인터넷, SIPr, JWICS, VORTEX, NSAnet은 물론 해외 모든 네트워크에 연결되어 있었다. 양자는 실시간으로 정보를 수집했고 존재하는지조차 아무도 몰랐던 문제에 대해 무서운 평가를 내릴 수 있었다. 양자들은 심지어 무선 전화와 다른 무선 트래픽을 분석하는 무선주파수 스펙트럼에도 연결되었다. 인간의 언어를 이해하고 정상적인 대화 구문을 기반으로 출력하도록 설계되었다. 원격 식스 내부에서는 직렬로 연결된 두 양자가 인터넷 사용자가 입력한 다량의 텍스트에서 주요 잠재의식 구문을 잇고 다양한 노드를 수집해 6개월 후의 미래까지 정확히 예측할 수 있다는 소문이 돌았다.

또 다른 보고서는 신의 책상에 '호라이즌'이라는 제목으로 곧 도착할 것이다. 오, 그렇고말고. 신은 이 작은 프로그램에 대해서

도 모든 것을 알고 있다. 그의 부서는 암호화된 서신을 통해 밍용 빙하를 연구하던 과학자들과 접촉했었다. 중국 중앙군사위원회 사이버 보안 요원이 최선을 다해 막는다고 해도 결국 모든 호라이즌 프로그램의 정보는 분석되어 양자에 흡수될 운명이었다. 하지만 지금은 아니다. 그는 도시의 파괴를 위임받았다.

하와이 앞바다까지 1킬로미터

때가 되었다. 특수작전 팀이 막 떠났다. 스캔 이글 무인기는 비행 중이고, 사이엔과 나는 적외선 피드를 지켜보고 있다. 자이로스코프가 안정되긴 했지만 화면은 프레데터의 품질에도 못 미치는 수준이다. 그나마 좋은 점이라면 이 작은 무인기는 운용에 필요한 유지 보수와 연료가 거의 필요하지 않아 잠수함 갑판에서 발사가 가능하다는 정도다.

나는 오늘 예상보다 일찍 타라로부터 선내에서 일어나는 일들에 대한 최신 소식을 받았다. 친절하게도 자신의 메시지와 함께 존의 다음 체스 수도 보내 주었다.

나는 그녀를 사랑하고, 지금 이 순간 그 어느 때보다 깊이 그 사랑을 느끼고 있다. 이 사랑을 종이 위에서라도 마음껏 표현할 수 있다면 좋으련만.

이렇게 오래 떨어져 있으면 나 자신의 일부를 항공모함에 남겨 놓아 가슴에 크게 갈라진 구멍이 있기에 감정만 더 커질 뿐이다. 나는 그녀를 다시 붙잡을 수 있도록 감염되지 않고 돌아가기 위해 내가 할 수 있는 모든 것을 할 것이다.

내가 정에 약한 편은 아니지만, 그 남자들이 육지로 떠나는 것을 보며 그들을 동정했다. 그들은 나만큼 운이 좋지 못할 수도 있다. 나는 마치 세상에는 유한한 양의 행복이 있는데 내가 그것을 다 써 버린 것처럼 거의 죄의식을 느끼고 있다. 머리를 비우기 위해 슬그머니 숙소로 돌아가 존의 다음 수를 써 넣고 나를 필요로 할 때까지 내 다음 수의 전략을 짜야겠다. 가장 최근의 수는 이상해 보인다. 존이 의도하는 바가 뭔지 알아봐야겠군. 다른 수는 이런 식으로 보내곤 했다.

존이 킬에게: K를 3C로

그의 최근 수는 다음과 같은 일련의 조합이었다.

존이 킬에게: W&I p34 w34 BT p34 w55. 이런 조합이 꽤 길게 지속된다.

그의 의도를 파악하기 위해 체스 판을 읽는 데 시간을 좀 써야겠다. 존이 너무 많은 조합을 보내 한 수로 끝나지 않는다. 어쩌면 뭔가 왜곡한 건지도.

최대 턱걸이 횟수: 10개

팔굽혀펴기: 90개

트레드밀 달리기 2.4킬로미터: 10분 58초

중국 영공, 27킬로미터 상공

지구 위 높은 곳에서 삼각형 모양의 항공기가 마하 6으로 날고 있었고, 항공기의 센서는 중화인민공화국의 지상 상황에 맞춰져 있었다.

"여기는 '딥 시(Deep sea)'. 위치 이상 없는지 확인 바란다, 보하이. 오버."

조종사가 산소마스크에 대고 말을 하고 있어서 소리가 잘 들리지 않고 기계음처럼 들렸다.

"고도를 말하라, 딥 시."

"딥 시는 현재 27킬로미터 상공, 마하 6.1이다."

"알겠다, 딥 시. 오늘은 좀 느리게 운항하라. 시야는 어떤가?"

"카메라 방향 전환, 지난 임무 이후 변화가 없다. 베이징의 약 20퍼센트는 여전히 불타는 중이며 감지 범위 내에 특별한 폭발의 흔적은 없다. 아직 멀쩡하다, 본부."

"로저. 오늘 모스크바로 비행 경로를 잡을 시간이 있겠는가, 딥 시."

"본부, 일직선으로 6000킬로미터 거리다. 38분이면 도착할 수 있다. 최우선순위인가?"

"아니다, 딥 시. 현재 최우선순위는 없다.".

"알았다, 본부. 나는 COG의 우선순위 임무를 맡아 여기 있을 예정이다."

"알겠다, 딥 시. 시간이 날 때 확인 바란다."

검은 항공기는 극초음속으로 중국 보하이만을 계속 정찰했다. 조종사는 시각 보정을 위해 톈안먼 광장을 다분광 카메라로 잡고 전기 광학에서 열 광학으로 전환하기 시작했다. 언데드 수십만 마리가 차가운 온도로 표시되었다. 조종사는 이상 징후 이전의 시설 좌표에 접근하기 위해 다기능 디스플레이에 있는 암호키를 눌렀다. 그는 그 시설 내부 깊숙이에 무언가 보관되어 있다는 걸 알고 있었다. 기밀 사항이라 허가 없이 그 내용을 알려고 하는 사람은 이상 징후가 생기기 전에 죽을 수도 있었다.

곧, 아마 일주일 후면 기동팀 모래시계가 보하이만에 진입해 중국 해역으로 들어올 것이다. 조종사는 모래시계가 이 지역을 급습하는 동안 보조하는 최종우선순위 임무를 맡게 될 것이다. 그가 알고 있는 그들의 탈출 계획을 보자면, 그 후엔 팀의 안전을 보장하기 어렵다.

정찰 궤도를 계속 날면서, 이 항공기는 수천 장의 디지털 사진과 고해상도 영상을 찍었는데, 그것은 분석되어 남아 있는 COG로 옮겨질 것이다. 그리고 그것은 결국 군 지도부를 거쳐 임무 계획을 위해 기동팀 모래시계에 전달될 것이다. 이 항공기의 존재와 그 능력에 대한 지식은 정부기관이 권력을 쥐고 코드명이 중요해진 시기부터 수조 달러에 달하는 은닉 예산 특별 접근 프로그램 안에 숨겨져 있었다.

35

제임스 브리커 박사는 가운 자락으로 얼굴에 흐르는 땀을 닦아 내며 아이의 팔꿈치 상처를 한 땀 더 꿰맸다. 자넷이 옆에서 보조했다. 그녀도 잘 아는 환자였던 것이다.

"대니, 앞으론 더 조심해야 한다. 배는 위험한 곳이야. 머리가 깨질 수도 있었다고."

대니는 자넷의 눈을 피했다. 호텔23에서 함께 생존한 몇 달 동안 자넷은 숙모 같은 존재가 되었다.

"미안해요, 자넷 아줌마. 그냥 재밌게 놀면서 좀비 놀이를 한 거예요."

"무슨 놀이를 했다고? 왜 그런 짓을 하는 거니?"

자넷이 묻는 동안, 브리커 박사가 다시 한 땀을 꿰맸고 대니는 아파서 움찔 놀랐다.

"아야! 뭐, 우린 재미있으니까 그러는데요. 이러면 친구들이 밤에 덜 무섭대요."

브리커가 귀를 기울이며 대니의 말과 동작을 유심히 살폈다.

"뭘 무서워하는데, 대니?"

"배에 있는 좀비들 말이에요."

"대니, 꼬맹아…… 있지, 좀비는 여기 없어. 그것들은 저 멀리 육지에 있어."

브리커는 마지막 한 땀을 꿰매며 말했다.

"좋아, 어린 친구. 자, 다 됐다. 다시 다쳐서 오는 건 안 보고 싶은걸. 이제 실도 거의 다 떨어져서 다음번엔 스테이플러를 쓸 거야. 알겠지?"

그 말에 대니의 눈이 휘둥그레졌다.

"고맙습니다, 브리커 선생님. 고마워요, 자넷 아줌마. 이제 가도 돼요?"

"그래, 대니. 다 끝났어."

자넷이 안심하라는 듯이 말했다.

대니는 테이블에서 폴짝 뛰어내려 자신의 티셔츠에 머리부터 넣어 입고 문을 나섰다. 문이 닫히자마자 달려가는 발소리가 들렸다.

"다시 올 거요."

브리커가 예측하며 말했다.

자넷은 한숨을 내쉬었다.

"예, 그렇겠죠."

"자넷, 선내에 그것들이 있다는 얘기는 나도 처음 듣는 얘기가 아닙니다. 이 배의 길이는 300미터가 넘고 폭은 15미터가 넘으며 물속으로 거의 7층까지 있지요. 많은 방이 있답니다. 나조차 한 번도 보지 못한 곳이 있고요."

"설마 군인들이 그것들을 이곳에 가두고 있다는 말을 진지하게 믿으시는 거예요? 왜 그러겠어요?"

브리커는 페이스 마스크와 안경을 벗고 자넷을 바라보았다.

"당신이 여기 오기 전에 이따금씩, 나는 비정상적인 무언가를 하고 거기에 대해 함구해 달라는 이상한 요청을 받았답니다. 이제 당신도 내 밑에서 일한 지 충분히 오래되었으니, 당신한테 이 얘기를 하는 게 실수라는 생각은 들지 않는군요. 간혹 승무원 하나가 뇌 조직 샘플을 가지고 와서 나에게 분석을 의뢰하기도 합니다. 그 샘플 몇 개는 아직 보관하고 있어요. 분석 후에 없앴다고 말했지만 말이죠. 투과형 전자 현미경이 갖춰져 있지 않은 관계로 전형적인 세포 연구 이상을 할 수는 없긴 하지만, 어쨌든 그걸 연구했어요. 그들은 그저 대충 의학적 검토를 해 달라고 요청했지만, 나는 그 이상의 테스트를 마쳤답니다."

자넷은 스테인리스 의자에서 미끄러지듯 내려와 일어섰다.

"테스트요? 예를 들면요?"

"뭐, 일단 가이거 계수기를 썼지요. 그 뇌 물질은 방사능 수치를 상당히 급증시키더군요. 뇌 샘플이 너무 작아서 누구에게 해를 입힐 정도는 아니었지만, 몇 가지 사실을 알아내기엔 충분했습니다. 나는 이 뇌 조각이 그 시체들 중 하나의 전두엽에서 떼어 낸 것이라는 걸 알 수 있었죠. 나무늘보처럼 움직이는 놈이 아니라 피폭된 놈 말입니다. 내가 샘플을 받기 2주 전부터 본토 정찰이나 구조 작전을 다녀온 사람이 없다는 걸 생각하면 등골이 서늘해지죠. 내가 받았을 때 샘플은 무척 차가웠어요. 냉장한 것처럼. 실온보다 훨씬 차가움, 그렇게 기록했던 게 기억나는군요."

"음, 그럼 우린 어떻게 해야 하죠?"

"우리가 할 수 있는 건 없어요, 자넷. 우리는 아무 대응도 하지 않고 그저 우리 일을 계속 해 나가는 겁니다. 말 그대로 배를 흔들어 봐야 아무런 의미도 없지요."

역겨워진 자넷은 연구실 가운을 입은 채로 인사도 없이 의무실을 걸어 나왔다.

브리커가 복도 저쪽에서 외쳤다.

"자넷, 이건 우리끼리 얘깁니다. 무슨 말인지 알지요?"

자넷은 복도를 걸으며 잠시 브리커에게 욕이나 한바탕 퍼부을까 생각했지만, 그런 행동은 어떤 쪽으로든 별 도움이 되지 않을 듯했다.

36

기동팀 모래시계 - 하와이

고속 단정은 시속 37킬로미터로 오아후섬의 모래톱을 들이받았고, 소형 선박에 타고 있던 대원들은 덜컹 흔들렸다. 리코는 자신의 렌즈 후드와 야간 투시경에 튄 물보라를 닦고 총을 쏘았다. 다른 대원들도 따라서 총격을 시작했다. 후드의 왜곡된 시야로 정확한 사격이 힘들었지만, 어쨌거나 언데드들은 모래밭에 쓰러졌고 파도는 놈들을 덮쳤다.

대원들은 많은 언데드들을 피하기 위해 어둠을 이용해 내륙에서 싸웠다. 표적을 표시해 주는 적외선 레이저를 탑재한 무기를 사용해 같은 놈을 두 사람이 쏘는 것을 피했고, 체계적으로 조를 나눠 그것들을 사살했다. 코미는 할 수 있는 만큼 약실에 탄환을 재워 넣었다.

그들은 내륙을 묵묵히 걷다가 길에 널브러진 큰 범선의 잔해를 보았다. 쓰나미나 대형 파도에 밀려온 것이리라. 심하게 부패된 좀비들이 문과 해치, 찢어진 돛의 삭구에 매달려 있었다. 놈들은 여전히 움직이고 있었다.

머리 위 무인기가 배 뒤에서 도사리는 무리는 없다고 보고했지만, 언데드들은 여전히 끝도 없이 밀려들었다. 스캔 이글은 프레데터만큼은 아니지만, 그만큼 몫을 해야 했다. 프레데터가 있다고 한들, 대규모 인력과 발사 및 복구에 필요한 장비를 모두 갖춘 비행장 없이는 무용지물이었다. 공격형 핵잠수함의 선미에서는 누릴 수 없는 것들이었다. 스캔 이글은 낮게 날았고, 대원들은 유쾌한 윙윙 소리를 들을 수 있었다. 그건 언데드도 마찬가지였다.

그리프가 방위를 외쳤다.

"목표물까지 151도, 14.5킬로미터."

렉스가 말했다.

"로저. 그리프, 우리가 방향을 놓치지 않게 신경 써."

또 다른 무전이 전송되었다. 킬의 목소리였다.

"여러분은 내륙으로 1.6킬로미터 진입했습니다. 언데드의 띠를 뚫을 때까지 3.2킬로미터 동안 붙어서 이동하십시오. 글린트 식별이 네 개만 되는데. 글린트가 가려진 분 있습니까?"

렉스는 팀을 멈춰 세우고 코미를 중심으로 모든 대원이 바깥쪽을 경계하게 하여 방어 대형을 갖추게 했다.

"좋다, 대원들. 방금 무전 들었지? 자신의 글린트를 확인하도록. 배에서 위험 인자를 구분하려면 우리를 볼 수 있어야 해."

다섯 사람 모두 적외선 웨폰 라이트를 때렸고, 녹색 불빛이 야광 투시경을 채웠다. 그들은 머리 위를 선회하는 무인기에게 그들의 위치를 나타내기 위해 각각 부착한 가로세로 2.5센티미터짜리 적외선 반사 테이프 조각을 찾았다.

"젠장, 나였네. 미안해."

헉은 보호복 소매에 붙인 벨크로 성조기 패치를 떼어 내고 아래 있던 글린트가 노출되도록 했다.

"그게 다 멍청한 짓을 한 업보라고."

리코는 헉의 코를 납작하게 눌러 줄 기회를 놓치지 않았다.

"버지니아, 이제 몇 명 보이십니까?"

렉스가 무전으로 물었다.

"좋습니다. 이제 다섯 명 다 보입니다. 잠시 대기. 권고합니다. 1킬로미터 동안 방위를 180도로 바꾸십시오. 150도 방향, 300미터 전방에 대규모 무리가 포착됩니다."

"피하겠습니다, 로저."

렉스가 대답했다.

그들은 언데드 무리에서 벗어나기 위해 더 남쪽으로 진로를 조정했다. 렉스는 벨트에 달린 휴대용 방사능 센서를 내려다보았다. 수치가 높았지만 방호복의 보호 가능 범위를 벗어나지 않았다. 쿠니아 기지의 위치는 내륙으로 14.5킬로미터 이내였으며, 폭발 모델링에 따르면, 방호복이 온전하게 버터 주기만 하면 방사능 생존 가능 한도 내에 있을 것이다.

잘만 풀린다면.

"타깃 30미터. 교전."

리코가 다른 사람들에게 말했다. 렉스가 한 방을 쏘아 언데드 아이를 신속하게 해치웠다. 그는 다음 놈을 죽이기 위해 방금 목도한 참상을 뇌리에서 지우려 애썼다.

철컥.

'지랄 맞은 이중급탄.' 렉스는 생각했다. 탄창을 빼고 노리쇠를 뒤로 홱 잡아당긴 다음, 탄창 삽입구 안쪽에 손가락을 집어넣었다. 방사능 차폐 장갑을 낀 손으로 잠시 더듬거리자, 움푹 들어간 탄환 두 발이 땅으로 떨어졌다. 렉스가 다른 탄창을 탁 밀어 넣는 순간, 리코가 언데드에게 총을 쏘아 렉스의 후드 보안면에 피폭된 살점 파편을 흩뿌렸다. 렉스는 자신의 마스크에서 그 물질들을 닦아 내며 리코에게 고개를 끄덕였다. '아무렴, 지저분해져도 살아 있는 게 낫지.'

배낭에 든 탄약 무게만으로도 비틀거릴 정도였지만 험하게 교전을 치르고 놈들을 격파하면서 시시각각 그 양이 줄어들었다. 지겹도록 반복의 연속이었다. 그들은 대부분의 시간은 언데드를 피하고 필요할 때는 죽이면서, 언덕이 많고 따뜻한 하와이의 지형을 몇 시간 동안 묵묵히 걸었다.

방호복이 찢어지는 위험을 피하기 위해, 라이플의 가늠쇠 기둥이 방호복에 닿지 않도록 조심했다. 그들이 섬을 둘러싼 폭 3킬로미터가 훌쩍 넘는 언데드들의 띠를 뚫었을 때, 총열은 타는 듯이 달아오르고 있었다.

자정 무렵, 대원들은 지하 시설까지 거의 16킬로미터에 달하는 행군의 마지막 직선 코스에 다다랐다. 소음기가 달린 짧은 카빈총의 속도와 기동성, 그리고 밤의 보호만이 그들을 언데드에게 갈기

갈기 찢기는 사태로부터 지켜 주었다. 무인기의 지원 덕분에 도중에 여섯 번이나 목숨을 구했다. 렉스는 언데드들의 속도와 격렬함에 놀라움을 금치 못하며, 놈들이 팀을 상대로 단거리 공격을 할 때마다 움찔했다. 그들은 방호복 안이 땀으로 축축해지고 피로로 몹시 지친 상태로 마침내 쿠니아 기지에 도착했다.

지하 주차장은 여느 근무일(죽은 자들의 세상에서 잃어버린 또 하나의 유물이다)처럼 꽉 차 있었다. 먼지로 뒤덮인 차들이 포장된 주차 면에 비뚤빼뚤하게 주차되어 있었다. 일부는 오래전에 화재로 소실되었고, 극심한 열에 주변 자동차의 페인트와 고무가 녹고 유리가 깨져 있었다. 주차 구역에는 지하도로 들어가는 계단을 배회하는 낙오된 언데드 몇을 제외하고는 정말로 언데드가 없었다.

팀은 주차 경계선을 표시한 표석 근처에 대형을 이루고 서서 지하도를 급습할 준비를 했다. 렉스가 요구했다.

"좋아, 코미. 다시 한 번 되짚어 봐."

"알겠습니다. 계단 꼭대기에 있는 문은 언덕 아래로 들어가는 400미터 길이의 지하 터널로 이어집니다. 지하 터널 끝에는 오른쪽으로 회전문이 있어요. 거길 지나갈 방법이 필요합니다. 혹시 아직 전기가 살아 있다면, 제 IC 배지로 들어갈 수 있어요. 회전문을 통과하면 목표 지점 바로 오른쪽에 발전기가 있습니다. 그러니까 요점은, 400미터 길이 지하 터널을 지나고 우회전, 좌회전이에요. 우리한테 필요한 곳은 왼쪽이죠. 발전기들은 오른쪽 더 아래에 있고요."

모두가 손으로 그려진 지도를 찾아보고 목표물의 위치와 비교했다. 그들은 모두 버지니아호에서 지도 사본을 제공받았다. 총성이 적막을 깼다. 코미였다.

주차된 차 뒤쪽으로 몇 미터쯤 떨어진 곳에서 언데드 하나가 쿵 소리와 함께 주차장을 들이받았다.

무전기가 버지니아호에서 전송된 암호화된 음성으로 치직거렸다.

"모래시계, 조심하십시오. 현재 게이트 밖의 움직임을 보고 있습니다. 작은 무리의 언데드들, 50마리 정도가 움직이고 있습니다. 변수가 된다면 다시 말씀드리겠습니다. 지하도 진입 전에 확인 바랍니다. 안에 있는 동안 통신이 두절될 겁니다."

"로저, 버지니아."

렉스가 대답했다.

"코미, 당장 지하도로 이동해야겠어. 우리 사이에 있어. 그리고 제발 죽지 마. 네가 죽으면 라센이 우리 모두를 뭉개 버릴 거야."

"알겠습니다."

팀원들은 위병소로 올라가는 긴 계단으로 걸음을 옮겼다. 올라가는 길에는 시체들이 즐비했다. 일부는 여전히 이리저리 몸을 비틀고 있었고, 일부는 불구가 된 상태였다. 가이거 계수기가 작게 경보를 울리고 있었다. 계단은 금속 지붕으로 덮여 있어 호놀룰루 핵폭발 때 다량의 방사능을 흡수했을 공산이 있었다. 다섯 사람은 방호복을 달구는 방사능을 피해 재빨리 계단을 뛰어올랐다.

꼭대기에 다다랐을 때 코미가 몇 미터 너머 지하 터널 문 앞에 있는 작은 건물을 가리켰다.

"저기가 위병소입니다."

언데드 보초 하나가 여전히 공격용 라이플을 가슴에 두르고 위병소 안에 서 있었다. 놈의 입술은 이미 오래전 썩어 없어진 상태여서, 마치 방탄유리를 통해 남자들에게 미소 짓는 듯 보였지만 착각일 뿐이었다. 언데드는 아무것도 볼 수 없고 그들의 존재를 눈치채지도 못했다. 그들은 위병소 창문에 두텁게 발린 죽음의 진창을 통해 간신히 그 사실을 확인할 수 있었다. 하와이의 열기가 몇 달에 걸쳐 언데드를 천천히 요리한 뒤였다.

코미는 유리를 통해 들여다보고 조용히 말했다.

"방문자 IC 배지예요. 저쪽 구석에 잔뜩 있네요. 방문자 배지로는 어디든 출입이 가능했고 방문자 코드를 바꾸진 않았을 거 같습니다. 저는 이 시설 내에서 VIP들을 에스코트하곤 했어요. 상원의원들, 장군들과 장성들, 모두를요. 얼마나 많은 사람이 보안문을 작동시키지 못하고 그냥 저한테 방문자 코드와 배지를 건네줘서 제가 입출입을 도와야 했는지 알면 깜짝 놀라실 겁니다. 짝수 배지는 코드가 1952이고, 홀수 배지는 1949입니다. 내부 전력은 확실히 꺼져 있지만 제한된 전력을 복구할 때 보안문 일부를 열어두려면 IC 배지가 몇 개 필요할 겁니다.

"로저. 리코, 보초병을 죽이고 배지 슬쩍해."

리코는 고개를 끄덕이고 큰 소리가 날 정도로 문설주를 발로 찼다. 문은 멀쩡했지만, 좀비가 문을 치면서 움직였다. 부패한 살이 문을 철썩 때리는 소리에 코미가 몸을 웅크렸다.

"마스터키 쓸까?"

리코가 물었다.

"기다려. 코미, 시설 문은 어떻게 열지?"

"잠시만요. 거기 문 근처에 크랭크를 직접 돌려야 하는 수동 출입구가 있습니다. 자물쇠로 잠겨 있는데, 열쇠랑 크랭크 핸들이 위병소 안에 있어요."

코미는 헛구역질을 하면서도 대답을 이어 나갔다.

"젠장, 확실해?"

렉스는 잔뜩 긴장한 목소리로 말했다.

"예, 확실합니다. 제가 신입이었을 때 여기서 보초를 섰습니다. 책상 아래 바닥에 있어요. 정전 훈련 때 점검해야 했거든요."

"리코, 마스터키!"

렉스가 외쳤다.

"모두 뒤로. 움직일 준비들 해."

리코는 등에 맨 가죽 총집에서 끝을 잘라 낸 레밍턴 산탄총을 꺼내 들고 안전장치를 풀었다. 리코는 늘 한 발을 장전해 두는 습관이 있었다. 방아쇠를 당겨서 위병소의 나무문을 부쉈다. 한때 문손잡이가 있던 자리에 구멍만 남았다. 다시 한 번 문을 걷어찼다.

문이 위병소 안쪽으로 휙 닫히면서 좀비가 얼굴을 바닥에 처박았다. 놈이 다시 일어나려 버둥거려 리코가 벨트에서 칼을 뽑아 들고 놈의 연하고 반쯤 썩어 문드러진 두개골 뒷부분을 찔렀다. 리코는 너무 세게 찌르지 않으려고 주의를 기울였다. 칼이 머리를 관통해 콘크리트 바닥에 닿을 때 칼끝이 망가질 수도 있기 때문이다. 리코는 부츠 신은 발로 좀비의 두개골을 누르고 칼을 뽑아 위병소 의자에 닦았다. 방호복 후드가 아니었다면 냄새는 도저히 당해 낼 수 없는 수준이었을 것이다.

"좋아. 여기 배지 다섯 개. 크랭크는 안 보이는데!"

리코가 문밖으로 소리를 질렀다. 그는 산탄총을 쏜 뒤라 조용조용 말해 봤자 아무 소용이 없다는 것을 알고 있었다.

헉은 자신의 엄호 구역에서 힐끗 시선을 돌려 과감하게 계단 아래를 내려다보았다.

"렉스, 계단 맨 아래 있는 놈들은 우리가 맡을게."

헉이 침착하게 말했다.

렉스는 리코가 크랭크를 찾는 걸 도우려고 위병소로 달려갔다.

"리코, 그거 집어. 움직여야 해. 저것들이 계단을 올라오고 있어."

리코와 렉스는 위병소에서 뛰쳐나오면서 이글거리는 눈빛으로 코미를 노려보았다.

"코미, 제기랄, 뭐냐?"

"모르겠습니다. 거기 있었는데!"

코미는 야간 투시경을 조정하고 주변을 둘러보면서 초조하게 말했다.

그리프는 계단 꼭대기에 서서 총 쏠 준비를 하고 계단을 오르는 좀비들을 겨누고 있었다. 그동안 다른 팀원들은 문에 달려들어 맨손으로라도 열어 보려고 사력을 다했다. 철제문의 높이는 거의 5미터에 육박했다.

코미는 거대한 문의 반대쪽 끝으로 걸음을 옮기다 정강이를 무언가에 세게 부딪혔다.

"에잇! 엄청 아프네."

그는 아래를 내려다보고는 소리쳤다.

"찾았어요!"

크랭크 핸들은 이미 유압 패널에 끼워진 상태였다. 코미는 가능한 한 빨리 핸들을 돌렸고, 문이 삐걱거리며 약간 흔들렸다. 핸들 한 바퀴당 0.25센티미터 정도씩 움직이며 아주 느리게 열리기 시작했다. 거대한 문이 바깥쪽으로 서서히 삐걱거리며 움직이자, 경첩에서 녹 부스러기가 떨어졌다.

그리프는 일행에게서 몇 미터 떨어진 계단 꼭대기에서 다시 소리쳤다.

"교전 시작한다. 적이 너무 많아! 30초!"

그 정도가 모든 지옥의 문이 열려 언데드들이 그들을 갈기갈기 찢기 위해 계단까지 올라오기 전에 남은 시간이었다. 계단 꼭대기에서 코미가 미친 듯이 열려고 애쓰는 문까지는 불과 15미터 거리였다. 문은 이제 겨우 몇 센티미터 벌어졌다. 그리프는 계속 총을 쏘며 아래 계단에 좀비 시체를 쌓아 올렸다. 뒤에서 올라오는 흐름을 차단하기 위해 쓰러뜨려야 할 좀비에게만 정확하게 총을 쏘아 무력화시키며 시간을 벌고 있었다.

코미는 근육이 파열될 정도로 크랭크를 돌렸다.

"내 팔은 맛이 갔어요. 다른 사람이 와 줘요."

헉이 뛰어들어 크랭크 핸들을 필사적으로 돌리기 시작했다. 문은 이제 거의 30센티미터 정도 열린 상태였다.

그리프가 뒤에 대고 소리쳤다.

"코미, 이리 기어와서 총 쏴!"

"이동!"

코미는 작전 요원의 간결한 말투를 흉내 내며 대답했다.

"진짜 조심해, 코미. 놈들이 3미터 이내로 가까워지면 뒤로 물러나야 해!"

렉스가 헉을 엄호하며 코미에게 상기시켰다.

코미와 그리프는 소음기가 달린 카빈총을 쏘아 댔다. 총탄 일부가 좀비들을 관통해 콘크리트 계단에 맞고 튀어나와 금속 지붕과 주차된 차들을 때렸다. 좀비들은 그들을 향해 거침없는 행군을 계속했다.

언데드들이 너무 가까워져서 렉스는 그리프가 놈들을 총구 끝으로 찍고 밀어내는 것을 보게 되었다. 방출된 가스로 달궈진 소음기에 좀비의 피부가 지글지글 타려고 하면 그리프가 방아쇠를 당겨 아래쪽 계단 전체에 좀비의 뇌를 흩뿌리고 놈들을 지옥행 계단으로 떨어뜨렸다. 어둠이 없었다면 그들은 이미 모두 죽었을 것이다. 좀비들은 그만큼이나 빨랐다.

"코미, 뒤로 두 걸음 물러서. 그게 다가온다."

코미는 명령대로 움직이고는 계속 총을 쏘았다.

렉스가 문 근처에서 말했다.

"이제 충분히 열렸어. 빨리 기어와!"

코미와 그리프는 문 앞에 다다를 때까지 총을 쏘며 재빠르게 뒷걸음질 쳤다. 둘은 한 사람씩 배낭을 벗어 열린 문 사이로 던졌다. 렉스가 이제 막 문 안쪽 눈에 보이는 구역을 정리했으나, 지하 터널 깊숙이 무엇이 도사리고 있을지 전혀 알 수 없었다. 달빛과 야간 투시경에 의지해 봤을 때, 그 길은 15미터가 넘는 어두운 녹색이었다. 적외선 웨폰 라이트를 켜서 어둠을 밝히고 더 멀리 훑어볼 겨를도 없었다.

코미는 문을 비집고 지하 터널로 들어갔다. 그 안에서 죽음의 악취와 곰팡내가 났다. 좀비가 가까이 있을지도 모른다.

"들어온 문은 어떻게 닫죠?"

이제 죽은 자들이 괴성을 지르고 있었다.

다섯 모두 지하 터널에 들어왔고, 문은 45센티미터나 열려 있었다. 렉스는 문밖으로 시선을 던져 그것들이 북적거리는 것을 보았다. 놈들은 이미 위병소를 가득 채웠고 이제 지하 터널 입구로 흘러드는 건 시간 문제였다.

"누가 아이디어 좀 줘."

렉스가 간절하게 말했다.

무전기가 지지직거렸다.

"모래시계, 스캔 이글이 그 구역에 무리가 커지는 것을 보여 주고 있습니다. 언데드들이 여러분 위치로 모이기 시작한 것으로 보입니다."

낯선 목소리가 통신망 너머에서 들려왔다.

"로저. 장난이 아닙니다."

렉스가 눈을 굴리며 대답했다.

리코는 문밖으로 좀비들에게 카빈총을 발사하기 시작했고, 놈들도 점점 호기심이 생기는 듯했다. 문이 좋지 않은 각도로 열려 있었기 때문에 카빈총을 제어하려면 상반신을 완전히 밖으로 내밀어야 했다.

적외선 라이트로 지하도를 둘러보던 헉이 박스 스프링 위로 매트리스가 벽에 기대여 있는 것을 발견했다.

"렉스, 이거 좀 도와줘."

그들은 좀비가 머리를 들이밀기 직전, 열린 문의 45센티미터 틈으로 매트리스를 수직으로 미끄러뜨렸다. 매트리스는 꼭 맞게 끼워졌지만 일시적인 해결책일 뿐이었다.

"매트리스를 계속 세워 두려면 여기에 쓰레기를 무더기로 쌓아야 해."

렉스가 다른 사람들에게 말했다.

모두 그 구역 내에 흩어져서 문을 막는 데 쓸 수 있는 건 뭐든 찾았다. 코미는 지하 터널로 더 깊이 걸어 들어가기 시작했다.

"너무 멀리 가지 마, 코미. 함장이 너한테서 눈을 떼지 말라고 명령했다고."

렉스가 말했다.

"예, 알겠습니다. 앞에 뭐가 보이는데요."

골프 카트였다. 렉스는 더 자세히 보기 위해 코미를 따라갔다. 소형 배터리 전동 카트는 VIP를 태우고 긴 지하 터널의 양 끝을 왕복하는 셔틀로 이용되었다. 파란색 바탕에 하얀색 별 네 개가 그려진 착탈식 표지판이 달린 카트였다.

"4성급이 마지막으로 탔나 보군. 문 쪽으로 밀자."

렉스가 브레이크를 풀고 페달을 밟으며 말했다.

둘은 카트를 입구 쪽으로 밀면서 빠르게 움직였다. 다섯이 모두 함께 끙끙거리며 카트를 들어 문과 평행하게 놓았다. 카트가 언데 드의 유입을 막는 매트리스를 단단히 받쳐 주었다. 렉스가 카트를 자리에 고정하고 다시 브레이크를 걸었다. 그들이 둥글게 모여 머리를 맞대는 동안, 뼈만 남은 주먹이 철제문을 두드리는 소리가 시끄럽게 울렸다.

렉스가 전송했다.

"버지니아, 여기는 모래시계. 진입했습니다. 문을 주시하십시오. 언데드가 들어오는 것을 보면 알려 주십시오. 우리 중 하나가 입구 근처에 머물면서 여러분과 계속 연락을 유지할 겁니다."

응답 신호는 약했지만 이해할 수 있는 수준이었다.

"로저, 모래시계. 바로 시행하겠습니다."

이번에는 킬의 목소리였다. 렉스도 이번에는 눈을 굴리지 않았다.

그들이 시설에 도착했다는 사실만으로도 놀랄 만했다. 피폭된 섬의 황무지, 기능이 정지된 일급기밀 시설, 그들과 확실히 죽지 않은 것들 사이에 놓인 것은 매트리스와 골프 카트였다. 운수 더럽게 좋은 날이었다.

* * *

그때 킬은 통제실에 앉아 렉스에게 요청받은 대로 무인기 조종사들에게 시설 문 위로 궤도를 조정하라고 명령하고 있었다. 한 사람이 명령을 듣고도 고집스러운 태도를 보였지만 킬이 나서자 즉각 이행되었다. 명령을 이행하지 않는 자는 킬이 직접 시설 입구로 데려가 문을 지키게 만들겠다고 위협했던 것이다. 킬은 16킬로미터 떨어진 지상의 상황에 초조했지만, 무전상으로는 자신감 있는 목소리를 내려 했다. 그는 아폴로 13호의 임무에 관한 책에서 관제센터가 우주 비행사들을 대할 때 평정을 유지하는 것이 중요하다는 사실을 기억했다. 킬은 비록 잠수함에 안전하게 있었지만, 자신감 있는 목소리를 내는 것이 작전 중인 사람들에게 얼마나 중요한지 이해하고 있었다.

15분이 지나고 킬이 최근 정보를 알렸다.

"모래시계, 언데드들은 문에 집중하지 않고 있습니다. 지금은 활동이나 강도의 증가도 보이지 않습니다."

"로저. 킬, 알겠습니다. 엄호 감사합니다."

렉스는 간결한 말투로 짤막하게 대답한 다음 그리프를 보고 말했다.

"그리프, 네가 문 옆에 대기하면서 어떤 무전이라도 오면 우리한테 중계해 줘. 이 지하도로 내려가면 우린 아마 버지니아호의 무전을 못 받을 테니까."

그리프가 승낙하듯 고개를 끄덕였다.

"선두는 내가 맡을게. 코미는 나랑 리코 사이에 서. 헉, 코미 옆에 붙어. 리코, 우리 뒤를 봐 줘."

모두가 상황을 인지했다고 확신한 렉스가 전진하기 시작했다.

"잘 해 봐, 그리프."

"너희도 건투를 빌어."

그리프는 뒤도 돌아보지 않고 문 쪽 언데드에 시선을 고정하며 대답했다.

좀비들은 팀이 지하 터널로 들어간 이후로 계속 괴성을 지르고 있었다. 팀원들은 최대한 소음을 막았지만 도통 그 소음에는 익숙해지지 않았다. 지하 터널 안으로 깊숙이 들어가면서, 코미는 이 지하 시설에서 보낸 시간을 떠올렸다.

양쪽 벽은 수년 동안 이곳에 주둔한 군인들이 그린 예술작품으로 덮여 있었다. 한 벽화는 무선 장비 앞에서 헤드셋을 쓰고 의자에 앉아 있는 몹시 마른 해병이었다. 알 수 없는 무전을 듣는 듯한 모습이었다. 400미터에 걸쳐 이어진 벽화는 이 시설의 자유분방한 역사를 시각적으로 특이하게 표현하고 있었다. 그림에 그려진 몇몇 세부 사항은 코미 같은 이전의 중앙정보국 사람이나 이해할 수 있는 것이었다. 그림 속 연출들은 이곳에서 실제 벌어진 극비 작

전을 암시하기도 했다. 코미는 다음 임무지로 파견되기 전에 자신
도 한몫했던 예술 작품 옆을 팀이 지나치자 미소를 지었다.

"이제 지하도 중간쯤입니다."

코미는 다른 사람들에게 말했다.

"쉬잇! 앞에서 소리가 들려."

헉이 속삭였다.

남자들은 미리 어깨 쪽으로 무기를 올렸다.

"코미, 헉이랑 뒤로 빠져 있어. 리코가 나랑 간다."

* * *

렉스와 리코는 앞으로 몇 미터 나아갔다.

지하 터널이 약간 굽었다가 곧게 뻗으며 최후의 저항선인 바리
케이드가 나타났다. 임시로 쳐 놓은 방책 양쪽으로 대부분 동면에
들어간 좀비 수십 마리가 있었다. 언데드 몇은 시설 입구 쪽에서
들려오는 소음 때문에 깨어난 상태였다.

"우리끼리 처리하기에는 너무 많아. 저것들이 곧 깨어나서 우리
한테 달려들 텐데."

리코가 말했다.

"그래, 돌아가서 합류하자."

렉스가 말했다.

두 사람은 뒤로 물러나 돌아가서 다른 사람들에게 본 것을 얘
기해 주었다.

"좋아, 모두 힘을 합쳐야 할 거야. 50마리 정도 되는 살아있는

시체들이 지하 터널 앞쪽으로 90미터쯤 떨어진 바리케이드 근처에서 자고 있어. 그중 몇은 깨어나고 있고."

어둠 속에서 뭔가 부딪치는 소리가 정적을 깼다. 좀비 하나가 바리케이드 근처에서 뭔가를 쓰러뜨린 게 분명했다.

"놈들을 데리고 나가자. 걷는 놈 먼저, 그다음에 자는 놈이야. 코미, 넌 가까이 오지 마. 놈들이 우리한테 덤비기 시작하면 그리프가 있는 곳까지 내빼, 알겠지?"

"예, 아마 그럴 거예요. 아시다시피 저도 총이 있지만요."

도망치라는 말이 코미의 자존심을 약간 건드린 게 틀림없었다. 렉스가 달랬다.

"그래, 너도 총이 있긴 하지만, 중국어를 아는 사람은 너밖에 없잖아. 네가 감염이라도 되어서 우리가 널 죽여야 하면 어떻게 되겠어? 우리가 중국 해역에 들어갔을 때 중국인이랑 말이 안 통하면 무슨 일이 일어날지는 생각해 봤어? 중국 참모 본부나 민간 지도부에 생존자가 있는데 싸울 의도로 온 게 아니라고 말하지 못하면 어쩌고? 우리 잠수함 한 척 대 중국 북해함대로 붙어? 이제 상황 파악이 돼?"

렉스는 고글과 마스크 때문에 코미의 눈이 보이지 않았지만, 몸짓으로 그가 이해했다는 걸 알 수 있었다.

가이거 계수기를 확인한 후, 렉스는 작전을 설명하기 전, 모두에게 방호복 후드를 벗을 선택권을 주었다.

"일은 이렇게 진행될 거야. 우리는 움직이는 놈들에게 총을 쏘기 적당한 거리가 될 만큼만 올라간다. 그다음 자는 놈들을 골라 쏘기 시작해. 자기방어를 해야 할 상황이 아니라면 내가 먼저 쏠 때까지는 아무도 쏘지 마. 카빈총은 지하 터널 안에서 소리가 어마어마할 거야. 소음기가 있으나 없으나. 준비됐지, 코미?"

코미가 렉스에게 고개를 끄덕였다.

"좋아, 움직이자."

네 사람은 렉스가 주먹을 들어 정지 신호를 보낼 때까지 지하 터널을 따라 내려갔다. 렉스는 발포 준비를 하고 첫 방을 쏘아, 다른 사람들에게 언데드를 쓰러뜨리라는 신호를 보냈다.

그들은 먼저 움직이는 좀비를 골라 쏘았고 그중 몇은 놓쳤다. 총탄이 콘크리트 벽에 불꽃을 튀겨 자고 있던 좀비들이 갑자기 움직이기 시작했다. 바리케이드 구역 전체가 움직임으로 부산해져 후속 사격은 한층 어려워졌다. 다행히 지하 터널이 소리를 왜곡해 좀비들을 사방으로 흐트러뜨렸다. 언데드 몇몇이 그들을 향해 다가왔지만 빠르게 처리되었다. 팀은 바리케이드 너머에 뒤처진 좀비 몇을 제외하고는 모조리 쓰러뜨리는 데 성공했다.

무전기가 지지직 소리를 냈다.

"어이, 여기 상황이 급속도로 악화되고 있어."

그리프가 말하는 동안에도 팀원들은 계속해서 바리케이드 반대편의 그것들을 처리했다.

"버지니아호의 탐색 정보로는 그것들이 시설 앞에 운집하고 있다던데, 그 말을 믿을 수 있겠네. 지금 문이 휘어지고 있거든."

"빌어먹을, 무전 계속 보내!"

렉스가 그리프에게 무전을 보냈다.

네 사람은 바리케이트를 뛰어넘고 좀비 두 마리를 더 쏘아 쓰러뜨린 뒤 전방의 회전문을 향해 뛰었다. 전기가 끊어지면 배지가 있어 봤자 시설의 보안 구역에 접근할 수가 없었다.

렉스는 그리프의 소음기 달린 카빈총 소리가 지하 터널 400미터 아래까지 들리는 것 같다고 생각했다. 진짜 총격전이 벌어진 듯한 소리였다. 렉스는 그리프 생각을 애써 머리에서 밀어내고 전기 의존형 회전문 대신 측면 장애인 출입구를 자물쇠 따는 장치로 열어 보기로 했다. 자물쇠에 뿌릴 흑연 윤활제가 없으니 문제가 있을지도 모른다는 걸 알면서도.

5미터 떨어진 곳에서 둔탁한 총소리가 울렸다.

"갑자기 뭐야, 리코?"

렉스는 자물쇠 따는 장치를 바닥에 떨어뜨리며 소리쳤다.

"언데드 한 놈이 부득부득 움직이더니 기었다고! 그 자식이 이리 기어와서 네 엉덩이를 물어뜯게 놔둘 순 없잖아!"

렉스는 고개를 끄덕여 고맙다는 인사를 하고는 자물쇠 따는 장치를 더듬거려 주워 다시 작업에 들어갔다. 스위스 군용 칼에서 뽑아낸 핀셋을 구부려 토션 렌치를 만들고 그것으로 내부의 핀을 긁기 시작했다. 그렇게 5분간 자물쇠에 매달렸다. 그가 몸부림치는 만큼 응축된 땀방울이 바닥에 떨어졌다. 마침내 자물쇠가 열렸고, 렉스는 자신이 해낸 건지, 실제로 내부 핀이 벗겨진 건지 궁금했다. 문을 밀어서 열고, 근처 시체를 들어, 헤벌어진 입가에 닿지 않게 조심하면서 옮겨 문틈에 받쳐 두었다.

엄밀히 따지면 그들은 이제 시설의 보안 구역에 들어선 것이다.

렉스는 다른 셋을 부르고 무전기 버튼을 눌렀다.

"그리프, 우리 들어간다. 표적이 모두 쓰러졌다. 너도 움직여!"

다른 쪽 끝은 여전히 대답이 없었다. 렉스는 지하도 쪽을 향해 반복했다.

"돌아가서 확인해 보는 게 어떻습니까?"

코미의 제안에 렉스가 발끈했다.

"너무 위험해. 내가 저 빌어먹을 게이트를 닫으면 일단 이 안쪽은 안전해. 철문까지 갔다 다시 돌아오는 800미터 거리 내에 무슨 일이든 또 일어날 수 있어. 오는 길에 점검문도 많이 봤어. 확실히 잠겨 있지 않은 문 안쪽에 살아있는 시체가 수십 마리 있을지도 모르고. 다 잠겨 있는 건 아니었을 테니까."

렉스는 그리프가 홀로 운명을 감당하게 해야 한다는 사실에 마음이 어지러웠다. 특수작전 요원이 이런 생각을 한다니 용납될 수 없는 일이었다.

게이트는 쇳소리를 내며 닫혔고, 네 사람은 무전을 기다렸다. 10분이 지나서야 무전이 왔다.

그리프의 목소리가 들렸다.

"그것들이 뚫고 들어왔고 나는 탄약이 거의 떨어졌어. 내가 밖에 나가서 저 문을 닫지 않으면 우린 모두 죽겠지. 지금이 아니면 기회는 없어, 친구들. 곧 놈들 수가 너무 많아져서 크랭크에 닿지도 못할 거야. 행운을 빌게…… 이상."

렉스는 그리프의 말에 충격을 받고 몇 초간 얼어붙은 채 서 있었다. 그리프는 나머지를 구하기 위해 자신을 희생하려 하고 있었다.

"그리프, 고맙다. 훌륭했고 잘 벗어나길 바란다. 24시간 후 이탈하겠다. 적외선 플래시 잊지 마. 할 수 있다면 꼭 살아 다오. 행운을 빈다."

응답은 오지 않았다.

297

* * *

킬은 버지니아호에서 스캔 이글 무인기가 보낸 피드에 진지하게 집중하고 있었다. 그는 그리프가 시설을 뛰쳐나와 크랭크를 돌려 문을 닫기로 결심하기 몇 분 전, 그에게 경고를 보내고 있었다. 그리고 1분 전, 그리프가 렉스에게 보내는 무전을 듣고 그리프의 카빈총이 거대한 철제문에 쏘아대는 사인을 지켜보았다.

곧 무인기 카메라에 자그마한 뭔가가 약간 열린 철제문 밖으로 날아와 근처에 몰려 있는 언데드들에게 떨어지는 장면이 포착되었다. 약 4초 후, 수류탄이 터진 것으로 추정되는 폭발이 일어나 좀비 무리를 뒤흔들었고 놈들은 요란한 소리를 내며 사방으로 흩어졌다. 살덩어리들이 철문에 튀었고 위병소에도 검은 조각이 날아가 철썩 붙었다. 폭발 직후 그리프가 튀어나와 거대한 철제문을 닫기 위해 수동 제어 크랭크로 질주했다. 킬은 무인기 카메라를 약간 돌려 폭발에 대한 좀비들의 반응에 주목했다. 계단 아래 주차장에 버글거리던 언데드들이 모조리 그리프에게 모여들고 있었다. 마치 자석에 달라붙는 철가루 같았다. 킬은 카메라를 그리프의 바로 옆 구역으로 돌리고 상황보고를 했다.

"그리프, 50마리요. 바로 등 뒤 20미터 거리입니다. 위험해지면 다시 알려 드리겠습니다."

대답이 없었다.

피드만으로 확신할 수는 없었지만 그리프는 모든 것을 무시하고 문을 닫는 일에만 전념하기로 결심한 듯 보였다. 킬은 영상 피드를 마치 재방송인 양 지켜보았다. 그는 전에 이런 장면을 본 적이 있지만 앞에 놓인 적외선 영상처럼 단색은 아니었다. 그때는 현장에서 두 눈으로 봤다. 이 일은 결코 좋게 끝나지 않을 것이었다. 좀비들이 광분해서 움직였다. 놈들은 어둠 속에서 그리프가 어디 있는지 찾지 못했다. 마침 무인기 궤도가 보기 좋은 각도를 잡아 줘 그는 문을 확대해 볼 수 있었다. 틈은 이제 15센티미터. 좁아서 어떤 언데드도 들어가지 못할 것이다.

"그리프, 언데드 접근, 언데드 접근! 그만해요! 그 정도면 놈들은 못 들어간다고요!"

킬이 소리를 고래고래 질렀다.

* * *

그리프는 크랭크를 다시 한 바퀴 돌리고 나서야 문을 살피며 킬의 메시지를 확인했다. 그는 벌떡 일어서며 보조 무기인 글록34 권총을 뽑았다. 탄창이 빈 라이플은 시설 안쪽 벽에 기대어져 있었다. 그리프는 무리를 처리하기 시작했다. 탄창이 하나밖에 남지 않았을 때 그는 자신을 위해 실탄 하나는 남겨야겠다고 생각했다.

꽉 찬 탄창을 권총에 세게 끼워 넣고 슬라이드를 앞으로 탁 때리면서 그리프는 마음을 굳혔다. 9밀리미터 권총의 총성에 귀가 웅웅거렸다. 권총을 다시 권총집에 넣고 세 번째 무기로 손을 뻗었다. 오른손에 손잡이를 낙하산 줄로 감은 크고 날카로운 고정형 나이프를 들고 왼손에는 폭탄을 쥐었다. 이것은 15미터 이내로 접근하는 언데드를 날려 버릴 그리프의 생명보험이었다.

광분한 좀비 하나가 너무 가까이에서 돌아다닌다 싶더니 어둠

속 그리프를 감지했다. 그리프가 칼을 오른쪽 멀리에서부터 왼쪽으로 휘둘러 놈을 베자, 그 머리와 몸이 그리프의 발아래 떨어졌다. 그는 왼손에 든 수류탄의 안전 레버를 고정해 두고, 칼을 든 손으로 수류탄의 핀을 뽑았다. 안전 레버는 그가 죽으면 켜질 스위치였다.

좀비 수백 마리가 기이하게 역류하는 폭포처럼 계단을 올랐다. 도망갈 곳도 없었지만, 그리프도 너무 지쳐 있었다.

* * *

"그리프, 정말 유감입니다."

킬은 무전을 보내며 최후의 항전이 끝나는 것을 위에서 내려다보았다. 그리프는 하늘을 올려다보며 칼을 들고 있는 손을 흔들었다. 그러고는 불굴의 의지를 가진 소수의 남자들이 과거 전쟁에서 땅, 자유, 또는 재산을 두고 싸울 때 한 일을 했다.

그는 돌격했다.

그리프는 섬의 모든 좀비를 싹 쓸어 버리겠다는 일념으로 가장 큰 무리를 골라 비명을 지르며 놈들의 머리를 마구 베었다. 언데드들의 잘린 몸뚱이들이 마구 날아다니는 아수라장 속에서 무슨 일이 일어나는지 킬의 눈에는 보이지 않았다. 그리프가 켠 보험이 전액 지급되기 전에 이미 많은 언데드가 나가떨어졌다. 그리고 수류탄이 터졌다. 백색 섬광 속에서 놈들의 살점을 뒤집어쓰면서도 그리프는 최후까지 자신의 자리를 지켰다.

37

바이오 연료를 만드는 것은 소름 끼치고 욕지기나는 일이었다. 크루소는 쿵의 도움을 받아 반쯤 얼어붙은 몸을 난도질해 귀한 지방을 떼어 냈다. 피부는 냉동변성이 일어난 데다 북극 바람에 손상된 상태였다. 처음에 쿵은 어쩔 줄을 몰랐다. 크루소가 왜 살을 도려내는지 이해하지 못했던 것이다. 쿵이 처음에 잘라 낸 살점을 보니 근육이 너무 많았다.

크루소는 자신의 복부에 있는 얼마 안 되는 뱃살을 잡아 쿵에게 가리켜 보이며 설명했다.

"여기 이거야, 쿵. 이거 말고."

크루소는 자신의 이두박근을 가리키며 말했다.

크루소는 시체들에서 지방 몇십 킬로그램을 채취한 뒤, 지방을 바이오 연료로 바꾸는 지루한 화학 처리 공정을 시작했다. 그 냄새가 너무 역겨워 익숙해지기까지 시간이 한참 걸렸다. 연료를 제대로 가공하려면 지방을 가열할 때 주의를 기울여야 했다. 크루소는 끓는 지방으로부터 자신을 보호하기 위해 마스크와 고글을 착용했다. 처음 몇 회분이 성공적으로 추출되었고, 실내에서 시험해 봤을 때 효과가 괜찮은 것 같았다.

크루소는 소량의 연료를 밖으로 가지고 나왔다. 난방이 되는 연구실에서 나와 대체 연료를 쓸 수 있게 개조한 발전기 하나에 바이오 연료를 시험해 보았다. 발전실에 두고 30분이 흐른 뒤 돌아와 보니 용기 내부 연료가 젤처럼 굳어 있었다.

크루소는 연료를 다시 내부로 들여와 난방 통풍구 근처에 두었다. 연료는 다시 액체 상태로 돌아갔다. 응결 문제에 대한 크루소의 해결책은 설상차의 주 디젤 탱크를 사용해 엔진에 시동을 걸고 엔진 옆에 보조 탱크를 끼우는 것이었다. 연료를 액체 상태로 유지하기 위해 보조 탱크에 난방 코일을 깔았다. 이상적인 상황은 아니었지만 정유 공장에 갈 수도 없는 일 아닌가. 지금 상황에서는 불평을 늘어놓는 것도 호사였다.

지난 며칠 동안 크루소와 마크는 래리에게서 눈을 떼지 않았다. 그는 브렛이 협곡 아래에서 죽은 이후 금방이라도 죽음의 문턱을 건널 것처럼 자리에서 일어나지 못했다. 나머지 세 사람의 격려에도 래리는 생의 의지를 잃고 있었다. 그들은 래리를 지켜보기 편하도록 그의 숙소를 무전실 근처로 옮겼다. 그리고 나름의 보호 조치로 래리의 방문에 의자와 다른 물건들을 기대 두었다. 그가 죽음에서 다시 돌아올 수도 있으니까. 전혀 예상치 못한 순간에 사건이 터지더라도 급조한 경고 장치가 쓰러지면 불침번의 눈길을 끌 터였다.

남들이 자는 시간에도 무전실 불침번을 세웠고, 덕분에 USS 조지 워싱턴호와 USS 버지니아호는 성공적으로 교신을 주고받았다. 북극 4호 기지는 이제 군함들 사이의 정보 연결점이었다.

단파 무전을 통해 크루소는 존뿐만 아니라 그의 친구 킬과도 친해지고 있었다. 심지어 진행 중인 체스 게임을 보고는 자신도 존과 게임을 시작했다. 그것은 시간을 보내기에 좋은 방법이었다. 크루소는 기회가 생길 때마다 무선 통신을 하고 싶어 몸이 간질간질했다. 기지의 게임방에 체스 판을 추가로 놔서 자신이 하는 게임과는 별개로 존과 킬의 게임도 지켜볼 수 있었다. 한 남자가 권태에서 벗어나기 위해 할 수 있는 일에는 한계가 없었다.

크루소는 이미 기지 안의 모든 영화를 여러 번 시청했다. 때문에 현재 진행형의 게임이 신선하게 느껴졌다. 현재 살아 있는 사람들만 따지고 거기에 선수들을 포함시킨다면, 이 게임의 무선 중계는 방송 역사상 가장 높은 시청률을 기록할 것이다.

단파를 통해 전해지는 것은 체스와 군용 통신만이 아니었다. 외부 소식은 아무리 나쁜 일이라도 늘 듣기가 좋았다. 지난주 크루소는 하와이 오하우섬이 핵 불모지가 되었고 미국에는 여전히 어느 정도 비행 가능한 항공기가 있으며 버지니아호는 하와이를 떠나 서쪽으로 구조 작전을 계속 진행하고 있다는 사실을 알게 되었다. 군인들 특유의 간결함 탓에 일부는 의미가 모호했지만, 암호화가 되지 않은 내용은 크루소와 마크도 대충 꿰맞춰 이해할 수 있었다.

이제 설상차의 연료 탱크도 이중으로 개조했으니 남쪽의 살얼음 지대로 이동할 수 있었다. 쇄빙선이 오면 구조될 수도 있다.

결국 크루소는 208리터의 바이오 연료를 증류했다. 설상차에 장착된 가열 탱크가 기지의 폐기장에서 구해 온 208리터들이 철제 드럼통을 급조한 것이었기 때문에 꽤 적절한 양이었다.

크루소는 래리와 상대할 일이 있으면 쿵을 사절로 보냈다. 그러나 크루소는 그게 쿵에겐 수월한 일이 아니었음을 알고 미안해졌다. 비록 실력이 나아지고는 있지만 영어는 쿵에게 여전히 어려운 제2언어였고, 쿵은 자신의 생각과 감정을 타인에게 전달하는 데 어려움을 겪고 있었다. 그는 낯선 땅에 떨어진 진정한 이방인이었다.

협곡 밑바닥에 다녀온 이후, 크루소의 악몽은 완전히 되살아났다. 겨울 북쪽 땅의 기나긴 어둠은 공포와 절망의 감정을 부채질해, 그를 잔혹하게 일그러진 꿈속으로 내던질 뿐이었다. 그는 브렛이나 낯이 익지만 누군지 기억나지 않는 좀비와의 백병전을 금방 잊지는 못할 거라고 생각했다. 하지만 그 기억조차도 이 얼음 바위 위에 발이 묶인 뒤로 이어져 온 공포로 인해 지워진 듯했다.

USS 버지니아호 – 하와이 해역

나는 지금 비번이다. 기동팀 모래시계의 중추는 여전히 지하 시설 내부에 있다. 스캔 이글 영상에 뭐든 보이거나 들리면 나를 깨우라고 보초병에게 지시했다. 비행 중인 항공기와 교대할 무인기가 곧 발사될 예정이다. 그리프가 그렇게 간 이후, 여섯 시간 동안 팀으로부터 아무런 소식이 없다.

그래 좋다, 그리프는 죽을 때까지 싸웠으니까. 내 생각에도 그게 가장 이상적인 방법이다. 사이엔과 나는 지상의 현재 상황에 대해 논의하고 가능한 모든 결과를 생각해 왔다.

가능성 하나. 다시는 팀에게서 아무런 소식이 들려오지 않고, 우리는 기동팀이나 중국어 통역가 없이 중국으로 간다. 그렇게 됐을 때 연이어 벌어질 결과를 사이엔과 나는 알고 있다. 우리 둘 다 그런 결과는 바라지 않는다.

좀 더 바람직한 가능성은 그들이 시설에서 나오면서 그곳은 안전하고 보급품 현황도 좋으며 작전 준비가 완료되었다고 보고하는 것이다. 사이엔과 나는 그들이 즉시 배에 오를 수 있도록 경계 명령을 내려 두었다.

해가 하늘 높이 떠 있을 때 우리는 쌍안경을 들고 잠수함 위로 올라가 해변을 확인했다.

마치 그들이 돌아오기를 기다리는 것처럼 팀의 고속 단정 주변에 서 있는 언데드들이 보였다. 광대한 땅덩어리의 대부분이 피폭되었다. 대규모의 방사선이 언데드에 미치는 영향은 누구도 이해하지 못할 것 같다. 적어도 내가 아는 이들 중에는 없을 것이다.

오늘 존으로부터 또 다른 전보를 받았다. 체스의 다음 수였다. 처음 한 쌍의 숫자들은 이해하기 쉬웠지만, 두 번째 수열은 며칠 전에 받은 것처럼 기이했다.

기이한 수열과 함께 질문도 있었다.

"『하늘의 터널』은 읽었나?"

실제로 나는 책을 읽었다. 크루소(북극 기지에서 메시지를 중계하는 남자)에게 답장을 전달한 다음 그와도 대화를 조금 나눴다. 내가 무전을 전달할 때 늘 접촉하는 이가 크루소다.

어느 늦은 밤, 크루소와 나는 더 높고 방해가 적은 대체 주파수로 전환하여 우리의 과거와 지금까지 있었던 일들에 대해 대화를 나눴다. 크루소는 최근에 기지 근처 절벽 밑바닥에서 있었던 일과 해빙된 시체로 인해 동료 한 명을 잃게 된 일 등, 참혹한 이야기를 들려주었다. 충격적인 이야기였지만 언데드에 대한 값진 지식도 얻을 수 있었다.

크루소는 그곳에서 자신의 생존에 대해 심각하게 걱정하기 시작하고 있었다. 연료가 고갈되어 가자, 그는 추가로 연료를 생산하기 위해 섬뜩한 조치를 취해야 했다. 크루소가 묘사한 것처럼 4호 기지에는 매우 아프고 죽음을 목전에 둔 한 사람을 포함한 네 명만이 남아 있었다.

존은 기분이 좋은 것 같더라고 크루소가 내게 알려 줬다. 존이 타라도 잘 있다고 말해 줬다고도 했다. 비록 대기 조건이 가장 완벽한 때를 빼고는 어마어마한 거리가 늘 음성 통신을 망가뜨리지만, 없는 것보다는 낫고 계속 살아갈 힘이 된다.

잠을 좀 자 보려는데 사이엔이 이미 아래층 침상에서 드르렁드르렁 코를 골고 있다.

38

텍사스 남동부 - 호텔23

피닉스 팀은 닥과 빌리가 언데드의 강을 맞닥뜨린 이후로 두 번
이나 외출을 감행했다. 첫 외출에서는 운이 좋았다. 그들은 어둠이
깔린 덕분에 남자 둘이 쉽게 처리할 수 없는 십여 마리 이상의 좀
비는 마주치지 않았다. 그들은 낙하산으로 텍사스의 불모지에 강
하하기 며칠 전부터 해를 보지 못했다. 원격 식스는 지금까지 모습
을 드러내지 않았지만, 몇 주 전 워스호그 전투기의 GAU-8 기관
포에 의해 부서진 허리케인 프로젝트의 잔해는 그대로 남아 있었
다. 이것은 이 세상에 그들만 있는 게 아니라고 매일 상기시켜 주
는 경고의 오벨리스크였다.

호스와 디스코는 점점 안절부절못하여 닥에게 외출을 허락해

달라고 설득했다. 그들도 닥, 빌리와 같은 절차를 따랐다. 무선 호출도 하지 않고 계획한 경로에서 벗어나지 않았다.

좌표에 찍힌 곳들은 철저히 파괴되었거나 투하물이 사라진 뒤였다. 어쩌면 애초에 뭐가 떨어진 적이 없었는지도 모를 일이었다. 호스와 디스코는 임무가 완전한 실패로 끝나지 않도록 돌아오는 길에 그 구역을 샅샅이 뒤져 보기로 결심했다. 그들은 12볼트 배터리 충전기와 12볼트 공기 펌프, 약간의 진통제와 화살 열 촉이 든 석궁을 회수했다. 그게 전부였다.

그들은 좌표 한 곳에서 문제에 부딪혔고, 그 여파로 임무는 예정보다 조금 더 길어지게 되었다. 호스가 큰길에서 400미터가량 떨어진 집을 수색해야 한다고 디스코를 설득했던 것이다. 훼손된 집이 있었는데, 태양 전지판이 보이고 정면에는 값비싼 SUV들이 주차된 것이 아마 돈 좀 있는 초보 프레퍼[41]의 집인 듯했다. 그들은 광학렌즈를 통해 한쪽 부속건물이 불에 탄 것을 보았는데, 이는 버려졌거나 어쩌면 포위 공격이 있었음을 나타내는 것일 수도 있었다. 둘은 타 버린 쪽을 통해 대저택에 들어가기 전, 버려진 게 확실한지 확인하기 위해 울타리를 뛰어넘어 조심스럽게 접근했다. 두 사람은 이 일이 흔한 절도가 아니라 구조 작전이 되길 바랐다.

부속 건물로 다가가니 새까맣게 탄 해골들이 여기저기 보였다. 집에서 가장 가까운 위치에 있는 시체도 불에 탔지만, 거기엔 아직 살점이 남아 있었다. 그 시체는 엎드린 자세로 잉여 군수품 상점에서 산 화염방사기를 착용하고 있었다. 등에 멘 연료 탱크는 내

---

41) Prepper. 재난이 곧 닥칠지도 모른다고 생각하고 일상생활 중에도 다가올 그날의 생존을 위해 철저히 대비하는 사람.

부에서 폭발이 일어난 것처럼 뾰족뾰족한 부분이 밖을 향해 있었다. 그들은 시체에 가까이 다가갔다.

시체가 움직이기 시작했다.

그 좀비의 머리가 두 사람을 향해 옆으로 곧추섰다. 어떻게 하는지는 알 수 없으나, 눈이 다 타 버렸어도 좀비는 그들의 존재를 느꼈다. 그것은 기어오르려 했지만 남아 있는 하체가 돌무더기와 잿더미에 묻혀 있었다. 호스가 칼로 죽일 수 있을 만큼 가까이 다가가 보니 좀비는 가죽 탄띠를 가슴에 두르고 있었다.

"약탈자였나?"

호스가 말했다.

"잘 모르겠지만 그런 거 같아. 빨리 마무리하자."

디스코가 말했다.

"벽이 생각만큼 훼손된 게 아니라서 집은 다른 곳을 통해 들어가야겠어."

호스가 말했다.

그들은 집 앞쪽을 돌아봤다. 도로에서 보던 것보다 집 규모가 꽤 컸다. 창틀 주변에는 총탄 구멍이 숭숭 나 있었다. 현관에는 황동 탄피가 어지럽게 흩어져 있었는데 대부분 7.62 × 39밀리미터 탄환이었다. AK-47이거나 SKS일 거라고 호스는 생각했다. 때가 낀 방충망 덧문은 경첩에서 뜯긴 채 현관문 가까이 놓여 있었다. 현관문에는 표지판이 걸려 있었다.

1911년 보험 가입.

"더 나은 보험이 필요했던 거 같은데."

호스가 말했다.

"응, 그런 거 같네."

호스가 문손잡이를 잡고 돌리기 시작했다. 문은 잠겨 있지 않았다. 적어도 손잡이는 그랬다. 그는 잠시 멈추고 귀를 기울였다.

아무 소리도 들리지 않았다.

호스는 손잡이를 끝까지 돌리고 문을 안쪽으로 밀었다. 문이 열리는 순간 무언가, 가는 철사가 얼핏 보였다.

핑.

귀에 익은 소리였다. 두 사람은 본능적으로 마당으로 뛰어들면서 폭발 직전에 귀를 막았다.

부비트랩이었다.

마당은 수류탄 폭발 위치보다 60센티미터 아래 있었다. 디스코는 파손된 현관의 파편이 박히는 가벼운 부상을 입었다. 울리던 귀가 괜찮아지자 신음 소리가 들려왔다. 집 뒤에서 들려오는 소리였다. 수십, 어쩌면 수백 마리가 분명했다.

호스와 디스코는 적지 않은 언데드 무리에 쫓기며 호텔23으로 돌아갔다. 해가 뜨기 전에 간신히 좀비들을 피해 들어왔다.

마지막 외출은 항공모함에서 하달된 작전 명령을 수행하기 위한 것이었고 차량 이동을 필요로 했다. 닥과 디스코는 교통 수단을 확보해서 물자 수령과 정보 교환을 위해 다른 팀을 만날 예정이었다. 그 팀은 호텔23에서 동쪽으로 145킬로미터 떨어진 갤버스턴섬에 주둔하고 있었다. 두 팀은 주행 거리를 나눠서 브라조스강을 가로지르는 다리에서 자정에 만날 예정이었다. 양 팀은 각각 예방 조치로 고성능 폭약을 가지고 와서 꽤 많은 좀비 무리를 처리할 수 있게 대비했다. 만약 좀비들이 어느 한 팀을 쫓는다면 나머지 한 팀이 다리에 폭탄을 설치하고 안전한 위치에서 좀비를 유인할 것이다.

작전 개시일 밤. 닥과 디스코는 장비를 확인하고 또 확인했다. 완전히 충전된 자동차 배터리도 챙겼다. 무겁지만 멈춘 지 오래된 자동차의 시동을 걸려면 빼놓을 수 없는 물건이었다. 또한 호스가 이전 임무에서 찾은 연료 안정제가 포함된 좋은 연료 8리터도 가져갔다.

72.5킬로미터를 걷는 것은 사형 선고나 다름없었다. 탈것이 절대적으로 필요한 상황이라는 데는 의심의 여지가 없었다. 8리터의 연료로 필요한 속도와 동력을 얻을 수 있는 수단은 단 하나, 오토바이였다.

* * *

두 사람은 빌리와 호스에게 작별 인사를 하고 해치를 닫았다. 그들은 가장 가까운 도로가 있는 동쪽으로 이동하며 탈것이 있는지 주시했다. 그들이 꽤 빠른 속도로 걷는 만큼, 차 배터리와 연료의 무게가 등을 묵직하게 눌렀다. 야광 투시경은 배터리를 새로 넣은 상태였고, 별빛도 서늘한 12월의 밤을 꽤 밝게 비추어 주었다.

첫 번째로 발견한 예상 후보가 바로 우승마가 되는 듯했다. 검은색 가와사키 KLR 650이 차 두 대 사이에 주차되어 있었다. 가까이에 언데드의 움직임이 포착되지 않았으므로 둘은 오토바이를 타고 이동하기로 결정했다. 닥은 카빈총을 높게 들고 야광 투시경의 렌즈 밝기를 조절했다. 오토바이 타이어는 바람이 약간 빠져 있었다. 둘은 악어 클립으로 12볼트 공기 펌프를 개조해서 가져온 자동차 배터리에 직접 연결했다. 변형된 배터리 공기 펌프는 엄청 난 소음을 발생시킨다는 문제가 있었다.

엔진의 시동이 걸리지 않으면 타이어에 바람을 넣을 필요도 없었다. 그들은 엔진 우측 구멍을 통해 오일 상태를 점검했다. 오래되긴 했어도 괜찮아 보였다. 오토바이 열쇠는 없지만, 이런 오토바이는 점화 장치가 그리 복잡하지 않았다. 디스코가 다용도 나이프와 약간의 재주로 점화 장치와 연료통 캡을 분해했다. 배터리가 다 된 상태였다. 왕년에 오토바이를 몰아 본 닥에게는 놀라운 일도 아니었다. 닥은 파견 갔다 돌아올 때마다, 심지어 몇 번은 90일이 채 안 되는 파견을 다녀온 뒤에도 배터리를 충전하곤 했다.

디스코는 등을 켜지 않기 위해 헤드라이트 아래로 손을 뻗어 전선을 끊었다. 주행 중에 실수로 작동하기도 하는 브레이크 등과 방향 지시등도 마찬가지였다. 그들은 연료 탱크에 연료 1리터를 붓고 차체를 흔들어 탱크에 뭐가 남아 있든지 좋은 휘발유와 섞이게 했다. 디스코가 안을 들여다보니 탱크는 반 정도 차 있었다. 밤에 좀 더 주유를 해야 할 듯했다. 디스코는 연료 탱크 스위치가 켜져 있는지 확인했다.

그들은 측면 플라스틱 패널을 뜯어내어 멈춰 버린 오토바이 배터리를 드러내고, 충전된 배터리에 연결된 악어 클립을 빠르게 부착했다. 오토바이에 공기 흡입 조절 장치가 있어, 닥은 우선적으로 그 장치의 레버를 당겼다. 오토바이가 오랜 시간 바깥 날씨에 방치된 뒤에 필요한 과정이었다. 그들은 엔진 시동을 걸면서 동시에 타이어에 바람도 넣기로 했다. 둘 다 시끄러운 과정이니 시간을 단

축하는 편이 나았다. 작업을 시작하기 전에 디스코가 자리를 잡고 망을 보기 시작했다. 이제 분명히 달갑지 않은 손님을 끌어들일 것이다. 타이어는 완전히 바람이 빠지진 않았지만, 둘을 합친 무게를 지탱하고 오토바이를 안정적으로 유지하려면 공기를 꽤 많이 주입해야 했다.

"좋아, 디스코. 시작한다."

닥은 조용히 말하고 충전된 배터리의 클립을 오토바이 배터리에 붙였다. '아무 반응이 없잖아.' 닥은 생각했다. 그는 할 일을 떠올렸다. '시동 버튼을 눌러야지.' 버튼을 누르자, 엔진 크랭크는 돌았지만 시동이 걸리지 않았다. 공기 흡입 조절 레버를 조정하면서 1, 2분간 반복했다. 그동안에 양쪽 타이어에 바람도 넣었다.

엔진에 조짐이 보이기 시작했다. 닥은 디스코의 카빈총 소리에 별로 놀라지 않았다. 죽은 자들이 가까이 있었다. 마침내 엔진 시동이 완전히 걸려 닥은 클립을 빼고 자동차 배터리를 오토바이 측면의 짐칸에 집어넣었다. 죽은 자들은 여전히 어둠에 눈이 먼채로 디스코의 카빈총 소리에 반응하고 있었다. 지금 이 순간 고속도로에 블랙캣 폭죽 한 갑을 던질 수만 있다면 천금이 아깝지 않았다. 그는 공기 흡입 조절 레버를 조정했고 오토바이는 식식거리더니 곧 새로운 설정에 적응해 우렁차게 으르렁거렸다.

"이 자식아, 얼른 타!"

닥이 디스코에게 말했다.

디스코는 다가오는 좀비 무리에 정신이 팔려 뭐라 불리든 신경 쓰지 않는 듯했다. 둘이 목을 빼고 둘러보니, 도로에 좀비들이 들어차고 있었다. 닥은 다시 디스코를 불러서 외워 둔 방향을 다시 살피게 했다. 고속도로를 69킬로미터 정도 달리고, 그 사이 어딘가에서 급유도 해야 했다.

길은 그들의 예상대로 파편과 버려진 차, 언데드 들로 어수선했다. 적어도 시속 48킬로미터 정도로는 움직여야 했는데, 그렇지 않으면 엔진 소리에 언데드들이 그들의 앞길을 막을 위험이 있었다. 달리는 내내 필사적으로 세세한 부분까지 주의를 기울였다. SUV들은 교통 체증을 일으키려는 듯 도로 중앙에 멈춰 있고, 차들은 뒤집혀 있거나 불에 탔거나 언데드들로 가득 차 있었다. 멈춰 있는 구급차의 활짝 열린 뒷문으로 들것에 묶인 언데드도 보였다. 메워지지 않은 거대한 구덩이들도 오토바이를 탄 그들에게는 골칫덩이였다. 만약 그들이 스포츠 자전거를 탔더라면, 둘은 도로에 즐비한 깊은 구덩이 어딘가에 빠졌을 것이다.

그들은 언덕 꼭대기에서 유조차가 펑크 난 타이어 때문에 90도로 꺾여 있는 것을 보았다. 운전석은 총알구멍이 여기저기 나 있지만, 탱크 트레일러는 손상되지 않은 듯 보였다.

닥은 오토바이 시동을 끄지 않은 채로 세워 두었다. 킥 스탠드를 내리면 엔진이 꺼질 테고, 다시 시동을 걸 수 있을지 확신할 수 없었다. 위험을 감수할 필요는 없었다.

"디스코, 탱크를 두드려서 연료가 있는지 확인해 봐. 내가 엄호할게."

닥은 오토바이에 중립 기어를 넣고(시동이 걸려 있는 동안 하기 어려운 작업이었다) 오토바이 디스플레이 패널의 밝은 초록색 불을 켰다. 불빛에 잠시 야간 투시경이 시계를 잃었다. 닥은 디스코가 유조차 트레일러를 확인하는 동안 장갑으로 불빛을 가렸다.

"들어 있어요!"

"좋네. 그럼 뭘 꾸물거려?"

디스코는 연료를 옮길 준비를 시작했다. 유조차에 있던 연료에 이상이 없기를 바라면서. 이 오토바이 패널에는 게이지가 없어서 감으로 해야 했다. 닥은 손을 아래로 뻗어서 리저브 레버가 작동하는지 확인했다. 그는 아무 문제가 생기지 않기를 바랐다.

디스코는 트레일러에서 잘라 낸 호스를 이용해 탱크 유입구에서 휘발유를 빼낼 수 있었다. 연료통을 가득 채워 오토바이 위에 얹은 다음, 연료통을 하나 더 채웠다. 유조차에는 연료가 저장 수명에 영향을 주는 에탄올 첨가물과 혼합되었는지 여부는 표시되어 있지 않았다. 디스코는 탱크 유입구를 잠그고 닥에게 유조차 위치를 표시해 두라고 권했다. 둘은 연료에 대한 걱정이 사라져 약간 안도하는 마음으로 주행 기록계를 재설정하고 자신들과 갤버스턴섬 사이의 다리로 계속 달렸다.

39

USS 조지 워싱턴호

"나 얼마나 된 거예요?"

타라가 자넷에게 물었다.

"음, 곧 4개월에 접어들 것 같고 모든 게 안정적이에요."

자넷은 초음파 영상을 검사하면서 확신에 찬 어조로 말했다. 화면에 보이는 태아는 블루베리보다 조금 컸다.

"그이한테 말하려고요."

"정말요? 아마 지금은 일이 많을 거예요. 빨라야 2월에나 돌아오겠던데. 저기, 오늘 하룻밤 자면서 차분히 생각해 보고, 정말 말해야겠다 싶으면 내일 존한테 메시지 보내 달라고 해요. 어때요?"

"하룻밤 자면서 차분히 생각하는 건 언제 들어도 좋은 생각 같아요. 난 그냥 너무 신이 나서요. 그러니까, 음, 이게 그때 이후로 나한테 일어난 제일 긍정적인 일이잖아요. 아시죠? 그때 이후로요."

"알고말고요. 얘기 안 해도 알아요. 나도 타라가 임신해서 신나요. 개인적인 질문을 하나 해도 돼요?"

"그럼요, 얼마든지요."

타라는 자넷이 꼭 물어야 할 것처럼 안달하듯 대답했다.

"왜 떠나기 전에 말 안 했어요? 이미 알았잖아요. 정식으로 진단을 받기 전에도 알고 있었을 텐데. 그때 왜 말 안 했어요?"

"모르겠어요. 그냥 기분이 왠지 찜찜했어요. 그렇게 많은 걸 잃고, 많은 사람들이 죽었는데. 그이한테 얘길 하면 아기를 잃을 것만 같았죠. 왜 그렇게 생각했는지는 묻지 말아요. 끔찍한 말인 건 알지만, 이제 우리가 붙잡을 수 있는 건 저 바깥에서는 거의 볼 수 없는 생명뿐이에요. 부정 타게 하고 싶지 않았나 봐요."

타라는 얼굴을 찌푸리더니 울기 시작했다.

"괜찮아요. 다 털어 버려요. 임신했잖아, 그래도 돼요. 그 사람이 돌아올 때쯤엔 임신 중기일 거예요. 여기 산모용 비타민 챙기고, 이 책 많이 읽으면서 공부해 둬요. 마음껏 축하해도 돼요. 이제 곧 엄마가 될 거니까요. 믿거나 말거나, 여기 임신한 사람 당신밖에 없어요. 적어도 내가 알기로는 유일하죠."

"자넷, 뭐라고 고마움을 표현해야 할지 모르겠어요."

"하지 마요. 다 보고 있는데, 뭘. 우린 많은 일을 겪었잖아요. 당신이 필요로 할 땐 늘 여기 있을게요. 진심이에요."

"그래도 고마워요."

"경과도 지켜보고 괜찮은지 확인하게 매주 와요. 알았죠?"

"예, 알겠어요."

타라는 모나리자 미소를 지었다.

40

텍사스 남동부

그 길은 황량한 고난의 길이었다. 닥과 디스코는 마치 거대하고 새까맣고 거대한 뱀장어처럼 길고 구불구불한 고속도로를 달렸다. 도로에 구덩이와 잔해, 방치된 승용차와 트럭 들이 계속 나타나서 커브를 돌 때마다 아찔한 상황이 연출됐다. 이제 그들은 갤버스턴섬 팀이 중간지점으로 지정한 다리에서 멀지 않은 곳에 있었다. 닥은 주행 기록계를 주시하면서, 갤버스턴섬 팀이 본인들이 유리하게 약속 장소를 정했다는 걸 알게 되었다. 브라조스강을 가로지르는 다리가 내려다보이는 언덕에 오르자 최근 이동 거리가 88.5킬로미터로 나왔기 때문이다.

닥은 앞바퀴의 디스크 브레이크를 밟는 동시에 리어 브레이크를 밟으며 듀얼 스포츠 오토바이를 급정거했다. 두 사람은 언덕 아래를 내려다보았다. 소음기가 장착되지 않은 총구에서 분출되는 섬광이 다리 위에서 번쩍거렸다. 섬광이 마치 번개처럼 증폭되면서 좀비 백여 마리가 총을 든 남자들과 교전하는 것이 보였다. 닥은 저 아래 있는 사람들이 그들이 만나기로 한 갤버스턴 팀이 아니길 바랐지만, 자신들의 운이 아까 급유한 유조차까지였다는 것을 깨달았다.

"조금 올라가서 200미터 거리에서 쏘자."

닥이 어깨 너머로 디스코에게 말했다.

"예, 200미터요. 오토바이 어디다 기대서 시동 안 꺼지게 해 두십시오."

닥은 오토바이를 몰고 언덕 아래로 내려가 돌려 세우고 기어를 중립에 맞춰서 낡은 사격 진지의 모래주머니 장벽에 기대어 두었다. 진지는 산 사람이 언데드보다 수적으로 많고 남자들이 숨지 않고 싸우던 시절에 만들어진 것이었다.

"자, 디스코. 편한 대로 사격해. 다섯 발 쏘고 뒤를 확인해. 너랑 간격 두고 나도 그렇게 할 테니까."

"로저, 대장. 교전."

두 사람 모두 아군을 저격하지 않도록 상대편의 총구에서 나오는 섬광을 이용해 아래에 있는 좀비의 머리를 기술적으로 공략했다. 타이밍과 속도의 게임이었다. 두 팀 모두 서두른다면 다리 위의 소음기를 끼우지 않은 총기 소리에 새로 좀비들이 몰려오기 전에 놈들을 무력화할 수 있었다.

소음기는 언데드의 대응 반경을 극적으로 줄였는데, 이는 놈들

대다수가 발포자의 위치를 파악하지 못한다는 의미였다. 그러나 소음기가 없는 무기는 대응 반경을 기하급수적으로 확장했고, 언데드 증원군이 도착해서 죽은 놈들을 대체하기 전에 탈출할 수 있는 가능성을 감소시켰다. 그것은 속도를 얻는 대가였고 갤버스턴 팀은 그걸 감수하고 그렇게 하고 있었다.

백여 마리의 언데드를 정리하는 데에 언덕마루 팀과 다리 팀이 쉴 새 없이 총격을 가해 7분이 걸렸다. 마지막 좀비가 쓰러진 후, 닥과 디스코는 대학살의 현장으로 바쁘게 내려갔다. 3인조 다리 팀 중에 일어서 있는 건 단 한 명뿐이었다. 다른 사람들은 죽거나 치명상을 입고 죽어 가고 있었다.

그 사람들도 오토바이를 타고 도착한 모양이었다.

"빨리 끝내 주죠. 내 친구들이었습니다."

생존자는 닥에게 이렇게 말하자마자, 치명상을 입은 전우에게 가서 마지막 의식을 치렀다.

그는 작별 인사를 속삭이고 죽어 가는 남자에게서 피 묻은 종이 한 장을 받은 뒤, 근거리에서 그의 머리를 쏘았다. 그는 잠시 두 사람을 마주 보지 못했지만, 결국 눈물범벅이 된 얼굴로 그들 쪽으로 몸을 틀었다.

"격납고에서 오신 분들입니까?"

생존자가 물었다.

죽은 자들이 더 많이 다가오는 소리가 들렸다.

"예, 저기요. 이렇게 되어서 정말 유감……."

디스코가 나섰다.

"그만하십시오. 그 얘긴 듣고 싶지 않습니다. 오토바이는 저 친구들 것이었죠."

남자는 다리 가드레일에 기대어 세워진 경주용 오토바이들을 가리키며 말했다.

"타고 가세요. 저긴 연료가 가득 차 있습니다."

닥은 믿기지 않는 듯 죽은 작전 요원들을 바라보았다. 그의 팀원 해머가 뉴올리언스에서 죽은 일은 팀에 어마어마한 충격을 주었다. 닥은 여전히 해머를 자주 떠올리며 그날 무슨 일이든 할 수 있었으면 얼마나 좋았을까 하고 바랐다. 해머의 생명도 지금 여기서 피 흘리며 죽은 남자와 거의 같은 방식으로 끝났다. 친구가 쏜 총알 한 방으로.

닥은 남자가 가슴에 맨 낙하산 부대원들이 쓰는 싱글 포인트 슬링에 AK-47이 걸쳐져 있는 것을 보았다.

"친구, 이거 받아요. 필요할 겁니다."

닥은 소음기가 달린 M-4 카빈총을 내밀었다.

남자가 카빈총을 내려다보며 말했다.

"고맙습니다. 잘 받을게요. 당신들이 온 쪽은 강 이쪽보다 상태가 좋길 바랍니다. 저희 팀원 하나는 오는 길에 저것들을 피하다가 오토바이를 탄 채로 고가도로에서 떨어져 목이 부러졌어요. 그 친구와 함께 저희가 그나마 하나 갖고 있던 소음기 달린 라이플도 잃어버렸죠. 제 AK 받으세요. 당신들은 저와 같은 처지가 되지 않으시길 바랍니다."

"고마워요, 친구. 여기 탄약이랑 탄창 세 개 받아요. 7.62 탄약은 있습니까?"

"예, 탄창 여섯 개 있어요. 그리고 이건 당신들에게 가져다주라고 지시받은 겁니다."

남자는 은색 샤피 마커로 케이스 겉면에 주파수가 적힌 군용 무전기를 건네주었다. 방수 종이로 된 작은 메모지가 첨부되어 있었다.

"그 무전기는 갤버스턴섬에 있는 A-10 조종사와 통신할 수 있게 조정되어 있습니다. 저희는 길을 활주로로 개조하고 그곳의 죽은 자들을 정리했어요. 들어오는 놈들이 몇몇 있지만요. 메모지에는 주간 비행 스케줄과 간단한 코드가 적혀 있습니다. 저희는 COG로부터 당신들 임무를 지원하라는 명령을 받았습니다. 배에 정찰 일정을 보내시면 그쪽에서 저희에게 그 일정에 맞춰 대기 태세를 취하라고 알려 줍니다. 떨쳐 낼 수 없는 곤경에 처하시게 되면 저희 A-10 조종사들이 20분 내에 현장에 투입될 겁니다. 조종사들은 여러분이 밖에 있는 시간에는 말 그대로 조종사 대기실에서 대기하고 있게 될 거고요. 여러분한테 의미 있는 정보일지는 모르지만, 그 사람들은 무장창에 공대공 IR 미사일을 싣고 다닌다는 것도 알려 드리라는 지시가 있었습니다."

닥은 호텔23의 전 지휘관이 쓴 보고서에 언급되었던 리퍼가 바로 떠올랐지만, 지금 언급하지는 않기로 했다.

"마지막으로 한마디만 드리죠. 저는 당신이 그 키패드, 특히 킬 박스의 전송 버튼을 누르는 게 끔찍한 생각이라는 걸 알고 계시리라 믿습니다. 저 같으면 악마가 스스로 지옥을 등지고 땅 위로 올라오지 않는 한 사용하지 않겠습니다."

죽은 자들이 점점 가까워졌고 디스코가 소음기 달린 카빈총으로 그들을 쏘아 숙아냈다. 닥이 갤버스턴 팀 남자에게 자신의 총을 주었으니 이제 그 총이 두 사람의 소음기가 달린 유일한 라이플이었다.

"넘겨주실 건 없습니까?"

생존자가 닥에게 물었다.

"여기 저희 보고서와 일주일 전 확보한 장비에 있던 복사본, 여타 정보 문서들입니다."

닥이 꾸러미를 전해 주었다.

"고맙습니다."

남자는 꾸러미를 받아서 가슴에 걸친 가죽 메신저 백에 넣었다.

"이름이 뭡니까?"

닥이 남자에게 물었다.

"골트입니다. 당신들은요?"

그가 오토바이를 타면서 대답했다.

"난 닥이고 저 친구는 디스코요. 행운을 빕니다."

"고맙습니다. 당신들도요. 총도 감사합니다."

"별것 아닙니다. 워스호그 친구들한테도 고맙다고 전해 주십시오."

"닥, 서둘러야죠."

디스코가 걱정이 되는지 닥을 채근했다.

"알고 있어. 저 오토바이 타고 먼저 정찰해."

디스코는 죽은 갤버스턴 팀 요원의 오토바이 하나에 올랐다. 오토바이는 말썽 없이 시동이 걸렸다. 닥도 여전히 시동이 걸려 있는 다른 오토바이에 올라, 디스코를 놓칠세라 뒤따라 달렸다. 디스코의 총소리가 크지 않았는데도 닥은 두 사람이 다리에 내려가 있는 동안 언데드들이 엔진 소리에 이끌려 왔다는 것을 알 수 있었다. 닥이 언덕에 올라 보니 디스코는 이미 좀비들을 신속히 해치우며 더 많은 시체로 땅을 어지럽히고 있었다.

"가야 해요. AK 소리가 큰 사고를 쳤네요. 반경 8킬로미터의 모든 살아있는 시체는 우리 위치로 향한다고 봐도 맞을걸요."

디스코는 엔진의 회전 속도를 올리며 자신들이 왔던 방향으로 되돌아갔고, 닥이 그 뒤를 따랐다.

그들은 유조차까지 빠르게 돌아가 별 사고 없이 재급유도 마쳤다. 돌아오는 길에 언데드의 밀도는 더 높아졌고, 다리로 갈 때 오토바이 소리에 이끌려 왔던 좀비들까지 남아, 그들은 더 자주 방향을 틀고 이리저리 돌아다녀야 했다. 그날도 그들은 겨울 해가 뜨기 전에 호텔23에 도착했다.

원격 식스 - 허리케인 프로젝트 하루 전

은폐된 시설 깊숙이 자리한 사이버 작전실. 신은 글로벌 호크 무인기가 송출한 텍사스주 중점 관심 지역의 화면을 응시하며 서 있었다. 그는 10개월도 더 전에 자신이 문을 닫고 지하로 몸을 숨긴 날을 기억했다. 그날 대통령의 사망이 공표되었다.

당시 부통령은 워싱턴의 서쪽 산맥 어딘가에 살아남아서 보안 케이블을 통해 원격 식스에 로직트리 실행 명령을 내렸다. 로직트리는 예/아니오 식의 단순한 자료 이상을 요구했던 만큼, 복합적인 응답을 내놓았다. 그것은 기본적으로 인류가 멸망하기 전 정보

당국에서 실험하던 예측 시장이었다. 각각의 선택지에 대한 일련의 질문에 예/아니오로 대답하고 확률을 입력하면 로직트리의 응답을 얻을 수 있었으며, 이것은 양자 컴퓨터의 마인드맵과 추리 알고리즘으로 매우 손쉽게 도출되었다. 그리고 원격 식스는 전술 핵탄두를 미국 땅에 배치하려는 결정에 대한 양자 컴퓨터의 응답을 보완하기 위해 소규모의 핵 전문가 팀을 두어 이 문제를 검토해보도록 했다. '스트레인지(Strange)', '참(Charm)', '톱(Top)'이 그들의 코드명이었다. 원격 식스는 실명을 사용하지 않았고, 그 사람의 전문 영역을 나타내는 코드명만 사용했다. 9개월 반 전 핵무기 전문가인 스트레인지와 참은 양자 컴퓨터와 마찬가지로 미국의 통제권을 되찾기 위해서는 다수의 도시를 완전히 파괴해야 한다는 결론에 동의했다. 유일한 반대자 톱만 의견 차이를 보였다. 톱은 방사선이 가져올 제2의, 제3의 결과와 이상 징후의 진정한 기원에 대해 더 많은 연구가 필요하다고 믿었다.

신은 한심한 무단 점유자들이 호텔23이라 부르던 시설을 내려다보았다. 데이터베이스에서 그 장소는 다른 명칭을 가지고 있었지만 이제 그것은 정말로 중요한 문제가 아니었다. 대부분의 상황에서 신은 사람들을 언데드의 몫으로 미뤄 두곤 했다. 언젠가는 사람들도 음식이나 물, 항생제 등을 찾아 이 시설을 떠나게 될 테고, 그러면 좀비들이 느리지만 확실하게 그들을 제거할 것이었다.

하지만 이제는 호텔23에 사용 가능한 핵탄두가 있기 때문에 신도 저 보잘것없는 언덕배기와 무단 점유자들에게 시간과 관심을 쏟을 수밖에 없었다. 양자 컴퓨터가 이제 COG의 군사적 손발인 USS 조지 워싱턴호를 파괴할 방법이 하나뿐이라고 알려 주었기 때문이다. 원격 식스는 500파운드급 레이저 유도 폭탄을 장착한 리퍼 무인공격기 1개 중대에 프로토타입 무기가 있는 글로벌 호크 무인기까지 몇 대 갖추고 있었다. 하지만 그 무기들 가운데 어느 것도 항공모함의 선체를 움푹 들어가게 만들 만한 파괴력을 갖추지는 못했다. 레이저 유도 폭탄은 곧게 떨어져 비행갑판을 파손시킬지는 모르지만 항공모함을 침몰시킬 가능성은 없을 것이다.

미국 내에 신이 발포를 통제할 수 있는 활성화된 핵무기는 이제 단 하나뿐이었다. 그 탄두는 지금 그의 글로벌 호크가 궤도를 돌고 있는 18킬로미터 상공 아래, 호텔23의 폐쇄된 미사일 격납고 안쪽에 단단히 고정되어 있었다. 글로벌 호크는 첨단 광학 장비와 또 하나의 프로토타입 적재 폭탄인 허리케인 프로젝트를 감시했다.

신은 이제 그 남자를 돕는 데 신물이 났다. 원격 식스가 감청한 신호 정보에 따르면 그 남자는 암호화된 만능접속카드를 통해 탄두 발사를 통제했다. 신은 조지 워싱턴호를 무력화할 가능성이 날아갔을까 봐 걱정되어 이 남자가 헬기 추락 사고를 당했다는 사실을 알게 된 날, 심장마비를 일으킬 뻔했다. 원격 식스는 남자를 협력자 1호 또는 그냥 협력자로 지칭했었다. 협력자는 좀비를 피한다는 타당한 일을 하고 있었으나, 신은 모험을 바라지 않았다.

신은 협력자가 구명 무전기로 보내는 구조신호를 가로채고 GPS를 사용해 그의 지도 좌표를 파악하면, 그 순간 리퍼와 보급품 공중 투하로 전면적인 지원을 하라고 명령했다. 신은 소규모의 병력을 차출해 보낼 수도 있었지만, 공기 흡입식 항공기의 조종사가 매우 부족했고, 프로토타입 C-130 무인기 한 대에 탑승시켰다가 조종사를 잃을 위험을 무릅쓸 수 없었다. 기술은 원격 식스에게 문제가 아니었지만, 인력은 큰 제한 요인이 되고 있었다.

원격 식스는 인구 밀도가 높은 지역으로 생각하는 곳과는 동떨어진 외딴 분지에 있었다. 원격 식스 위에 위치한 3700미터 길이 활주로가 완전히 기능하기란 그 위치에도 불구하고 갈수록 더안심하기 어려운 일이 되었다. 높이 3미터의 K-9 철책 울타리가이중으로 둘러져 활주로를 시설 근처의 제멋대로 흩어진 좀비들로부터 보호하고 있었다.

그럼에도 일부는 그 울타리를 통과했다.

지하로 들어간 이후, 지난 1월부터 사상자가 계속해서 발생했다. 원격 식스에서 가장 귀한 자원은 사람이었다. 그들은 어떤 경우라도 여전히 시설의 지침을 충실히 따르는 자원이었다.

시설의 힘은 드론, 고등연구계획국의 프로토타입 무기였다. 비록 이것도 어마어마했지만, 더 비밀스럽고 무서운 것들도 있었다. 세상이 멸망하기 전에 선출직과 임명직 최고위급 관료들 사이에서 소문으로만 알려진 것들. 1950년대 정부가 기술적 난관에 부딪혀 군사 산업 단지에 하드웨어를 넘겨준 이래, 록히드마틴 연구소의 금고에서 확보한 기술로부터 역설계된 것들.

신은 용납할 수가 없었다. 그는 협력자가 더 고마워하리라고 생각했다. 어쨌든 그는 몇 번이고 죽음이 확실시된 상황에서 협력자를 구해 줬지 않은가. 협력자는 호텔23으로 무사히 돌아갔지만, 그 후 신의 이리듐 전화 송신에 묵묵부답이었다.

양자 컴퓨터뿐만 아니라 연구소의 수석 자문위원들도 항공모함을 파괴하는 것이 두 가지 목적을 충족시킨다는 데 동의했다. 그것은 항공모함이 중국에 잠수함을 배치하기 전에 기동팀 모래시계를 없애는 동시에 원격 식스에 핵 대응을 명령할 수 있는 유일한 존재를 제거하는 것이다. 협력자의 명백한 거절이 뇌리를 떠나지 않는 가운데, 신은 중앙 컴퓨터에 넣을 완전히 새로운 문제를 떠올렸다. 답변은 실시간으로 도출되었다. 원격 식스의 몇몇 과학자들은 컴퓨터 사용자로부터 질문이 나오기 전(아마도 몇 나노초 정도) 답이 도출될 수 있다는 이론을 제시했다. 그것은 이면에 있는 물리학에 대한 생각의 전환이었다. 질문하기 전에 답이 나온다. 즉, 입력하기 몇 나노 초 전에 출력된다.

문제에 대한 양자 컴퓨터의 출력값은 신을 놀라게 하지 않았다. 허리케인 프로젝트는 내일이나 그다음 날 호텔23에 배치될 것이다. 이것은 시설을 강제로 비우거나 무단 점유자들을 제거하게 될 것이다. 둘 중 어느 쪽이든 신이 다음 행보를 다시 고려할 시간이 생겼다. 그는 살아남은 군사 조직 중 어느 곳도 자신의 위치를 알지 못할 거라고 거의 확신했지만…… '만에 하나가 사람을 잡는 거지.' 그는 생각했다.

신은 스위치를 켜고 다이얼을 몇 번 돌려 글로벌 호크 무인기의 영상 피드를 호텔23에서 몇 킬로미터 떨어진 다른 위치로 조정했다. 곧 대규모의 T-5.1 무리가 허리케인 장치의 사정권 내에 진입해 호텔23은 무력화할 것이다. 그때까지 그는 양자 컴퓨터에 계속 새로운 정보를 넣으면서 다음에 닥칠 큰일을 예측하고 있을 것이다.

41

오아후섬 내륙 - 쿠니아 시설

렉스와 헉이 지하 시설의 발전기 시스템을 이해하는 데 몇 시간이 걸렸다. 다행히 지열이나 조수 간만의 차를 이용하는 발전방식이 아니라 단순한 디젤 시스템이었다. 연료 탱크는 아직 4분의 3이 차 있었고 예비 시스템이 작동한 적도 없는 것 같았다. 내륙의 그리드는 핵폭발에 나가떨어질 때까지 계속 유지되었을 것이다. 시설 내부의 전력망을 차단함으로써 발전기 로드뱅크에서 2개월분의 전력을 얻을 수 있었다.

코미는 버지니아호에 구간감시 정보를 제공하는 데 필요한 주요 프로그램을 불러내려고 컴퓨터 키보드를 붙잡고 있었다.

코미가 말했다.

"이해가 안 되네요. 제 로그인 아이디로 접속이 안 되는데, 아직 유효한 건 확실하거든요."

"위성은 타 버린 건가?"

렉스가 머리 위 위성이 있을 방향을 가리키며 말했다.

"아뇨, 아직 아닙니다. 유지 신호가 활성화 상태거든요. 보이시죠?"

코미는 영화 「매트릭스」에서 보던 것처럼 코드가 쏟아져 내리는 모니터 화면을 가리켰다.

"난 뭐가 뭔지 전혀 모르겠네."

헉이 말했다.

"넌 아마 네 사회보장번호도 모르겠지, 닥치고 있어."

리코가 잔소리를 했다.

"그래도 나는 사회보장번호는 있다, 이 멕시코 놈아."

지금 당장은 농담 따먹기를 할 기분이 아닌 렉스가 끼어들었다.

"그렇게들 까불어야겠다 싶으면 그리프를 좀 생각해 봐. 그리프도 지금 농담이나 지껄이고 있겠어?"

"아니, 아마 따뜻한 잠자리가 있는 잠수함으로 돌아갔을 거야."

헉이 말했다.

"그럼 좋을 텐데."

렉스가 헉을 응시하며 대답했다.

"코미, 무슨 상황이야? 결정을 내려야 해."

"대장, 정말로 저 위에 위성이 있습니다. 녹색 유지 신호를 전송하는 걸 보면 제 기능을 하고 있는 거죠."

"내 질문에 대한 답이 아니잖아."

"알겠습니다. 이런 얘기를 어떻게 해야 음모론자처럼 들리지 않을지 잘 모르겠지만, 전에 한 번 본 적이 있습니다. 국립정찰국은 몇 년 전에 어떤 진단프로그램을 돌리기 위해 이 위성들을 통제했고 아무에게도 그들이 하고 있는 일을 말하지 않았죠. 우리 중 몇몇은 전혀 알지 못했고요. 이건 지금 외부 제어가 차단된 것으로 보이고 위성도 같은 방식으로 다시 제어되고 있는 것 같습니다. 우리가 통제권을 뺏어 올 수 없을 것 같습니다."

"이거야 원, 젠장."

렉스가 투덜거렸다.

"하지만 좋은 소식도 있습니다. 지금 저 위성을 제어하고 있는 실체를 추적해 볼 수 있을 거 같아요. 정확한 위치를 찾아낼 수는 없겠지만, 근접하게 찾을 수는 있죠."

"알았어, 코미. 뭐라도 해 봐. 버지니아호에 빈손으로 돌아갈 수는 없으니까. 그리프가 살아남았다면 좋겠지만, 그게 아니라면 이번 임무에서 아무것도 얻지 못하고 그를 허망하게 보낼 수는 없어. 먼데이 중령은 작년 10월부터 3개월 동안 수집된 정보와 핵이 호놀룰루에 떨어지기 직전까지의 모든 자료 기록을 원해. 들었지?"

코미는 그래픽 작업 환경에서 다른 작업 영역을 클릭했다.

"예, 하고 있습니다. 지금 진행 중이에요."

"먼데이가 이쪽 통신 인터페이스에 접근할 수 있을까? 잠수함에서도 우리 소식을 궁금해하고 있을 테고, 어쩌면 그리프가 어떻게 됐는지 우리한테 알려 줄 수도 있잖아."

리코의 얼굴에 팀원을 걱정하는 기색이 역력했다.

"아뇨. 여기는 통신 송출 기능이 없고, 혹여 그 시스템이 어디 있는지 알고 전원이 공급된다고 해도 제가 그걸 다루지 못할 겁니다. 죄송해요."

"날이 밝았어. 열 시간 후면 일몰이야. 해가 지면 돌아갈 준비 해. 그리고 코미, 넌 운 좋은 놈이야. 앞으로 우리가 중국에 다녀오는 6주 동안 이 지하 시설에 네가 갇힌다고 생각하지 마. 물은 마셔도 되는 물이고, 내부의 모든 게 폭발의 영향을 받지 않았어. 가이거 판독으로 보면 방호복도 심하게 오염되지 않았고, 우리가 돌아오기 전에 그걸 혀로 깨끗이 핥지 않는 한, 귀환할 때까지 문제 없을 거야."

"나랑 헉은 뭘 할까?"

리코가 렉스에게 물었다.

"두 사람은 우리가 여기서 나갈 방법을 찾아봐. 저 문에 들어가는 전력을 복구하지 않는 한, 우리가 들어온 방식으로 나갈 수 없어. 회전문 구역 밖에서 언데드 천 마리가 내지르는 소리가 들리지 않는 걸 보면, 그리프가 시설 입구를 닫는 데 성공한 거지. 틀림없이 다른 출입구가 있을 거야."

코미가 끼어들었다.

"다른 출구가 있어요. 들어올 때 지하도를 쭉 내려오다 T 자형 갈림길을 만났잖아요. 그다음에 지금 있는 이쪽으로 우회전했고요. 아까 거기서 왼쪽으로 가면 자판기 몇 대를 지납니다. 더 가면 사다리로 이어지는 점검구가 보일 거예요. 사다리를 올라가면 지상에 있는 창고가 나옵니다. 그 창고는 다운링크 안테나를 정비하러 나갈 때 사용하는 곳이에요. 제가 아는 건, 전에 거기서 두 사람이 잡혀서…… 아시다시피, 예전에 여기서 일할 때요."

"둘 다 잘 들었지? 확인해 봐, 안 물리게 몸뚱이 잘 챙기고. 그리프가 놓친 놈들이 지하도에 있을지도 모르니까. 두 시간 뒤엔 돌아와. 아니면 너희가 살아남지 못했다고 생각할 거야. 코미를 혼자 두긴 너무 위험하니 난 여기 남을게. 방호복 다시 한 번 확인하고 가."

* * *

리코와 헉은 방사선 보호 후드를 착용하고 카빈총 작동을 확인한 후, 보안 구역 바깥의 자동판매기가 있는 복도로 이동했다. 코미는 추적을 계속하는 동시에, 죽은 자가 걷기 3개월 전에 이 기지가 수집해 보관한 정보를 다운로드했다. 다운로드가 진행되는 동안, 코미는 무작위로 몇몇 메시지를 읽어 보면서 이 정보들이 시설 밖 누군가에게 전송되거나 처리된 적이 없다는 것을 깨달았다.

방대한 양의 데이터를 선별해서 보고서로 만들 시간도, 사람도 없었을 것이다. 코미가 압도적인 양의 정보를 훑어보는 동안, 렉스는 그리프를 걱정하며 구역을 방비했다.

텍스트 출력 시작
클리그라이트 시리얼 099
RTTUZYUW-RQHNQN-00000-RRRRR-Y
일급기밀//SI//G/SAP 호라이즌

수신인 숙지 사항: 이 보고서에는 분석되지 않은 정보가 포함되어 있음. 외부로 유출하지 말 것.

본 기지는 코드명 호라이즌이 있는 SAP를 참조하는 중화인민공화국발 통신 도청에 의한 정보를 수집했다. [삭제] 밍용 발굴과 관련된 중국 과학자들과의 비밀 통신이 얼마 전, 아마도 1월 이전 중국 지도부에 발각되었다. 중국 총참모부는 그들의 과학자가 [삭제]와 암호화된 교신을 주고받은 사실을 알고 있으며, 이에 대응하여 비밀리에 [삭제]에 대한 공격적인 사이버전 선제공격에 착수했다. 통신 첨부 파일에 내재된 바이러스 알고리즘은 이전 스턱스넷의 본질과 유사하다. 그것은 소유자의 [삭제] 시스템에 내포되어 취약성과 한계를 실시간으로 학습한다. 중국의 스턱스넷과 유사한 웜 바이러스가 [삭제]의 결정행렬 시스템에 가한 손상의 정도는 본 기지에서 파악할 수 없다.
쿠니아가 보낸······/

BT

AR

전송 상태: 송출 불가, 아웃바운드 통신 네트워크 통제

42

혁이 사다리 아래서 소곤거렸다.

"이거구나. 저 해치 좀 부숴 버려, 리코. 바다 냄새가 나."

리코는 사다리를 딛고 위로 올라갔다. 그의 코에 무언가 썩은 냄새가 풍겨 왔다.

"너는 바다 냄새를 맡는데, 나는 죽음의 냄새를 맡네. 시간이 좀 걸릴 테니까 거기 딱 앉아 있어. 내가 안 물려야 너도 해를 보지."

"좋아."

혁이 오는 길에 자판기에서 훔쳐 온 껌을 씹으며 대답했다.

"아, 보인다."

혁이 물어보길 기대하며 리코가 말했다.

혁이 걸려들었다.

"뭐가 보이는데? 뭐야?"

"이거!"

리코는 심하게 부패한 고양이 사체를 헉의 머리 위로 던졌다.

헉이 비명을 질렀다.

"빌어먹을! 이 미친 밀입국자 새끼! 내가 그냥 두나 봐라. 우리가 돌아가기 전에 네 입국 허가증에 구멍 내 버릴 테니까. 두고 보라고!"

리코는 찡그린 헉의 얼굴을 보며 키득거리다 토니 몬타나[42]처럼 쿠바 억센 말투로 말했다.

"인마, 진정해. 재미있었잖아. 왜 이렇게 화를 내는데. 내가 공중 위생 시설에서 일했다고 얘기했잖아."

헉은 허탈하게 웃다가 리코를 사다리 두어 단 아래로 끌어 내리기 위해, 어쩌면 태도도 좀 눌러 주기 위해 그의 다리를 잡으려고 손을 뻗었다. 그런데 문득 이런 질문이 튀어나왔다.

"그리프가 걱정돼?"

"그래, 그리프는 내 친구니까. 하지만 긍정적으로 생각할 거야. 아직 살아 있을지도 모르잖아. 나도 죽지 않고 버틸 거야. 난 돌아가서 우리가 시작한 일을 끝내고 싶어."

"그렇게 되기를, 아멘. 난 거기 가서 중국 놈들 볼기짝을 걷어찰 준비가 됐다고!"

헉의 외침이 사다리를 타고 아래 지하도를 따라 울려 퍼졌다.

캄캄한 지하도 안 저 멀리 어디선가 쨍그랑 소리가 났다.

---

42) 1983년 영화 「스카페이스」의 주인공으로, 배우 알 파치노가 연기한 다혈질적이고 충동적인 쿠바 출신 폭력배.

"뭐 떨어뜨렸어?"

밖으로 이어지는 출입구를 열려고 애쓰면서 리코가 물었다.

"아니, 지하도에서 난 소리야. 그것들 중에 하나인 게 확실해."

"잠깐만. 자물쇠 쐐기 때문에 너무 힘들다."

리코는 커다란 황동 자물쇠의 잠금장치 틈에 맞도록 쐐기를 다시 구부리며 말했다.

"자물쇠 쐐기를 알루미늄 캔으로 만드니까 그렇지, 멍청한 멕시코 놈아."

"네놈 이름에서 점 하나를 지워서 힉[43]이어야 맞는데. 내가 좀 멍청할지는 몰라도 난 사촌들한테 손은 안 댄다, 근친상간으로 태어난 촌놈아!"

"농담이라기엔 너무 잔인하다. 야, 난 아직 고양이 일 잊지 않고 있거든. 농담으로 대충 넘어갈 수 있다고 생각하지 마."

"후드 뒤집어쓰고, 입 닥치고 올라와, 힉. 자물쇠를 그냥 뽑아 버렸어. 레버를 돌리고 문을 열게. 준비됐어?"

"응, 열어. 준비됐어."

힉은 총을 하이 레디 자세로 끌어 올렸다. 햇빛의 첫 줄기가 출입구를 통해 내리쬐자, 방사선 보호 후드 안쪽에 습기가 어렸다. 절망적인 풍경이었다. 1년 전 초록의 낙원이었을 이곳이 오늘은 너무 음울한 모습이었다. 호놀룰루를 뒤흔든 폭발로 인해 모든 초목이 죽고 나무들은 북쪽으로 날아가 버렸다. 어젯밤 어둠 속을 걸을 때는 그들 중 누구도 섬의 완전한 파괴 범위를 깨닫지 못했다.

---

43) Hick. 시골뜨기, 촌놈

그들은 시설과 지하 터널 위 언덕 꼭대기에 올라와 있었고, 멀리 바다를 내려다보기 좋은 위치였다. 헉은 약간 떨어진 곳에 망가진 골프공 모양의 안테나와 문 바로 밖에 있는 더 작은 안테나를 발견했다.

그들은 남쪽으로는 좀비가 우글거리는 시설 입구가 내려다보이고, 북쪽으로는 정글 한가운데 30미터 높이는 되어 보이는 깎아지른 절벽이 보이는 가파른 언덕 꼭대기에 있었다. 리코는 돌아가는 대로 렉스에게 보고할 수 있도록 방수 처리가 된 메모지를 쥐고 배치도를 그리기 시작했다. 헉은 쌍안경을 들고 아래의 터널 입구를 정찰하고 있었다. 그는 가슴을 굽혀 바닥에 엎드려 가장자리로 낮게 포복했다. 리코가 본능적으로 헉의 발을 잡았다.

"어때 보여?"

"죽어서 걸어 다니는 무리처럼 보이네."

헉이 대답했다.

리코가 헉의 발을 땅에서 살짝 들어 올려서 그를 조금 놀라게 했다.

"그런 미친 짓 좀 하지 말라고."

헉이 리코를 나무랐다. 그는 아래 지역을 계속 훑어보며 탈출에 도움이 될 만한 것을 찾았다. 그러다 쌍안경의 움직임이 멈추고 어깨가 집중하느라 꽉 조여졌다.

"어…… 리코. 유감이다."

"왜…… 그리프야?"

"그래, 인마. 이제 뒤로 당겨 줘. 정말 안됐어."

리코는 헉의 부츠를 잡아 끌어 내리고는 순간적인 좌절감으로 창고의 녹슨 문에 기대어 주저앉았다.

"헉, 네가 본 게 뭐야?"

이것은 대답을 바라지 않는 사람의 말투였다.

"당당히 맞선 용감무쌍하고 대단한 놈이 남긴 걸 봤지. 그 자식이 폭탄을 뽑아서 몇 놈 데려간 거 같아."

두 사람은 언덕 꼭대기에 앉아 방호복을 통해 하와이 태양의 열기를 받아들였다. 이는 잠수함에서 지내는 현재의 생활환경을 생각하면 소소한 사치였다.

헉은 눈을 가늘게 뜨고 디지털시계를 확인했다. 그의 시계는 이제는 교체하지 못할 배터리가 다 되어 가면서 숫자가 희미하게 보였다.

"리코, 한 시간 됐어. 이제 가야지."

리코는 일어나더니 갑자기 M-4를 풀어 헉을 놀라게 했다. 그는 오른손 엄지손가락으로 안전장치를 풀고 아래의 좀비들을 향해 난사했다. 언데드 열 마리가 쓰러졌다. 열대의 태양 아래 달궈지면서 걸어온 500여 마리에 티도 안 나는 숫자였다. 리코는 다시 카빈총을 메고 창고 문으로 들어가 해치를 열고 사다리를 내려갔다.

사다리를 내려가는 구멍은 헉에게 할머니의 우물을 떠올리게 했다. 할머니는 우물을 멀리하지 않으면 빠질 수도 있다고 경고하곤 했다. '저 아래 물은 차갑단다, 애야. 그리고 죽은 다람쥐들로 가득 차 있지.' 할머니는 농담이었을 것이다. 그래도 헉은 거의 항상 개울가에 가서 물을 마셨다.

"리코, 내려가기 전에 배에 무전을 보내 줘야 할 거 같아. 지금 어떤 상황인지 알려 주자."

리코가 고개를 끄덕였다.

"여기는 모래시계, 상황보고 합니다."

혁이 무전을 보냈다.

"모래시계, 정말 더럽게 반갑군요. 상황보고 계속하십시오."

조그만 이어마이크를 통해 킬의 목소리가 들려왔다.

"시설 상태는 양호하지만 위성은 제어할 수 없습니다. 코미 말로는 접속이 차단되어 있고 다른 조직에 의해 제어된다더군요. 2차 목표를 진행합니다. 잘 들립니까?"

"예, 전송 상태 양호합니다. 저기, 그리프 말인데……."

"알고 있습니다. 저희는 지금 위쪽에 올라와 있고 다시 내려갈 겁니다. 오늘 밤 철수할 예정이니 배에서 뵙죠. 모래시계였습니다, 이상."

"로저, 모래시계. 곧 봅시다."

* * *

아까 들은 소음을 염두에 둔 혁이 먼저 사다리를 내려갔다. 내려가면서도 카빈총을 아래로 겨눴다. 터널 바닥에 다다라서는 다시 마스크를 쓰고 렉스와 코미가 있는 곳으로 돌아가기 시작했다. 회전문까지는 몇백 미터 떨어져 있었기 때문에 눈이 햇빛으로부터 야간 투시경으로 적응할 시간은 충분했다. 금속 문에 이르러 리코가 손잡이를 잡아당겼다. 문은 꼼짝도 하지 않았다.

"우리 갇혔네. 너 뭐 할래?"

리코가 말했다.

"알았어. 네가 무전을 해. 어쩌면 렉스가 자기 걸 켜 놨을 수도 있어. 여기서 그리 멀지 않거든. 신호가 벽 몇 개 정도는 뚫고 갈 수도 있어."

리코는 무전기를 켜고 자판기에서 문까지 왔다 갔다 하면서 운 좋게 신호가 잡히는 지역이 있는지 찾아다녔다.

어둠 속 어딘가에서 무언가 움직였다.

"헉! 방금 들었어?"

리코가 다시 문 쪽으로 뛰어오며 말했다.

"뭘?"

"여기 뭔가 있어. 얼마나 멀리 있는지는 모르겠지만 이쪽으로 오고 있는 게 분명해. 서둘러!"

리코는 불필요한 소음을 피하려 애쓰면서 속삭였다. 터널은 소리를 예측할 수 없는 방향으로 퍼뜨렸다.

뜻밖에 문의 잠금장치가 열리면서 헉은 안쪽으로 넘겨졌다.

"됐다. 리코, 움직여."

리코는 터널 끝 어둠을 응시했다. 이런 완전한 암흑 속에서 야간 투시경은 몇 미터밖에 보지 못할 것이다. 거기서 무언가 움직였다는 것을 리코는 알고 있었다. 무기를 들고 뒷걸음질 쳐 문을 통과하자마자 서둘러 닫았다. 두 사람은 함께 복도를 따라 렉스와 코미에게 향했다.

"돌아갈 때 문제가 될 거야."

리코가 경고했다.

"어떻게 움직였다는 건지 모르겠네. 그런 칠흑 같은 암흑 속에서 그것들은 앞이 보이지 않잖아."

"그래, 그렇지만 이 뭣 같은 방사능이 시체한테 어떤 영향을 미치는지 우리는 사실 잘 모르니까. 아주 엉망이 될 수도 있어."

"아, 입방정 좀 떨지 마. 우린 나갈 수 있을 테니까. 시설 문은 10센티미터 정도밖에 열려 있지 않았어. 그것들은 못 들어와. 여기 우리랑 같이 있다고 해 봐야 한두 마리겠지. 그리프가 우리한테 그렇게 똥을 뿌려 놓지는 않았을 거야."

혁의 말은 소기의 목적을 달성해, 리코의 태도가 눈에 띄게 변했다. 그들은 해치를 돌리고 렉스와 코미가 기다리는 방으로 들어갔다.

"한참 걸리셨군요. 뭘 좀 보셨습니까?"

코미가 물었다. 그의 배낭은 닫혀 있고 장비도 정리된 상태였다. 나갈 준비가 된 것이다.

"출구를 찾았어. 그건 좋은 소식이겠네."

혁이 침통하게 말했다.

"얼른 말해 봐. 그럼 엿 같은 소식은 뭐야?"

렉스가 캐물었다.

"음…… 그리프가…… 살아남지 못했어. 폭탄을 안고 가서 대여섯 마리를 자기랑 같이 날려 버렸어. 얼마 안 남긴 했지만, 아직 거기에 있더라고."

"그리프는 혹시……?"

렉스가 물었다.

"아니, 정말 죽었어. 확실하게. 그 자식이 다른 방식으로 남아 있게는 안 하지."

팀원들의 눈에 어린 아픔을 보는 데 너무나 지쳐 버린 혁은 바닥에서 눈을 떼지 않았다.

리코는 주머니에서 메모지를 꺼내 렉스에게 위에서 그린 배치도를 보여 주었다.

"북쪽에 가파른 비탈이 있는데, 시체가 75마리, 어쩌면 백여 마리쯤 되는 거 같아. 남쪽은 그리프가 있는…… 있던 터널 문 위이고."

말하는 도중에 리코의 감정이 슬픔에서 분노로 바뀌었다.

"네가 뭘 바란다 해도 상관없어, 대장. 남쪽으로 가서 다 쏴 죽이겠다면 나도 그렇게 할게."

렉스는 리코의 갑작스러운 성격 변화에 깜짝 놀랐다.

"아냐, 우린 북쪽을 타고 아무 탈 없이 이곳을 빠져나간다. 갖고 있는 탄약이 제한적이니까. 무선 연락은 됐고?"

"그럼."

헉은 새로 껌을 꺼내 씹으며 알렸다.

"배에서 그리프에 대해 알고 있더라. 하늘에서 본 거지. 우리는 오늘 밤에 철수한다고 말했어. 여기는 어때?"

"코미가 위성을 제어하려고 다시 시도해 봤는데 어림도 없어. 누군가 다른 사람이 통제권을 갖고 있나 봐."

렉스는 주변을 훑어보다가 코미가 배낭을 꾸리며 이동할 준비를 하고 있는 것을 보고 물었다.

"어디 가?"

"예, 여기서 나가야죠. 빨리요. 우리가 죽을 위험을 무릅써 가며 해야 했던 일을 다 했어요. 정보는 DVD 두 장에 구워서 제 배낭에 넣었습니다. 혹시 모르니 우리가 출발하기 전에 하나를 드리겠습니다. 들어 있는 정보는 똑같아요."

"좋은 생각이군. 하지만 네가 무사히 돌아가지 못할 바에야 난 여기 남아 있는 게 낫겠어. 우리가 고가치 자산을 잃는다면, 라센 함장은 나를 전망탑에 묶고 자동차 안테나로 내 불알을 때릴 테니까 말이야."

이 말이 어찌나 웃겼던지 헉은 웃다가 입에서 껌이 튀어나왔다. 머릿속에 말채찍 대신 자동차 안테나를 들고 패튼 장군처럼 차려입은 함장의 모습이 그려졌다. 헉은 얼굴이 빨개진 채 배꼽을 잡고 웃었다.

"이게 지금 웃을 일이야, 헉?"

렉스는 테이블 쪽으로 다가가 그 위에 있던 헉의 오래된 껌 한 개를 슬쩍하고는 코미를 향해 얼굴을 돌렸다.

"그건 그렇고, 추적은 어떻게 된 거야?"

코미는 거의 대본을 읽듯 빠르게 대답했다.

"추적은 알래스카에서 멈췄습니다. 그곳의 방화벽을 뚫을 수가 없었어요."

그는 배낭의 끈을 질끈 동여매고 컴퓨터 단말기로 돌아갔다.

"중앙 컴퓨터를 폐쇄하겠습니다. 누가 다시 여기 올 일이 있을까 싶지만, 언젠가 시스템이 필요할지도 모르는 일이죠."

"네가 포르노를 다운받건, 싹 다 불질러 버리건 난 상관없어. 여기서 우리 일은 끝났어."

렉스는 계획을 세우기 위해 방 중앙으로 이동했다.

"해가 지면 나간다. 내부는 안전하고 코미가 이곳을 알고 있으니까, 리코, 너는 코미랑 어디 가서 밧줄 좀 찾아봐. 가능하면 네 가닥 정도. 네가 못 하겠으면 우리가 할게. 일단 나랑 헉은 상황을 통제한다."

"로저. 코미, 가자."

둘은 무거운 배낭을 내려 두고 무기만 들고 움직였다. 언데드의 떼를 뚫고 돌아가야 하는 앞으로 장장 열두 시간 동안 이어질 여정을 고대하는 이는 아무도 없었다.

USS 버지니아호 – 12월

내가 아빠가 된다니! 내가! 지금 특전 팀이 히로시마 같은 지형에 16킬로미터 들어와 있지만, 나는 웃음을 멈출 수가 없다. 좋은 소식, 아니 끝내주는 소식이다. 이건 작년 크리스마스 이후 최고의 소식이다. 세상은 죽어 버린 지 거의 1년이 지났지만, 나는 새 생명을 만들었다. 타라에게서 온 메시지는 간결했지만, 나를 영원히 바꿔 놓았다.

'저 임신했어요.'

한 시간 가까이 서성거리며 웃고 즐거워한 듯하다. 주변에서 무슨 일이 일어나고 있는지 새까맣게 잊어버린 채. 나는 하와이 해안의 잠수함이 아니라 구름 속을 둥둥 떠다니고 있었다.

좀 더 시급한 일들부터 해결하자.

몇 시간 후 해가 지고 나면 두 가지 일이 있을 것이다. 크루소에게 통신을 보낼 기회가 주어질 것이고, 쿠니아 기지에서 철수하는 팀을 지원하게 될 것이다. 타라의 소식을 전해 줄 때 크루소는 매우 즐겁고 뿌듯해하는 듯 보였다. 그를 만나 본 적도 없는데 중계 역할로 인해 나보다도 먼저 아기에 대해 알고 있었다니 참 재미있는 일이다. 그가 저 멀리, 지구 맞은편 어딘가에 있다는 게 놀랍다. 그와 내가 있는 곳의 온도차가 거의 80도나 되지만 우리는 여전히 이 상황 속에서도 어떤 기쁨을 찾게 된다. 물론 오늘은 그보다 내가 더 많이!

중계로 보낼 이름: 남자아이라면 뭔가 알렉산더처럼 강한 이름으로 해야지. 릴리안이나…… 뭐 그런 여자아이 이름도 고민해 봐야겠어. 젠장, 돌아가면 결혼부터 해야겠군. 내가 결혼도 하지 않고 아빠가 된 걸 알면 어머니가 날 가만 안 두시겠지. 우리 어머니는…….

43

USS 조지 워싱턴호

존은 선내 전체의 메시지 트래픽을 은밀하게 모니터하여 몇몇 신경쓰이는 소식을 도청했다. 또한 소스 라인에서 '오로라'라고 불리는 항공기가 베이징 상공에서 수집한 정보를 빼돌렸다.

존은 이미 킬에게 경고문 한 줄을 암호화하여 전송했지만, 그가 받았는지는 아직 확신할 수 없었다. 잠수함이 보하이만에 도착하기 전 킬이 그것을 확인해야 했다. 그렇지 않으면 존은 암호화되지 않은 상태로 킬에게 전송해야 할 수도 있었다. 존은 킬에 대해 심각하게 걱정하고 있었다. 하지만 불필요한 걱정과 혼란을 피하기 위해 타라에게는 자신의 조사 결과를 얘기하지 않기로 결정했다. 그도 좋은 소식을 들었고, 그래서 그녀를 속상하게 하고 싶지 않았기 때문이다. 존은 킬이 중국에서 맡게 될 임무를 상세히 알지 못했지만, 그들이 저쪽에서 무엇을 하려 하든지 최근 도청한 메시지와 관련이 있을 것이라는 의심이 들었다.

어제 참석한(참석했다고 하기엔 보안상의 이유로 중간에 나와야 했지만) 지도부 회의에서 존은 제독이 함내 민간인 중 한 명에 대해 걱정하고 있다는 것을 알게 되었다. 장교는 회의에 민간인도 참석한다는 것을 알고 이름을 노출하지 않도록 주의하면서 브리핑을 이어 나가고 있었다.

"제독님, 소년은 O-3층 고물 쪽에서 그것들의 소리를 들었다고 주장했습니다. 간호사와 의사에게 그렇게 말했다고 합니다. 어떻게 진행하길 원하십니까?"

제독은 손짓으로 방 안의 민간인들을 남김없이 내보내도록 했다. 제독의 보좌관인 조는 모두를 밖으로 안내하고 문을 닫았다. 존은 나중에 회의실로 다시 부르지 않을 공산이 크다고 생각하고 그 틈을 타 복도 전화기로 전화를 걸기로 했다. 의무실 번호를 눌렀다.

"자넷입니다. 응급상황입니까?"

"아뇨, 존입니다. 저기, 일주일쯤 전에 대니에 관해 상의했던 거 기억합니까?"

"예, 왜요?"

"다른 사람한테도 그 얘기를 했습니까?"

"아뇨, 방금 딘한테 얘기했어요. 딘이 다음 주 타운홀 미팅에서 제독에게 얘기하겠다고 했어요."

존은 잠시 머뭇거리다 말을 이었다.

"왜 물었는가 하면 오늘 아침 지도부 회의에 참석해서 민간인들을 내보내기 전에 한 말을 우연히 듣게 됐는데요, 그것들의 소리를 들은 소년에 관한 얘기였습니다."

존은 메모지에 손을 뻗어 귀퉁이가 접히지 않은 첫 페이지로 넘겼다.

"O-3층 고물에서 그것들의 소리를 듣고 간호사에게 얘기한 소년'이라 했어요."

전화기 반대편의 자넷은 아무런 말이 없었다.

"자넷? 호텔23 회의를 소집하는 게 최선일 것 같군요."

"예, 그게 좋겠어요. 금방 갈게요. 우리 객실의 복도에서 봬요."

"좋아요, 곧 봅시다. 조심해요."

"그럴게요. 끊어요, 존."

존은 회의 장소로 향하기 전 월과 딘, 타라에게 전화를 걸었다. 층계와 사다리를 효율적으로 가로질러 도착해, 이미 그곳에 있을 자넷과 윌리엄을 찾다가 애너벨과 함께 있던 로라와 잠시 함께 서 있게 됐다.

"안녕, 로라! 아저씰 위해서 강아지를 돌봐 주고 있는 거야?"

"예! 그렇지만 애너벨은 제 거예요. 애너벨이 그렇게 말했어요!"

로라가 장난꾸러기처럼 킥킥거리며 애너벨의 등을 긁어 주었다. 애너벨은 알아듣기라도 한 듯이 돼지처럼 말린 곱슬곱슬한 꼬리를 흔들었다.

"어디 두고 보자고, 꼬마 아가씨!"

존이 사악한 목소리로 말하자, 로라가 더 킥킥거리며 웃었다.

애너벨이 꼬리를 흔들며 달려왔다. 혀는 이미 날름거리는 상태로 꼬리를 걷잡을 수 없이 흔들어 댔다.

"윌, 어찌 지냈나요? 지난 며칠 동안 5분도 제대로 대화할 시간을 못 내서 미안하군요. 통신이랑 그런 것들 때문에 바빴던지라."

"걱정하지 마세요. 자넷이 저한테 환자용 변기를 바꾸고 링거 고정하는 일을 시켜요. 완전 싸구려 노새 부려먹듯 한다니까요."

자넷이 못마땅한 표정으로 윌을 쏘아보자 주위에서 웃음소리가 터져 나왔다.

존 뒤쪽에서 객실 문이 닫히는 소리가 났다. 뒤를 돌아본 그는 타라가 오는 것을 보았다.

"큰 문제는 아니라고 생각하지만, 모두 오면 바로 복도를 벗어나는 게 좋겠군요. 아직 딘이 안 왔네요."

"여기 있어요."

딘의 목소리가 복도에 울렸다. 농구공이 철제 갑판에 튕겨지는 소리. 지금 대니를 데리고 있다는 말이었다.

"대니, 넌 로라랑 같이 교실에 가서 공부하렴. 얘기가 끝나면 데리러 갈게. 그리고 그 얘긴 더는 안 했으면 좋겠구나, 얘야."

"알았어요, 할머니."

대니는 약간 슬픈 듯이 대답했다. 소년으로서는 여자아이를 돌보는 일이 절대 재미있을 수 없을 터였다.

딘은 일 때문에 거칠어진 손으로 대니의 머리를 쓰다듬으며 안심시켰다.

"머지않아 괜찮아질 게다, 얘야. 서두르렴."

대니와 로라, 그리고 애너벨은 옆방으로 달려갔고, 그 와중에 애너벨은 숲속 사슴이 통나무를 넘듯이 무릎 높이 문턱을 뛰어넘었다. 잠시 후 애너벨이 질주하는 소리가 다시 점점 커지더니, 돌아와서 존의 발 옆에 미끄러지듯 멈췄다.

존이 말했다.

"우리 아기구나! 제 방으로 가십시다. 거기가 더 넓으니까요."

"와, 누가 승진했나 보네요!"

타라가 야유하듯 웃으며 말했다.

"예, 약간 죄책감이 듭니다만, 밤낮없이 대기해야 해서 전에 이 일을 했던 남자의 객실에 머물고 있어요. 통신 장교의 거처예요. 호텔23에 비하면 검소하지만, 우리 처지를 생각하면 여유 있는 편이죠."

"아, 그러지 마요, 존! 우리 중에 하나라도 행운을 얻는다면 그건 좋은 소식이죠."

딘이 그를 안심시켰다.

"고맙습니다, 딘. 그저 내가 여러분을 잊고 있다는 생각은 누구도 하지 않길 바랐지요. 그럼 얘길 시작해 볼까요?"

그들은 우르르 존의 객실로 들어가 문을 닫았다. 존이 아침에 있었던 일을 떠올려 보는 동안 각각 2층 침대, 싱크대, 작은 접이식 테이블에 자리를 잡고 앉았다. 애너벨은 존이 상갑판 쪽을 살살이 뒤져 모은 밧줄로 만든 씹는 장난감 조각을 찾았다. 존이 들은 내용을 설명하자, 딘의 얼굴에는 걱정스러운 기색이 역력했다. 딘은 제독과의 면담을 요청할까 했으나 대니가 실제로 눈으로 본 것은 아무것도 없기에 일단 그대로 두는 것이 최선이라고 보았다.

자넷이 불쑥 끼어들었다.

"저는 이 얘기가 어떻게 제독 귀에 들어갔는지 알겠어요. 일주일쯤 전에 브리커 박사와 의무실에 있었죠. 대니가 몇 바늘 꿰매야 할 정도로 다쳐서 들어왔는데, 그때 선내에 좀비가 있다면서 다른 아이들과 좀비 놀이를 한다고 말했어요. 대니가 나가고 난 뒤 브리커 박사는 자신이 가끔 분석을 위해서 조직 샘플을 받고 있는데 샘플이 어디서 생긴 건지 의심스럽다고 했어요."

"그건 정말 아무 의미도 없는 거 같아요, 자넷. 게다가 우리가 너무 성급하게 결론을 내려서 흥분하고 있는 거라면요?"

타라가 물었다.

자넷은 인상을 쓰며 설명하기 시작했다.

"그냥 누군가의 조직 샘플이 아니에요. 브리커가 그 샘플은 방사능에 높은 수준으로 피폭된 뇌 조직의 일부라고 했어요. 샘플을 받기 전 2주 동안 어떤 정찰이나 구조 작업도 없었다는 걸 강조했다고요."

"자넷, 전 당신을 못 믿는다는 말이 아니에요……. 난 그냥 그런 생각을 할 준비가 되지 않은 거 같아요. 그런 것들이 이 배 안에 나랑……."

타라는 두 손으로 자신의 배를 부드럽게 어루만지다 흐느끼기 시작했다.

존이 말했다.

"타라, 괜찮아요. 놈들이 타고 있다면 우리도 알게 될 겁니다. 우리가 여기 도착했을 때 이런저런 우려가 있었지만 결국 우리 모두 무기를 가지고 있잖아요. 군은 우리를 무장해제 시키는 대신, 늘 선내에 무기를 가지고 있도록 했지요. 이것이 우리에게는 이점으로 작용하겠군요. 이제 언데드가 우리와 같이 여기에 있다는 걸

밝히는 일만 남았네요."

존은 책상에서 일어서서 안경을 콧등 위로 밀어 올렸다.

"나한테는 배터리도 넣지 않는 완벽한 언데드 탐지기가 있지요."

존은 꼬리를 말고 흔들면서 밧줄을 씹고 있는 애너벨을 내려다
보았다.

"녀석의 목덜미 털이 킬과 나를 여러 차례 구해 줬답니다."

* * *

ZAAUZYUW RUEOMFC7685 1562255-TTTT—RHOVIQM
ZNR TTTTT ZUI RUEOMCG340X 1562254
Z 042253Z
발신 USS 조지 워싱턴호
수신 RHOVNQN/COG MT W

BT

일급기밀 N//002045U

제목:/ 코즈웨이&다운타운 상황보고

비고:/ 코즈웨이와 다운타운에 대한 최종 실험 단계가 앞으로 24시간 내에 시작될 것이
다. COG의 지침에 따라, 계획된 뇌의 부위를 절제하고, 열 감각 인식 실험을 위해 한쪽
눈을 제거한다. 본 기지는 최신 정보를 분리교신 방식으로 전송한다.

BT

AR

NNNNN

텍스트 전송 시작

클리그라이트 시리얼 209
RTTUZYUW-RQHNQN-00000-RRRRR-Y
일급기밀 // SAP 호라이즌

제목: 뉴올리언스 표본의 방사능 효과 연구 결과

비고: 본 기지는 표본 코즈웨이와 다운타운의 초기 검사를 완료했다. (뉴올리언스 추출 구역 참조에 라벨 부착) 초기 테스트가 진행되는 동안, 두 실험 대상 모두 손과 눈의 기능이 인지 합치 상태를 보였다. 그것은 도형 모양의 나무 조각을 같은 모양의 구멍에 넣는 어린아이의 능력과 유사하다. 좀 더 높은 단계의 조정력 테스트가 진행되는 동안, 다운타운은 시속 16킬로미터로 움직일 수 있는 능력을 지녔다. 코즈웨이는 거의 시속 10킬로미터에 다다랐다. 또한 다운타운은 간단한 문제 해결 능력을 보유했으며 방탄유리 너머에 살아 있는 먹잇감이 있을 수도 있다고 감지하면 그것을 얻기 위해 유리를 깰 특정 도구를 선택했다. 다운타운은 음식이 있을 때 코즈웨이를 향해 적대적인 행동을 보였으며, 가끔은 코즈웨이를 음식 공급지 반대편으로 밀쳐 내기도 했다.
주목할 만한 행동: 다운타운은 연구원들이 출입하는 것을 주시하며 관찰했고, 연구원들이 밖으로 나가는 해치 레버를 돌릴 때는 손의 움직임을 흉내 내려고 했으며, 이는 적어도 기초적인 학습 능력을 지녔음을 시사했다. 코즈웨이와 다운타운 모두 핵폭발 이전의 방사능에 피폭되지 않은 언데드들에게서 아직까지 관찰되지 않은 속도와 기민함을 보유하고 있다.

요약: USS 조지 워싱턴호는 표본을 계속 관찰할 것이다. COG에게 부적절한 의도에 대해 미리 조언한다. 다양한 지역 출신에 다양한 조건을 지닌 다섯 대상이 탑승 중이다. 본 기지는 미국 내 언데드의 몰살 가능성에 대해 회의적이다. 피폭된 언데드들은 현재 어떠한 부패의 징후도 보이지 않고 있다. 히로시마와 나가사키의 기록 자료는 방사능에 의한 어느 정도의 사망 상태 보존을 시사하고 있지만, 이 정도 규모는 아니다. 우리는 높은 수준의 방사능이 현재 우리가 확인하거나 측정할 수 없는 수준의 이상 징후와 공생 관계를 형성했으리라 추측한다. 행운을 빌겠다.
조지 워싱턴호의 수석 과학자가 보내는……

BT

AR

『하늘의 터널』이라……. 나는 임무에 완전히 발목이 잡혀서 존이 의도한 바를 전혀 알 수가 없었다. 그가 체스의 수에 추가 코드를 함께 보낸 지 일주일이 훌쩍 지났다. 무엇보다도 당시에 그 코드가 뜻 모를 글자 조합이었기 때문에, 나는 아무 생각 없이 그것을 적어 놓았다. 존은 우리가 가진 두 권의 『하늘의 터널』 복사본을 이용해 메시지를 암호화해서 보냈다. 그는 페이지, 단락, 그리고 문장의 암호 코드를 보내서 내가 가진 책에 일치하는 특정 단어와 글자를 참조해 짧은 문장을 만들었다. 나는 이것을 지난번 존이 보낸 메시지를 크루소를 통해 전달 받은 이후에야 깨닫게 되었다. 내가 존에게 얼마 전 그 책을 다 읽었다고 알렸음에도, 그가 새로 보내는 코드 뒤에 또다시 질문을 붙인 것이다.

'『하늘의 터널』은 아직 읽지 않았나?'

나는 잠시 혼란스러운 상태로 침대에 앉아 페이지를 뒤적이며 쿠니아 기지에서 팀이 돌아왔다는 소식이 들리길 기다리고 있었다. 나는 책 속에서 존이 썼을 수도 있는, 내가 놓쳤는지도 모를 무언가를 찾았다.

마침내 존의 메시지를 꿰맞추었다. 수신인이 발신인과 정확히 똑같은 열쇠를 쥐고 있는 경우, 대놓고 체스의 수처럼 보이게 숨긴 뜻 모를 코드는 해독할 수 있는 구체적인 배열을 가리켰다. 이 경우에 열쇠는 바로 이 절판된 책이었다. 작업에는 몇 분이 걸렸지만, 그의 메시지는 분명했다.

"1947년 네바다 추락 표본이 이상 징후에 노출되었고…… 매우 강한…… 총은 효과가 없고, 불로 무력화…… 어떤 것을 의미한다?"

물론 나는 존이 어떻게 이 정보를 알게 된 건지 놀랍고 어리둥절하지만, 그가 항공모함에서 통신 장교 대행을 하고 있으니 영 터무니없는 일은 아니다. 해군은 늘 두 가지 기본적인 업무 방침에 따라 운용되는 것 같다. 하나는 지랄 맞은 곳에서 근무할수록 승진할 기회가 더 많아지는 것이다. 다른 하나는 유능할수록 고달파진다는 것이다. 내가 근무하던 시절에 딱 이 말대로였다. 존은 후자에 속한다. 유능한 사람일수록 보상도 없이 더 많은 책임이 주어지고, 일에 대한 기대치만 높아진다.

유능한 인재를 다스리는 이들은 전형적으로 첫 번째 범주에 속했다. 존이 그 일을 할 수 있는 유일한 사람이므로 선내 통신 네트워크에 대한 완전한 접속 권한을 부여받았을지도 모른다. 어쨌든 함장이 어느 편에 서 있는지 완전히 확신하기 전에는 이 메시지를 공개하지 않을 생각이다. 기회가 될 때 렉스와 팀원들에게는 얘기하려 한다. 그들은 작전 요원들이고 충분히 알 자격이 있다. 기껏해야 중국이 미스터리의 근원이 되겠지.

만약 정부가 그동안 서쪽의 산맥에 숨겨 온 것에 대해 내가 브리핑을 받지 않았다면, 존이 보낸 이 암호화된 메시지는 정말이지 매우 기묘하게 들렸을 것이다.

44

USS 버지니아호 – 하와이 해역

"킬, 그 친구들 언제 돌아오겠소?"

사이엔이 물었다.

"해가 지고 한 시간 후에 지하 시설에서 나올 테죠. 언데드들이 그때 좀 더 얌전한 것 같으니까요. 왜 묻는 건가요?"

"당신이 업무에 복귀하기 전에 우리가 담소를 나눌 시간이 있나 궁금했을 뿐이오."

"예, 괜찮을 거예요. 마음에 걸리는 거라도 있어요?"

킬은 위쪽 침상에서 미끄러지듯 내려와 사이엔 맞은편에 앉았다.

"이쪽으로 오면서 우리가 들은 얘길 나는 믿지 못하겠소. 여러 날 동안 생각해 봤는데, 처음에는 사실일 수도 있겠다 싶었지만 머릿속으로 거듭 생각해 볼수록 너무 터무니없는 소리 같거든. 당신은 이 터무니없는 이야기를 어떻게 생각하는지 궁금해서."

킬은 깊게 심호흡을 하고 자신의 의자로 돌아가 앉으며 잠시 곰곰이 생각했다. 얼마 후 그가 대답했다.

"음, 그 얘기라면 나도 같은 생각이에요. 나와 친한 누군가가 이렇게 말하곤 했죠. '들은 것은 믿지 말고, 본 것은 반만 믿어라.'"

비록 킬은 사이엔이 그 의미를 제대로 이해했는지 확신할 수 없었지만, 둘은 함께 웃었다.

"이제 서로 뜻이 통했으니 당신한테 해 줄 말이 있겠네요."

킬은 공모라도 하듯 속삭이고는 일어서서 침대 쪽으로 걸어가 자신의 베개 밑으로 손을 뻗었다. 그리고 거기서 다 닳은 반양장 소설책을 꺼냈다.

"우리가 떠나기 전에 존이 나한테 줬던 책이에요, 기억납니까?"

사이엔이 고개를 끄덕였다.

"음, 존이 이 책을 이용해서 체스의 수에 메시지를 실어 보냈다는 걸 방금 알게 됐어요. 정상적인 메시지 트래픽이랑 함께 말이죠."

"뭐라고 쓰여 있는지 말해 줄 거요?"

"기본 메시지는 로즈웰 표본이 노출되었다는 거고요. 그 망할 게 뭔지는 모르겠지만."

"뭐? 언제 그런 일이 있었소?"

"언제, 왜 그런 일이 있었는지는 모르지만, 존의 말에 따르면 결론은 놈들이 아주 빌어먹을 것들이라는 거죠. 불로만 막을 수 있었다고 해요. 작은 무기는 아무 소용이 없었다는데."

둘은 그 자리에 가만히 앉아 잠시 존의 말을 곱씹었다. 이윽고 킬이 말을 이었다.

"지금 우린 둘 다 이건 은박지 모자를 쓴 미친 인간의 헛소리이 며 아마도 사실이 아닐 거라고 생각하고 있습니다. 하지만 그런 건 다 제쳐 두고라도, 우리가 그 얘길 하나도 안 믿는다 하더라도, 팀 을 위해 화염병을 한두 개 준비하는 건 좋은 생각일 수 있죠. 당신 은 기계실 사람들과 친분을 쌓으면서 쓸 만한 게 좀 있는지 보는 게 좋겠어요. 혹시 누가 물으면, 내가 시켰다고 하고요."

"그거 괜찮군요."

"팀이 돌아오는 대로 우리가 아는 걸 렉스에게 전달하는 데 집 중해야겠어요. 나는 존을 곤란한 상황에 빠뜨리고 싶지 않아요. 렉스와 그의 팀은 문제가 되지 않을 거 같긴 하지만, 이 모든 스트 레스가……."

"맞소, 이 모든 게 주는 스트레스는 친구를 적으로, 또 적을 친 구로 바꿀 수 있지. 나도 직접 겪어 봐서 익히 알고 있다오."

"예, 틀림없이 그럴 테죠. 우리가 함께 보낸 시간들을 내가 잊었 을 거라고 생각하지 마세요. 당신은 장총을 꽤 잘 다루는데 대부 분의 민간인들은 그렇지가 않죠. 당신 깔개랑 불쏘시개의 정체도 눈치챘고요. 우린 전에 이런 얘길 한 번도 한 적이 없지만 나는 이 모든 일이 일어나기 전부터 전쟁에 상당히 싫증이 났어요. 당신이 그걸 뭐라고 부르든, 나는 이것이 몇 번에 걸친 오랜 불화를 끝내 고 증오를 누그러뜨리게 했다고 생각해요. 걱정 마세요, 사이엔. 미 국의 국토안보부는 영원히 사라진 거 같으니까. 그들의 공항 알몸 투시기와 몸수색, 아니면 걸어 다니는 죽은 놈들 가운데 내가 뭘 더 경멸했는지도 모르겠어요. 당신 이름이 쓰여 있는 멀쩡한 데이터베이스가 남아 있기나 한지도 의문이군요."

사이엔은 길게 심호흡을 하고 의자에 앉으며 팔을 몸 쪽으로 바싹 끌어당겼다.

"킬, 나는 샌안토니오에서 조직의 동료를 만날 예정이었소. 우리는……."

"신경 안 써도 돼요, 사이엔. 그 얘길 내가 들을 필요는 없죠. 나는 임관된 군 장교이고 예전이라면 내 임무를 수행함에 있어 주저하지 않았을 거란 걸 잊지 마요."

킬이 감정을 내비치며 대답했다.

"이 얘길 후련하게 털어놓고 싶었소. 나에겐 아무도 남아 있지 않지. 이유라면 그게 전부요."

"사이엔, 우리가 뒤쫓는 게 뭔지 알기 전에 저 사람들이 우리한테 했던 말 기억하죠? '뱉어 버린 말은 주워 담을 수가 없다.' 그렇게 해도 후회하지 않을 것이 확실하다면 계속하십시오. 우린 위기일발의 상황들에서 살아남았지만, 이 모든 일들 전에 내가 무슨 일을 했는지 말한다면, 당신은 날 쫓아다니지 않을 겁니다. 나도 다 이유가 있어서 그런 얘기는 묻어 두기로 결정했어요. 우린 살아남아야 해요. 더도 덜도 말고 그게 전부죠."

두 남자는 작은 객실에 마주 보고 앉아 있었다. 킬은 손목시계의 초침 소리가 들리는 것 같다고 생각했지만, 그의 시계는 디지털이었다. 사이엔이 다시 입을 열었다. 그의 시선은 킬보다 훨씬 뒤쪽, 칸막이벽과 바다를 지나 오아후섬 너머를 향하는 듯했다.

"우리는 샌안토니오에서 만나기로 되어 있었소. 나는 조직 동료의 코드명과 이메일 주소만 알았지, 다 의도적인 거였소. 우리는 온라인의 비밀 접선 주소를 통해 소통했지만, 특별한 개조 없이 기성 암호 프로그램을 사용했지. 당신네 군대는 상용화된 기성품보다 훨씬 더 열악한 통신 암호화 프로그램을 쓰더군. 나는 256비트 AES 알고리즘을 사용했지. 그게 뭐 중요하다고, 미안하오. 내가 지금 횡설수설하는군."

"그런 건 걱정하지 말고, 계속해 봐요."

킬은 다른 이유보다는 궁금한 마음이 커져, 사이엔을 안심시키듯 말했다.

사이엔은 그들이 파나마를 떠나온 이후 계속 쓰고 있는 오래된 일회용 물병을 들어 목을 축였다.

"내가 공격 개시 명령을 받은 것은 죽은 자들이 걷기 일주일 전이었소. 쇼핑 성수기가 절정에 이른 쇼핑몰이 목표물이었지. 난 5인조 살상 팀의 일원이 될 예정이었소. 우리 팀은 하나였지만, 내 생각엔 스무 개 이상의 팀이 더 있었을 거라고 보오. 각기 다른 도시에 동시 공격 명령이 하달됐소. 우리 목표는 미국 경제에 죽음의 못을 박아서 현재 계속 진행 중인 경제 붕괴를 굳히는 거였소. 당신네 경제는 70퍼센트가 소비자 기반이었고, 만약 사람들이 돈을 쓰는 것을 지나치게 두려워한다면, 그것이 미국 시스템의 종말이 될 테니까. 통화 공급량은 초인플레이션 상태가 될 것이고, 그것으로 해외 원정 전쟁은 종식되겠지. 게다가 우리는 양치기 개가 모든 양을 지켜 줄 수도, 양들의 공포를 줄여 줄 수도 없다는 것도 알고 있었소. 죽은 자들이 걷고 사회기반시설이 붕괴되는 걸 보면서 나는 우리가 원하는 걸 얻었다고 생각했소. 하지만 저격수의 총탄에 가슴을 맞고도 일어나서 뒤쫓아 오는 사람을 보니 이

념이 변하게 됩디다. 이것이 내가 내 책을 불태운 이유고, 더는 알라에게 기도하지 않는 이유요. 거짓 선지자를 숭배한 예전의 내 모습에 화가 나오. 당신은 묻지 않지만 말해 주겠소. 당신도 알다시피 거의 모든 미국인은 이제 죽었소. 만약 당신이 1년 전 파키스탄의 한 동굴에서 그곳의 지도자들과 대화를 나누며 '알라의 눈에는 미국인들의 떼죽음이 좋아 보일까요?'라고 물었다면, 그들은 분명 당신이 상상하는 대로 반응했을 거요. 이제 오늘 우리에게 남은 걸 보시오. 미국은 죽었고, 다른 모든 나라도 마찬가지지, 알라는 어디에서도 찾을 수도 없소. 지상에서 신은 죽었다오. 누가 여기에 반박할 수 있겠소?"

"뭄바이처럼 테러를 가해 쇼핑몰을 혼란에 빠뜨리려 했다는 말인가요?"

킬은 이미 답을 아는 질문을 던졌다.

"그게 계획이었소. 정신을 차리고 나니 정말 부끄럽군."

사이엔은 진심을 담아 말했다.

"음, 그런 얘길 듣고 당신이 더 좋아졌다고 말할 수는 없지만…… 어차피 나도 완벽하지 않습니다. 난 군대 탈영병이죠. 기지로 복귀하라는 상사의 명령을 어겼어요. 나는 절대 보고하지 않았습니다. 그냥 집에 남아 있었죠. 존은 길 건너편에 사는 이웃이었어요. 이런 식으로 생각해 봐요. 적어도 당신은 계획을 실행에 옮기지는 않았잖아요. 이 시점에서 그건 그저 머릿속으로 지은 죄일 뿐입니다."

"그렇군. 그 점은 다행이라 생각하오. 그렇지 않았으면 내 영혼은 지독한 고통에 시달렸을 텐데."

"맞아요, 의심의 여지 없이, 지금쯤 흠씬 두들겨 맞고 있었겠지요. 그리고 신이 계시는 한, 당신 주변에는 많은 것들이 있습니다. 신앙을 의심하는 건 당신뿐만이 아니에요. 하지만 장담하건대, 그 외계인 어쩌고 하는 개소리는 아무 도움도 안 돼요."

문을 두드리는 소리에 킬은 벌떡 일어나 본능적으로 권총에 손을 뻗었다. 킬이 말했다.

"들어와요."

문이 천천히 열리고 당번 부사관이 여드름이 난 앳된 얼굴을 드러냈다.

"중령님, 일몰이 왔고 모래시계 팀에서 무전이 왔습니다. 그들이 중령님을 찾고 있습니다. 스캔 이글은 이미 비행 중입니다."

"로저. 지금 가겠습니다."

45

오아후섬 내륙

해가 저물고, 서쪽에서 시작된 자줏빛 노을이 태평양의 물결 위에서 반짝이며 춤을 추었다. 기동팀 모래시계는 쿠니아 지하 시설에 24시간 동안 머물렀다. 현재까지 하와이 임무는 실패나 다름없었다. 모래시계 팀의 급습을 지원할 위성의 통제권을 쥐지 못한 상태에서 잠수함이 할 수 있는 일은 없었다. 승무원들은 두려웠고, 중국 연안에 숨어 있을 중국군 잔당들 앞에서 무력할 수밖에 없었다. 코미의 배낭은 서류와 디스크로 가득 차 있었다. 그것은 많은 비밀이 담긴 서류들, 이 시설에서 어디로 전송된 적도 없고 여기서 일하던 비밀 집단에 의해 오래전 버려진 정보들이었다.

렉스는 사다리 위로 올라온 마지막 사람이자, 이곳의 출구를 영원히 닫은 마지막 사람이었다. '지금으로부터 몇 년 후, 누군가 가 이곳에 사는 변종 다람쥐의 둥지를 찾게 되겠지.' 해치를 쾅 닫 으며 그는 생각했다. 렉스, 헉, 리코, 코미는 마치 언덕 꼭대기에 솟아난 것처럼 그 자리에 서 있었다. 터널 주변에 빚어진 건지, 아 니면 터널이 그 사이로 뚫린 건지 구분하기조차 어려웠다. 남쪽에 는 언데드가 크게 무리 지어 있었다. 북쪽에는 20미터가 훌쩍 넘 는 높이의 깎아지른 절벽이 정글 한가운데로 내리뻗어 있었다.

헉은 밧줄의 고정점을 찾았다. 그들은 이중 시트 벤드 매듭으 로 밧줄을 묶었다. 헉은 매듭 옆 고정점에 밧줄을 고정하고 리코 에게 소리쳤다.

"멕시코 놈아, 넘겨."

리코는 스페인어로 투덜거리며 두 겹이 된 밧줄의 양 끝을 그에 게 던졌다.

"코미, 이리 와 봐. 이거 중요해."

헉은 자신의 목소리가 남쪽까지 큰 소리로 전해져 그곳 언데드 들이 광분하지 않도록 주의하며 어깨 너머로 조심히 말했다. 그가 설명하는 동안, 그와 코미는 북쪽 면 끝에서 약 2미터 떨어진 곳 에 서 있었다.

"이제 여기 이 면을 따라 하강할 거야. 이 이중 밧줄을 앞쪽에 서 두 다리 사이에 놓은 다음, 오른쪽 다리를 돌리면서 밧줄을 가 슴과 왼쪽 어깨 위로 이렇게 넘기면 돼. 그 밧줄이 네 등을 가로질 러 오른팔 아래로 갈 거야. 그러면 왼손으로 위쪽을 잡고 오른손 으로 밧줄을 풀어 주면 돼. 멕시코 놈이 줄을 제대로 확보했는지 확인하고 올 테니까, 넌 여기 앉아서 좀 연습해 봐."

"아, 진짜 넌 맞아야 해, 이 촌놈이."

리코가 헉의 뒤통수를 탁 때리며 쏘아붙였다.

"어이, 진정해. 거기서 미끄러져서 다리 하나 부러뜨리고 싶진 않을 텐데? 그것들이 널 발견하면 단숨에 해치울걸. 게다가 놈들은 언제나 너를 찾고 있다고."

헉이 리코를 놀렸다.

헉은 밧줄을 홱 잡아당겨 고정 장치가 미끄러지지 않도록 체중을 밧줄에 실었다. 오늘 밤 그들에게는 제동기 같은 안전장치가 없었다.

"좋아, 안전하군. 헤라클레스가 박아 둔 기둥 같네."

그가 다리를 고정점에 받치며 말했다.

헉과 리코가 하강을 준비하는 동안, 렉스는 USS 버지니아호에 무전을 요청했다. 바닷바람이 사방에서 불어오는 듯한 소리 외에는 거의 들리지 않았다.

"버지니아. 우리는 이제 이동한다, 오버."

렉스가 무전을 보냈다.

코미는 밧줄이 온몸에 사방으로 꼬여 스파게티 그릇에 갇힌 고양이 같았다.

"왜 하네스를 안 챙겨 다니시는 겁니까?"

코미가 헉에게 불평했다.

"한심한 놈, 주위를 둘러봐라. 이 근처에 영업 중인 가장 가까운 등산 장비 가게가 어디겠냐?"

"예리한 지적이네요. 다시 한 번만 보여 주시면 안 될까요? 제가 잘못 꾼 거 같아요."

조금 더 지도를 받은 뒤 코미는 하강할 준비가 된 듯했다.

두 겹으로 된 밧줄이 렉스의 다리와 등, 팔에 붙어 당겨졌다. 코미의 말이 맞았다. '하네스가 있으면 좋았을걸.' 밧줄을 풀어 가며 하강하는 동안 피부가 쓸리는 것을 느끼며 렉스는 생각했다. 정글 바닥에 다다르자, 온도가 바뀌고 썩은 냄새가 났는데, 오래된 과일 통조림과 썩어 가는 목재 때문에 퀴퀴한 냄새가 나는 지하실로 하강해 들어간 것과 별반 다르지 않았다. 남쪽 면이 바람을 막았다. 땅에서 2미터 정도 떨어진 곳에 이르자 다리 아래쪽이 나뭇가지에 긁혔다.

렉스는 나머지 밧줄을 거의 풀다시피 해 나뭇가지 사이로 땅에 떨어질 뻔했지만, 잠깐 멈칫했다…….

절벽 때문에 느려진 바람이 바위 면 아래쪽에서 가볍게 불었다. 렉스는 방향 감각을 잃을 위험을 무릅쓰고 몸을 비틀어 시선을 아래로 향했고, 그렇게 그것들을 보았다. 다리에 스치는 것은 바람에 흔들리는 나뭇가지가 아니라 그를 향해 다가오는 조용한 죽음의 무리였다. 그 좀비들은 부패의 후기 단계에 이른 것처럼 보였다. 흉곽이 훤히 드러나고 입술도 사라지면서 발성 능력을 완전히 상실했다. 때문에 죽은 섬, 핵폭탄 공중폭발로 잃어버린 낙원의 조용한 유령이 된 것이었다.

밧줄에 꼴사납게 매달린 렉스는 카빈총에 손이 닿지 않았고, 설사 닿는다 할지라도 아래의 좀비들에게 떨어지지 않고 총을 다루는 것은 너무 어려운 일이었다. 그는 소음기가 달리지 않은 권총이 아직 권총집에 있는지 확인하고 권총을 꽉 움켜쥐었다. 위의 동료들에게 무전으로 상황을 전달하는 동안 좀비의 손끝이 다시 그의 다리를 스쳤다.

"여기 아래 친구들이 있네. 네 마리쯤 되는 거 같아! 총까지 쏠 건 없고, 괜히 내가 맞을 수도 있으니. 나 지금 권총을 들고 있거든. 빨리 내 뒤로 하강할 준비해. 덤불 속에 몇 마리나 더 있는지 모르겠는데, 내 총소리에 몰려올지도 모르잖아."

절벽 위쪽에서 헉은 코미가 다음 차례로 내려가도록 준비시켰다.

"좋아, 꼬맹이. 움직여야 할 시간이다. 네가 바닥에 닿기 전에 리코도 이어 줄에 매달리게 될 거야. 하강할 준비가 됐어?"

"하강할 준비가 됐어요."

코미가 앵무새처럼 그의 말을 따라 했다.

렉스는 권총을 떨어뜨리지 않도록 조심하면서 잡아당겼다. 밧줄의 느슨한 부분이 오른손에 걸리적거려서 겨냥을 못 하고 바로 총을 쏴야 했다. 렉스는 그의 엉덩이를 잡으려는 언데드에게 방아쇠를 당겨 놈을 영원히 눈감게 했다. 그 소리에 나머지 두세 마리가 극도로 흥분했다. 그것들은 이미 오래전에 후두부가 분해됐을 정도로 부패한 상태였다. 렉스는 이렇게 보존 정도가 약한 것이 이 좀비들이 피폭되지 않았다거나, 적어도 이 부근은 방사능의 치명적인 손길이 미치지 않는다는 의미이기를 바랐다.

뱀이 쉭쉭거리는 것 같은 섬뜩한 소음이 네 번째 좀비가 렉스의 오른쪽에 있다는 걸 알려 주었다. 그는 세 발의 총격으로 왼편의 두 시체를 약간 떼어 낸 뒤, 밧줄의 메인라인과 느슨한 끝을 한 손으로 쥐어 다른 한 손으로 자유롭게 총을 겨눌 수 있게 했다. 메인라인이 당겨져서 그의 총알이 빗나갔다. 렉스가 땅에 닿지도 않았는데 위에서 코미를 밧줄에 태우려 하고 있었다. 장비를 뺀 렉스의 체중만도 거의 90킬로그램에 육박한다는 점을 고려할 때, 험난한 상황이 예상되었다. 밧줄이 다시 홱 움직이면서 렉스는 더 미끄러져 내려가 마지막 좀비의 손아귀에 걸려들었다. 놈은 앞도 안 보이는 채로 손을 뻗어 렉스의 방호복을 움켜쥐었다.

근거리 사격 외에는 선택의 여지가 없었다. 렉스는 좀비에게 잡힌 팔뚝에 강렬한 고통을 느끼면서 총열을 놈의 머리에 어정쩡하게 대고 방아쇠를 당겼다. 좀비의 뇌가 렉스의 마스크에 흩뿌려지며 시야를 가렸다. 그는 땅에 쓰러져 소매로 마스크를 닦았다. 그리고 팔을 더 자세히 보기 위해 장갑을 낀 손가락으로 야간 투시경을 닦았다. 다행히 방호복은 멀쩡했다. 비록 팔에는 심한 멍 자국이 남겠지만.

"바닥에 착지했고, 타깃 네 마리도 쓰러뜨렸어."

렉스가 말했다.

"로저. 코미가 내려가고 있고, 리코도 곧 따를 거야."

헉이 대답했다.

리코는 헉이 코미를 밧줄에 태우는 모습을 지켜보고 있었다. 코미가 떨어지기라도 하면 렉스가 헉을 죽일지도 모를 일이었다. 유지보수 창고에서 금속성 마찰음이 새어 나왔다. 헉과 리코 둘 다 똑똑히 들었다.

코미가 내려가다 말고 꼭대기에 있는 헉에게 물었다.

"방금 뭐죠?"

"신경 쓰지 말고 계속 움직여!"

헉은 코미가 안전하게 하강하고 있는지 확인한 뒤, 창고 근처의 리코에게 합류했다.

"이런, 저 빌어먹을 것들이 사다리를 오를 수 있단 말이야? 좋지 않은데."

리코가 속삭였다.

"응, 내가 빌어먹을 해치를 닫았다는 점만 제외하면, 좋지는 않네. 놈들 중 하나둘은 올라온다고 쳐도 대수학을 할 수 있다거나 사다리를 딛고 서서 해치를 열 수 있다는 말은 아니지. 이제 네 차례야. 밧줄에 올라."

"기꺼이 그리 합지요, 시골뜨기 양반. 행운을 빈다, 힉."

"네놈도 똑같아, 이 멕시코 놈아."

힉은 꼭대기에 남아 리코와 코미가 절벽 아래로 사라지는 것을 지켜보았다. 이제 창고에서 들려오는 소리는 더 커졌다.

"힉, 얼른 내려와. 우리 다 도착했어. 우리 주변의 정글이 움직이고 있어! 서둘러!"

힉이 재빨리 밧줄을 타고 내려왔다.

"밧줄을 수거해 가야 할까?"

힉이 렉스에게 물었다.

"그냥 둬, 시간 없어."

밧줄은 없을 때는 절실하게 필요한 일이 생기고, 있을 때는 가장 쓸모없는 것 중 하나였다. 특히 지금 같은 경우라면.

네 사람은 부츠를 신고 북쪽으로 걸었다. 그들은 베트남 참전 경험이 있기에는 너무 어렸지만, 그때와 똑같이 소리 없는 적에 맞서는 정글 전투의 공포를 지금 경험하고 있었다.

북쪽 좀비들은 남쪽 놈들에 비해 부패가 더 진행된 상태였고 무시무시한 쉭쉭 소리를 제외하고는 대체로 조용했다. 말하자면,

소리가 들린다는 것은 주먹다짐을 해도 될 정도로 가까이 다가왔다는 의미였다.

코미가 아마도 폭발이 있을 때 날아온 것으로 보이는 파편 조각을 밟았다. 그것은 어둠 속의 폭죽처럼 딱 하는 소리가 났고 사방에서 악령들의 쉭쉭 소리를 끌어들였다. 렉스는 어쩔 수 없이 교전 명령을 내렸다. 소음기가 달린 M-4 총구의 카메라 플래시가 주변을 비추자, 작전 요원들의 렌즈에 악마의 부대가 모습을 드러냈다.

대다수 좀비의 머리가 터지거나 떨어져 나갔고, 몸뚱이들이 땅바닥에 쿵 쓰러졌다. 그을린 소음기와 M-4 상단의 조립 부품에서 희미하게 김이 올라왔다.

그들은 재장전을 하며 빽빽한 정글을 서둘러 헤치고 나아갔고, 결국 숲을 뚫고 도로로 올라왔다. 렉스가 팀원들을 멈춰 세웠다.

"좋아. 무전을 보내 무인기의 진로를 변경하게 해서 지원을 받아야겠어. 헉이랑 리코는 방어선을 구축해. 코미, 가까이 붙어서 살아만 있어."

"버지니아, 여기는 모래시계. 우리는 정글에서 나와 길 위에 있다. 방향 감각을 잃었지만 시설 북쪽 어딘가에 있다. 어림잡아 3킬로미터 이상 온 거 같다. 적외선 레이저를 켜겠다. 제발 버튼을 누르고 도움을 달라, 오버."

* * *

무전이 들어온 시각, 킬은 헤드셋을 끼고 모니터링 중이었다.

"모래시계, 확인했습니다. 우리는 시설 북쪽을 선회 비행하고 있습니다. 나뭇잎에 가려 여러분을 놓쳤으니 여러분 재량하에 레이저를 켜 주십시오."

"목소리 들으니 반갑습니다, 킬. 레이저 켰습니다."

킬이 스캔 이글 제어 화면을 살폈다. 조종사 하나가 카메라를 돌려 기울였다. 킬은 무인기 항로에서 약 1.6킬로미터 떨어진 고속도로 근처의 적외선 플래시를 발견했다.

"궤도를 조정해 그 위로 보내요."

킬이 지시했다.

"예, 중령님."

"모래시계, 우리는 여러분의 위치를 확인했고 그쪽으로 가고 있습니다. 1분 내에 도착할 겁니다. 트림블 도로 근처에 있는 여러분을 포착했습니다. 803고속도로와 마주칠 때까지 나침반을 정북으로 3.2킬로미터, 다시 거기서 360도 방향으로 3.2킬로미터 전진하십시오. 지도상 지형은 비교적 평탄하다고 나와 있습니다."

"알겠습니다, 버지니아. 803고속도로를 향해 정북으로 출발합니다. 모래시계는 어떠한 정보라도 받기 위해 대기 중입니다. 우리 노선에 있는 언데드의 위치나 방향, 규모를 알려 주십시오."

"그렇게 하겠습니다, 모래시계."

킬은 대답을 하고 오래된 전투식량 중에 가져온 따뜻한 인스턴트커피를 홀짝이며 그 자리에 같이하지 못하는 것에 죄책감을 느꼈다.

킬은 자신의 감정을 내비치지 않으려 조심했다.

* * *

팀은 총구를 아래로 내린 채 소음이 생기지 않도록 주의하면서 어둠을 뚫고 열대 들판을 가로질러 비교적 느리지만 안정되게 움직였다. 버지니아호는 계획대로 그들을 고속도로에 올려놓기 위해 주기적으로 무전을 보내 현재 상황을 알려 주고 코스를 조정했다. 태평양의 온화한 겨울바람이 들판을 휘감으며 초원을 춤추게 하고 달빛을 요원들의 렌즈 속으로 밝게 반사시켰다. 수풀에선 아무런 움직임이 없었고 자기 몸뚱이를 끌고 다니는 다리 없는 좀비도, 숨어 있다가 발목을 무는 짐승 같은 놈들도 없었다.

그들은 단숨에 803고속도로에 다다랐다. 렉스가 헉을 보았다.

"무전 보내."

"로저. 버지니아, 여기는 모래시계입니다. 여기 도착했는데, 이후 최상의 진로는 어떻게 됩니까, 오버?"

1분을 꽉 채우는 침묵이 지난 뒤, 무전이 오고 킬이 대답했다.

"좋습니다. 무인기를 북쪽으로 보내 앞쪽을 정찰 중입니다. 지금까지는 괜찮아 보이므로, 북쪽으로 길을 따라 올라가십시오. 6.5킬로미터 정도면 분기점에 다다를 겁니다. 거기에서 고속 단정에 이르는 길을 안내하겠습니다. 미리 말씀드리자면, 해변이 지금 꽤 번잡합니다. 라센 함장님이 방금 전 갑판에 다녀왔는데, 여러분 모두 전투를 치를 준비를 해야 한다고 하시더군요."

"알겠습니다, 버지니아."

헉이 진지하게 대답하자, 렉스가 독려했다.

"기운 내, 헉. 우린 살아남는다. 부득이한 상황이라면 잠수함에서 800미터 떨어진 해변으로 가서 헤엄쳐 갈 거야. 북쪽 해안의 상어들이 아마 썩은 고깃덩이에서 배어 나오는 냄새나는 오물들을 치우면서 물을 깨끗하게 관리하고 있을걸. 상어 육포 어때?"

그들은 교차로를 향해 북쪽으로 힘겹게 나아갔다. 언덕 꼭대기에 이르러 팀은 좀비들을 보았다. 놈들은 어찌어찌 핵폭발로 인한 전멸을 면한 이국적인 새들로 가득 찬 고목을 둘러싼 채 울부짖고 있었다. 달이 밝은 가운데 팀이 바람을 안고 걷게 되자, 나무 위를 올려다보던 언데드들이 팀으로 시선을 돌렸다. 어둠 속에서 팀의 냄새를 추적하듯 코를 높이 쳐들고 다가섰다. 그것들은 재빠르게 움직이며 마치 늑대 떼처럼 접근했다. 팀은 좀비들과 일찌감치 교전을 벌여 순식간에 세 마리를 쓰러뜨렸다. 그러나 나머지 스무 마리가 그 소란에 관심을 쏟더니 M-4 카빈총의 쿵쿵 소리와 섬광을 향해 질주해 왔다.

진퇴양난이었다. 팀은 격렬하게 총격을 가해 더 많은 좀비를 죽였지만, 그만큼 언데드들을 그들 방향으로 빠르게 끌어당길 뿐이었다. 좀비들은 빠르고 집중력도 있었다. 마지막 좀비가 헉에게 너무 가까이 붙어서 그는 어쩔 수 없이 아칸소의 이쑤시개라 부르는 보위 나이프를 뽑아 놈의 눈구멍에 찔러 죽였다. 엉겨 붙은 피와 젤리 같은 눈알이 그의 칼에 튀고, 좀비는 피폭된 땅에 나가떨어졌다. 마침내 그들은 분기점에 섰다.

무전 신호음이 울리고 버지니아호에서 또 다른 메시지가 들어왔다.

"분기점 도착 확인했습니다. 325도 방향으로 이동하십시오. 고속단정에 가까워질수록 섬세히 위치 조정을 해 드리겠습니다. 3킬로미터 정도밖에 안 남았습니다."

"로저, 킬. 어때 보입니까?"

렉스가 질문을 던졌다.

"좋지 않습니다. 언데드의 규모가…… 매우 큽니다."

"얼마나요?"

"여러분의 진로를 따라 수백 마리 이상 있습니다."

킬이 임무에 앞서 브리핑한 것처럼, 언데드는 그들이 도착하기 훨씬 전부터 벨트처럼 섬의 외곽을 둘러서 퍼져 있었다. 이 시점 부터 그들은 고도로 밀집된 좀비들을 마주하게 될 것이었다. 렉스 는 다시 한 번 즉각적인 현장 회의를 소집했다.

"좋아. 모두 무전을 들었다시피 우리는 아주 더러운 일을 겪게 될 것이다. 코미, 해변으로 가는 길에 너는 무슨 일이 있어도 우리 가 만들 삼각형 대형의 중심에 머무른다. 그 밖으로 나가면 안 돼, 알았지?"

코미는 얼른 고개를 끄덕였다.

"헉, 네가 후방을 맡아. 나랑 리코가 선두에 선다. 갈 만하면 빠 르게 움직이고, 그렇지 않을 때는 천천히 움직여야 해. 다들 경계 를 늦추지 마. 우리는 갈기갈기 찢겨서가 아니라 상한 데 없이 멀 쩡하게 빠져나갈 것이다. 우린 아직 살아 있으니까."

46

COG는 항공모함에 기동팀 피닉스를 다음 타깃인 사고 현장으로 보내라는 메시지를 전송했다. 장비를 투하한 후 아무도 건드리지 않은 곳이었다. 새로 생긴 오토바이 덕분에 걸어서 2주 걸릴 임무가 이틀로 단축되었다.

워스호그 정찰대가 이틀 전 낙하산 근처의 공터에서 불타는 잔해를 목격했다. 애초 COG의 계획은 그 팀을 더 북쪽으로, 알려진 항공기 추락 장소 근처의 비행장으로 보내는 것이었으나, 항공모함의 제독은 거의 650킬로미터에 가까운 왕복 일정에 내보냈다가 기동팀 피닉스를 잃게 되면 모래시계 팀의 임무까지 위태로워질 공산이 크다는 이유를 들어 일정을 미뤘다. COG는 제독의 주장을 받아들여 명령을 철회했다. 그러고는 바로 새로운 명령을 내렸다.

닥과 빌리, 디스코는 지금 이틀 동안 밤의 어둠 속을 달려 그들의 목표에 더 가까이 다가가고 있었다.

"빌리 보이, 아까 가늠쇠로 봤을 때 얼마나 남았다고 했지?"

닥이 물었다.

"다음 언덕을 넘으면 보일 거야. 지금 어두워서 연기가 보이지 않지만, 워스호그 조종사는 어젯밤 1.5킬로미터 상공에서 마지막 정찰 중에도 여전히 타고 있는 걸 봤다고 했어."

"알았어, 준비하자. 조금만 있으면 일출이야. 디스코, 호스가 없다고 그렇게 축 처져 있을 거야? 너희 둘을 너무 자주 임무에 내보냈어, 이렇게 정분이 날 줄 알았어야 했는데, 에이, 내 잘못이다."

드물게 듣는 우스갯소리에 빌리가 웃었다.

빌리가 카빈총 렌즈를 통해 살피는 동안, 닥과 디스코는 언덕에 올라 포복 자세로 쓰러졌다.

"추락 지점이 보이네. 저기…… 아니, 세어 볼게. 잠시만 기다려…… 서른 마리쯤 되는 거 같은데. 쌍안경 기능이 있는 야간 투시경을 못 써서 확실히는 모르겠어."

빛이 계곡에 희미한 오렌지색 광선을 드리우며 지평선을 지분거렸다. 잔해에서 뿜어져 나오는 연기들이 세 사람이 있는 방향으로 흘러왔고, 이는 바람이 다행히 역풍이라는 것을 의미했다. 항공기가 추락해 크게 파인 자리에 사고 잔해 조각들이 흩어져 있었는데, 그것은 현재 대부분의 항공기가 영원히 뜨지 못하게 된 지구 종말의 상황을 나타내는 듯했다.

"휴스턴은 얼마나 멀려나?"

닥은 레그 포켓에서 지도를 꺼내며 딱히 답변을 기대하지 않는 질문을 던졌다. 그의 손가락이 자신들의 진로를 쭉 따라오다 멈췄다. 그는 주요 지형지물을 재차 확인하면서 자신들의 위치를 찾았다.

"우리는 북쪽으로 40킬로미터 정도에 있는 거 같아. 이렇게 가까워질 줄 몰랐네. 저 아래 있는 것들은 휴스턴에서 온 놈들인지도 모르겠군. 소음기가 달린 총만 쓰도록 하자. 권총을 쓸 필요가 있다고 생각되는 상황이면, 칼이나 날카로운 막대, 아니면 맨주먹을 쓰도록 해. 본거지에서 이렇게 멀리 떨어진 상태에서 위험을 감수할 순 없으니까."

그들은 발각될 경우의 위험이 얼마나 큰지 잘 알았다. 부주의한 행동 하나로 거대한 좀비 무리를 불러들일 수 있었다.

"10미터 간격으로 떨어져서 천천히 움직일 거야. 자세를 낮추고 서행해서 언덕을 내려간다. 빌리는 몇 미터마다 렌즈로 상황을 확인하도록 해. 내려가서 다시 모여 어떻게 다가갈 것인지 결정하도록 하자."

팀은 정확히 명령대로 움직였다. 언덕 아래에 내려가 다시 모였고 빌리가 본 숫자가 정확하다는 것을 확인했다. 겨우 서른 마리 정도만 그을린 잔해와 낙하물 근처를 돌아다녔다. 빌리는 목표지점에 도달했고 카빈총을 들고 하이 레디 자세를 취했다. 닥은 200미터 거리에 다가갔을 때 교전 명령을 내렸다. 동트기 전의 어슴푸레한 빛은 그들을 숨겨 주기에 충분했다. 그들은 몸을 숨기고 낮은 자세를 유지하면서 천천히 체계적으로 총을 쏘아 죽은 자들을 제거해 나갔다. 걸어 다니는 비참한 살가죽을 영원히 잠재운 것이다. 이 좀비들은 빠르지 않았지만 방사능 피폭의 징후가 보였다.

그것들은 부패가 거의 진행되지 않은 상태에서 의도를 가지고 움직였으며, 샌안토니오나 뉴올리언스에서 온 좀비들로 보였다.

그들은 사고 현장으로 전진하면서 한때는 안전히 비행했을 C-130의 동체를 관찰했다. 그것은 반으로 쪼개진 상태였으며 여전히 연기가 나고 있었다. 항공기의 뒤쪽 절반은 카고 도어가 충격으로 살짝 열린 채 옆으로 수십 미터 나가떨어져 있었다.

항공기 문에 반쯤 걸려 있는 것은 그들이 여기서 보게 될 거라곤 상상도 하지 못했던 허리케인 프로젝트의 창 모양 무기였다. 그 장치의 아래쪽 절반은 호텔23의 땅에 여전히 깊숙이 박혀 있는 손상된 스팅어와 동일했다.

"너무 밝아지기 전에 사진을 찍고 서둘러 자릴 뜨자. 임시 거처는 여기서 멀고 놈들이 없는 곳이어야 해."

닥은 디지털 카메라에 손을 뻗으며 조용히 제안했다.

"항공 전자 기기와 탑재 화물의 사진을 찍을게. 이곳은 이대로 내버려 두자. 우리가 여기 들른 것을 원격 식스가 알 수 있는 어떤 시각적 표시도 남겨서는 안 돼."

닥은 꼼꼼하게 모든 것의 기록을 남겼다. 그는 익히 알려진 크기의 M-4 탄창을 사진에 함께 찍어, COG 등의 사람들이 사진마다 크기를 정확하게 측정할 수 있도록 했다. 닥은 이 정보를 가지고 똑똑한 사람들이 광섬유 자동 조종 장치와 허리케인 프로젝트 장비, 그리고 자신이 이해하지 못한 기체의 묘한 변형을 알아낼 것이라 생각해 C-130에서 한참 머물렀다.

닥은 잔해 속에서 다소 어울리지 않아 보이는 무언가를 발견했다. 충돌로 인해 비바람에 노출된 밝은 오렌지색 직사각형 모양의 장비였다. 그는 재빨리 만능칼에 손을 뻗어 펜치를 빼냈다.

닥은 사진을 찍고 정보를 기록한 뒤, 빌리 보이와 디스코에게 다시 돌아갔다.

"음, 대장. 어떻게 생각해요?"

디스코가 초조하게 물었다.

"잘 모르겠어. 하지만 최악의 경우라면, 이 커다란 스팅어는 우리를 향한 거였겠지. 최선의 경우라면, 그들이 뒤쫓는 시스템이 완전히 갖춰진 또 다른 유인 핵미사일 격납고가 있는 걸 거야. 우리는 최대한 신중하게 대응해야 하고, 일단 당장 어디론가 대피해서 돌아갈 여정을 위해 눈 좀 붙여야 해. 오토바이로 돌아가서 어디 높은 곳에 임시 거처를 마련하자."

"그건 뭐야?"

빌리는 닥이 어깨에 걸친 커다란 오렌지색 철제 상자를 가리키며 특유의 단조로운 목소리로 물었다.

"이건 내 짐이야. 우리랑 같이 복귀할 거고, 오토바이에 추가 수화물 요금을 내고 실어 갈 가치가 있어. 날 믿어 봐. 이건 저기 있는 C-130에 들어 있던 작은 블랙박스야. 비행기를 개조한 사람이 누구였든지 저걸 들어내고 싶어 하지 않아서 항공기의 무게와 균형이 좋지 못했던 거 같아. 이걸 제대로 된 시스템에 꽂으면 이 비행기가 어디서 왔는지 알아낼 수 있을 거야."

소음 발생 무기를 발견했을 때의 두려움은 지금 닥이 가지고 있는 블랙박스 덕에 약간 줄어들었다. 그들은 이제 수량으로 표시할 수 있는 실제적인 무언가를 가지고 있는 것이었다. 알려지지 않은 적은 더 이상 섬뜩한 불가항력의 존재로 보이지 않았다. 빵 부스러기가 떨어졌으니 따라가면 될 것이다. 닥은 그렇게 생각하며 강철 및 복합 소재로 만들어진 무거운 상자를 언덕 위 오토바이 로 옮겼다.

47

오아후섬

렉스와 리코는 헉을 후방으로, 코미를 중심에 가도록 배치하는 삼각 대형의 전방을 맡았다. 그들은 좀비가 모여 있는 구역으로 조금씩 나아갔다. 위에서 보면, 이 섬의 위험 요소들은 태풍의 형상을 띠고 있었다. 방사능에 피폭된 언데드들은 오하우섬 바깥쪽을 빙빙 돌고, 내륙은 겉보기에 평화로웠다. 그들은 어둠 덕분에 야맹증 좀비들로부터 보호되었지만, 그 수가 너무 많아 어둠만으로 충분하지 않을지도 모른다고 두려워하고 있었다. 리코는 이미 한 번 강력 접착테이프를 넉넉히 써서 자신의 방호복을 보수했는데, 이는 모두에게 즉시 예방 조치를 취하지 않으면 여기 남은 방사능이 그들을 빠르게 죽일 수 있을 만큼 충분하다는 사실을 냉정히 상기시켰다.

렉스가 명령했다.

"코미, 놈들이 이 삼각형 안으로 들어오지 않는 한은 쏘지 마. 네가 쏘면, 결국 우리 중 하나가 맞게 될 테니까."

"로저."

그들은 수시로 손목의 나침반을 확인하고 코스를 유지하며 앞으로 나아갔다. 이곳 좀비들은 본토의 것들보다 훨씬 빨랐다. 내딛는 발걸음마다 언데드가 반응했다.

거대한 좀비가 뒤쪽에서 대형으로 접근했다. 놈이 방사선이 가득한 힘찬 포옹으로 안으려고 해서, 헉이 라이플의 개머리판으로 세게 밀쳤다. 좀비는 130킬로그램은 훌쩍 넘을 육중한 몸집이었고 마치 스모 선수처럼 보였다. 그 고약한 좀비가 개머리판 공격에 반응하며 헉의 손에서 총을 홱 잡아당겼다. 그 라이플은 헉의 몸통에 걸쳐져 있었다. 헉은 총을 버리기 위해 맨 것을 풀려고 미친 듯이 더듬다가 허리의 권총에 손을 뻗었다. 이 모든 일이 너무나 순식간에 벌어져, 렉스와 리코는 그를 돕거나 권총을 쏘지 말라고 말릴 겨를이 없었다.

소음기가 달리지 않은 헉의 권총이 크게 탕 소리를 내며 발사되는 찰나, 좀비가 그의 얼굴에서 방호 마스크와 야간 투시경을 거칠게 뜯어내 버렸다. 그 육중하고 거대한 악귀는 헉의 마스크를 악문 채 땅으로 쓰러졌다.

"이런 젠장!"

헉은 비명을 지르며 셰마그[44]로 자신의 얼굴과 머리를 감쌌다.

나머지 언데드들이 권총 소음에 즉각 반응하여 수백 미터 떨어진 곳에서부터 사방에서 몰려들었다. 헉은 뚱뚱한 좀비의 손아귀에서 투시경을 거칠게 잡아 빼서 다시 쓰기 전에 대충 닦았다. 다른 사람들이 그를 엄호했다. 셀 수 없이 많은 좀비가 늦은 저녁식사를 하러 몰려들었기 때문에 반자동 M-4의 총성이 마치 기관총의 연속 발사처럼 들렸다.

"저 돼지 새끼가 내 후드를 찢었어!"

"적응하고 감정을 바로잡아. 우린 계속 움직여야 해. 그 헝겊을 이로 물고 거기 침을 뱉어. 낙진 입자를 더 걸러낼 수 있을 거야."

목표물 쪽으로 방향을 옮기며 렉스가 카빈총 총성 사이로 침착하게 말했다.

렉스는 진실을 알고 있었으나 그것을 머릿속에서 지워 버렸다.

우선 지금은.

헉은 이제 분명히 가망이 없었다. 렉스는 잠수함에서 원자로 담당 장교들이 브리핑해 줄 당시, 주의를 기울여 들었고 잠수함 LAN에 보관된 히로시마 작전 결과 보고서까지 읽었다. 이 섬이 입은 방사선량은 한때 이곳에서 번성했던 야생동물 대부분이 사라질 정도로 지역 환경을 완전히 파괴했다.

렉스는 관찰에 의해 쿠니아 터널에 쥐가 없다는 것을 파악했다. 지금은 상황이 좋지 않고 헉은 방사능에 과다노출 되었을 가능성이 높았다. 이제는 모두가 섬을 떠나 죽은 자들로부터 멀어지기 위한 피폭 레이스를 펼쳐야 했다. 각자가 후쿠시마를 걷고 있는 셈이었다.

---

44) 중동 등지에서 모래바람 차단 등의 목적으로 머리에 쓰는 대형 천.

팀이 해안으로 전력질주 하는 동안, 헉은 눈이 화끈거리며 눈물이 났다. 네 사람의 무기는 사출구에서 소음기 끝에 이르기까지 뜨겁게 달궈지고 있었다. 그들은 총을 새빨갛게 달궈진 인두처럼 다루며 총기끼리 부딪히지 않도록 주의했다. 언데드의 팔 아래와 등 뒤로 조심조심 몸을 피하며 좀비들과 런던 브리지[45]를 했다. 사방에서 쫓아오는 죽은 자들을 피해 피폭된 차 밑으로 뛰어들기도 했다.

리코가 지쳐서 카빈총을 손에서 놓쳐 총이 그의 옆에 늘어지듯 걸렸다. 아까의 스모 선수만큼 크지는 않지만 가까이 있던 또 다른 과체중 좀비가 그를 향해 다가왔다. 리코는 자신의 보조 무기인 끝을 자른 산탄총에 손을 뻗어, 총을 좀비의 축 처진 턱살 아래 거의 수직으로 놓고 방아쇠를 당겼다. 좀비의 머리가 하늘로 날아가고 썩은 살덩어리들이 그들 주변으로 쏟아졌다.

"젠장, 리코! 난 마스크 안 썼다고!"

헉이 자신의 머리와 얼굴에 떨어진 회색 살점을 닦으며 말했다.

"미안해, 친구. 별 도리가 없었어. 카빈총에 실탄이 없거든."

무전기가 지지직거리며 USS 버지니아호의 메시지가 수신되었음을 알리는 신호음이 삐 울렸다.

"모래시계, 340도로 방향을 조정하십시오. 270미터 정도 남았습니다. 이제 파도치는 소리가 들릴 겁니다."

킬의 목소리가 무전기를 통해 흘러나왔다.

---

45) 영국의 전래 놀이. 두 명의 아이가 두 손을 맞잡아 들어 다리 모양을 만들고 다른 아이들은 그 아래를 지나며 노래를 부른다. 노래가 끝나는 순간 두 아이가 두 팔을 내려 지나가던 아이를 잡는다.

"리코가 산탄총을 쏘는 바람에 저희 귀가 먹먹해져서 파도 소리는 안 들리지만, 당신 말이라면 믿습니다, 킬."

렉스가 대답하고는 손목의 나침반을 확인하고 자침로를 조정하며 팀에게 지시했다.

"각자 자기 수류탄 위치 확인해 봐."

네 사람은 수류탄이 필요할 때를 대비해 조끼와 주머니를 점검해 그 위치를 확인했다.

리코는 그들이 해안에 다다르기 위해 싸울 때 그리프처럼 폭탄을 써야 할 일이 없기를 기도했다.

고개를 들어 보니, 그들이 생각했던 것보다 바다에 훨씬 가까이 왔다는 것을 깨달았다. 너무 바빠서 카빈총 렌즈의 붉은색 점 너머를 볼 겨를이 없었던 것이다. 적외선 플래시가 고동치고 있었다. 배는 겨우 90미터쯤 떨어진 해변에 있었다.

'땅에서 길을 찾으려면 GPS가 필요하다고 말하는 놈 나와 보라 그래.' 렉스는 마음속으로 하이테크가 아닌 액체 나침반이 그들을 배로 인도해 준 것에 감사를 표하며 생각했다.

* * *

헉은 호흡 곤란을 겪고 있었다. 총구에서 뿜어져 나온 납이 섞인 낙진을 들이마셔 목이 막힌 것만 같았다. 헉은 폭력배 패거리에 둘러싸이며 다른 사람들과 떨어지게 되었다. '여긴 코로나도 비치가 아니라고.' 헉은 셰마그 사이로 조용히 중얼거렸다. 다른 사람들은 목숨을 걸고 앞으로 내달리고 있었다. 그러나 헉은 뒤처졌다. 보름달의 빛이 바다와 모래사장에 반사되면서 좀비들이 주변 사물을 분간할 수 있게 되었다. 헉은 숨이 턱 끝까지 차오른 채로 서둘러 나아갔다. 수영복을 입은 좀비가 그에게 1미터 이내까지 접근했을 때, 놈의 머리가 터졌다.

그 찰나에는 총성이 들리지 않았다.

멍해진 헉이 방금 뒤통수에 튄 뇌 덩어리 때문에 리코에게 욕을 퍼부으려는 순간, 초음속 탄환의 총성이 들려왔다.

* * *

사이엔은 특수작전 부대의 무기고에서 빌린 7.62 라루 전투 라이플을 들고 USS 버지니아호의 갑판 위, 전망탑 바로 앞쪽에 엎드려 있었다. 센서 융합 야간 투시경을 통해 좀비들을 저격했다. 어둠에 잠긴 언데드 무리를 뚫고 이동하는 팀의 하얀 열화상 이미지가 또렷하게 보였다. 헉이 뒤처져 있었다.

라센 함장은 버지니아호를 좌초시킬 위험을 무릅쓰고 최대한 해변 가까이 들어와 사이엔의 저격 지원이 가능하도록 했다. 탄창에 열일곱 발의 탄환이 남은 사이엔은 자신의 저격에 맞춰 숨을 들이마시고 멈췄다. 갑판이 심하게 요동치는 문제가 있었지만, 저격에 영향을 받은 것은 절반도 안 되었다.

* * *

출발 준비를 마친 고속 단정이 파도 속에 던져졌다. 요원들은 배에 올라 무릎까지 차오르는 물 위에서 달려드는 무리를 물리쳐야 했다. 그들은 헉을 기다렸다.

코미가 물었다.

"도대체 뭘 하는 걸까요? 뛰어놀고 있나? 이해가 안 되네요."

"시끄러워. 아까 마스크 어떻게 됐는지 못 봤어? 아마 벌써 죽었을 거야."

시설 입구에서 그리프가 행한 이타적이고 영웅적인 행위의 충격에서 아직 벗어나지 못한 리코가 톡 쏘듯 말했다.

헉은 등 뒤에 언데드 군대를 거느린 채로 고속 단정을 향해 계속 이동했다. 렉스는 거의 배에서 뛰어내릴 뻔했지만 리코가 말렸다. 배에서 내리는 건 어리석기 그지없는 일이었다.

* * *

사이엔의 저격 총성이 또렷하게 들리면서 피폭된 좀비 시체들이 헉의 뒤로 보이는 해안선과 평행을 이루며 남겨졌다. 사이엔은 열화상 적외선 하이브리드 렌즈를 통해 본 헉, 홀로 선 희끄무레한 형체의 주위를 신중하게 조준했다.

* * *

렉스와 리코도 방아쇠를 당겼다. 그들은 잠수함의 저격수가 레이저 조준기를 이용해 효율을 극대화할 타깃을 고르리라는 것을 알고 있었다. 렉스는 코미에겐 총을 쏘지 말라고 명령했다. 헉이 언데드 무리에 섞여 있는 와중에 코미의 사격술은 믿을 수가 없었다. 렉스가 아는 한, 헉은 물리지 않았다. 아직은.

"내가 나갈게!"

리코가 소리치며 다시 펌프 산탄총을 움켜쥐었다.

코미가 리코에게 꽉 찬 탄창을 던졌다.

"받으세요, 꽉 찬 거예요."

리코가 M-4의 탄창 삽입구에 탄창을 탁 때려 넣고 노리쇠를 풀어 5.56밀리미터 총알이 검댕이 잔뜩 낀 약실로 들어가게 했다. 헉이 다리에 힘이 풀려 물속에 얼굴을 처박았다.

"헉을 잡아, 리코!"

렉스가 헉을 바짝 뒤쫓아 오는 언데드를 쏘며 명령했다.

* * *

조타실에서 보조 추력 발생 장치를 제어하고 있는데도 버지니아호 갑판의 기울기는 조류에 따라 급격히 달라졌다. 이 상태에서 갑판에서 계속 저격하는 것은 위험했다. 오발의 위험이 너무 컸다. 리코가 헉을 도우러 배 밖으로 뛰어내리자, 센서 융합 렌즈를 통해 지켜보던 사이엔은 경악을 금치 못했다.

* * *

리코는 파도를 헤치고 나아가다 부츠 바닥으로 가라앉은 시체를 감지했다. 아직 방호복의 다리를 물어뜯을 만큼 기력 있는 놈이 없길 바라며 재빠르게 발을 구르고는 헉에게 달려가, 그를 어깨로 들쳐 메고 흔들리는 고속 단정으로 힘겹게 돌아왔다.

네 사람이 모두 배에 오르자 배는 버지니아호를 향해 달렸다. 그들 뒤로 남은 해변은 걸어 다니는 좀비로 들끓었는데, 어쩐지 놈들은 오아후섬의 마지막 생존자들이 그 불경스러운 손아귀에서 빠져나갔다는 사실에 격분하는 것처럼 보였다.

그들이 잠수함에 다다르고 보니 헉은 이미 숨을 거둔 뒤였다. 렉스가 마지못해 헉이 되살아나지 못하도록 마무리한 뒤, 그들은 헉을 깨끗한 시트로 감싸고 끝이 뾰족한 밧줄 스파이크와 약간의 낙하산 로프로 봉합했다. 잠수함의 군종신부가 뱃머리에서 기도를 올렸다.

팀은 시트로 감싼 헉의 시신 주위에 모여 헉과 그리프에게 마지막 고별인사를 했다.

잠수함이 해안가로부터 멀어진 후, 팀은 바다에 자신들의 방호복을 버렸다. 그들이 벌거벗고 뱃머리에 서 있는 동안, 잠수함의 오염 제독 팀이 다가와 커다란 나일론 솔과 비누, 차가운 음용수로 문질러 씻었다. 이후 팀은 방사선 약물 치료를 받았고 별다른 징후는 없는지 면밀히 추적관찰 되었다.

항해 시작에 앞서 함내 일반 방송에서 짧고 간결한 발표가 있었다.

"당직 사병을 제외한 모든 승무원은 장례식을 위해 갑판에 집결하라."

헉의 시신을 깊은 바다로 내려보내는 동안 고교 시절 금관악기 연주자였던 사병이 진혼나팔을 불었다. 모두들 그럴듯하고 진부한 말들을 늘어놓았다. 그의 죽음은 헛되지 않을 것이며, 그는 용맹하게 나라를 위해 봉사했다 같은 말들.

리코는 그런 말들이 귀에 들어오지 않았다. 그는 24시간 동안에 친구 둘을 잃었고, 지금 당장에라도 둘 중 하나와 자신이 자리를 바꿀 수 있길 바랐다.

여명이 한때 아름다웠던 오아후섬의 수평선에 입을 맞출 무렵 USS 버지니아호는 항해를 시작했다. 모래시계 요원 둘을 떠나보낸 잠수함은 뱃머리를 중국으로 돌리고 수심 100미터로 내려가 시속 55킬로미터로 나아가기 시작했다.

원격 식스 - 현재

"이미 들으셨을 거라 생각하지만, 그래도 확인 사항 대조표에 보고해야 할 의무가 있다고 나와 있어 말씀드립니다."

기술자가 말했다.

"얘기해 봐."

"우리 추락 현장에서 한 팀이 관찰되었습니다. 그렇다면 아무래도⋯⋯."

"그래, 알고 있는 얘기로군. 서둘러 처리하도록."

"예, 알겠습니다."

신은 작전실 한가운데 있는 자신의 자리에 앉아 호텔23의 실시간 피드를 재생하고 있는 중앙 스크린을 응시했다. 몇 시간 전, 신은 그 팀이 C-130 추락 현장 근처로 이동하는 것을 지켜보았다.

그곳에는 지금 허리케인 프로젝트의 무기 하나가 있었다. 그들이 영리하게도 전파방사 통제 상태를 유지해, 신은 그들의 목표나 의도를 알 수 없었다.

그는 열린 카고 도어 밖으로 튀어나온 허리케인 장치를 원격으로 작동시켜 그들을 제거하려 했지만 장치는 작동하지 않았다. 분명 추락으로 인해 손상되었을 것이었다. 심지어 무기를 실은 리퍼까지 긴급 출격시켰으나, 악천후로 인해 출발이 지연된 데다 비바람을 머금은 구름을 우회해야 했다. 신의 재고 목록에서 대공 무기로 사용할 수 있는 유일한 항공기는 몇 주 전 호텔23 상공에서 F-18에 격추되어 이제는 지상에 까맣게 그을린 포탄 구멍으로 남은 개조된 글로벌 호크 무인기뿐이었다. 그렇게 C-130 허리케인 프로젝트 실험은 실패로 끝이 났다.

그는 의자에 앉아 골똘히 궁리했다. '거길 어떻게 들어간담? 거길 도대체 어떻게 들어가지?'

48

혁이 바다에 묻힌 지, 그리고 USS 버지니아호가 하와이 해역을 떠난 지 나흘이 지났다. 라센 함장이 조타실을 서성거리는 동안, 뱃머리는 여전히 서쪽의 중국을 향하고 있었다.

라센은 무전실 번호를 눌러 구내전화에 대고 말했다.

"킬, 통신 상태에 변화가 있나?"

"없습니다, 함장님. 여전히 항공모함과 연락이 닿지 않습니다. 크루소와는 안정적으로 교신이 되지만, 크루소도 우리가 교신했던 날 이후로 항모와 교신이 끊겼다고 말합니다. 지금 문제를 해결하려 노력 중입니다. 제가 가족이라고 부르는 가까운 사람들이 그 배에 타고 있고, 저는 그들에게 돌아가야만 하는 아주 간절한 이유가 있습니다."

킬이 깡통 부딪히는 소리가 나는 구내전화를 통해 응답했다.

"이쪽으로 오게."

"바로 가겠습니다, 함장님."

* * *

킬은 무전실을 나와 조타실로 가는 사다리를 미끄러져 내려갔
다. 그는 통신이 끊기는 원인이 대기 잡음 때문일 거라고 생각했
다. 낙관적으로 자신만의 오컴의 면도날[46]을 통해 가장 가능성이
높은 이유인 국지적 간섭이나 하드웨어 문제일 거라 넘기며 심각
하게 걱정하지 않으려 애썼다. 그럼에도 크루소 역시 북극권 내부
에서 단파 송수신기로부터 접촉을 설정할 수 없었다는 사실에는
변함이 없었다.

킬은 라센에게 가기 전에 잠깐 이물에 들렀다. 그리고 손을 씻
으며 거울에 비친 자신의 모습을 한번 살펴보았다. 킬은 꽤 괜찮
은 턱수염을 기르고 있었다. 아프가니스탄 부족장처럼 근사하지
는 않지만, 그래도 나름 괜찮았다. 함장은 사내들에게 수염을 기
르게 허용하면 사기 진작에 도움이 될 거라고 말하곤 했다. 그의
목표는 그리즐리 아담스[47]처럼 수염을 기르는 것이었다. 이런 스
타일은 명성을 얻거나 망하거나 둘 중 하나였다. 킬은 집에 돌아가
기 직전에야 면도를 하곤 했다. '내가 이런 상태로 돌아가면 타라

---

46) 어떤 현상이나 사실을 설명하는 데에는 논리적으로 가장 단순한 가설이 진실이라는
법칙.

47) 19세기 미국의 산악인이자 자연인. 깊은 산속에서 사회와 격리된 채 살아가다 덫에
걸린 야생 회색 곰들을 구조해 길들이는 데 성공하여 유명해졌다.

가 가만 안 두겠지.' 그는 이물을 떠나 조타실로 가는 마지막 코너를 돌며 생각했다.

"함장님, 분부하신 대로 출두했습니다요."

킬은 함장을 웃게 만들려고 애쓰며 말했다.

"킬, 자네가 마실 커피 한 잔 따라서 이리 오게."

함장이 커피에 불만이 있는 투로 투덜거렸다.

킬은 커피포트 쪽으로 걸어가 컵에 커피를 따르면서 왜 지금껏 사람들이 커피 마시기를 지속하고 있을까 궁금해졌다. 킬은 크림이나 설탕을 타지 않았지만 그 커피를 마시게 되어 몹시 기뻤다. 그는 속을 쓰리게 하는 해군 표준 커피를 꿀꺽 한 모금 넘기면서 입안이 데거나 말거나 개의치 않았다.

"좋습니다, 함장님. 이제 제가 무엇을 하면 되겠습니까?"

킬은 목소리가 들리는 거리에 있는 사병들에 대한 존경까지 더해 공손히 말했다.

"최악의 경우는 뭐겠나?"

라센은 시간을 낭비하지 않았다.

"이런, 함장님, 그 질문을 던지시기 전까지는 이 커피를 정말 즐기고 있었는데, 이제 그 기쁨을 내버리라 하시는군요."

킬은 한 모금을 더 마셨다.

"이런, 젠장. 킬, 난 진지하다네."

함장의 가벼운 질책에 킬은 자세를 바로 했다.

"항공모함 내에서 일어날 수 있는 최악의 경우를 말씀하시는 거겠죠. 언데드들이 급격히 세력을 확장하고 있을지도 모른다고 대답해야겠습니다. 그럼 최악의 경우를 얘기했으니, 이제 최선의 경우를 듣고 싶으신 거라고 생각해도 될까요?"

라센이 고개를 끄덕였다.

"통신을 방해하는 대기 잡음을 겪고 있거나, 어쩌면 그들이 먼 곳과 교신하는 데 필요한 장비에 문제가 있는 건지도 모르죠. 우리 장비는 이상 없습니다. 우리가 수면 위로 올라갈 때마다 크루소에게 신호를 보낼 수 있었고 그는 명확하게 제 목소리를 들었으니까요."

"계속해 보게."

"우리가 아는 사실은 이겁니다. 항공모함과 통신이 두절됐고, 제3의 HF 주파수를 사용하는 데 실패했죠. 우리 통신 장비는 아시다시피 넉넉합니다."

라센이 고개를 끄덕이며 동의했다.

"우리는 크루소의 통신 장비가 작동 중이라는 것도 알고 있습니다. 우리가 알고 있지만 함장님이 고려하고 있지 않을 또 다른 한 가지는 호텔23의 기동팀 피닉스가 영향을 받을지도 모른다는 거죠. 그 팀의 유일한 장거리 통신 능력은 항모와 연결된 것이죠. 혹여 항모가 공격당했거나 통신실이 작동 불능 상태라거나 하면 피닉스의 임무 수행에도 차질이 생길 겁니다. 우리가 모르는 것은 현재 항공모함의 상황입니다. 제가 보기에 통신 단절의 가장 간단한 이유는 대기 간섭입니다. 그게 가장 가능성이 높아요. 태양의 흑점주기가 전파 교란을 일으켰을 가능성이 큽니다."

라센은 다시 의자에 앉아 방금 들은 얘기를 곱씹다 어렵게 입을 열었다.

"피닉스에 대해 뭘 알고 있나?"

"48시간 전부터 교신 두절 상태인 항공모함에 제 남은 가족, 제 아이를 임신 중인 여자 친구를 남겨 두었으며, 여기로 파견을 나오기 전에 피닉스 팀을 지원할 정보를 제공하라는 제독의 명령을 받았다는 것을 알고 있습니다. 또한 호텔23의 수직 발사대에 고정되어 있는 핵무기를 발사할 수 있는 유일한 카드인 제 신분증을 그들에게 내줘야 했던 것도 알고 있죠."

"알겠네. 따라오게."

킬이 라셴을 따라 그의 객실로 들어서자, 함장은 문을 닫았다.

"그 얘긴 그냥 건너뛰겠네. 피닉스는 모래시계의 임무를 위해 작동할 스위치를 준비하려고 만들어진 팀이라네. 혹여 중국 시설에서 일이 지독하게 틀어진다면, 호텔23은 그에 대한 대응으로 발사 작업에 착수해 위험 물질이나 생물학적 약물을 효과적으로 파괴할 수 있겠지."

"예? 함장님, 지도부는 최초의 사례에서 아무것도 배우지 못한 겁니까?! 오아후섬에서 방사능이 언데드와 우리에게 어떤 영향을 미치는지 보셨잖습니까!"

킬은 소리를 질렀다.

"진정하게, 중령. 피닉스는 언데드 수를 줄이려는 목표로 발사 명령을 받게 되지는 않을 테니. 우리 모두 그것이 별 효과가 없다는 것을 알지 않나. 피닉스에게 내려지는 작전 명령은 우리가 성공하지 못했을 때 중국 시설을 완전히 파괴해 무력화시키는 것이라네."

"좋습니다. 그렇다면 첫째, 왜 진작 얘기하지 않으셨습니까? 둘째, 함장님이 말씀하시는 성공의 정의는 뭡니까?"

"내게 다른 명령이 하달됐기 때문에 말하지 않았네. 하나 더,

나는 창이라는 이름으로 알려진 단 하나의 최초 감염자, 그의 위치를 찾아 빼내 오는 것을 성공으로 보고 있네."

"도대체 왜요? 창인지 뭔지 그 망할 것이 존재한다고 쳐도, 그걸 찾아오는 게 왜 중요한지 저는 모르겠습니다. 지금까지 제가 본 거라곤 추락 현장을 담은 낡은 흑백사진 뭉치와 일급기밀이라 적힌 파워포인트 슬라이드 몇백 장, 그리고 심하게 삭제된 기밀 서류들뿐입니다."

"중령, 아주 적절한 질문이네만, 나는 COG로부터 받은 통신과 예전에 군 지도부와 무전으로 허물없이 주고받았던 잡담들을 돌이켜 보고 어느 정도 믿게 된 것 같네. 만약 우리가 표본을 빼내 올 수 있다면 무언가를 만들 수 있을지도 모르지, COG 과학자들은 백신을 개발할 수 있을 거라 추측하는 거 같더군. 그렇게 한다고 해서 눈앞의 문제가 해결되는 것은 아니지만, 긁히거나 살짝 물리더라도 죽음을 맞게 되지 않을 수 있다면 좋지 아니하겠나?"

킬은 라센이 창에 대해 묻지 않으려 회피하는 것을 보고 실망감을 느꼈다. 그는 알고 싶지 않았다. 최근에 받은 존의 암호 메시지를 떠올리자 생각이 바뀔 뻔했지만, 때를 기다리며 참기로 했다. 그는 라센이 말을 끝내기만 기다렸다. 무전실에 돌아가 통신 장애를 해결하기 위해 할 일이 많았다.

"우리가 하와이에서 특수작전 요원 둘을 잃은 건 알고 있지?"

라센이 말했다.

"예, 당연히 알고 있습니다. 둘 중 하나는 산산조각이 났고, 하나는 시트에 싸여 바다에 매장되는 것을 제 눈으로 지켜봤죠. 왜 그러십니까?"

라센은 뜨거운 목욕물에 주저하며 들어가듯이 어렵게 본론을 꺼냈다.

"난 그저 팀이 두 사람을 잃었고, 우리는 곧 보하이만에 도착해 강을 거슬러 올라갈 거라고 말하는 걸세."

"싫습니다!"

킬이 날카롭게 말했다.

"내 말을 끝까지 듣게."

"제기랄, 싫다고요. 저는 특수작전 요원도 아니고 지난 1년간 본토에서도 덜떨어진 놈처럼 엉망진창으로 도망 다니면서 간신히 살아남았습니다. 그런데 또 렉스, 리코와 같이 뭍으로 나가라 하시는 건 너무 무리한 요구죠. 방금 제가 동쪽으로 수천 킬로미터 떨어진 곳에 사랑하는 여자와 아이가 있다고 말하지 않았습니까?"

"그리 말했네."

"제가 그들을 보러 돌아가고 싶을 거라는 생각은 안 해 보셨습니까?"

킬이 언성을 높였다.

"목소리를 낮추게, 중령. 그냥 잠깐만 생각을 좀 해 보게. 중령의 아이가 이 망할 세상에서 크길 바라나? 여기에 대해 스스로 물어보란 말일세. 아이가 남은 평생 언데드를 무서워할 일 없이 사는 게 더 좋지 않겠나? 우리가 모든 것을 바로잡을 거라 말할 수는 없지만, 기회가 될 수는 있다는 말이야. 생각해 보게. 기회라니까."

"그게……."

"그래, 그게 전부네. 그만 가 보게."

킬은 라센의 선실을 떠나며 자문했다, '나는 어쩌면 이렇게 미

련할 수 있었지?' 그는 모래시계가 팀원을 잃을 경우를 제독이 예상하고 있었다는 걸 알고 있었다. 또한, 라센이 여정의 마지막 구간에서 그에게 이런 짓을 시킬지도 모른다는 것도 예상하고 있었다. 버지니아호는 빠른 속도로 항해하고 있고, 그들은 곧 중국 해역에 도착할 것이다. 킬은 시계를 확인하고 곧 통신 점검을 위해 잠수함이 수면 위로 떠오를 시간임을 알아차렸다. 잠수함의 회수 가능한 긴 초저주파 와이어는 공중 중계기가 없으면 쓸모가 없기에 통신을 위해서는 잠수함이 부상해야 했다. 킬은 뱃머리가 올라가는 것을 느끼고 무전을 확인하러 통로를 따라 무전실로 급히 발걸음을 옮겼다.

오늘 킬은 USS 조지 워싱턴호와 연락이 닿지 않을 것이다.

49

4호 기지 - 72시간 전

남자들은 기지에 마지막으로 남은 따뜻한 생활구역의 침상에서 숙면을 취했다. 지금은 디젤 연료가 그야말로 금보다 더 귀했기 때문에 크루소는 다른 구역으로 열이 분산되는 것을 차단해 두었다.

수개월씩 계속되는 어둠과 빛으로 인해 24시간 주기의 생체 리듬이 깨지는 것을 방지하기 위해 그들은 사내 의료진으로부터 수면제를 지급받았었다. 크루소는 마크에게 남은 수면제를 주고 그 대가로 각성제를 받았다. 크루소는 수면제가 자신을 깊숙이 가라앉히는 느낌이 마음에 들지 않았다. 사실 크루소는 뇌리에서 떠나지 않는 악몽, 즉 가족의 죽음에 대한 끔찍한 환각에서 깨어날 능력을 빼앗는 약도, 자는 동안 무의식의 뒤편을 긁어 대는 다른 것들도 싫었다.

* * *

마크는 수면제를 먹고 성공적으로 잠이 들었고, 덕분에 휴식을 취해 컨디션을 유지할 수 있었다. 그는 오늘 밤 기묘한 꿈을 꿨다. 꿈속에서 그는 기지 위로 높이 올라가 시설을 내려다보고 있었다. 태양이 얼음과 눈을 비추며 환하게 반짝였다. 회백색의 점들이 기지를 에워싸더니 길게 우는 소리가 들렸다. 꿈에서 기지를 둘러싸고 있는 수천 개의 점들은 바로 늑대였다.

지금 기지는 조용했다. 아까는 래리가 내는 소리가 모두의 신경을 곤두서게 했다.

마크는 잠들기 전에 크루소가 래리의 방문을 닫아 기침 소리가 덜 들리게 한 것을 기억했다. 래리가 잠들기 전에 침대에 자신의 몸을 묶는 데 동의한 것이 그나마 나머지 사람들에게 위안이 되었다. 그것은 신중한 예방 조치였다. 지난 며칠간 그가 폐렴에 시달리며 내는 소리는 특히나 더 소름 끼치게 들렸다.

* * *

래리의 방문에 기대어 둔 빗자루가 쓰러져 그의 침대에 부드럽게 떨어졌다.

래리는 일어나 문으로 나와 수색을 시작했다.

처음으로 향한 곳은 크루소의 방이었다. 문손잡이를 돌리는 데 실패했다. 항의하듯 칸막이벽을 치고 옆방으로 향했다.

래리의 오른발은 기이한 발자국을 남겼다. 발자국이라기보다는 빨간 페인트에 살짝 담근 스펀지에 더 가까웠다. 래리가 방에서 탈출하는 동안, 몸을 침대에 고정하려고 사용했던 경량 나일론 로프에 발목과 발뒤꿈치의 피부를 뜯긴 것이었다.

마크는 늘 습관적으로 문을 살짝 열어 두고 잤다. 래리가 들어갈 방법을 찾는 것은 그다지 어려운 일이 아니었다.

* * *

이제 마크의 꿈에는 거대한 늪이 나오고 있었다.

멀리 보이는 큰 탑을 향해 힘겹게 걷고 있었다. 현실 세계라면 몇 초면 지날 발목 깊이의 오물에서 꿈속에서는 한참을 힘겹게 걸었다. 이제 탑에 한층 가까워졌다. 물은 더 깊어지며 주변에 소용돌이쳤고, 그때 파충류의 꼬리가 그 흙탕물의 표면을 깨뜨렸다. 마크는 늪을 더 빠르게 지났고, 탑의 윤곽도 더욱 섬세하게 보였다. 탑이 정말 뭘 상징하는지 그가 깨닫기 시작한 순간, 갑자기 엄청나게 큰 먹구름이 하늘 가득 드리우고, 격렬한 천둥이 꿈속 풍경을 마구 뒤흔들었다.

그 탑은 협곡이었고, 모든 사람이 그 안에 있었다. 죽은 자들의 뒤틀린 얼굴이 밀려들어 움직이며 마치 검은색 질 좋은 비단으로 단단히 싸맨 것 같은 벽을 짓눌렀다. 마크는 분명 브렛의 얼굴을 보았다. 그 얼굴은 잠시나마 생기가 돌며 미소 지었다. 그리고 다시 한 번 떨어진 번개에 브렛이 언데드로 변하는 듯했다. 다른 것들과 마찬가지로 브렛의 얼굴도 탑의 벽에서 공간을 차지하기 위해 싸웠다.

악취가 나는 물속으로 한 걸음 더 내딛자, 부츠 바닥 밑이 유리 조각처럼 으드득거리는 것이 느껴졌다. 유리 조각. 마크가 다리에 급작스러운 통증을 느끼며 꿈에서 튕겨져 나오자마자, 총성이 들려왔다.

* * *

"물러서! 래리야, 래리가 죽었어!"

크루소가 고함쳤다.

마크는 오른발이 극심한 통증으로 욱신거려 본능적으로 발을 잡고 힘주어 눌렀다.

크루소가 불을 켰다.

래리는 체액이 고인 웅덩이에 누워 경련을 일으켰다. 마크가 물리기 전에 래리를 제거하는 데는 성공했지만, 크루소의 라이플 탄환이 마크의 발을 관통했다.

'어두웠지만 총을 쏠 수밖에 없는 상황이었어.' 크루소는 공황 상태에 빠져 생각했다.

크루소는 세 발을 쐈는데, 두 발은 래리의 가슴을, 그리고 한 발은 그의 머리를 관통했다. 쿵이 방으로 뛰어들었을 때, 마크와 크루소 둘 다 방금 벌어진 일의 실상을 마주하고 있었다. 크루소가 쏜 탄환은 모두 래리의 감염된 몸을 관통했다. 마크의 발을 관통한 탄환까지도. 그 탄환에는 래리의 피가 묻어 있었다.

이제 마크는 감염자였다.

* * *

마크는 엄청난 고통 속에 자정을 넘기지 못하고 숨을 거두었다. 감염은 총상입은 발을 타고 서서히 올라왔고, 결국 심장마비로 눈을 감았다. 크루소에게 마크는 세상에 마지막 남은 진짜 친구이자, 아내가 언데드에게 살해되기 직전 마지막으로 대화를 나눈 사람이었다. 트리샤를 떠올리게 해 주던 또 하나의 연결 고리가 영원히 사라져 버렸다. 그런 일을 겪지 않은 사람에게 그게 어떤 의미인지 설명하기란 어려운 일일 것이다.

마크의 시신을 처리하는 일은 쿵이 맡았다. 크루소는 차마 그 일을 할 수 없었다. 마크의 뒤를 따를까 하는 무서운 생각이 몇 번이고 머릿속을 훑고 지나갔다.

크루소는 옛 친구에게 작별을 고하고 긴장으로 바짝 굳은 상태로 자신의 침대가 있는 방에 돌아왔다.

* * *

쿵은 마크가 돌아오지 않도록 확실히 해 둔 뒤 시체를 협곡으로 던졌다. 거처로 돌아오니 크루소는 방에서 허공만 멍하니 바라보고 있었다.

"크루소, 우리 여길 나가자!"

쿵이 고집했다.

"난 아무 생각이 없어. 어디로 가고 싶은데?"

크루소는 사실 이 빙하에서 가장 쉽게 벗어날 수 있는 방법을 궁리하다 저 천장 대들보가 경량 나일론 로프보다 튼튼할지를 가늠하고 있었다.

"바보야, 남쪽으로 가야지!"

쿵이 크루소의 어깨를 세게 치며 외쳤다.

"난 모르겠어. 그냥 잠깐 시간 좀 줘."

쿵은 고집을 꺾지 않았다. 이후 그는 몇 시간 동안 크루소의 침대 근처 바닥에 드러누워 크루소를 계속 지켜봤다. 크루소도 그런 쿵에게 싫은 내색은 하지 않았다. 크루소가 잠에 든 것이 확실해지고 나서야, 쿵은 크루소의 카빈총을 사물함 뒤에 숨겨 놓고, 떠날 준비를 위해 설상차를 정비하러 나갔다. 쿵은 설상차를 준비하기 위해 영하 60도에 육박하는 추위와 북극의 암흑 속에서 장장 45분 동안 동상과 사투했다.

연장 몇 개가 필요해진 쿵은 예전에 생존 유지 장치의 공급을 끊어 버린 건물에 들어가, 예비 배터리로 작동하는 전등을 켰다. 실내가 너무 추워서 입김이 결정화되어 눈처럼 떨어지는 듯했다. 방은 성에로 두텁게 뒤덮여 있었다. 쿵은 그 시설이 1년 안에 얼음 덩이가 되겠다고 생각했다. 그는 그곳을 뒤져 자신이 찾던 쇠톱을 찾고 자리를 떴다.

그는 바이오 연료 드럼통을 생활구역 안으로 들여놓고 보급품을 더 모았으며 개들과 작은 트레일러를 준비시켰다. 남쪽 어딘가로 떠나기 위해.

50

USS 버지니아호가 한때 중국 해역의 외곽 경계선이었던 곳을 지날 무렵, 딘과 타라, 대니와 로라는 딘의 객실 뒤쪽에 겁에 질린 채 숨어 있었다. 객실 문은 2층 침대와 잡다한 물건들로 막아 둔 상태였다.

죽은 자들이 복도에서 객실 문을 주먹으로 치고 손바닥으로 때리고 있었다. 문밖에 몇 명이나 있는 건지도 알 길이 없었다.

그들은 좀비가 이 객실 문이 아니라 다른 객실 문을 두들기고 있다는 점에 신에게 감사하며 기도문을 읊조렸다. 재채기 한 번이나 바람의 방향이 바뀌는 것만으로도 언제든 상황이 변할 수 있다는 사실은 네 사람도 잘 알고 있었다.

그들은 지금 열두 시간째 갇혀서 구조를 기다리고 있었다. 열두 시간 만에 얼마나 확산되었을까?

로라는 다소 충격을 받은 상태로 타라의 품에 안겨 있었다.

"그냥 문 열고 총 쏴 버리면 안 돼요?"

그녀가 물었다.

"로라, 우린 괴물들이 얼마나 많은지 모르잖니. 끝날 때까지 기다려야만 해."

그들은 배가 여전히 군인들의 통제 아래 있다는 것을 알았다. 지난 몇 시간 동안 배가 수차례 움직였고 그 움직임은 무작위라기에는 너무 체계적이며 속도도 서서히 올라갔다.

'해군들이 적어도 아직은 함교랑 원자로 공간을 뺏기지 않은 모양이지.' 딘은 생각했다.

그때 고틀먼 제독이 이 거대한 배의 상부 구조물 내부 어딘가에서 함내 방송의 스위치를 켰다.

"고틀먼 제독입니다. 선내에 감염이 발생하여 현재 군인들 여러 팀이 동원되어 위협을 무력화하고 있습니다. 만약 여러분이 이 방송을 들으신다면 조용히 기다리십시오. 곧 여러분을 구조하러 갈 것입니다. 이상입니다."

얄궂게도 배 전체에 퍼진 방송이 언데드들을 극도로 흥분시켰다.

놈들 모두 방송을 똑똑히 들었고, 그건 바깥의 복도에 있던 언데드도 마찬가지였다.

문이 안쪽으로 휘어지기 시작했다. 좀비들이 새 영역에 무단으로 침범한 소리에 항의라도 하려는 모양이었다. 대니는 어두운 불빛 속에서 눈을 가늘게 뜨고 문 가운데가 안쪽으로 약간 휘는 것을 지켜보고 있었다. 그는 로라 옆에 앉아서 그녀에게 다 괜찮아질 거라고 말해 주었다. 마음 한쪽의 목소리는 자신의 말에 거짓이 없다고 믿었지만, 반대쪽 목소리는 그가 곧 죽을 것이 틀림없으며 둘은 깜찍한 애피타이저가 될 것이라고 속삭였다.

문은 여전히 안쪽으로 불거져 들어온 상태였고 더는 버틸 수 없는 듯했다. 이제 죽음이 생존자들을 그 어두운 날개로 에워쌀 것이다. 그들이 모두 눈을 감는 순간, 문손잡이 위쪽에 거의 한 줄로 작은 구멍 다섯 개가 나타났다. 그리고 좀비들이 쿵 하는 소리와 함께 쓰러졌다.

"문에서 떨어져서 엎드려!"

낯익은 목소리가 문 반대쪽에서 소리를 질렀다.

더 많은 9밀리미터 탄환이 문과 주변의 칸막이벽을 관통했으며 어딘가에 맞고 튕겨져 나온 총알이 대니의 어깨에 부상을 입혔다. 대니는 비명을 질렀고, 더 많은 좀비들이 쓰러졌다.

"문 여세요. 접니다, 라미네즈요!"

딘은 벌떡 일어나 권총을 든 채로 손잡이를 비틀어 문을 열었다. 문이 날듯이 열리고, 그 뒤에는 흙과 땀으로 뒤덮인 라미네즈와 존이 자동 화기를 들고 서 있었다.

* * *

"갑시다. 놈들이 갑판 전체에 들끓고 있어요!"

"타라, 제가 킬한테 빚이 있었거든요. 킬을 보면 이제 우리 셈은 끝났다고 꼭 전해 주세요."

라미네즈가 말했다.

타라는 객실에서 뛰쳐나오자마자 아직 살아 있다는 사실에 기뺨의 눈물을 흘리며 잠시 그를 껴안았다.

그들 모두는 한 줄로 조용히 움직였다. 아이들은 줄 가운데에 배치하여 보호했다. 존은 애너벨을 배낭에 넣고 목 부위까지 지퍼를 올렸다. 애너벨은 별로 마음에 들어 하지는 않았지만, 도망치려고 하지도 않았다.

애너벨은 배 안 언데드의 존재를 확인하는 데에 매우 유용했다. 미리 계획해 둔 대로 존은 대니가 좀비 소리를 들었다고 생각하는 구역으로 개를 데려갔더랬다. 커다란 철문이 열리고 군인들이 걸어 나오자, 존은 숨지 않고 딴전을 피웠다. 그리고 경비병들을 마주하는 순간 애너벨을 팔로 안아 들었다. 애너벨은 존의 셔츠에 오줌을 지리며 두려움에 찬 울음을 길게 토했다. 개의 쭈뼛선 목덜미 털은 좀비가 경비병들 옆에 있었다는 사실을 더욱 확실하게 보여 주었다. 존은 어리벙벙한 척했고, 경비병들은 그와 개를 구역 밖으로 인도해 주었었다.

"서두릅시다. 문턱 두 개만 더 넘으면 비행갑판 해치요!"

존이 모두에게 말했다.

이동하는 동안, 어른들은 대니와 로라를 매의 눈으로 지켜보았다. 복도에 좀비가 언제 튀어나와도 이상하지 않은 상황이었다.

존의 배낭 안에 있던 애너벨이 다시 목덜미 털을 세우더니 신경을 곤두세우며 으르렁거렸다.

"라미네즈, 준비하시오!"

존이 경고했다.

언데드들은 전방에서 나타나지 않았다. 타라와 라미네즈가 아이들을 지키고 있는 후방에서 따라붙었다. 라미네즈는 몸을 돌려 뒷걸음질하면서 총을 쏘았다. 다 쓴 탄창을 꺼내고 꽉 찬 탄창을 탁 끼워 넣는 찰나, 무릎 높이의 문턱에 걸려 바닥으로 넘어졌다. 그가 넘어지면서 총이 발사되었고, 총알은 그에게 다가들던 두 마리를 대각선으로 뚫고 나갔다. 뼈와 근육, 살덩어리가 철제 칸막이 벽과 무리 뒤쪽의 다른 좀비들에게 흩뿌려졌다.

그러거나 말거나 좀비들은 계속 몰려들었다.

"애들아, 몸을 숙이고 귀 막아!"

존이 크게 소리친 뒤, 해병을 깔아뭉개려고 몰려드는 썩어 가는 괴물들을 향해 총격을 가했다.

라미레즈가 등에서 전자동 라이플을 꺼내 들자, 좀비들의 살과 뼈가 복도를 날고 파란 타일 갑판에 튀었다.

하체가 뇌와 여러 다른 부위로 뒤덮인 라미네즈는 재빨리 일어서서 다가오는 좀비들의 발아래 복도를 쏘아 댔다.

"서둘러요, 존. 나가요!"

존은 비행갑판으로 나가는 해치에 손을 뻗고 레버를 거칠게 밀어젖혔다. 문을 발로 차자, 문이 열리며 안쪽에 햇살이 드리웠다. 기름과 소금, 기계장치 냄새가 복도를 가득 메웠다.

존이 말했다.

"나와요!"

생존자들은 해치를 빠르게 나와 사다리를 타고 상대적으로 안전한 비행갑판까지 올라갔다.

라미네즈는 존이 그의 어깨를 툭 건드릴 때까지 계속 엄호하며 방아쇠를 당겼다.

"당신 차례요, 라미네즈. 내가 해치를 단단히 닫겠소."

라미네즈는 재빨리 사다리를 타고 올라와 비행갑판 옆 보행 통로로 넘어갔다. 존은 마지막으로 무차별 난사를 한 뒤, 해치를 닫았다. 그러고는 주머니에서 약간의 밧줄을 꺼내 해치가 안에서 열리지 않도록 고정했다. '잠시라도 버텨 줘야 할 텐데.' 존은 생각했다.

보행 통로에 올라선 존 앞에 항공모함의 갑판이 훤히 보였다. 항공기는 대부분 아래 격납고에 들어가 있었다. 사람들 수백여 명이 갑판을 서성거리고 있었다. 존은 뱃머리의 비행 발사대 쪽으로 움직였다. 비행갑판에 오르자 함교 안내방송이 들렸다.

"조지 워싱턴호 선내 방송입니다. 저는 당직 사관이며 새로운 소식을 알려 드립니다. 제독님은 우리가 곧 소탕 작전을 시작할 것이라고 통지하셨고 현재 우리 배는 플로리다 키스로 향하고 있습니다. 원자로와 함교는 우리의 통제 아래 있습니다. 침착하십시오. 이상입니다."

방송이 끝나자 아래에서 철제 해치를 두드리는 좀비들 소리가 들려왔다. '침착 같은 소리 하고 있네.' 존은 생각했다. 존은 잠시나마 바다 경치에 감탄하고, 구축함 몇 대가 대형을 이루며 항공모함 양옆에서 순항하는 것을 발견하고 놀랐다. 좌현 뒤쪽으로는 보급선까지 따라오고 있었다.

"존, 저 좀 도와주세요."

자넷이 그의 어깨를 건드리며 말했다.

"뭔가요? 문제라도 있나요?"

"브리커 박사와 저는 함교 구조물 뒤편에서 부상자 분류를 하고 있어요. 윌리엄이 보이지 않는데, 혹시 그 사람……."

"그런 생각 하지 마요. 여기 위에도 사람이 많으니 내가 계속 찾아보겠어요. 의료 텐트로 돌아가 있으면 내가 이따가 들르겠죠."

존은 자신의 목소리가 그녀에게 위안을 주길 바랐다.

"고마워요, 존."

존의 귀에 로라가 호텔23의 생존자들에게 돌아가는 엄마의 뒷모습을 보면서 우는 소리가 들려왔다.

51

USS 조지 워싱턴호 - 감염자 발생 이후

"제독님, 언데드들이 비품구역뿐만 아니라 다수의 거주구역까지 잠식했습니다. 선원들이 당직 사관의 지시에 따라 사태 발발 초기에 모든 주요 해치에 얼룩말[48]을 발령했으므로 언데드들의 상당수가 아래 각각의 공간에 분산되어 있을 것입니다."

"지금 저 아래 얼마나 있는 걸로 추정하는가?"

"제 계산상으로는 적어도 200마리는 될 것 같고, 총기 규제가 없었다면 훨씬 더 많았으리라고 봅니다. 제가 보기엔 갑판 아래 있는 언데드의 수는 더 줄지도 늘지도 않을 것 같습니다. 아래

---

48) 총원 전투배치 상태에서 배에 화재, 침수 등의 비상상태가 발생할 때 발령된다.

의 생존자들이 언데드들을 무력화시킬 테지만, 그 과정에서 감염되는 생존자들도 생길 테니까요. 감소할 숫자는 오직 남은 생존자 수뿐입니다."

고틀먼 제독은 아래 비행갑판에 펼쳐진 전경을 내려다보았다. 1만 8000제곱미터 넓이의 갑판 여기저기에 대형 난민 캠프가 형성되었다. 제독은 머릿속으로 긴급사태에 어떻게 대처할지 계획을 세우고, 다음 단계를 어떻게 밟아 나가야 할지 구상하기 시작했다. 통신실을 재탈환하는 것이 가장 시급했다. 그런 다음 적당한 항구를 찾아야 할 것이다. 바다에 있는 동안 언데드에게 원자로 구역의 통제권을 뺏기는 위험은 피해야 했다. 혹여 그렇게 되면, 항공모함은 풍전등화 처지가 될 것이다.

제독은 전화기를 쥐고 위쪽 조타실에 전화를 걸었다.

"미세하게 항로 변경을 하겠다, 장교. 항로를 정확하게 키웨스트 섬으로 잡고 흘수선을 잘 유지하게."

"알겠습니다, 제독님."

당직 사관이 전화선 끝에서 대답했다.

함교에서 내린 지시를 들은 조가 물었다.

"제독님, 어떤 생각을 갖고 계신지 말씀해 주시겠습니까? 이해가 잘 가지 않습니다."

"키웨스트에 입항해서 최악의 상황에 대비할 작정이네. 인원을 너무 많이 잃으면 이 배를 계속 운항할 수 없지 않은가. 혹여 그렇게 된다면 우리가 깨끗이 정리하고 방어할 수 있는 장소인 섬에 안착하고 싶네. 키웨스트에는 해군 비행장이 있어. 다리를 폭파하면 고립시킬 수 있지. 피닉스 그 친구들에게서는 소식이 없나? 회수한 블랙박스 관련해서는?"

"프로그래머들이 블랙박스에서 GPS 좌표를 추출하기 위해 소프트웨어 명령어를 번역하려다가 우리 네트워크 통제권을 잃었다고 합니다. 누군가 소프트웨어에 접근해서 변환하려고 했답니다. 그래서 겨우 4분 남짓 침범했고요. 이상한 점은 우리 사람들이 배의 서버를 재부팅하고 번역하려고 했을 때는 이미 프로그램이 완성되어 있었다는 거죠. 코드를 한 줄 한 줄 확인할 시간이 없어서 소프트웨어를 호텔23으로 전송했습니다. 피닉스 팀이 몇 시간 동안은 임무를 뒤로 미루지 않을 테지만, 우리가 통신망을 복구할 때까지 성공 여부는 알 수 없습니다."

"그게 최우선이네, 조. 제일 먼저 무선 주파수를 다시 잡아야 해. 누가 우리 시스템을 해킹하려고 했는지 걱정하는 건 나중에 해도 돼. 빌어먹을. 우리 사이버사령부의 중국 버전일지도 모르겠군. 버지니아호는 지금 당장이 아니라도 곧 보하이만에 다다를 것이네. 모래시계 팀은 중화인민공화국이었던 땅에 발을 딛겠지. 라센과 그의 선원들은 이곳에 무슨 일이 벌어지고 있는지 아주 궁금할 거야."

"예, 제독님. 해병대가 먼저 진입해서 통신실을 확보하려 할 겁니다. 통신실이 확보되면, 피닉스 팀과 모래시계 팀과의 통신망을 회복할 수 있습니다."

"북극 기지는?"

"벌써 몇 차례 무응답 상태입니다. 대기 잡음 때문이겠죠."

"그렇겠지."

고틀먼은 아래 세워진 난민 캠프를 다시 내려다봤다.

"젠장. 막사가 내려다보이는 타워 상단부에 저격수를 배치하게. 발병 징후가 조금이라도 보이면 총격을 가하도록."

"예, 제독님."

조는 말을 잠시 멈추고 엿듣는 사람이 없는지 확인했다.

"제독님, 우린 버텨 내지 못할 것 같습니다."

"그래, 그럴지도 모르지. 하지만 나는 살면서 단 한 번도 포기해 본 적이 없네. 놈들 중 하나가 되거나 머리에 구멍이 뚫려 땅에서 썩어 가지 않는 한, 나는 이 싸움을 멈추지 않을 것이네. 자넨 CIA 출신이니 더 잘 알 걸세. 필요하다면 구명보트를 타고 맨주먹으로라도 싸워야지."

52

중국 해역

"원사, 잠망경 사용 가능 높이로."

"아이아이, 함장님."

함장의 명령이 조타수에게 하달되자, 잠수함은 보하이만 입구로 이동하기 시작했다. 잠망경이 솟아올라 푸른 바다의 수면을 갈랐다. 버지니아호의 첨단 센서들은 중국의 군사력이 아직까지 살아남았다는 어떤 증거도 찾지 못했다. 만약 중국군이 잔존했다고 해도 미군의 상황과 별 다를 바 없이 거의 멸종 수준일 것이다. 코미는 무선 주파수 스펙트럼을 추적했다. 그가 간섭에 성공한 유일한 통신은 베이징 국제 자동 터미널의 정보 서비스였다. 코미는 통신이 활성화되려면 공항에 지속 가능한 전력이 일부라도 있어야 한다는 것을 알아냈다. 그는 스펙트럼을 계속 돌아보며 잠수함의 자체 방위를 활성화하면서 임무에 도움이 될 모든 정보를 수집하려 애썼다.

첨단 잠망경 렌즈의 폐쇄회로를 통해 밖을 살펴본 함장이 중국 대륙의 상황을 평가했다.

"중국인 언데드가 많은 거 같네, 콥."

불을 붙이지 않은 시가를 입에 문 채로 함장이 말했다.

"안 봐도 예상이 가는 상황입니다, 함장님."

"그래, 그럴 걸세. 킬, 여기 있나?"

"예, 함장님."

킬이 길게 늘어선 장비들 때문에 생긴 그늘에서 나오며 대답했다.

"무인기 팀을 출동시키면 좋을 듯한데. 중국의 비행장과 그 일대에 대한 공중정찰이 필요하니 말이야."

"무인기 발사를 준비하라 이르겠습니다. 더 없으십니까?"

"아니, 중령. 사실 더 있네. 아까 우리가 나눈 대화를 생각해 봤나?"

"예, 함장님. 생각해 봤지만 제 대답은 바뀌지 않습니다."

라센은 킬에게 더 가까이 몸을 기울였다.

"렉스와 리코가 단둘이 일을 하게 되어서 유감스럽군. 특히나 그리프와 헉을 잃은 지 얼마 되지도 않았는데 말이지. 이건 무척 어려운 일이 되겠군. 내가 말하는 게 낫겠나, 아니면 자네가 하겠나? 우리 무기고는 꽤 규모가 크고, 베이징에는 핵폭탄이 떨어진 적이 없다는 것을 자네에게 다시 한 번 상기시켜 주고 싶은데. 버지니아호는 모든 것이 엉망이 되기 전에 특수작전 지원 업무를 맡았고, 지금도 마찬가질세."

"제가 직접 말하겠습니다, 함장님."

"좋네. 아, 한 가지 더. 모래시계 팀에 대한 공중 지원이 전에 브리핑에서 언급된 것보다 조금 늘어날 거네."

"그게 무슨 뜻입니까?"

"잠시 이쪽으로."

라센은 킬에게 SCIF로 따라오라는 손짓을 했다.

그들은 문안으로 걸어 들어갔고, 이제 배의 나머지 사람들로부터 완전히 격리되었다. 코미가 단말기 앞에 앉아 쿠니아 기지 임무에서 추출한 정보들을 조사하고 있었고, 먼데이 지휘관이 그 뒤에 서 있었다.

킬과 라센이 방에 들어서자, 코미가 컴퓨터 화면창을 닫았다.

"한층 업그레이드된 SR-71 정찰기가 우릴 공중 지원할 걸세. 이정찰기의 렌즈는 훨씬 민감하고 기하급수적으로 먼 육지 거리를 커버하지. 팀은 어떤 요인이 생기기도 전에 미리 알 수 있을 걸세."

라센이 말했다.

"어느 공군 기지에서 말입니까? 본국에서 상당히 먼 거리를 왔는데요."

킬이 회의적으로 물었다.

"나도 잘 모르기 때문에 말할 수 없네."

"그럼 특수 지원은 뭡니까?"

"록히드의 오로라라네. 실제로는 다른 이름으로 불리지만 오로라는 1960년대부터 현재까지 록히드의 극초음파 프로그램을 일컫는 코드명이었지. 오로라는 빠르고, 모든 영상정보와 지상이동 표적 지시기를 보유하고 있다네. 고도 28킬로미터에서 여섯 시간 동안 제 역할을 수행할 걸세."

"만약 이게 미국에서 날아온다면, 유조선의 지원이 필요할 겁니다. 공중 지원은 언제 가능할까요?"

"닷새 전 COG는 오로라가 내일 그리니치 표준시 10시 00분에 공중 지원을 할 거라고 전달했다네. 물론 항공모함의 통신이 두절되기 전이었지만, 왠지 내 생각에는 상관이 없을 성싶군. 유조선 문제라면, 오로라는 제트 연료를 사용하지 않네. 자네가 렉스에게 가서 팀의 일원이 되지 않을 거라고 말할 때 이것도 알려 주면 되겠군."

"알려 주셔서 감사합니다, 함장님."

"천만에."

킬은 SCIF를 떠날 때 라센의 시선을 느꼈다. 함장은 그를 교묘하게 조종했고, 나름 효과를 보고 있었다.

* * *

킬은 라센의 말을 곱씹으며 잠수함 내 고물 쪽으로 이동했다. 렉스와 리코를 찾아가 객실 문을 두드렸다. 꼭 필요한 일이 아니라면 침실 공간에 함부로 들어가는 게 내키지 않았기 때문이다.

"누굽니까?"

킬은 문 너머에서 들려오는 렉스의 목소리를 알아들었다.

"킬입니다."

"킬 중령님 말입니까?"

"예, 비슷합니다."

"미안하지만 클럽하우스에 장교들 자린 없는데요."

그래도 킬은 들어가기로 결정했다.

"저기, 함장님에게 내일 두 사람이 임무를 수행하러 나간다고 들었습니다. 그리니치 표준시 10시 00분부터 공중 지원도 받는다 더군요."

렉스는 속을 두툼하게 채운 침대에서 벌떡 일어났다.

"당신은요?"

"무슨 말씀이죠?"

리코가 침상의 파란 커튼을 열어젖히고 대화에 끼어들었다.

"오늘 아침에 라센이 당신도 우리랑 함께 가기로 결정했다고 했거든요. 정말인가요?"

"이런 나쁜 새끼."

킬이 주먹을 꽉 쥐며 고개를 절레절레 흔들었다.

"걱정 마십시오. 우리도 압니다. 라센이 우리 모두를 속이고 있죠. 그래도 분명 당신 도움이 필요할 겁니다. 여기 화기가 잔뜩 있으니 확인해 보십시오."

렉스가 빈 침상의 커튼을 젖히고 전투용 라이플 더미를 가리켜 보였다.

"세상이 쫄딱 망한 뒤 수색 부대가 여러 주를 돌며 여러 군 무기고를 급습했죠. 정부 소유 총은 대부분 완전 쓰레기였어요. 친구들 몇이 본토에서 마지막으로 비축 물자를 확보할 때 우리에게 도움을 줬습니다. 헬기 두어 대를 타고 텍사스 중부로 가서 민간 제조 공장을 털 때 이걸 발견했답니다."

렉스는 검은 라이플 더미를 가리키더니 그중 하나를 집어 킬에게 던졌다.

"라루 7.62, 총신이 약 45센티미터죠. 훌륭한 저격수만 뒤에 붙는다면 1킬로미터 거리에서 놈들 머리를 터뜨릴 겁니다."

손에 들린 전투 라이플의 느낌은 언데드들이 판치는 텍사스 불모지에서 쫓겨난 이후 마치 몇 년 동안 잠들어 있던 무언가를 다시 일깨우는 듯했다. 무기의 무게가 그에게 일단 내가 살아야 한다는 냉혹한 감정을 다시금 불러왔다. 그는 주저하며 렉스에게 라이플을 돌려주었다.

"킬, 딱 들어맞지 않습니까. 친구한테 가서 얘기해 보십시오. 당신 친구는 저격총을 꽤 잘 다루던데. 저랑 리코가 하와이에서 눈치 못 챘을 거 같아요?"

"젠장, 맞아요! 그 친구 완전 도심형 킬러던데."

자신의 침상에서 초소형 헤드폰을 쓰고 어떤 곡에 맞춰 손가락을 딱딱 튕기던 리코가 소리쳤다.

"그뿐인가, 그 난리판에서 몇 달을 살아남았다면서요. 우리도 전부 다 읽었으니까 이런 일에 대비한 훈련은 받지 못했다느니 하는 얘기는 꺼내지도 마세요. 네이비실 기초교육 과정에 언데드학개론, 이런 건 없었으니까 우리도 별로 다를 건 없거든."

킬은 잠시 동상처럼 서 있다가 단어를 고르며 조심스럽게 말했다.

"우린 오늘 밤 임무를 위해 계획을 세워야 합니다."

"그거죠! 내가 뭐랬어, 렉스. 킬이 받아들일 거라 했잖아!"

리코가 소리쳤다.

렉스가 방을 가로질러 전투 라이플을 다시 던졌다. 킬은 눈도 깜박이지 않고 총을 잡았다.

"총 이름은 뭐라 붙여 줄 거죠, 킬?"

"돌아올 때 알려 줄게요."

킬이 표정 없이 말했다. 킬은 자신이 이런 결정을 내렸다는 데 충격을 받았지만, 이 선택은 오늘보다 훨씬 이전에 이뤄진 것임을 알고 있었다.

"정말 그게 마음에 들어요? 탄창에 총알도 스무 개밖에 안 들어가는 데다 무겁잖아요."

"이렇게 말씀드리죠. 제가 M-4로 머리를 계속 쐈는데 여섯 놈 중 하나는 계속 다시 일어나 달려들었어요. 저는 사이엔이 800미터 거리에서 그런 놈들을 쓰러뜨리는 걸 본 적이 있어요. 대답하자면, 총알 개수나 무게의 단점을 감수할 가치가 있죠."

"예. 저랑 리코도 쿠니아에서 철수할 때 그런 놈을 봤습니다. 탄환 몇 개가 두개골을 관통했는데, 비틀거리고 넘어지면서도 다시 일어나서 계속 오더군요. 정말 별로였죠."

킬이 문 쪽으로 돌아섰다.

"사이엔에게 가서 얘기해 보겠습니다. 20시 00분에 SCIF에서 만나 메모하면서 어떤 상황인지 확인해 보도록 하죠."

"좋습니다. 잘 얘기해 보세요."

문을 빠져나가는 킬에게 렉스가 말했다.

53

텍사스 남동부 - 호텔 23

"지겨운 인간들, 잘 돌아왔어요."

닥과 빌리, 디스코가 C-130 추락 현장에서 돌아오자, 호스가
맞이했다.

닥은 자신의 물건들로 감싼 오렌지색의 커다란 무언가를 들고
있었다.

"우리가 뭘 가져왔는지 얘기 들었어, 호스?"

"예, 중계기가 잘 작동했어요. A-10 친구들 인원은 부족하지만
통신은 전달했어요. 항공모함이 버스트 노트북으로 블랙박스에서
GPS 좌표를 뽑을 수 있는 파일을 보냈습니다. 블랙박스 밑에 USB
포트가 있어야 한다고 하던데요."

"좋아, 해 보자고. 이 개자식들이 어디 숨어 있는지 정말 알고 싶군."

닥이 말했다.

"하나 더요, 대장. 항모랑 통신이 끊겼어요."

"뭐? 그쪽에서 블랙박스 프로그램을 보내 줬다는 거 아니었어?"

"맞아요. 그런데 그 뒤로 신호를 보낼 수가 없었어요. 1차, 2차, 3차 채널까지 다 무응답이에요."

"고쳐 봐, 호스. 나도 전체적인 상황은 모르겠지만, 곧 무슨 일이 일어날 거라는 건 알고 있어. 우리가 이 똥통에 뛰어들기 전에, 새해쯤에는 우리도 준비가 되어 있어야 한다고 항모 측에서 얘기했어."

"최선을 다했어요. 장비는 잘 작동해요. 모든 부분을 확인해 봤지만, 항공기와도 완전히 연결되어 있죠. 이건 그쪽 문제예요, 대장."

호스가 말했다.

"맙소사, 아니어야 할 텐데. 항모는 우리가 여기서 벗어날 수단이잖아요."

디스코가 도끼날을 갈고 있는 빌리를 보며 말했다.

"빌리 보이, 이 상황을 어떻게 생각해요?"

"우리가 바꿀 수 있는 것에 집중해야지."

닥이 말했다.

"맞아. 통신을 계속 유지해, 호스. 난 쇠지레와 망치를 들고 저 상자를 열어 봐야겠어."

탄소 섬유, 강철, 알루미늄, 그 밖에 화합물 들이 층을 이루어 충돌 충격과 화재로부터 상자의 내부를 보호했다. 닥은 조심스럽게 틀에서 케이스를 떼어 내기 시작했다.

탁탁탁, 빌리 보이가 매끄러운 사암 바위에 도끼날을 가는 소리가 들려왔다. 닥은 빌리가 도끼로 까칠하게 자란 수염을 솎아 내는 것을 보았다. 조악한 도끼였지만 날은 무척 날카로워 보였다.

"빌리, 해머는 그걸 너처럼 날카롭게 유지하지 않았어. 언제까지 그 도끼를 가지고 다닐 참이야?"

"이걸로 백 마리를 죽일 때까지."

한 시간 정도 욕설을 퍼붓고 손가락 관절을 피투성이로 만든 끝에 마침내 USB 포트가 드러났다.

"호스, 코드 가져와."

"음, 알았어요. 몇 주 뒤에 돌아오겠습니다. 베스트바이에 다녀와야겠어요. 잠시만요, 24시간 영업하는지 미리 전화해 보는 게 좋겠네요."

"이 자식, 지금 나랑 장난하자는 거야? 이 시설 전체에 USB 코드 하나가 없다고? 여기 이 컴퓨터들은 뭐고?"

"여기 있는 컴퓨터는 대부분 기술 수준이 낮아요. 90년대 스타일의 저차원 기술이죠. 90년대 초반까지도 병렬 포트를 사용했고, 제 생각엔…… 아니다, 신경 쓰지 마세요."

"뭔데?"

"안 될 거 같아요. 주요 시스템을 무너뜨려야 하거든요."

"주요 시스템을 파괴한다니! USB 케이블 하나면 나쁜 놈들 위치를 알아낼 수 있잖아. 대체 무슨 말을 하려는 거야?"

닥이 몰아붙였다.

"음, 위쪽 버스트 지향성 안테나에 USB 케이블이 같이 있거든요. 올라가서 코드를 뽑고 통신 장치를 꺼야 해요. 대장 뜻에 따를 게요. 하지만 이 오렌지색 상자에 달라붙어 있느라 항모에서 오는 통신을 놓치면 어쩌죠?"

"그래도 해 볼 만한 가치가 있겠는데. 빌리, 호스랑 지금 올라가 봐. 서둘러, 해가 곧 뜰 거야."

"해 볼게요."

호스가 말했다.

* * *

해가 동쪽 지평선에 가까워질 무렵, 그들은 위에 올라와 있었다. 하늘은 어슴푸레하고 별은 서서히 빛을 잃었다. 육안으로는 너무 어두운데 야간 투시경을 쓰기엔 너무 밝았다.

"빌리, 난 야간 투시경 꺼야겠어요."

빌리는 초록색 전자 렌즈를 통해 주변을 살폈다.

"난 아니야."

"놈이 바로 여기 있어요. 서둘러 처리하고 내려가요. 우리가 포위되거나 뭐 그런 거처럼 섬뜩한 기분이에요. 만화 속 한 장면처럼, 불은 꺼졌지만 사방에서 지켜보는 눈이 있는 거죠."

"말 그만해."

빌리가 속삭이고 멈춰 서서 공기 냄새를 킁킁 맡으며 주변을 살폈다.

"뭐죠? 뭘 봤어요?"

"아냐, 빨리 끝내자고."

그들은 버스트 통신 장비 쪽으로 가서 케이블 접속부를 덮고 있는 방수 장치를 걷어 냈다. 해가 머리를 내밀어 동쪽 지평선으로 쏟아졌다.

사전에 이렇다 할 낌새도 없었는데 좀비 두 마리가 키가 큰 수풀에서 벨로키랍토르처럼 달려 나오더니, 장비를 찾느라 더듬거리는 호스와 빌리를 덮쳤다. 인간의 살점에 대한 갈구가 언데드의 공격을 부른 것이었다.

"이게 무슨……. 접전!"

호스는 소리를 지르고 무기를 휙 돌리며 허리께에서 총을 쏘았다.

빌리는 통신 장비를 떨어뜨리고 권총을 뽑았다. 전자 장치를 만지느라 라이플을 뒤로 멘 터라 빨리 잡기가 쉽지 않았다. 호스의 카빈총에서 나온 총알이 다가오던 좀비의 어깨에 비스듬히 맞으면서 일시적으로 놈이 뒤로 주춤거렸다.

빌리는 다리를 질질 끌며 빠르게 움직이는 좀비에게 글록을 겨눠, 한 방을 목에, 그래도 계속 다가오는 놈의 대가리에 또 한 방을 쏴, 단 두 방에 끝내 버렸다. 어깨에 입은 총상에도 거의 영향을 받지 않은 선두의 좀비가 소리를 지르며 호스의 카빈총으로 돌진하더니, 그의 얼굴을 쳤다. 빌리는 도우려 했지만 그 과정에서 호스가 맞을까 봐 총을 쏠 수 없었다. 호스가 열 발을 쐈지만, 이 탄환들은 아무런 효과도 없이 좀비의 배를 뚫고 나갔다. 좀비의 생기 없이 썩어 가는 내장이 호스의 부츠에 쏟아졌다.

좀비가 다가옴에 따라 라이플의 총열이 좀비의 뻥 뚫린 배 속으로 잠기기 시작했고, 호스는 시체의 머리에 총구를 겨눌 수 없었다. 좀비는 계속 허우적거리고 괴성을 지르며 호스의 모든 힘을 빼앗고 궁지로 몰아갔다.

그들 앞에 선 놈에게서는 한때 인간이었던 흔적이 전혀 보이지 않았다. 좀비의 몸은 부풀고 털도 없었으며 치아는 대부분 빠졌다. 바지는 허벅지 아래부터 찢어지고 신발은 맨발이 드러나도록 닳아 발에 거의 뼈만 남아 있었다.

빌리는 글록을 다른 손으로 옮기고 도끼를 들었다. 그리고 좀비 뒤로 조심조심 다가가 엄청난 힘으로 두개골을 쾅 내리치고는 물러났다. 좀비의 머리부터 어깨까지 반으로 갈라져 두개골과 뇌, 그 아래 척수까지 훤히 드러났다. 놈의 몸뚱이가 호스의 총열에서 빠져나와 땅바닥으로 고꾸라졌다. 호스는 여전히 총을 앞으로 향하고 똑바로 겨냥한 상태로, 본의 아니게 빌리 보이의 몸통을 겨누게 되었다.

"그 빌어먹을 것 좀 치워."

빌리가 말했다.

"아, 죄…… 죄송합니다. 빠르게 접근하는 바람에 우리 거의 죽을 뻔했어요, 세상에! 우릴 찾고 있었던 거였네요. 덤불 속에서 쳐다보는 시선 같은 게 느껴졌거든요. 빌리는요?"

빌리는 시든 잔디에 도끼를 닦으며 말했다.

"응, 뭔가 느꼈어."

그는 야간 투시경을 벗으며 전자 장치 쪽으로 돌아갔다.

이제 해가 지평선 위로 올라 그들에게 즉각적이고 효율적으로 움직여야 함을 상기시켰다.

"이 펠리칸 케이스의 발포 고무 아래, 무선 송수신기 밑에 있어요."

호스가 이따금씩 등 뒤를 확인하며 조용히 말했다.

"집중해, 호스. 그냥 케이블을 당겨서 뽑고 얼른 내려가자."

호스는 복잡하게 얽힌 케이블 사이를 1분 정도 따라 짚어서, 작은 통신기 상자 하나에 연결된 CPU 암호기에서 케이블을 조심스레 분리했다. 비행 기록 장치의 데이터를 뽑은 후에 얼른 제자리를 찾아 꽂을 수 있도록 체스트 리그[49]에서 은색 매직을 꺼내 케이블의 위치를 표시했다.

그들은 출입 해치로 다시 뛰어가는 길에 몰래 뒤따라오던 둘을 더 죽였다. 주위의 들판이 그들 둘레로 좁아져 오는 가운데, 좀비 두 놈이 쫓아오고 있었던 것이다. 호스와 빌리는 숲 가장자리에서 놈들의 실루엣을 볼 수 있었다. 이제 그들은 시설의 이전 지휘관이 남긴 서면 보고를 믿을 수밖에 없었다. 두려움이 현실을 희석시키지는 않았다. 나중에 빌리와 호스는 지하로 전력질주 해 돌아갈 때 언데드 천 마리의 시선을 느꼈다고 보고했다. 물론 예전에는 싸구려였지만 지금은 천금보다도 귀한 그 케이블은 절대로 놓치지 않았다.

---

49) 가슴 부위에 예비 탄창과 수류탄 등을 휴대하도록 만들어진 군장.

54

"사이엔, 우리 얘기 좀 해요."

킬이 객실로 들어서며 말했다. 사이엔은 작은 터치스크린 태블릿으로 신나게 놀고 있었다.

"그건 어디서 난 거예요?"

킬은 영문을 모르겠다는 듯 물었다.

"승무원 하나가 장거리 사격 교습을 시켜 주는 대가로 빌려줬소. 지금 난 몇몇 식물 친구들을 이용해서 좀비를 죽이고…… 아, 아니요. 당신도 해 보고 싶다면 일단 나랑 거래를 해야 하오."

사이엔이 웃으며 말했다.

"장난이겠죠. 게임기 잠깐 내려놓으세요. 할 얘기가 있습니다."

"무슨 일이오?"

사이엔이 태블릿을 끄며 대답했다.

"우린 지금 중국 해역에 있고 해안에서 2킬로미터도 안 떨어져 있어요. 잠망경으로 살펴봤는데, 일단 보하이만은 좀비들로 꽤 북적이는 상태죠. 어쨌든 모래시계 팀은 내일 무인기가 정찰 출격을 몇 번 나간 후에 뭍에 발을 디딜 겁니다."

"계속하시오."

킬은 불쑥 본론을 꺼냈다.

"그 팀은 하와이에서 동료를 둘이나 잃었잖아요. 나보고 제정신이 아니라고 하겠지만 그 친구들과 동행하려고요."

"음, 마음이 바뀐 거로군, 그렇소? 내가 보기에 당신은 위험을 감수하는 타입도 아니고, 이건 정말, 정말 위험할 텐데. 우리가 미국에서 생존을 위해 보낸 시간 동안 당신이 지금 같은 선택을 했다면, 당신은 이미 죽었을 거요."

"예, 어쩌면 돌아오지 못할 수도 있습니다. 그래서 당신이 날 위해서 뭘 좀 맡아 줬으면 합니다."

"그래, 그게 뭐요?"

"제 일기요. 타라에게 이 일기가 전달이 되면 좋겠는데, 당신 말고는 여기 있는 어느 누구도 이걸 맡길 만큼 믿을 수 없습니다. 안에 당신에 관한 낙서도 있지만 숨길 것은 없어요. 당신 앞에서 하지 않을 말은 아무것도 쓰지 않았으니까요."

"난 거절해야겠군. 그럴 수 없소."

사이엔이 매우 진지하게 말했다.

"하지만 제 생각에 당신이 그 정도는……."

"이미 대답했소. 싫다고. 나는 당신이랑 다른 사람들과 같이 중국으로 가겠소. 그리고 우리는 그 일기의 이 위험한 장을 마무리

할 거요. 우리가 함께 말이요."

킬은 그의 말뜻을 이해했다.

"사이엔, 너무 고마워서 뭐라고 말해야 할지도 모르겠어요. 렉스와 리코는 분명 좋은 사람들이지만, 같이 다리에서 탱크를 몰거나 수많은 언데드들을 물리치거나 석탄 운반차 위에서 잠을 잔 적은 없으니까요. 무슨 얘긴지 알죠?"

"그래, 알고 있소. 계획은 언제 짜는 거요?"

사이엔이 물었다.

"90분 후에 SCIF에서 만나기로 했어요. 내가 이미 알고 있는 정보를 거듭 확인해서 당신이 모르는 내용이 없도록 하겠습니다."

킬은 사이엔에게 존이 암호화해서 보낸 메시지를 다시 한 번 상기시키고, 작전을 수행하는 동안 받게 될 것으로 보이는 공중 지원에 대해서도 알려 주었다.

"보시다시피 실제로 이렇게 진행해 볼 겁니다. 우리는 완전히 혼자가 아니니, 겁낼 필요도 없어요."

"아, 좋군. 혼자가 아닐 수도 있으니."

"영혼이 없는 대답이네요. 당신 나라야말로 당신과 다른 모든 사람들에게 많은 걸 숨기고 있잖아요. 당신네 지하 조직의 금고 문 뒤에는 어떤 다른 비밀이 숨겨져 있을까요?"

"신만이 아실 일이오."

강 위쪽에 있는 시설의 약도를 그린 후, 킬은 그의 일기에 그것을 스케치했다.

　임무를 계획하러 가는 길에 킬은 당직 사병과 대화를 나눌 겸 무전실에 잠시 들렀다.

　"운이 좀 따랐습니까?"

　킬이 기사에게 물었다.

　"아닙니다, 중령님. 아직 깜깜합니다. 케플라비크[50]에서 오래전 녹음된 평범한 고주파 방송과 BBC의 반복 방송, 베이징 공항의 녹음 파일 외에는 아무것도 못 건졌어요. 스펙트럼이 조용합니다. 그래도 오늘은 예상보다 일찍 수중 음파 탐지기가 움직였답니다."

　"수중 음파 탐지기요? 또 다른 배 소리라도 들린 겁니까?"

　"무슨 소리가 들렸다고는 하지만, 배라고 확신하지 못하는 것 같던데요. 실제로 무슨 일이 있었던 건지 제대로 들으시려면 그 사람들이랑 얘기해 보시는 게 좋겠습니다, 중령님. 저는 거기 없었으니까요."

　"그런 걱정 말고 그냥 계속 항공모함에 신호를 좀 보내 보세요. 저는 내일 강가로 가는데 몇 시간 정도 걸릴 겁니다. 더 걸릴 수도 있고요."

　"중령님이 가신다고요? 저것들이 뭔지조차 알고 싶지 않으실 텐데……."

　"맞아요, 알고 싶지 않습니다. 입 밖으로 꺼내지 마세요. 그냥 당신은 통신에만 집중하고 있으면 그걸로 됩니다. 돌아와서 봅시다."

---

50) 아이슬란드에 있는 도시.

"아이아이, 중령님."

"음, 내 생각은 이래요. 일단 루민트가 퍼지면 우리가 해안가로 간다는 사실은 곧 배 전체에 퍼질 거예요. 우리가 없는 동안 소지품을 숨겨 두는 게 좋겠군요. 많은 사람들이 우리가 돌아오지 못할 거라 생각할 겁니다. 그럼 우리가 없는 동안 손버릇 나쁜 사람들이 생길 수도 있겠죠."

밀실공포증이 생길 것 같은 통로를 비집고 SCIF로 가는 길에 킬이 사이엔에게 농담처럼 말했다.

"루민트가 뭐요?"

사이엔이 물었다.

"그냥 군인들 은어인데 루머나 소문을 일컫는 말이죠. 그런 겁니다."

"아, 내가 항공모함에 대해서 들은 루머 같은 거군. 어떻게 항공모함이 쿠바 미사일에 의해 격침되는가 같은."

"예, 그럼요. 첫째로 쿠바는 관타나모 방어선까지 언데드가 들끓고 있을 듯하고요. 둘째, 설사 그들의 정권이 함정을 때릴 만한 사거리와 정확성이 있는 소련 미사일을 여전히 보유했다 쳐도, 미사일은 오래전에 유통 기한이 지나 쓸모도 없을 겁니다. 좋은 예시네요, 사이엔. 웃겼어요. 어쩌면 카스트로는 자기가 획득한 시가 폭발물이나 몇 개 쏘아 올릴 수도 있겠네요."

킬은 어쩌면 사이엔이 자기 말을 이해하지 못했을지도 모른다고 생각했다.

둘은 문을 세 번 쿵쿵 두드려 자신들이 왔음을 알렸다. 안에서 유리를 통해 잠시 두 사람을 정밀하게 살펴본 후 문을 열어 주었고, 그들은 안으로 들어섰다. 보안 디스플레이는 신원이 불확실한 누군가가 배의 숨겨진 중추로 들어가는 것을 막기 위한 것이기도 하지만, 그보다는 감염자의 출입을 막기 위함이 더 컸다. 모든 보안 구역은 출입 허가를 내리기 전에 감염 징후를 육안으로 확인했다.

먼데이가 목청을 가다듬고 킬과 사이엔을 테이블로 불렀다.

"여길세."

테이블에는 라센 함장과 군종신부, 렉스, 리코, 코미, 먼데이 지휘관이 있었다. 그리고 테이블에는 큰 지도가 펼쳐져 있었다.

먼데이가 즉각 브리핑을 시작했다.

"내일 그리니치 표준시 10시 00분에 힘겨운 출발을 하기까지 대략 열여섯 시간 정도 남았습니다. 오로라는 여섯 시간 동안 머물며 들어가고 나오는 걸 보조할 것이고, 우리도 휴대용 무인기를 띄울 것입니다. 하지만 함장님은 그것들이 여러분을 따라 시설까지 가는 건 고려하시지 않을 겁니다. 여기에 관해서는 함장님이 곧 설명하시겠습니다. 말할 것도 없이 시간은 빠듯하므로, 여러분은 신속하게 진입해야 합니다."

렉스가 물었다.

"최초 감염자를 확보하는 것 외에 저희가 알아 두거나 주의해야 할 사항이 더 있습니까?"

먼데이는 잠시 망설이다가 라센의 의견을 구했다.

"함장님, 봉인된 임무 파일을 열어도 된다는 허가가 났습니까?"

라센이 대답했다.

"그렇네. 중국 영해에 들어서는 순간, 허가를 받았지. 계속하게."

먼데이는 금고의 다이얼을 돌렸다. 딸깍 소리가 들리자 라센이 와서 다음 잠금 장치를 열 수 있게 옆으로 비켜섰다. 특정 발사 코드와 다른 주요 파일들을 보관하는 컨테이너를 혼자 열 수 있는 완전한 접근권을 가진 사람은 아무도 없었다.

라센이 손잡이를 돌리고 서랍을 당겨 열자, 쉽게 볼 수 없는 자료들이 모습을 드러냈다.

"자, 자리에 앉읍시다."

6인용 전략 테이블이었기에, 코미는 라센의 뒤에 섰다. 함장은 서류 봉투의 봉인을 뜯고 버지니아호가 파나마해역을 떠나기 얼마 전부터 거기 들어 있던 문서 뭉치를 꺼냈다.

"좋소. 여러분 대부분이 시설이 어디 있는지 대강 알고 있다고 생각할 거요. 그렇다 해도, 이 위성사진을 돌리겠소. 자, 버지니아호는 현재 여기 있다오."

라센은 보하이만 최서단의 강어귀를 가리켰다.

"실제 시설은 베이징 바로 남동쪽의 톈진 지역에 위치하고 있소. 속여서 미안하나, 배가 포위될 수도 있어 나로서는 조심할 수밖에 없었다오. 이 방에 있는 사람들을 빼고는 시설의 정확한 위치를 아는 사람이 함내에 아무도 없소. 무인기가 입구까지 따라붙어선 안 되는 이유지. 작전이 수행되는 동안, 잠수함은 스캔 이글과의 데이터 연결을 유지하기 위해 수면에 노출되어 있을 수밖에 없소. 여러분이 시설에 들어가는 동안 무인기들은 잠수함을 보호할 거요. 여기까지 질문 있소?"

라센이 테이블을 빙 둘러보며 물었다.

킬이 손을 들었다.

"근처 비행장과 중국 헬기 얘기는 뭡니까?"

"그건 베이징이 아닌 다른 곳에 있는 시설을 급습할 거란 사실에 접근권이 없는 사람들을 속이기 위해 했던 불가피한 거짓말이었네. 보다시피 톈진 지역은 인구도 적고 강에서 내륙까지 8킬로미터밖에 안 떨어져 있다네."

리코는 직접 질문하기 싫어서 렉스를 팔꿈치로 밀었다.

"알았어, 내가 물어볼게. 함장님, 강은 어떻게 올라가죠? 강이 꽤 구불구불하고 어둠 속에서 길을 잃기 쉽겠는데요. 위성사진에는 판잣집 모양의 선창이나 다른 것들이 많이 보이던데, 고속 단정은 시끄러워서 강 양쪽 모두의 관심을 끌 겁니다. 일이 매우 번거로워질 수도 있죠. 이젠 GPS도 없으니 맞는 위치에 배를 대기도 힘들고요."

"맞네. 그래서 버지니아호를 강 상류에 대는 걸세. 우리는 여러분이 원한다면 강에 최대한 가까이 가서 고속 단정을 노 젓게 할 수도 있고, 원한다면 헤엄쳐 가게 할 수도 있지만, 그건 추천하지 않네. 공중 정찰 보고에 의하면 시체들이 물에 잠겨 있다는군. 그 수가 아주 많고, 그중 몇몇은 아직도 움직인다지. 우리 관성항법 장치는 내부의 레이저 회전 나침반으로만 항법하고 외부 GPS 신호에 의존하지 않는다네. 또한, 최고의 수중 음파 탐지 요원이 버지니아호가 얕은 물길을 통해 항해하는 것을 도울 것일세. 최적의 상륙지에 최대한 가까이 가 주겠네."

"우리가 정말로 찾고자 하는 게 뭡니까?"

킬이 물었다.

라센은 문서 몇 장을 휙 뒤집어 임무 파일에 넣고는 앵글이 어긋나서 비밀스럽게 보이는 사진 한 장만 남겨 두었다.

"이것이 최초 감염자, 중국인들이 창이라 이름 붙인 거네. 이 사진을 한 바퀴 돌려 보게."

사진에는 빙하 덩어리 안에 목까지 감싼 무언가가 찍혀 있었다. 그것은 합금 종류로 보이는 보호복을 입고 있었다. 헬멧의 가리개 때문에 얼굴이 보이지는 않았다. 그것이 아직 움직인다는 유일한 증거는 얼음 덩어리에서 부분적으로 튀어나온 묘하게 일그러진 손의 상태였다.

"헬멧을 아직 쓰고 있군요. 중국인들이 벗기지 않았습니까?"

킬이 물었다.

라센이 재빨리 대답했다.

"안 벗겼네, 아니, 적어도 중국 주석이 지시할 때까지는 그냥 두었지. 우리가 입수한 NSA의 도청 자료에 따르면 지난 12월 초에 그 지시가 내려졌다고 생각되네. 그럼 타이밍이 기가 막히지 않나? 증명할 수는 없지만, COG는 창의 온전했던 보호복이 중국에 의해 훼손되면서 이상 징후가 시작되었다고 믿고 있다네. 그리고 그다음은 다들 잘 알고 있을 듯한데."

"그럼 우리가 시설에 어떻게든 도착해서 안으로 들어가 이놈을 찾으면, 그다음은 뭡니까?"

렉스가 물었다.

"그걸 무력화시켜서 배로 가져오게. 우린 개조해 둔 어뢰 발사관에 넣고 동결시켜서 COG의 과학자들에게 보낼 거네."

라센의 대답에 킬이 반박하고 나섰다.

"정말 죄송하지만, 그런 일은 하늘이 두 쪽 나도 가능하지가 않습니다. 계속 저항하는 놈을 이 잠수함으로 데리고 와서 집으로 가는 길 내내 룸메이트 삼으라 이 말씀입니까? 함장님이 창이라고 부르는 게 뭔지 확실히는 모르겠지만, 이건 말씀드릴 수 있습니다. 저는 호텔23의 군 지휘관으로 있는 동안, 언데드가 들끓는 연안 경비대 쾌속정을 공격해야 했죠. 그 쾌속정은 피폭된 언데드 단 세 마리가 점령해 버린 거였습니다. 그래도 쾌속정에서는 생존자 들이 배 밖으로 탈출할 수 있었죠. 하지만 잠수함에 그런 일이 발 생하면, 숨을 곳이 없습니다. 도대체 왜 이걸 좋은 생각이라고 생 각하시는 거죠?"

"이건 최고위층의 명령이네. 상부에서 직접 하달되었고, 우리는 따라야 하고."

라센은 차분하면서도 단호하게 말했다.

"COG, COG, 얘기 참 많이 들었습니다. 정말 그들은 누구고 어 디 있는 겁니까?"

킬이 물었다.

"정부의 영속성 프로그램은 귀관이나 나보다도 오래전에 확립 되어 현재까지 존재하고 있네. 그들은 일상적으로 펜타곤2라고 알 려진 시설에 살고 있으며 대통령께서 서거하시고 핵폭탄이 투하 된 이후 전략적인 행동들을 명령하고 있지. 그들은 행정부의 모든 힘과 권한을 쥐고 있고, 이는 그들이 군대에 대한, 귀관에 대한 법 적 권한을 지닌다는 의미네, 중령."

"잠시 제가 함장님께 동조한다 치고, 창인지 뭔지를 찾을 수 있 다고 치죠. 도대체 어떻게 무력화를 시키죠? 강력 접착테이프로 묶어요? 상스러운 말을 퍼부을까요? 언데드들에게 먹혔던 유일한 것은 뇌를 관통하는 총알이었죠. 그것들은 길들일 수 없습니다. 설득할 수 있는 대상이 아니라고요. 그저 감염시키고 또 감염시키려는 욕구만 있는 걸어 다니는 바이러스죠."

킬은 라센에게 말해 봐야 기력만 빠진다는 걸 알면서도 언성을 높였다.

"우린 여러분이 항공모함에서 건너오기 전에 COG에서 물품 몇 가지를 인도받았네. 먼데이, 가서 총기를 가져오게."

몇 분 뒤, 먼데이 지휘관이 화염방사기에 가까운 대형 기구를 들고 돌아왔다.

"이건 군집 통제 총기, 줄여서 SCFG라고 하는 무기일세. 이 총기에는 두 개의 노즐이 있는데, 공기와 부딪히며 섞일 때 활성화되는 서로 다른 화학 물질을 발사하지. 그 둘이 섞인 화합물은 몇 초 만에 콘크리트처럼 굳는다네. 이걸 창에게 쏘면 꼼짝도 못 하게 되겠지. 그러고 나면 우리가 창을 개조된 어뢰관에 맞추기 위해 포말을 긁어낼 거네. 정 일이 잘 안 풀리면 거대한 외계의 똥 덩어리 치우듯 바다로 날려 버리면 그뿐이고. 야단 떨 것 없이 상어들이 놈을 처리하게 하는 거지."

먼데이는 기술 설명서를 테이블 위에 내려놓으며 말했다.

킬은 보자마자 글꼴 유형과 방수 종이에 쓰인 방식을 알아차리고 의심스러운 듯 물었다.

"그들은 이 총기를 어디서 구한 거죠?"

"안 물어봤는데, 왜 그러나?"

라센이 물었다.

"이유는 없고 그냥 호기심입니다, 함장님."

"아, 막 화내면서 복종하지 않으려 하더니, 이제 다시 공손해진 건가?"

"함장님이 제 상황이라면 어떻게 행동하시겠습니까?"

"귀관의 심정을 이해하니 어뢰 발사관에 가두거나 군법회의에 회부하지 않고 넘어가는 걸세."

킬은 라셴이 대답을 진지하게 하지도 않으면서 자신의 말이 바랐던 효과를 낸 것처럼 계속 말하고 있다는 걸 알 수 있었다.

라셴이 덧붙였다.

"창이 유일한 목적은 아니네. 이것도 찾아야 하지."

그는 투명한 큐브 모양의 물체가 찍힌 사진을 가리키며 말했다.

"이런 것들이 하드디스크 같은 거라는데, 코미가 더 알고 있지. 얘기해 보게."

"예, 함장님. 이것들은 저장 장치입니다. 큐브 안에 3차원의 서브나노 레이저로 새긴 데이터를 저장하죠. 우리의 전 인류 역사에 존재하는 것보다 몇 배나 더 많은 정보를 큐브 하나에 담을 수 있죠. 하나가 아니고 더 있을지도 모릅니다. 아마 중국인들은 그게 뭔지도 모르고 이 원시적인 판독 장치를 연구하고 발전시킬 수십 년의 혜택도 누리지 않았던 것 같습니다."

"저건 등에 짊어지기 무거워 보이지도 않고 적어도 창인지 뭔지보다 가볍고 덜 위험해 보이니까 불평하는 건 아닌데, 왜 가져와야 하는 거지?"

렉스가 물었다.

"큐브에 이상 징후에 관한 정보가 있을지도 모르니까요. 아마 모든 것을 해독해 내지는 못하겠지만, 백신이나 그런 것에 일단 착수할 수 있는 단서가 있길 바라는 거죠."

코미가 대답했다.

킬은 작전 구역 차트를 그의 앞으로 돌리고 차트를 짚어 가며 말했다.

"그럼 다시 정리해 볼까요? 우리는 잠수함으로 저 얕은 강을 따라 16킬로미터 더 올라갈 겁니다. 거기서 우리 네 사람은 강가까지 고속 단정의 노를 저어 상륙하고 내륙으로 8킬로미터 정도를 들어갑니다. 그런 다음 어떻게든 시설에 접근해 그 언데드를 찾아내고, 저 바보 같은 포말 총을 쏜 뒤, 수십억 마리의 중국 언데드에게 잡아먹히지 않으면서 2만 살 먹은 외계인을 등에 업고 잠수함으로 돌아옵니다. 제가 빠뜨린 게 있습니까?"

"데이터 큐브요."

코미가 멀찌감치 떨어져 소심하게 쭈뼛거리며 상기시켰다.

라센은 쿡쿡거리는 웃음이 잦아들고 긴장감이 완화되기까지 잠시 기다렸다가 응수했다.

"글쎄, 귀관이 그렇게 말하니 성공 가능성이 영 떨어지게 들리지만, 자네는 몇 가지 핵심 사항을 빠뜨리고 있네. 첫째, 우리는 베이징에서 상당히 떨어진 거리에 있네. 여긴 질병 발생 전에 인구수도 적었고 핵공격의 피해도 없었던 곳이지. 둘째, 우리는 오로라의 공중 지원을 받아 체스 판처럼 촘촘한 배치 상태를 여러분에게 전달할 거네. 셋째, 걸어서 딱 왕복 16킬로미터일세. 도로를 따라 차량으로 이동할 생각이 아니라면 그것이 바람직할 거네. 넷째, C4와 기폭 장치를 충분히 준비해 갈 수 있으니 시설에 보안 조치가 되었더라도 돌아다니는 데 문제가 없을 걸세. 제길, 의외로 문이 열려 있을 수도 있고."

"명쾌한 설명 감사합니다, 함장님. 렉스, 우리 넷은 임무 파일을 연구해서 누가 언제 무엇을 할지 확실히 정해야겠군요. 그런 다음 내일 강가로 가기 전에 장비를 준비하고 몇 시간 눈 좀 붙여야겠어요. 이 팀은 여전히 당신 팀입니다. 저랑 사이엔은 의논 상대가 되어 드리는 것뿐이죠."

킬이 말했다.

"무슨 말씀인지 알겠습니다. 맞는 말씀인 줄은 알지만, 당신이 저보다 장교로서 팀을 이끌어 주시길 바랐죠. 저는 제 뛰어난 지식과 경험으로 당신을 당황스럽게 하는 역할을 맡고요."

렉스가 말했다.

"늘 바라는 것만 얻을 수는 없답니다, 렉스. 이건 당신의 작전이니까요."

킬은 농담을 하는 게 아니었다.

* * *

네 사람은 누가 고속 단정을 몰 것인지, 누가 제일 먼저 상륙할 것인지 등의 세부적인 작전 내용을 밤이 늦도록 상의했다. 시설에 갈 때의 이동 속도와 초기 나침반 기수 방향을 어떻게 잡을지도 논의했다. 무전기를 잃을 경우를 대비해 1차, 2차, 3차에 걸쳐 작전용 무선 주파수도 거듭 점검했다. 부피가 큰 포말 총기를 나를 사람을 정할 때, 리코가 가장 짧은 빨대를 뽑았지만, 그것을 창에게 직접 사용해 볼 수 있다는 점에서 즐거워하는 듯 보였다. 라셴과 코미, 먼데이는 킬이 요구하는 정보들을 모니터에 띄운 뒤, 팀원끼리 계획을 짜도록 한 시간 정도 자리를 비켜 주었다.

"그렇지. 저들이 돌아오기까지 시간이 얼마 없을 수도 있어요. 항모와 통신이 끊기기 전에 저한테 암호화된 메시지를 보낸 친구가 있습니다. 많은 것을 전달하지는 못했지만, 우리가 전에 보고받은 다른 놈들에 대해 COG의 과학자가 실험을 진행했다고 그러더군요. 그는 놈들이 강해서 작은 총기에 저항력이 있다고 했어요. 제가 7.62 라루를 들고 우리가 마주칠 놈들을 뚫고 지나가야 할 것 같은데, 약품 혼합제 같은 것도 좀 필요하겠군요. 사이엔, 진전된 게 좀 있나요?"

"이미 다 됐다오. 여기서 친구 몇을 사귀었소. 출발할 때, 그걸 가지고 있을 거요."

사이엔이 장담했다.

"궁금하신 점 있나요?"

킬은 렉스와 리코에게 고갯짓을 했다.

"좋습니다, 깔끔하군요. 리코, 포말 총 장난감을 무기고로 가져가서 우리가 진짜 총을 준비하는 동안 당신은 그걸 읽어 두는 게 좋겠군요. 다음 단계로는 탄창을 채우고 총에 기름칠을 좀 해 둬야 합니다. 저는 총기 관리를 소홀히 하지 않습니다. 괜히 내일 오작동 문제가 생기게 할 필요는 없죠."

"그럼요."

렉스가 동의했다.

네 사람은 용의 입속으로 들어가기 전에 무기를 고르러 무기고로 향했다.

55

키웨스트에서 남쪽으로 32킬로미터 지점

'실패군.' 고틀먼 제독이 혼잣말을 했다. 선내 주요 통신 구역을 확보하기 위해 다섯 차례나 시도했지만 인명 피해만 컸다. 언데드들이 승무원들을 갈기갈기 찢어발기고 있었다. 전염병은 들불처럼 번지고 감염자는 뇌에 총알을 박아야 가까스로 진압되었다. 많은 좀비들이 그야말로 뱃전 너머로 떠밀려 20여 미터 아래의 멕시코 만으로 떨어지고 있었다.

배를 탈환하기 위한 과격한 최후의 시도가 시작되고 있었다.

"속도를 시속 55킬로미터로 유지하고 뱃머리를 해군 공군 기지 키웨스트로 고정하라!"

고틀먼 제독이 당직 장교에게 명령했다. 함교에서 뱃머리에 키웨스트가 나타나는 것을 볼 수 있었다. 그는 비행갑판 방송 시스템을 작동시키며 목청을 가다듬었다.

"비행갑판 위의 여러분, 제독이오. 돌격팀, 출입구 해치와 사물함 옆에 인원을 배치하시오. 우리 배는 해군 공군기지 키웨스트로 접근 중이고 속도를 시속 65킬로미터로 높이고 있으며 현재 충돌까지 27킬로미터 남은 상태입니다. 위아래의 총원은 충돌에 대비하십시오, 충돌 전 카운트다운이 있을 겁니다, 이상입니다."

9만 톤의 강철 덩어리가 시속 55킬로미터가 넘는 속도로 키웨스트에 다가갔다. 돌격팀은 충돌에 대비하는 한편, 충돌까지 얼마 남지 않을 시간 동안에도 우왕좌왕하며 길을 막는 언데드들을 죽이며 통신실로 나아갔다.

* * *

존과 라미네즈는 좌현 전방의 돌격팀에 속해 있었다.

"우리 너무 가까워요. 피냐 콜라다 냄새가 나요."

라미네즈가 존에게 말했다.

"웃기는군, 그건 내 냄새가 아니오. 준비나 잘 해요. 시속 65킬로미터가 빠른 속도는 아닐지도 모르지만, 갑자기 0이 되면 당신은 이 배 밖으로 내던져질지도 모르니까. 난 저 벽 가까이에 붙겠소. 난간 레일을 붙잡는 정도로는 충분하지 않을 거요."

"그래서 제가 옆에 붙어 있는 겁니다, 영감님. 전략적이죠. 당신처럼 대학에 다닐 기회는 절대 없을 것 같아요. 퍼듀는 아마 문을 닫았겠죠?"

"그래요, 똑똑한 친구. 퍼듀는 아마 앞으로 백 년 정도는 문을 닫을 거요. 이 말은 해 줘야겠구려. 내가 대학에서 배운 어떤 것도 곧 해변에 좌초할 항공모함에서 나를 잡아먹겠다고 덤비는 시체들로 가득한 복도로 덤벼들 대비를 시켜 주진 않았소. 해병대에서 훈련받은 당신이 이 완전히 달라진 경제 상황 속에서 더 시장성 있는 기술을 갖고 있을 것 같은데."

"킬도 지금 이렇게 괴이한 시간을 보내고 있을까요?"

"세상에, 아니길 바라오."

두 사람은 벽에 등을 기대고 뱃머리를 피해 고물 쪽을 보며 앉아 있었다. 조지 워싱턴호가 속도를 최대로 끌어 올리자 바다가 요란한 소리로 선체를 후려쳤다. 하지만 존에게는 지금 앉아 있는 계단 아래의 해치를 두드리는 언데드의 소리가 들렸다.

좀비들은 나오고 싶어 했고, 그를 갖고 싶어 했다.

비행갑판 전용 방송 시스템이 탁탁 소리를 냈다.

"충돌에 대비하십시오. 십, 구, 팔, 칠, 육, 오, 사, 삼……."

배는 흡사 누군가 마법의 브레이크를 당긴 것처럼, 혹은 왠지 스크루의 방향이 반대가 된 것처럼 속도가 줄어들었다. 그리고 그 순간, 항공모함이 플로리다의 모래톱을 들이받았다. 강철이 갈라지며 「오즈의 마법사」에서 회오리가 몰아칠 때처럼 살점과 금속이 날리고 사람들과 장비들이 내던져졌다. 육중한 지상지원 장비와 지게차, 제트기가 갑판을 가로질러 미끄러지며 솟아오른 제트 분사편향판과 항모 가장자리의 보행 통로에 부딪혔다. 많은 사람이 맑고 푸른 바다로 튕겨 나갔다.

존은 라미네즈의 비명에 정신을 차리고 집중했다.

"어이, 우리뿐이오! 움직입시다!"

존은 비틀거리며 일어나 어깨 너머를 보았다. 고개를 흔들며 시선을 집중시켰다. 멀리서 타라가 충돌 전에 그들이 계획했던 대로 손을 흔들고 있었다. 아직 찾지 못한 윌리엄을 제외하고는 호텔23의 식구들 모두가 무사했다.

라미네즈는 해치 레버를 내동댕이치며 문을 재빨리 열어젖히고는 어둑한 갑판에 있던 좀비 중 하나의 두개골을 산산조각 냈다.

"총에 라이트를 켜세요, 존. 어두울 것 같습니다."

이번에는 존 뒤쪽에 또 한 발의 총을 쏘았다. 방금 전 충돌로 쓰러졌던 좀비가 다시 일어나려고 비틀거렸던 것이다.

그들은 지금 시간이 많지 않았다. 좀비들이 충돌의 충격에서 회복되고 있었다.

"통신실까지는 조금만 더 가면 되오."

가는 길에 존이 남아 있는 언데드들에게 손쉽게 총격을 가하며 말했다.

존은 체계적으로 쏘고, 라미네즈의 총탄이 튈 때 맞지 않도록 피하려 애쓰면서 집중력을 갖고 움직였다. 그는 상황실 문에서 갑자기 튀어나온 좀비를 죽이기 위해 무기를 들다가 주춤했다.

윌리엄이었다.

"맙소사, 윌. 이게 무슨……."

아주 잠깐 존은 윌리엄에게 약간의 잔여 지능이 있지 않을까 상상했다. 하지만 입에서 침을 흘리고 존의 살점을 갈구하며 울부짖는 모습을 보며 그런 일은 불가능하다는 걸 깨달았다. 존은 방아쇠를 당겨 윌리엄의 뇌와 그의 기억, 자넷과 어린 로라에 대한 사랑을 칸막이벽에 후드득 퍼뜨렸다.

생명의 기운이 떠나간 윌리엄의 몸이 철제 갑판에 쓰러지기 전, 존은 그의 셔츠 주머니에서 피투성이가 된 종잇조각을 흘깃 보았다. 존은 생각지도 않고 그걸 와락 뽑아 자신의 뒷주머니에 쑤셔넣었다. 존은 그 글을 절대 읽지 않을 것이다, 그에게 쓴 글이 아니므로.

통신실 문 앞에서 존은 암호 키에 숫자를 누르며 쏟아지는 눈물을 참으려 애썼다. 자기 잠금장치가 찰칵 소리를 냈다. 두 사람은 문을 걷어차 활짝 열고 언데드가 가득한 방에 총을 쏘기 시작했다. 살덩어리가 날아가고 좀비들이 철제 갑판 위로 쿵쿵 쓰러졌다. 두 사람 모두 후퇴를 고려하지 않은 건 아니지만, 이 방을 다시 장악하는 데 죽고 사는 일이 달렸다는 걸 잘 알고 있었다. 그들은 총을 연달아 쏘면서 언데드를 살육했다. 존은 통신실의 다음 구역으로 이동해 별 저항 없이 그곳을 확보했다. 하지만 위성 통신 송수신기는 조금 전 전투의 여파로 망가져 있었다.

"라미레즈, 이 통신 장치들은 심각하게 수리를 요하는 상태요. 여길 정리하고 상부에 보고합시다."

"로저, 같은 생각입니다."

두 사람은 그들이 진입하는 길에 있는 좀비 대부분을 죽였다는 것을 곧 알게 되었다. 최초 발병이 보고되었을 때 승무원들이 많은 구역을 폐쇄하거나 분리하는 데 성공했던 것이다. 돌격팀은 객실 한 칸 한 칸을 천천히 확인해 나갔다.

이 층에 언데드가 없고 비교적 안전하다는 사실 외에도 존과 라미네즈는 다시 플로리다의 태양을 느낄 수 있어서 좋았다. 문 너머와 칸막이벽을 통해 갇힌 언데드가 주먹으로 뭔가를 쿵쿵 치는 소리가 들렸다. 존은 먼저 사다리 꼭대기로 올라가서 비행갑판의 호텔23 캠프 구역으로 향했다.

자넷에게 다가가자, 윌리엄에게서 가져온 쪽지가 뒷주머니에서 타오르는 듯했다. 존이 물었다.

"자넷, 다른 사람들은 어디 갔나요?"

"아직 못 들으셨어요? 배를 버리고 떠나라는 명령이 내려왔어요. 다들 해안가로 가고 마지막 승무원들이 엘리베이터에 타고 있어요. 저는 당신이 괜찮은지 확인하려고 남았죠. 걱정 마세요. 애너벨은 타라랑 로라가 데려갔어요."

존은 자넷이 자신을 걱정해 남아 있었다는 생각과 자신이 윌리엄에게 해야 했던 일, 그녀에게 전해야 할 소식에 대한 생각에 눈시울이 젖어들기 시작했다. 그녀는 이미 눈치채고 있었다. 아무 말 하지 않았는데도 왠지 알 수 있었다.

"정말 미안하군요, 자넷. 선택의 여지가 없었어요."

자넷은 표면이 거친 갑판에 무릎을 찧으며 주저앉아 울부짖었다.

"미안해요, 자넷. 정말 유감입니다."

그는 그녀를 안고 뒤통수를 쓰다듬으며 어떻게 해서든 그녀를 달래려고 애쓰면서 말을 이었다.

"할 수만 있다면 입장을 바꿨을 겁니다. 사랑하는 이를 잃는다는 게 어떤 마음인지 난 너무나 잘 알고 있고 지금이라도 나와 윌의 상황이 바뀌었으면 좋겠다고 바라고 있답니다."

존은 마음에서 우러나오는 대로 한마디 한마디에 진심을 담았다.

몇 분이 흐르고, 자넷은 일어설 수 있을 만큼 마음을 추슬렀다. 존은 배를 떠날 마지막 엘리베이터를 타기 전에 배낭에 있는 구급상자를 꺼내 그녀의 무릎을 치료했다.

엘리베이터가 끽끽 소리를 내며 내려갈 때 존이 말했다.

"저기, 지금 때가 좋지 않을 수도 있지만 여길 이걸 갖고 있답니다. 그의 주머니에 들어 있던 건데, 난 안 봤어요."

존은 접은 종이를 자넷에게 건넸다.

그녀는 내키지 않았지만 결국 구겨진 쪽지를 받아 펴 보았다.

언제나 당신을 사랑해. 로라한테도 아빠가 사랑한다고 전해 줘.

미안하지 마.

USS 조지 워싱턴호의 철수 작전이 완료되었다.

56

텍사스 남동부 - 호텔23

피닉스 요원 넷은 호텔23 내부 깊숙한 곳에 있는 작업대 주위에 모여 비행 기록 장치를 전원에 연결한 다음, 장비를 뒤져서 찾아온 케이블을 사용해 노트북에 꽂았다.

"자, 저랑 호스는 열두 시간째 이 오렌지색 상자에 매달려 있어요. 죽을 만큼 피곤하지만, 드디어 알아낸 거 같습니다."

디스코가 팀에게 말했다.

"왜 이렇게 오래 걸린 거야?"

닥은 어서 케이블을 위에 돌려놓고 다시 버스트 통신을 온라인으로 돌리고 싶어 안달이 났다.

"저는 블랙박스에 신호를 보내기 위해 우리 컴퓨터에 있는 다양한 포트의 부호를 활성화시켜야 했어요. 이전에 설치된 보안 프로토콜이 우리 시스템의 USB 접근을 막아 버렸죠. 바이오스로 들어가서 접속 매개변수 일부를 재입력해야 했습니다. 인터넷이 없는 상황에서 쉽지 않은 일이었죠. 스크립트를 입력하는 데 꽤 많은 시행착오를 거쳐야 했어요."

"그럼 이제 불러 보자. 왜 뜸을 들이고 있어?"

닥이 조바심을 내며 말했다.

"잠시만요, 재부팅을 해야 했거든요. 이제 거의 다 됐습니다."

디스코는 시스템에 접속하고 항공모함에서 받은 소프트웨어를 실행했다. 일련의 진행 표시줄과 상태창이 화면에 나타나 이리저리 옮겨지면서, 프로그램이 비행 기록 장치의 데이터를 옮기고 있음을 나타냈다.

모든 데이터를.

"몇 분이면 끝날 겁니다. 비행경로 위치 이상의 정보가 들어오고 있습니다. 고도와 방향, 대기속도, 받음각 등, 사실상 조종석 계기판에 보이는 거의 모든 정보 같아요. 데이터 포인트가 수천 개예요."

디스코는 시스템의 매핑 소프트웨어를 여는 또 다른 프로그램을 클릭했다.

"자, 그리운 옛 시절의 팔콘뷰 휴대용 비행 계획 시스템입니다. 최첨단 소프트웨어는 아니지만 사용하기는 아주 쉬워요. 지형코드를 모두 다운받자마자, 이 소프트웨어에 그걸 넣으면 비행 전부터 잔디에 꽂히기까지 비행경로 전체를 보게 될 겁니다."

5분여의 진행 과정이 지나고 마침내 블랙박스에서 데이터가 추출되었다. 디스코는 GPS 비행경로 위치를 팔콘뷰 파일폴더에 전송하고 비행경로를 그래픽 형식으로 보기 시작했다.

"한번 볼까요…… 블랙박스에 따르면 이 항공기는 유타주에서 출발했네요."

"더 구체적으로 알아볼 수는 없어?"

호스가 놀렸다.

"할 수 있지. 지도는 우리 시스템의 통합계획개념이나 전술차트 레벨까지 로딩이 돼 있거든. 좀 더 확대해 볼게."

디스코는 소프트웨어를 조작하면서 아래 보이는 지점의 해상도를 더 높였다.

"어디 보자…… 항공기는 윈타 유역의 비행장에서 이륙했습니다. 좀 더 확대해 볼게요. 잠시만 기다리시면…… 됐어요. 항공기는 유타주 포트 뒤센에서 남서쪽으로 약 5킬로미터 떨어진 활주로에서 이륙했어요. 지금 정확한 격좌 좌표를 찾고 있습니다."

디스코는 첫 번째 비행경로의 격자 좌표를 옮겨 적고 그 지역을 캡처했다.

닥은 그의 어깨 너머에 초초해하며 서 있었다.

"저 좌표를 다시 한 번 확인해 봐, 디스코. 젠장, 아니 삼중으로 확인해 봐."

"왜요? 화면 캡처도 했고요. 무슨 문제라도 있습니까?"

"그냥 해 봐."

"로저, 대장. 대장이 원하면 사중으로 확인할게요. 남는 게 시간이니까요."

디스코는 데이터를 확인하고 또 확인해서, 항공기 기지의 위치를 90미터 내로 줄였다. 작업이 끝난 후, 종이를 접어 닥에게 넘겼다.

"다 끝났어?"

닥은 이미 답을 알면서도 물었다.

"예, 다 됐습니다."

디스코는 다음 상황을 예상해 보며 천천히 말했다.

"좋아. 그럼 너는 호스랑 저 케이블을 다시 위에 돌려놔. 우릴 기다리고 있을 밀린 통신 메시지를 처리해야지."

"그럴 줄 알았어! 모든 일을 다 처리했는데도 위에나 올려 보내시다니요. 무사히 복귀하면 대장의 귀싸대기를 올릴 거예요."

디스코가 닥에게 말했다.

"그래, 나도 사랑해, 디스코. 이제 훌륭한 통신 장교가 되어 서둘러 통신망을 복구해 줘."

닥이 말했다.

"예, 대장. 그런데 지금 해가 하늘 높이 떠 있는 데다 우리가 작업을 하고 여기 다시 내려올 때까지 훤히 뚫린 공간에 있어야 하는데요."

호스가 말했다.

"우리한테는 선택권이 없어. 버스트 통신 장치가 외부와 유일한 연결 고리잖아. 통신이 복구되지 않으면 우리는 여기서 절대 못 나갈 거야. 어쩌면 이미 중요한 명령을 놓쳤는지도 몰라. 보아하니 그쪽 사람들은 이런 시시한 것도 제대로 사용 못 해서 어려움을 겪고 있던데. 그냥 빨리 하고 와."

닥이 둘을 납득시켰다.

호스와 디스코는 위쪽 문으로 나가기 전 무기를 점검했다.

닥은 의자를 돌려 빌리 보이를 마주 보았다.

"미사일 회전 속도를 올려야 해. 명령이 떨어졌을지도 모르니까. 넌 확인 사항 대조표를 가져와. 내가 금고에서 만능접속카드와 코드를 가져올게."

* * *

오후의 햇살이 통신 단말 장치에서 가장 가까운 출입구 바깥에 구름을 뚫고 내리쬐었다. 두 사람은 금방이라도 덤불 속에서 언데드가 튀어나올까 걱정하며 엄호를 해제하기 전에 인근 구역을 정찰했다.

"깨끗해 보이는데, 호스."

"그래, 지난번에 여기가 거의 바글바글한 시장처럼 되기 전엔 나랑 빌리 보이도 그렇게 생각했어."

"아, 거짓말 좀 하지 마. 네 마리밖에 없었다면서."

"그래, 우리가 볼 수 있는 건 네 마리뿐이긴 했는데. 아마 덤불 속에 백 마리쯤 있었을 거야. 게다가 진짜 빨랐어."

호스가 말했다.

디스코가 한 번 더 숲 가장자리를 확인한 뒤, 둘은 장비 쪽으로 움직였다.

"케이블 어디에 꽂아야 하는지 네가 아니까 네가 처리해. 난 뒤를 봐 줄게."

"잘 봐야 해. 진짜 농담 아니야. 놈들이 수풀에서 엄청 빠르게 나왔다고, 인마. 과장이 아니고 사자가 가젤을 쫓는 거 같았어."

놈들이 순식간에 들이닥쳤다. 호스의 경고대로 키가 큰 풀이 살아서 움직이는 것처럼 이리저리 움직이더니 언데드가 튀어나왔던 것이다. 두 사람은 베트남에서 경계 근무를 서던 군인처럼 주변을 향해 공격을 시작했다.

"탄창 교체!"

호스는 신경질적으로 빈 탄창을 덤불에 내던지고 나섰다.

어둠의 비호가 없는 대낮, 강력한 무기도 없는 상황은 여느 때와 많이 달랐다. 두 사람이 좀비의 첫 번째 파도를 무너뜨리면서 호스에게 케이블을 재설치할 시간이 주어졌다. 작업은 오래 걸리지 않았다. 앞서 그가 매직으로 남겨 둔 표시가 있어 훨씬 수월했다. 호스는 케이블 뭉치를 고정하고 민감한 설비들이 들어 있는 하드케이스의 뚜껑을 닫았다. 두 사람이 장비에서 물러나는 동안 디스코는 계속해서 그들에게 가장 가까운 표적을 골라 발포했다.

거의 출입구에 다 왔을 때, 폭발이 지축을 흔들면서 호스는 10미터나 내던져졌다. 그는 등을 세게 부딪치며 떨어졌다.

'이게 무슨……?' 호스는 목소리를 내보려고 시도했지만, 입만 뻐끔거릴 뿐이었다. 폐에서 바람이 빠져나오고, 얼굴에는 폭발에 그을린 흙이 비 오듯 쏟아졌다.

언데드는 폭발 현장에서 너무 멀리 있었기에 피해를 입지 않은 채로 호스가 쓰러진 곳으로 빠르게 전진해 왔다. 고통과 폐의 산소 부족을 어떻게든 몰아내며 호스는 억지로 일어섰다. 그는 조준할 정신도 없이 대충 방향만 가늠해서 좀비들에게 총격을 몇 발가했다. 머리를 맞히진 못했지만, 좀비들이 넘어지고 발을 헛디디게는 만들었다.

무너진 울타리를 넘어 백여 마리의 좀비들이 시설 주변으로 흘러들었다.

　디스코가 어디에도 보이지 않아 호스는 그 자리에서 힘든 선택을 해야만 했다. 호스가 그것들의 생기 없고 뒤틀린 얼굴을 앞에 두고 해치를 쾅 닫기 직전 마지막으로 바라본 바깥세상은 그를 향해 흘러드는 좀비의 강이었다. 호스가 의식을 잃고 피를 흘리며 시설 내부의 철제 바닥으로 쓰러지면서, 해치는 은행 금고처럼 밀폐되었다.

* * *

　빌리가 곧 현장에 도착해 호스를 어깨에 들쳐 메고 의무실로 데려갔다. 닥도 그곳으로 와서 즉시 응급처치를 시작했다. 폭탄 파편이 전투 조끼와 셔츠를 찢고 호스의 오른쪽 어깨에 박혀, 출혈이 계속되고 있었다. 두 번의 지혈 처치와 한 시간에 걸친 심각한 수술과 봉합 끝에 호스의 출혈이 성공적으로 멎었고, 빌리가 서서 지켜보는 침대 머리맡에 링거가 걸렸다.

　"디스코."

　정신이 혼미한 상태로 호스가 멍하니 중얼거렸다.

　"우리가 찾고 있으니까 그대로 있어."

　빌리가 장담하듯 대답하며 링거에 투여된 진정제가 지금쯤 효과가 있길 바랐다.

　명령 모듈에서 닥은 디스코의 흔적을 찾지 못한 채 외부 카메라를 계속 돌려 보았다. 언데드들이 그를 마지막으로 본 구역을 둘러싸고 모여들고 있었다.

닥과 빌리는 디스코를 찾아 한동안 카메라를 이리저리 돌리고 기울였다. 죽은 자들 사이로 나가는 것은 아무런 소용이 없었으므로, 그들은 해 질 녘까지 이러고 있을 수밖에 없었다.

닥의 수색은 버스트 통신 단말기의 신호음에 의해 중단되었다.

화면이 경보 상태로 깜박거리며 새로운 명령이 하달되었음을 나타내고 있었다.

발사하라, 발사하라, 발사하라. 첨부된 좌표로 즉시 발사 가능하도록 COG의 권한으로 승인한다. 발사하라, 발사하라, 발사하라.

"빌리, 붕대로 호스를 묶어 놓고 이리 와 봐!"

닥이 소리를 질렀다.

빌리의 부츠가 콘크리트 바닥에 울리는 소리가 가까워지면서 점점 커졌다.

"발사 권한을 승인받았어. 그런데 서식이 완전히 틀리거든. 어떻게 생각해?"

닥이 빌리에게 물었다.

"잘못된 거 같아. 원격 식스는 우리가 여기 있는 걸 알고 있어. 놈들이 호스와 디스코를 저렇게 만든 거야."

빌리가 냉정하게 말했다.

닥은 발사 메시지에 첨부된 좌표를 확인했고, 목표물이 정확히 베이징 남동쪽에 위치해 있다는 것을 알게 되었다. 주머니에 든 종이를 펼쳐 보고 그는 엄청난 위험을 포착했다.

계획을 논의할 시간이 없었다. 원격 식스가 다시 호텔23을 공격하고 있었고, 또 다른 미사일이 주요 출입구에 떨어져 언데드가 시설을 탈취하게 되는 것은 시간 문제였다.

닥은 지금까지 오직 현직 대통령에게만 맡겨졌던 결정을 스스로 내릴 수밖에 없었다. 그는 호텔23 미사일 시스템의 확인 사항 대조표를 펴고 인간이 지금껏 만든 가장 강력한 무기를 투하하기 위한 절차를 시작했다.

원격 식스

"폭발이 해치를 파괴했나?"

신이 물었다.

"아니요. 빗나갔습니다. 관성 유도 폭탄을 탑재한 다른 항공기가 가는 중입니다. 도착 예정 시간 35분 남았습니다."

"호텔23이 곧 모래시계에 미사일을 쏠 것이다. 유감스럽긴 하지만, 첨단 기술이 잔존 정부의 손에 넘어가면 우리를 크게 방해할 테니 어쩔 수 없지."

신은 호텔23 주변으로 언데드 무리가 우글거리는 것을 지켜보며 영상 피드를 모니터했다. 그는 기계적인 움직임을 알아차렸다. 자신의 예상대로 격납고 문이 열리고 있었다. 땅 위의 네모난 구멍에서 하얀 연기가 피어오르자, 신은 미소 지었다.

"곧 핵미사일이 중국으로 날아갈 테고, 그런 다음 우리의 탑재 폭탄이 정확하게 호텔23의 문을 날려 버릴 것이다."

신은 스스로를 안심시키듯 말했다.

* * *

격납고에서 미사일이 쏘아진 지 불과 몇 초 후, 그 속도는 초음속에 다다랐다. 지구 대기를 완전히 벗어나기까지 몇 분밖에 걸리지 않았다. 우주로 나간 미사일의 이점은 먼 거리의 지면에선 목표가 어디인지 아무런 예측을 못 한다는 데 있었다. 거대한 폭풍전선이 캔자스를 뒤덮고, 구름이 몬태나를 덮었다. GPS 의존도와는 별개로, 파멸을 부르는 이 핵탄두의 유도는 지구상의 정확한 위치를 확정한 후, 기수를 뒤집어 지정된 목표물에 떨어지는 순간까지 궤도 내에서 대기했다. 대기권 재진입 후, 탄두의 관성계는 항로를 다듬기 시작했다. 로켓의 몸체가 약간 회전하면서 공기역학적으로 탄도 궤적이 2.5센티미터 이내로 조정되었다.

* * *

"신! 레이더에 호텔23의 핵탄두가 우리 기지로 진입하고 있다고 나타납니다!"
높이 위치한 빨간색 경적은 원격 식스 도처에 날카롭게 울리며 핵폭탄이 다가오고 있음을 알렸다. 건물은 기술자들과 연구소 직원들이 전멸을 받아들이는 확인 사항 대조표 작업을 시작하면서 움직임으로 부산했다.
신의 우생학적 계획이 눈앞에서 바스러졌다. 그가 꿈꾸던 테크

노크라시의 엘리트들이 지배하는 유전적으로 우월한 유토피아는 이제 결코 달성되지 않을 것이었다.

그가 소리를 질렀다.

"저 얼간이들이 감히 어떻게 이런 짓을 했지? 어떻게 이런 덜떨어진 하층민 놈들이 우리의 지성과 연산 능력의 집합체인 이 시설보다 앞서나갈 수 있단 말인가!"

신은 불끈 쥔 주먹으로 옆에 있는 철제 책상을 내리쳐, 그 위에 잘 정돈되어 있던 기밀 서류 더미에 커피를 쏟았다.

양자 컴퓨터 출력이 방금 생성되었음을 나타내는 스크린의 음극선관 표시 장치가 깜박거렸다. 직사각형 모양의 녹색 커서가 깜박이고, 텍스트가 서서히 보이기 시작했다.

나는 양자 컴퓨터다. 양자가 C-130을 파괴했다. 양자가 너를 파괴할 것이다.

신은 대응할 시간이 없었다.

* * *

발사가 시작되고 정확히 26분 12초 후, 핵탄두는 표면 폭발 모드로 바로 아래의 목표물에 떨어졌다. 지면에서 1.2미터 들어간 곳에서 뇌관이 터지며 동시에 중심부가 으스러졌다. 그 결과로 발생한 핵폭발은 즉각 목표 충돌 지점과 그 주변의 모든 것을 붕괴했다.

원격 식스는 사라졌다.

57

미국에서 처음 죽은 자가 걷기 시작한 것은 1년 전이었다. 1년 전, 베데스다 해군 병원의 홀은 대통령의 소환 명령에 따라 중국에서 돌아온 의사와 군의관으로 구성된 사절단으로 가득했다. 격리되었던 중국 위기대응팀의 한 대원은 이송 도중 사망했지만, CDC가 사망을 확인한 후에도 이동 제한 조치는 없었다. 이 단 하나의 악마 아가리로부터 전염이 퍼지기 시작했고, 그로 인해 30일도 채 되지 않아 미국에 핵 내전이 발발했다.

* * *

이제 USS 버지니아호가 상류에 자리를 잡았고, 입에 담기도 무서운 기술 장비와 창이라는…… 최초 감염자의 본거지가 있는 강변으로 향하는 고속 단정에 네 사람이 탑승했다.

파도가 공기 주입식 선체에 조용히 부딪히며 고속 단정을 조금씩 해안으로 데려갔다. 미리 계획했던 대로, 사이엔과 킬이 노를 젓는 동안 리코가 핸들을 잡고 강기슭에 배를 댔다. 렉스는 카빈총을 들고 대기하기로 했다. 잠수함은 반갑지 않은 시체들의 관심을 피하고자 일몰 후 강에 도착하기로 했고, 그 결정은 효과가 있는 듯했다. 보트가 둑에 가까워지는 동안, 언데드는 전혀 보이지 않았다. 강변에서도, 은행 근처 가드레일에 바짝 붙어 세워진 채 버려진 흰색 하이럭스 디젤 트럭에 철사를 이용해 시동을 걸 때도 적대적인 움직임은 보이지 않았다. 디젤 연료는 아직 넉넉했고 잠수함에서 가져온 충전된 자동차 배터리도 엔진을 가동하기에 연료가 충분했다.

몇 분마다 무전기가 지지직거리고 머리 위 27킬로미터 상공을 비행하는 조종사에게서 착용한 산소마스크 때문에 잘 알아들을 수 없는 목소리가 흘러나왔다. 오로라가 극초음속으로 움직일 거라는 브리핑이 있었고, 오로라의 카메라는 지상의 이동 루트와 그들 주변을 돌고 있었다.

"모래시계, 여기는 딥 시. 노란색 벽돌길은 깨끗합니다. 여러분이 지금 베이징 시내 상황을 볼 수 있으면 좋겠군요. 저 아래에 진짜 파티가 벌어지고 있습니다."

"그냥 당신 말을 믿겠습니다, 딥 시."

킬이 대답했다.

킬이 운전을 하고 렉스가 산탄총을 들고 옆자리에 앉았다. 사이엔과 리코는 뒤에서 트럭을 경호했다. 고글을 쓰고 보기에는 헤드라이트가 너무 밝았지만 누구도 그걸 끄지 못했기에 킬은 램프를 박살 낼 작정으로 차를 세웠다. 빌어먹을 중국어. 그는 개머리판으로 그걸 부수고 브레이크 등도 깨기로 결정했다.

"감사합니다. 브레이크 밟을 때마다 고개를 돌려야 했거든요."

리코가 말했다.

딥 시가 공중에서 무전을 켰다.

"모래시계, 권하고 싶지 않은 행동이군요. 방금 전 일으킨 소음으로 몇 마리가 그쪽으로 방향을 틀었습니다. 움직임은 느리지만 전진 중입니다. 트럭 9시 방향입니다. 길을 따라 조금 올라가면 보일 겁니다."

"알겠습니다, 딥 시. 좋은 정보 감사합니다."

킬은 감사를 표하고 재빠르게 운전석으로 돌아왔다.

사이엔과 리코도 무전을 주시하고 있었으므로 어둠 속 위협을 찾으려 주변을 살피기 시작했다. 킬은 깨진 유리와 끊어진 전선들 위를 달리며 이상 징후가 미국을 강타하기 전에 생겼을 잔해들도 지났다.

시설까지 3킬로미터 남짓 남은 상황에서 그들은 언데드와 첫 접전을 벌였다. 아직 검은 머리카락이 드문드문 두피에 달라붙어 있었지만, 점점 국적도 구분하기 어려워지는 부패의 후기 단계가 진행되고 있었다. '언데드는…… 언데드일 뿐이다, 그저 사람을 빼다 박았을 뿐.' 킬이 생각했다. 좀비는 디젤 엔진의 낮은 크랭크 소리를 듣고 그 소리를 향해 돌격해 와 후드에 충돌했다.

"사이엔, 좀 도와줘요!"

좀비가 후드를 넘어 창문으로 올라와 와이퍼 날을 움켜쥐고 깨물며 유리를 주먹으로 때렸다.

사이엔은 총에 소음기가 잘 끼워졌는지 확인하고 라이플의 눈높이를 운전석 위쪽으로 맞췄다. 강력한 7.62 탄환에 엔진 본체가 상하지 않게 조심하면서 불편한 바깥쪽 각도로 방아쇠를 당겼다. 탄환은 좀비의 얼굴을 가격했고, 젤리와 비슷한 농도의 뇌를 차 후드와 길바닥에 후드득 흩뿌렸다. 와이퍼 날을 움켜쥐던 손이 풀리더니 시체는 트럭 앞부분에서 미끄러져 노면에 쿵 떨어졌다. 킬은 와이퍼 용액을 작동시켜 부패한 내장으로 뒤덮인 앞 유리에 뿌리곤 덜커덩 소리와 함께 시체를 넘으며 속도를 높였다.

사이엔의 7.62밀리미터 카빈총은 소음기가 달렸어도 M-4보다 조금 더 묵직한 울림이 있었고, 이는 딥 시의 무전을 유도했다.

"여러분의 소음에 반응이 더 커집니다, 모래시계. 서둘러 시설로 들어가십시오. 이제 거의 다 왔습니다."

킬은 뒤쪽에서 언데드가 트럭의 소음을 쫓아 달려오는 것을 보고 속도를 무시무시하게 올렸다. 뒷바퀴를 미끄러뜨리면서 시속 60킬로미터로 급커브를 돌았다.

그들은 시설에 도착했다.

킬은 트럭을 울타리 안으로 밀어 넣고 시동을 껐다. 그들은 가시철사를 넘기 전에 자신들의 배낭과 묵직한 지렛대를 던졌다. 담을 넘고 보니 죽은 자들이 트럭 앞 진입 도로로 서서히 다가오기 시작했다.

딥 시의 무전에 따르면 8면 건물이 둘러싸고 있는 안뜰은 깨끗했다. 킬은 다시 무전을 하기 전까지 네 시간 반이 남은 것을 확인했다.

"딥 시, 진입합니다. 경치 즐기고 계십시오."

"로저. 전 여기 있을 겁니다. 행운을 빕니다."

렉스는 연장을 이용해서 문과 문틀 사이를 벌려 시설로 들어갔다. 밀폐되었던 문틀에서 빠져나온 공기가 깨끗한 것이 조짐이 좋았다. 그들은 무기의 IR 레이저를 작동시키고 먼지 자욱한 로비로 들어갔다. 드문드문 보이는 잔해와 흩뿌려진 의자, 화재로 인한 훼손 등은 당시의 급박했던 대피 상황을 보여 주었다. 팀은 로비를 치우다 그 어떤 연장을 가져와도 열 수 없을 문과 마주하게 되었다.

C-4로 돌파하는 것 외에 다른 선택은 없었다.

"문을 날리기 전에 마스크를 써야 합니다. 저 안에서 뭐가 기어 다니고 있을지 모르는 일이니까."

킬이 제안했다.

"저것 좀 보십시오. 문이랑 저기 저쪽 보이십니까?"

렉스가 손짓했다.

"예. 안쪽에서 뭔가 튀어나오려 했거나 세게 쳐서 찌그러뜨린 거 같군요. 왜 이런 모양이 생겼는지 궁금한데."

킬이 철문을 두드려 볼록 튀어나온 듯한 부분을 손으로 훑으며 말했다.

그들은 폭발물을 설치하고 로비로 물러나 필터 달린 마스크를 착용했다.

"폭탄 점화!"

렉스가 소리친 뒤, 전자 점화 장치를 작동시켰다.

엄청난 폭발에 로비가 울리면서 파편들이 핀볼처럼 튀어 나갔다. 거대한 문이 틀에서 떨어져 날아가 어마어마한 힘으로 벽에 부딪쳤다. 한때 문이 굳세게 버티고 있던 자리를 통해 새하얀 빛이 로비로 퍼져 들어오며 뽀얗게 먼지가 피어올랐다.

"리코, 저거 쏠 준비해!"

렉스가 리코 허리에 걸려 있는 포말 총기를 손짓하며 명령했다.

리코는 밸브를 열고 연료 압력계를 점검하며 다루기 힘든 총을 준비했다.

"준비됐어."

리코가 선두에 서고 나머지 사람들은 뒤를 따랐다. 코너를 돌아 빛을 향해 걷게 되면서 야간 투시경을 벗었다. 아마 지열이나 태양열 발전이 내부 시설에 전력을 공급하는 듯했다. 복도를 내려다보자, 흰 실험실 가운을 입은 사람들과 중국 군복을 입은 사람들이 있었던 흔적을 나타내는 뼛조각들만 흩뿌려져 있었다. 킬은 밝은 통로를 따라 앞으로 나아갔다.

세상은 지난 1년 동안 언데드의 손아귀에 놓여 있었고 그 모든 것이 여기서 시작되었건만, 이곳은 훤히 드러난 위치에 자리한 별 특징 없는 중국식 건물이었다. 통로는 마치 벽이 공포와 절박함으로 땀을 흘리기라도 한 것처럼 곰팡내 나는 물방울로 덮여 있었다. 킬은 자신들을 위해 코미가 써 준 단어장을 뒤적였다. 격납고라는 단어를 이리저리 돌리면서 그들이 찾고 있는 하드웨어의 위치를 나타낼 것 같은 중국어 단어를 훑어보았다. 그들은 벽에 붙은 시설 지도 앞에 멈춰 섰고, 킬은 중국어로 아마도 현 위치라고 쓰여 있을 빨간색 점으로부터 손가락으로 따라 짚으며 추적했다.

킬은 지도의 기호들을 단어장과 맞춰 보았다.

"우리가 가야 할 곳이 여깁니다. 이것은 '격납고'라는 뜻의 중국

어거나 하다못해 그것과 비슷한 거겠죠."

킬이 다른 사람들에게 말했다.

"창은요?"

자신들에게 주어진 주요 목표를 떠올리면서 렉스가 말했다.

"창이요? 코미가 이 커닝 페이퍼에 창이라는 한자어를 쓰는 건 깜박했나 보군요."

킬이 빈정대며 말했다.

"절 너무 혹사시키시는 거 아닙니까?"

리코가 포말 총기의 무게에 짓눌려 안간힘을 쓰며 말했다.

"일단 격납고로 가 보죠. 코너 두 개만 돌면 됩니다."

킬이 말했다.

시설 내에 보안 장치가 달려 있거나 잠겨 있는 건 아무것도 없는 듯했다. 중국인들은 아마도 큰 문 너머로 들어올 수 있게 허가받은 사람이면 시설 어느 곳이든 출입이 가능하다고 생각한 것 같다고 킬이 말했다. 대부분의 문은 가까이 다가가면 밀어 열 수 있는 단순한 구조였다. 복도를 따라 난 오래된 핏자국이 격납고 방향으로 열리는 자동문을 뒤덮고 있었다.

내부 조명은 꺼져 있었지만, 그들이 들어가자 센서가 작동되며 거대한 동굴 같은 공간에 불이 들어왔다. 방 한가운데 대형 버스만 한 크기의 우주선이 놓여 있었는데, 그들 중 누구도 지금껏 본 적 없는 그런 모양이었다. 그들은 그 형체의 디자인과 이국적인 특징에 마음이 혼미해지면서도 자연스레 이끌렸다. 조종석으로 추정되는 곳 뒤에 선체의 양쪽을 관통하는 거대한 구멍이 없었다면 완벽한 눈물방울의 모양이었을 것이다. 그들이 선체 앞을 빙빙 도는 동안, 리코가 자리에 멈춰 서서 주먹을 치켜들었다.

"엎드리십시오."

그들이 들어온 입구 맞은편, 우주선 근처에 서 있는 무언가를 가리키며 그가 속삭였다.

그것은 우주선 합금과 어울리는 슈트를 입었거나, 어쩌면 우주선에 너무 가까이 서 있어서 그렇게 보이는 것 같기도 했다. 구별하기가 쉽지 않았다.

"저건 창이 분명합니다. 사진과 슈트 디자인이 일치해요. 헬멧은 쓰지 않았고요."

킬이 다른 사람들에게 속삭였다.

"포말을 쏴서 일을 마무리하죠."

수수께끼의 형체는 곧 네 사람을 눈치채고 불청객들 쪽으로 고개를 돌렸다.

모두들 오랜 세월에 걸친 대중문화와 텔레비전의 영향으로 창에 대한 선입견을 갖고 있었다. 그러나 그 생물은 거대하고 까만 아몬드 모양의 눈을 가진 큰 머리 회색 외계인이 아니었다. 그것은…… 인간과 닮아 있었다.

그것은 양철인간처럼 합금 부츠로 바닥에 쨍쨍 소리를 울리고 고대부터 갖고 있던 폐에서 우렁찬 소리를 끌어 올리며 그들에게 질주했다. 리코가 앞으로 나서서 그것의 허리부터 바닥까지 포말 화합물을 뿌려 순식간에 반쯤 동상으로 만들었다.

그것이 마구 요동치는 동안 요원들은 분노하는 생물을 에워싸고 안전한 거리에서 관찰했다. 그것은 팔을 거대한 회오리바람처럼 움직이며 그들에게 뻗었다. 포말 무기의 섬유 콘크리트가 마르며 놈의 다리가 뻣뻣해졌다.

'그래 이것이 세상을 멸망시키고, 내게 소중한 이들을 모조리 죽이고, 내게 소중한 이들이 소중히 여긴 모든 것을 앗아 간 바로 그놈이구나.' 킬은 생각했다.

네 명의 관찰자는 창에게서 여느 중국인 언데드와 다른 점을 찾을 수 없었다.

킬은 조금 더 가까이 다가가 슈트에 녹아 있는 금속 명찰을 살폈다. 한자가 멋들어지게 새겨진 창의 명찰 위쪽에 이렇게 적혀 있었다.

창 소령.

"이제 어떻게 하죠, 킬?"

렉스가 물었다.

킬은 잠자코 서 있었다. 분노가 확연히 커지고 있었다. 그는 창에게서 시선을 떼지 않은 채 대답했다.

"우린 이렇게 할 겁니다."

킬은 소음기가 달린 7.62밀리미터 카빈총을 들고 방아쇠를 당겼다. 창의 머리가 팀에게서 먼 방향으로 터져 나갔고, 고대의 뇌 물질은 기이하고 윤이 나는 우주선에 후드득 떨어졌다.

렉스는 아주 혼란스러워하며 소리쳤다.

"이게 무슨? 목표를 죽여 버리다니!"

킬은 고개를 저었다.

"아뇨, 아닙니다. 모르겠습니까? 창은 지금의 당신처럼 인간이었어요. 창은 결코 우리의 목표가 아니었습니다. 바로 이것들이 목표지요."

그는 우주선과 그것을 둘러싸고 있는 비밀스러운 장비로 가득한 연구용 테이블을 가리켰다.

"게다가 아래를 보세요. 창은 리코의 호의로 영원히 바닥과 결합되었습니다."

렉스는 칼을 빼 들고 머리 없는 창의 몸 아래쪽 바닥에 녹아붙은 합성수지를 찔렀다.

킬이 말했다.

"괜히 힘 빼지 마요, 렉스. 그건 섬유 수지예요. 스크래치도 내기 전에 칼날이 먼저 부러질 겁니다. 창 소령을 풀어 주려면 전동 공구를 갖추고도 일주일은 걸리겠죠. 우리가 얻을 수 있는 걸 얻고 돌아갑시다. 정말로 괜찮아요. 저건 그냥 인간이었고 당신도 알고 있잖아요."

킬은 배낭에서 투명 플라스틱 튜브를 꺼내 창의 남은 조각들을 떠 넣었다.

"꼭 아프가니스탄에서 특수작전 임무를 수행했을 때 같군요."

렉스가 말했다.

"무슨 말씀입니까?"

"우리는 고가치 타깃을 죽이거나 체포하기 위한 특수작전 임무를 계획하는 데 몇 주, 때로는 몇 달이 걸리지만, 임무 자체는 순식간에 끝나 버리죠."

팀은 정보 브리핑 때 얘기가 나왔던 데이터 큐브와 유용해 보이는 다른 자료들로 배낭을 가득 채웠다. 킬은 아주 이국적으로 보이는 권총 두 자루로 대형 주머니를 채웠다.

'이거 쓸모가 있겠는걸.'

배낭이 거의 찼을 무렵, 킬은 색깔로 구분된 커다란 축구공 모양의 용기 두 개가 연구용 테이블 하나에 나란히 놓인 것을 발견했다. 용기의 무늬는 중국어도 아니고, 어디서도 본 적이 없는 것이었다. 빨간색 용기는 창의 우주선을 찢어 놓은 무언가에 의해 심하게 파손되어 있었다. 파란색 용기는 손상되지 않은 듯했다. 킬은 분석을 위해 둘 다 잠수함으로 가져가기로 결정했다.

팀은 다시 로비를 지나 안뜰로 나갔다. 공중에서 그들이 보이자마자 무전기가 탁탁 소리를 내며 살아났다.

"모래시계, 잘 돌아왔습니다. 여러분이 듣고 싶을 만한 소식이 있습니다."

"어서 말씀하십시오, 딥 시."

킬이 응답했다.

"버지니아호 근처에 또 다른 잠수함이 수면 위로 떠올랐습니다. 훨씬 큰 잠수함입니다. 탄도미사일 잠수함 같은데요?"

"거기서 뭘 하는 거죠?"

"신호를 보내고 있습니다. 적대적으로 보이지는 않습니다. 여러분 잠수함과 너무 가깝고 명확히 수면에 부상했는데, 그건 분명 적 잠수함을 침몰시키기 위한 교과서적인 전략은 아닙니다. 게다가 여러분의 차량 근처 게이트에 파파라치가 몇 놈 있습니다."

"알겠습니다, 딥 시."

그들은 언데드가 기다리고 있는 울타리에 가까워졌다.

"리코, 쏴."

렉스가 명령했다.

리코가 울타리로 다가가 좀비들에게 섬유 콘크리트 포말 총을 살포했다. 킬의 눈에는 그 물질이 마치 비누 거품처럼 보였다. 얼마나 빠르게 굳는지, 좀비들이 첨단 수지 더미에 파묻혀 얼어붙은 모습은 무서울 정도였다. 이 화합물이 트럭 바퀴에 묻으면 바퀴가 땅에 붙어 버릴 터라, 리코는 트럭에 닿지 않게 조심히 쏘았다. 좀비들 대부분이 철제 울타리에 영구적으로 녹아 붙었고, 네 사람은 그곳을 안전하게 지나쳤다.

트럭에 짐을 싣고 배로 돌아가는 길은 순조로웠다. 팀이 안전하게 배에 오르자, 오로라는 그들에게 행운을 빌어 주고 기지로 돌아가는 마지막 여정을 위해 거대한 불기둥을 내뿜었다.

1월 1일

새해 복 많이 받자, 킬. 중국 본토에서 정신이 번쩍 드는 즐거운 밤을 보낸 뒤, 이제 동쪽으로, 집으로 돌아가길 매우 고대하고 있다. 새로운 중국 친구들이 우리의 항해를 호위해 줄 모양이다. 비록 영어 실력은 끔찍했지만, 중국 잠수함 선장은 우리를 발견하고 마냥 행복해했다. 우리가 중국 해역에 진입한 이후로 그는 버지니아호를 미행하고 있었다. 다행스럽게도 우리 잠수함과 우연히 맞닥뜨렸을 때, 그는 우리에게 적대적인 의도가 없다고 판단했다. 우리의 새 친구들은 우리보다 신호가 강한 단파 무전기를 가지고 있었다. 그래서 그들에게 주파수와 통신 일정을 넘기자마자, 지금은 영구히 키웨스트에 정박해 버린 USS 조지 워싱턴호와 메시지를 주고받을 수 있었다.

지난 한 해를 돌아보고 마음을 다잡으며 감사해야 할 모든 것을 생각하는 시간을 조금 가졌다.

타라와 배 속의 우리 아기는 건강하다.

나는 살아 있다.

우리는 임무를 거의 완수했다.

조금만 더 둘러 가면 키웨스트에 닿을 것이다.

빈 페이지가 몇 장 남지 않았군.

편히 잠드소서, 윌리엄. 언제까지나 당신이 그리울 겁니다.

에필로그

화창한 플로리다의 키웨스트에 USS 조지 워싱턴호가 좌초하던 날, 승무원들의 예상과는 다르게 그들을 환대하는 언데드 무리는 없었다. 항공모함의 극적인 도착에 훨씬 앞서 무장한 민병대가 키웨스트를 확보했던 것이다. 기발한 재주가 필요하긴 했지만 얼마 지나지 않아 남은 원자력 기술자들이 항공모함의 어마어마한 웨스팅하우스 원자로를 이용해 섬의 전력을 복구했다. 섬에는 물물 교환 형식의 무역과 소박한 경제의 시초가 나타나기 시작했다.

항공모함의 복합 버스트 통신 장치가 수리할 수 없을 정도로 파손되면서 호텔23의 기동팀 피닉스와 주고받던 통신이 영원히 끊어졌다. 최근 워스호그가 호텔23 상공에서 정찰 임무를 수행하다가 동쪽을 가리키는 화살표 신호를 목격했다고 보고했다. 그들은 연료가 바닥날 때까지 그 지역을 수색했지만, 더는 피닉스의 흔적을 찾지 못했다. 비록 여전히 최우선순위의 구조 작전이긴 하지만, 피닉스 팀원들을 되찾는 것은 아무리 좋게 생각해도 아주 힘든 과제가 될 것이다.

* * *

USS 버지니아호는 북쪽으로 항로를 우회해 러시아 해안을 따라 올라가 베링해협을 통과했다. 라센과 킬은 진지한 상의 끝에 그냥 스러지도록 방치하기엔 인간의 생명은 너무 소중하다는 데 동의했다. 사람이 너무 귀한 세상이 되기도 했다. USS 버지니아호가 크루소와 쿵, 그리고 그들의 썰매 개로부터 수백 미터쯤 떨어진 북극의 얼음을 뚫고 나타났을 때, 버지니아호는 지구를 몇 바퀴나 돌 수 있을 만큼 원자로에 충분한 핵연료를 보유하고 있었고 여전히 공급도 원활했다. 크루소와 쿵의 설상차는 이미 16킬로미터 전에 고장 났고 엔진은 더러운 바이오 연료로 인해 멈춰 버린 상태였다. 다행히도 썰매 개들이 두 사람을 남쪽의 약속 장소까지 끌어 줄 수 있을 만큼 기운이 넘쳤다. USS 버지니아호의 전망탑이 근처의 얼음을 깨고 크루소의 조난 신호에 다다르기까지 두 사람은 썰매 개들 사이에서 거의 24시간을 기다렸다.

USS 버지니아호가 중국 탄도미사일 잠수함과 함께 키웨스트에 기항 통지를 한 것은 2월의 어느 날이었다. 함장은 잠수함의 유일한 예비 아빠를 먼저 뭍으로 보냈고, 한때 외로운 생존자였던 그는 부두에서 그의 연인을 껴안았다. 타라는 이제 확연히 임신한 티가 나고 있었고, 킬은 그녀의 배를 부드럽게 문지르며 기뻐서 환히 웃었다. 타라를 꽉 껴안고 있는 동안 킬은 존과 자넷이 지나치게 가깝게 서 있는 것을 흘긋 보았다. 킬은 그들에게 가까이 오라고 손짓하며 미소 지었다. 로라가 킬 삼촌을 부르며 앞으로 뛰어나가려 해서, 자넷이 딸의 벨트 뒷부분을 움켜쥐었다.

딘은 키웨스트에서도 교편을 놓지 않고 대니와 로라, 그리고 다른 백여 명의 어린 친구들을 열심히 가르쳤다. 읽기, 쓰기, 산수, 헌법의 핵심 가치가 죽은 자가 돌아오기 전에 존재했던 이제는 희미해진 교육 과정을 대신했다. 딘의 나무 회초리는 유치하고 짓궂은 장난을 저지하는 데 효과가 좋았다.

섬에는 모래시계 팀이 확보한 하드웨어를 최대한 활용하기 위해 남아 있는 여러 COG 시설로 수송하는 임무를 맡은 새로운 기동 팀이 생겨났다. 중국 잠수함의 핵탄두가 새로운 적재 폭탄으로 개조 변형되고 있다는 말이 섬 이곳저곳에 떠돌았지만, 확실히 아는 사람은 아무도 없었다. 이렇게 작은 섬 사회에서는 소문이 들불처럼 번지지만, 그건 거의 사실이 아니었다.

* * *

킬, 존, 사이엔, 그리고 호텔23의 다른 멤버들은 많은 시간을 함께했다. 가끔 카드놀이를 하고 섬의 유일한 술집에서 밀주를 한 잔씩 하기도 했다. 존은 키웨스트 내에서 무선 통신을 계속했고, 사이엔은 감시탑에서 해안으로 밀려오는 언데드를 쏘며 도움을 주었다.

타라가 아기를 낳기 한 달 전, 킬은 큰 범선을 사려고 교섭했다.

그는 중국제 AK47, 탄창 네 개, 탄약 500발을 물물 교환 대가로 제시했다. 키웨스트를 떠날 계획이 없던 보트의 주인인 노부부는 지체 없이 거래에 응했다. 이 배는 자동화 시스템, 태양광, 그 외 독특한 특징들을 활용하면 바다에서 수개월을 견딜 수 있게 설계되었다. 킬은 어디로 가야 하는지는 몰랐으나, 안전한 곳은 어디에도 없다는 것을 알고 있었다. 이 낙원 같은 섬조차도 안전하지 않았다.

킬은 아기가 태어나기 전에 자신이 가진 것을 모두 배에 실었다. 그런 다음 자신이 좋아하는 것을 모두 실었다.

텍스트 전송 시작
클리그라이트 시리얼 221
RTTUZYUW-RQHNQN-00000-RRRRR-Y
일급기밀 // ECI // SAP 호라이즌

BT

제목: 텐진 시설의 하드웨어 활용 성과

비고: 모래시계 팀의 귀환 이후 지난 1년 동안 COG의 과학자들이 확보된 밍용의 하드웨어를 활용하는 문제에서 의미 있는 진전을 보였다. 창의 유골에 대한 광범위한 DNA 검사를 마친 뒤, 우리는 창이 유전학적으로 강화/진화되긴 했지만 인간이라고 결론지었다. 중국언어학의 추론을 통한 데이터 큐브 해석은 창의 타임라인 원점과 밍용의 이상 징후와 관련된 기타 사실들에 대해 정확하게 판단을 내리는 데 도움을 주었다.
통제된 네바다 표본의 실험 및 복구 데이터에 따르면 밍용 이상 징후는 외계 생명체를 감염시킬 때는 97퍼센트의 활동성/유효성을 보이지만, 인간을 감염시킬 때에는 44퍼센트만이 활동성/유효성을 보인다.
추출된 2만 년 전 지층의 빙하 코어 안에서도 밍용의 창에게서 발견된 것과 같은 물질이 미량 확인되었다. 이는 덜 발달된 DNA 구조를 가졌던 그 시대 지구의 평범한 두발동물 집단이 이상 징후의 영향을 거의 0에 가깝게 경감시켰음을 시사한다. 그렇게 밍용의 이상 징후는 효력을 내지 못하고 버려진 채 스스로 비활성화되어 오랜 시간 동안 지층 아래 묻혀 있었다. 샘플로부터 얻은 밍용의 기록에 의하면, 이상 징후[아마도 미래의 첨단 생물 무기]는 독자 생존이 가능한 숙주(창)의 바깥이나 최첨단 격납 시스템 외부에서 생존하도록 조작되지 않았다.

텐진에서 확보된 용기:
창의 우주선을 추락시켰을 공산이 있는 지향성 에너지 사고에서 심하게 파손된 텐진의 빨간색 축구공 용기는 고농축된 밍용 이상 징후의 흔적을 지니고 있는 것으로 확인되었다. 손상된 빨간색 용기에 대한 데이터가 추가로 발견된 후, 손상되지 않은 파란색 용기는 치열한 연구와 논쟁의 대상이 되었다. 공중 폭발 폭탄을 이동시킬 수 있는 방법을 개발하기 위한 이례적인 노력이 진행 중이지만 테스트는 아직 승인되지 않았다. 텐진 현장에서 추출한 기타 데이터는 별도의 구획 정보 보고 채널을 통해 접근이 가능하다.

BT

일급기밀//ECI//SAP 호라이즌
전송 완료

BT

AR

나는 양자 컴퓨터다.

옮긴이 | 송민경

러시아 이르쿠츠크 국립 언어대학교에서 러시아어를 전공했다. 글밥 아카데미를 수료한 후, 현재
바른번역 소속 번역가로 활동 중이다. 원작자의 글을 온전히 독자에게 전달하기 위해 노력하고
있다. 역서로는『사는 게 불안한 사람들을 위한 철학 수업』,『코바늘 다육이』,『CAT TAROT 공식
한국판』등이 있다.

하루하루가 세상의 종말 3 : 부서진 모래시계

1판 1쇄 찍음 2022년 1월 14일
1판 1쇄 펴냄 2022년 1월 21일

지은이 | J. L. 본
옮긴이 | 송민경
발행인 | 박근섭
편집인 | 김준혁
펴낸곳 | 황금가지

출판등록 | 2009. 10. 8 (제2009-000273호)
주소 | 06027 서울 강남구 도산대로 1길 62 강남출판문화센터 5층
전화 | 영업부 515-2000 **편집부** 3446-8774 **팩시밀리** 515-2007
홈페이지 | www.goldenbough.co.kr

도서 파본 등의 이유로 반송이 필요할 경우에는 구매처에서 교환하시고
출판사 교환이 필요할 경우에는 아래 주소로 반송 사유를 적어 도서와 함께 보내주세요.
06027 서울 강남구 도산대로 1길 62 강남출판문화센터 6층 민음인 마케팅부

㈜민음인은 민음사 출판 그룹의 자회사입니다.
황금가지는 ㈜민음인의 픽션 전문 출간 브랜드입니다.